Sage der Drei Reiche

Winterballade

Ein Fantasy-Roman von Sascha Groß

Erschienen 2017 als eBook und Printausgabe.

Erfahren Sie mehr über mich und meine anderen Titel unter meinem Pseudonym

www.s-horvath.de

Danke an all die Leser, die meine Bücher gekauft, gelesen oder sogar weiterempfohlen haben. Dies ist Ihr Applaus für mich und meine Motivation, weiter für Sie zu schreiben!

Ein ganz besonderes Dankeschön geht an die Leser, die meine Bücher bei Amazon bewerten oder sich unter horvath.s@online.de an mich wenden. Ihr Feedback ist sehr wertvoll für mich und hilft mir, meine Bücher aufgrund Ihrer Anmerkungen zu verbessern!

Korrektorat: Jonas Micheler

Titelbild: Sascha Groß, Bilder von Clipdealer. Erstellt mit Paintshop Pro 2018.

Das kleine Eiskristall, das als Trenngrafik zwischen den Absätzen dient, stammt von Agnes Karikaturen www.Live-Karikaturen.ch

Inhalt

1. Kapitel: Möge der Winter ewig währen!

„Willkommen zurück! Möge der Winter ewig währen“

König Ean breitete seine Arme aus und hieß einen jungen Mann willkommen. Obwohl das Timbre seiner Stimme eher dem Donnergrollen eines schweren Sturmes glich, strahlten seine Augen und seine Miene eine warme, ehrliche Herzlichkeit aus. Mit seinen langen grauen Haaren und den Fältchen an den Augenwinkeln wirkte er erhaben. Sein voller, bis auf die Brust reichender Bart hingegen war tiefschwarz, so wie das Haupthaar des Königs es vor langen Jahren auch gewesen war.

Der junge Mann erwiderte den Gruß und die beiden schlugen sich freundschaftlich auf die Rücken. Dann trennten sie sich voneinander und selbst einem Blinden musste die Ähnlichkeit, die die beiden in Gestalt und Antlitz aufwiesen, auffallen. Ihre Gesichter wirkten edel. Ausgeprägte Wangenknochen und scharf geschnittene Nasen zeugten ebenso von hoher Geburt wie die klaren, hellwachen Augen der beiden. Der Jüngere trug sein Haar ebenfalls wallend lang, hatte die Barthaare aber den Gebräuchen seines Volkes entsprechend penibel rasiert, da er noch unverheiratet war.

„Möge der Winter ewig währen, Vater!“, lachte der Junge.

„Chet, mein Sohn“, schmunzelte Ean. „Wie ich sehe, war deine Jahrgangskohorte äußerst erfolgreich.“ Der König ließ seinen Blick über die scheinbar unendliche Zahl von Schlitten gleiten, die sich bis zum Horizont zu ziehen schienen. Ihre Spuren schienen direkt ins rötliche Licht der untergehenden Sonne zu führen und dort zu versinken. Der Schnee, der den Boden bedeckte, glitzerte wie tausende Diamanten und der Atem der Männer und der Rösser, die die Schlitten gezogen hatten, kondensierte als feiner Nebel vor den Lippen von Mensch und Tier. Ein eiskalter Wind nahm ihn auf und zerfaserte ihn in Richtung des Horizonts.

Die Rösser schnaubten, nassgeschwitzt von dem Gewicht der schweren Fuhre, die sie gezogen hatten. Das Bellen und Kläffen der Faol genannten, riesigen grauen Wolfshunde, die den Tross als Schutz begleitet hatten, klang in der Luft. Es waren muskulöse Tiere mit wachsamem Blick und riesigen Reißzähnen. Trotz der Kälte hechelten sie, verharrten nur kurz an ihren Positionen und trotteten alsbald wieder los, um die Gruppe zu umrunden und nach potenziellen Feinden Ausschau zu halten, wie man es ihnen beigebracht hatte. Eine Aufgabe, die sie immer und zu jeder Zeit mit tödlichem Ernst begleiteten.

„Allerdings, Vater. Die Götter waren mit uns!“ Chet lächelte, strich sich mit seiner behandschuhten Rechten über sein Kinn und wies mit der Linken nach hinten. „Wir haben jeden Schlitten mit zwei Klafter Holz bestücken können und keines der Gefährte auf dem Weg nach Hause zurücklassen müssen. Das ganze Land wird ausreichend Holz bis zum Auszug der nächsten Jahrgangskohorte haben.“

„Wie viele Pferde und Faols habt ihr verloren?“ Der Blick des Königs glitt zufrieden über die schier unglaubliche Menge an Holz, die sein Sohn und seine Männer herangeschafft hatten.

„Zwanzig Pferde, zehn Faols“, berichtete Chet.

Ean nickte, dann sah er seinem Sohn in die Augen. „Und wie viele Männer?“ Sein Ton war etwas leiser und erwartungsvoll geworden.

„Nur drei“, erwiderte Chet stolz. „Der alte Yven wachte eines Morgens einfach nicht mehr auf und die beiden Brüder Alasdair und Ciaran fielen im Kampf gegen die Banshees.“

„Gegen die Banshees?“ Ean sah Chet ungläubig an. „Seit Äonen gab es keinen Angriff der Banshees mehr zu verzeichnen. Sie beließen es bisher dabei, lediglich vor den kommenden Toden zu warnen. Aber sie haben sie nie selbst verursacht!“

Eine Banshee war ein weiblicher Geist aus der Anderswelt, dessen Erscheinung einen bevorstehenden Tod ankündigte. Die Geister wuschen die blutverschmierten Kleider oder Rüstungen der sterbenden Kämpfer und waren dadurch Vorboten für den baldigen Tod des Kriegers. Sie waren Mahner, keine Mörder.

Chet zuckte mit den Schultern. „Sie überfielen uns nachts, es waren weibliche Geistwesen und sie bissen den beiden die Kehlen heraus, bevor wir überhaupt realisierten, was geschehen war. Ich kenne kein anderes Wesen, dem sie eher glichen als Banshees. Also gehe ich davon aus, dass es welche waren. Sie vergingen in den Flammen unserer Feuerpfeile und fuhren mit schaurigem Geheul in die Anderswelt zurück."

Der König runzelte kurz die Stirn, dann lächelte er wieder. „Ich bin stolz auf dich, mein Sohn. Seit deines Großvaters Zeiten ist es keinem Kohortenführer mehr gelungen, weniger als zehn Männer auf dem Pfad des Holzes zu verlieren. Ich danke dir für den Dienst, den du unserem Volk erwiesen hast!" Der König verneigte sich lächelnd vor seinem Sohn und die Männer der Kohorte brachen in lauten Jubel aus. Sie rissen ihre aus rotem Stein gehauenen Schwerter in die Luft, Äxte aus demselben Material blitzen im Licht der untergehenden Sonne. Blutstahl nannte man den Stein, aus dem die Waffen und Werkzeuge geschnitten waren und der so stabil wie Metall, aber einfacher zu verarbeiten und in hohen Aufkommen im Königreich vorhanden war.

„Nun kommt!", dröhnte der König. „Präsentiert dem Volk eure Beute!" Er legte seinem Sohn den Arm auf die Schulter und stapfte mit vor Stolz geschwellter Brust und hoch erhobenem Haupte mit ihm davon. Die Männer der Jahrgangskohorte folgten ihm unter dem Kläffen der Faols und trieben die schweren Rösser an. Knirschend lösten sich die Schlitten vom Eis, das sich mittlerweile an ihren Kufen gebildet hatte.

Ruckartig setzten sie sich in Bewegung, ächzend und stöhnend unter der schier unglaublichen Menge an Holz, das sie geladen hatten.

Holz, das das Überleben des Königreiches sicherte und das es wert war, dass Mensch und Tier dafür ihr Leben in den kalten, unbarmherzigen, nördlichen Wäldern des Reiches ließen. Außerdem hatten sie ohnehin keine Alternative.

Nordbergen, so der Name von Eans Reich, lag ganzjährig unter einer Decke festen Schnees begraben. Umso wichtiger war Holz als Brennstoff für die Bewohner und die Industrie des Reiches. Es musste von weit hergeholt werden, dort wo die Wälder im Laufe von vielen Jahren noch nicht gerodet worden waren und sich als undurchdringliche Mauer in die Höhen erhoben. Niemand konnte sagen, wie weit sich diese Wälder in den Norden erstreckten. Sie wuchsen derart dicht, dass kein Mensch sie durchdringen konnte und waren von Monstern bewohnt, die den Menschen feindlich gesinnt waren. So barg das Roden der Wälder immer ein großes Risiko und es war noch keinem Kohortenführer gelungen, ohne Verluste zurückzukehren. Es war auch schon vorgekommen, dass keiner der jungen Männer zurückgekehrt war und das Königreich einen ganzen Jahrgang Knaben verlor und ohne den wertvollen Rohstoff darben musste, bis die nächste Kohorte soweit war, sich ihrer gefährlichen Aufgabe zu stellen. Das kostete Hunderte Menschenleben, wenn die Nahrung zur Neige ging oder nicht mehr geheizt werden konnte und der Frost begann, Leben zu stehlen.

Wenn ein Junge das vierzehnte Lebensjahr erreicht hatte, musste er mit den anderen seines Jahrgangs ausziehen, um das so dringend benötigte Holz zu schlagen. Geführt wurden sie von einem Älteren, der Erfahrung in der gefahrvollen Reise hatte. Kehrten die Jungen zurück und hatten sich ehrenvoll geschlagen, wurden sie in den Kreis der Krieger aufgenommen. Man ließ sie jedoch nicht unvorbereitet gehen. Jeder Junge wurde ab dem zehnten Lebensjahr in den Künsten des Kampfes ausgebildet. Schwerter, Hämmer, Äxte, Pfeil und Bogen gehörten zu den Standardwaffen und die Klingen wurden aus dem roten Stein hergestellt, der sich als schärfer als Eisen erwiesen hatte. Die Magier des Volkes formten ihn mit aufwendigen Zaubern zu Klingen, Axtblättern und Pfeilspitzen. Nur Gegenstände der Landwirtschaft wurden noch aus Stahl in den Schmieden des Königreichs gefertigt, und galten eher als minderwertige Ware im Gegensatz zum roten Stein.

Pro Jahr gab es einen Zug, der die Holzvorräte des gesamten Königreiches für die nächsten zwölf Monate füllen musste. Gelang die Aufgabe, wurde ein rauschendes Fest gefeiert. Wenn nicht, litt das Reich unter den Folgen und es herrschte Trauer, denn die Witterung ließ ebenso wenig einen zweiten Zug zu wie die Gesetze des Landes, die verboten, dass gestandene Krieger sich auf den Weg machten. So herrschte ein großer Druck auf den Jugendlichen, die keinesfalls versagen durften. Denn keiner der Jungen wurde zum Krieger ernannt, wenn er versagte und erhielt erst im nächsten Jahr die Möglichkeit, wieder auszuziehen und musste sein Leben ein zweites Mal riskieren. Zudem war es dann für sie ein Zug der Schande. Die Jungen waren ein Jahr älter, als die eigentliche Kohorte und mussten die doppelte Leistung bringen, um die Prüfung bestehen zu können.

Auch Chet, der Sohn des Königs, konnte sich diesem Ritual nicht entziehen. Wie sein Vater viele Jahre vor ihm zog er unter Führung eines Älteren aus und kehrte erfolgreich zurück. Im darauffolgenden Jahr musste Chet die Kohorte führen und bestand die Aufgabe mit Bravour. Als er sich ein Jahr später gegen den vehementen Widerstand seiner Mutter Daracha durchsetzte und die Jahrgangskohorte nochmals und dieses Mal freiwillig anführte, erfüllten sich die schlimmsten Befürchtungen der Königin. Die Hälfte der Männer kam bei diesem Unternehmen um.

Arawn, der Herrscher der Anderswelt selbst, schien die Tore seines Reiches geöffnet zu haben. Bereits in der ersten Woche wurden die Männer von Aillén genannten Feuerdämonen überfallen, während sie auf freiem Feld nächtigten. Wie Schemen tauchten die menschenähnlichen Wesen auf. Sie verschmolzen mit ihrer gelblichen Haut- und Haarfarbe nahezu unsichtbar mit den Schatten der Nacht, schlichen sich an die Männer heran und töteten die Wachen. Dann ließen sie ihren Flammenatem auf die Schlafenden niederfahren und richteten furchtbaren Schaden an. Wer nicht im Schlaf getötet wurde, taumelte brennenden und schreiend umher. Die Männer erwachten, erschraken bis ins Mark und nur mit äußerster Mühe gelang es Chet, der Panik und Verwirrung seiner Krieger Herr zu werden, sie zu formieren und die Dämonen mithilfe der roten Klingen zu besiegen. Stahl wäre vollkommen wirkungslos gewesen, doch der magisch aufgeladene rote Stein drang in die Leiber der Kreaturen und entzog ihnen ihre dämonische Lebensenergie. Die Aillén schienen zu verdorren, wenn sie verletzt wurden und vergingen zu Staub. Doch auch die Klingen blieben nicht unbeschadet. Wenn man mehrere der Wesen mit ihnen tötete, wurden sie porös und zerbrachen irgendwann.

Einige Krieger fanden den Tod, weil ihre Waffen nutzlos geworden waren, doch als die Sonne aufging, war der Angriff zurückgeschlagen und die Dämonen vernichtet worden. Schwer atmend, wie betäubt und voller schmerzender Brandwunden sahen sich die Überlebenden mit Angst in den Augen an. Ihre Herzen hämmerten, ihre Glieder zitterten und nicht wenige hatten sich vor Angst eingenässt. Sie waren an den Waffen ausgebildet worden, doch nichts hatte sie auf die Heimsuchung durch diese dämonischen Kräfte vorbereiten können. Während manche nah am Rand des Wahnsinns entlang drifteten, saßen manch andere wie betäubt neben ihren gefallenen Freunden und weinten hemmungslos. Nur wenige waren beherrscht und bei klarem Verstand. Chet war einer von ihnen.

Er sorgte dafür, dass die Toten unter Massen von Schnee begraben wurden und trieb seine Männer zur Weiterreise an. Er sprach Mut zu, wo es nötig war und tröstete, wo er Beistand geben konnte. Doch in der darauffolgenden Nacht, als in den frühen Morgenstunden auch der Letzte seiner Männer, der keinen Wachdienst hatte, eingeschlafen war, flossen auch bei ihm die Tränen.

Sie erreichten unbehelligt die Wälder und mit vereinten Kräften gelang es ihnen, die benötigte Menge Holz zu schlagen, obwohl sie ein Drittel der Männer verloren hatten.

Auf dem Rückweg wurden sie von einem Trupp Fomoraig überfallen, dämonische Riesen mit nur einem Arm und einem Bein und gehörnten Tierköpfen. Über dem Boden schwebend attackierten sie die Männer und säten Angst und Schrecken in ihre Herzen. Chet musste sämtliche Faols opfern und alle Packpferde zurücklassen, um mit seinen Männern und den Schlitten voller Holz entkommen zu können. Halb verhungert kamen sie, in ihrer Anzahl um die Hälfte geschrumpft und beinahe wahnsinnig von den erlebten Gräueln, zu Hause an. Die Stimmung auf dem anschließenden Fest schwankte zwischen Trauer um die Gefallenen und unbändigem Stolz auf die Überlebenden, die es stark dezimiert geschafft hatten, den Jahresvorrat an Holz doch noch herbeizuschaffen. Sie waren Helden und noch heute künden die Lieder ihres Volkes von ihrer Großtat. Sie waren als Kinder losgezogen und als Erwachsene zurückgekehrt. Die Besten der Besten ihres Jahrgangs, eisenharte Krieger mit unerschütterlichem Willen.

Umso wichtiger war es Chet, im nächsten Jahr wieder aufzubrechen und dieses Mal mit genügend Holz und möglichst geringen Verlusten heimzukommen. Zum ersten Mal beschloss der Rat des Königs, den jungen Männern bei der diesjährigen Kohorte einen Druiden mitzugeben, der sie vor den dämonischen Gefahren warnen und sich um ihre Verletzungen kümmern sollte. Leider wurde Yven schon zu den Göttern gerufen, bevor sie die Wälder erreicht hatten und Chet befürchtete, dass man dies als Zeichen der Götter deuten konnte, die jungen Männer zukünftig besser wieder alleine ziehen zu lassen und ihnen die Hilfe eines Druiden zu versagen.

Doch darüber würde er ein anderes Mal nachdenken. Jetzt galt es zu feiern.

2. Kapitel: Argur

Der König und sein Sohn stapften nebeneinander durch den Schnee auf die riesigen Tore der Hauptstadt des Königreichs zu. Sie wurde Niondan genannt und ihr Name bedeutete „die Herrliche“. Das war nicht übertrieben. In ganz Nordbergen gab es keine Stadt, die ihr auch nur annähernd gleichkam.

Die Wehrmauern aus blauem Granitstein erhoben sich nahezu hundert Schritt in den Himmel. Abgeschrägte Zinnen spiegelten sich im Licht der Sonne und gaben den Verteidigern Deckung bei Angriffen. Das zweiflügelige Haupttor war aus schwarzem Ebenholz gefertigt und mit goldverzierten Metallbeschlägen verstärkt. Es öffnete sich, um die Männer hineinzulassen und der Jubel des Volkes drang zu ihnen hinaus. Die königliche Garde ließ ihre Rappen galoppieren, ihre goldenen Schabracken wehten im Wind, als sie dem Herrscher entgegenstürmten. Ihre Kettenhemden glänzten wie poliertes Silber, die Fahnen an ihren Lanzen flatterten im Wind. Sie parierten ihre Pferde durch und Rion, der Anführer der Garde, reichte Ean und Chet die Zügel von zwei prächtigen schwarzen Hengsten. Vater und Sohn stiegen auf und ritten inmitten der Garde durch das Haupttor direkt in den Jubel des Volkes hinein.

Die Straßen der Stadt zogen sich sternförmig vom Tor auf den Palast des Königs zu, der zusammen mit dem Refugium der Magier das schillerndste und prächtigste Gebäude der Stadt darstellte.

Im Abstand von fünf Metern zur Stadtmauer waren zunächst die einfachen steinernen Gebäude der Metzger, Bäcker, Waffenmanufakturen und allen anderen Berufsständen errichtet worden, die Lärm und Dreck machten. Auch die Ställe für Pferde, Rinder, Lämmer und Schweine befanden sich dort in dem ersten Ring der Stadt. Der zweite Ring beinhaltete die Lebensadern von Nordbergen, die aus

Stahl und Glas gefertigten Gewächshäuser der Magier, in denen Getreide, Obst und Gemüse gezüchtet werden konnte, obwohl das Land ganzjährig unter einer tiefen Schneedecke lag. Das Beheizen der Gewächshäuser verschlang einen Großteil des Holzes, das die jungen Männer Jahr für Jahr gefahrvoll schlagen mussten. Es stellte somit die Grundlage für das Überleben der Menschen dar.

Der dritte Ring bestand aus den aus Holz und Lehm erbauten Häusern der ärmeren Bürger und beinhaltete einige wenige Marktplätze, auf denen Waren aus den unteren Preissegmenten feilgeboten wurden. Luxus suchte man dort vergebens, aber es gab Armenspeisungen und für jeden genug zum Leben. König Ean ließ es nicht zu, dass auch nur der Geringste in seinem Reich hungern musste.

Der vierte Ring war den Bürgern vorbehalten. In ihm fanden sich auch Krankenhäuser und die Garnisonen der königlichen Armee. Die Häuser waren aus Sandstein erbaut, mit Steinmetzarbeiten verziert und mit roten Tonschindeln bedeckt worden. Beheizte Gärten schlossen sich an die Gebäude an und der Ring strahlte ein großes Maß an Wohlstand aus. Dank der Macht der Magier war die Stadt schnee- und eisfrei. Durch ein ausgeklügeltes unterirdisches Bewässerungs- und Heizsystem konnte trotz der niedrigen Außentemperaturen auch im Freien ein gewisses Maß an Pflanzen gedeihen.

Der fünfte Ring umfasste den Palast des Königs und das Refugium der Magier samt dem großen Marktplatz und war den Patriziern vorbehalten. Gebäude aus glänzendem Marmor mit an Blattgold reich verzierten Säulengängen trugen den Reichtum der Bewohner zur Schau. Der Palast des Königs bestand aus fünf runden Gebäuden, wobei das mittlere beinahe so hoch aufragte wie die Stadtmauern. Die Höhe der anderen Gebäude fiel nach links und rechts ab, doch selbst das Geringste von ihnen überragte die Häuser der Patrizier bei weitem.

Die runden Kuppeln des Palastes strahlten in purem Gold, von ihren Spitzen flatterten Wimpel in den königlichen Farben Schwarz und Orange.

Säulengänge säumten die Fronten, hinter den Gebäuden befand sich der königliche Park, eine riesige Anlage, die in sattem Grün strahlte. Von Bächen durchzogen, mit Blumenbeeten versehen, beherbergten die Gärten den größten Zoo des Landes, in dem alle Arten von Tieren, aber auch magisch gebannte und in Ketten gelegte Dämonen ausgestellt wurden.

Im Gegensatz zu den runden Formen des Palastes war das Refugium der Magier streng kubisch erbaut worden. Bestehend aus drei Gebäuden, das mittlere ein riesiger Turm, stand es der Höhe des Palastes in nichts nach. Zu seinen Pforten führte eine breite Marmortreppe, auch sein Eingang wurde von Säulen umrahmt. Goldintarsien erzeugten bei beiden Gebäuden eine strahlende Pracht, die das Auge des Betrachters beinahe schon schmerzhaft blendete.

König Ean sah zufrieden lächelnd auf die Bewohner des ersten Rings, die alle auf die Straßen geströmt waren und laut lachten und jubelten. Sie schwenkten bunte Tücher und warfen rote Rosen auf die mit grauem Stein gepflasterten Straßen.

König und Prinz erhoben huldvoll die Rechte und ließen ihre Pferde langsam durch die Reihen des jubelnden Volkes schreiten. Hinter ihnen wurde das geschlagene Holz von den Schlitten gezogen und über dunkle Treppen in die Katakomben unter der Stadt gebracht. Vor ihnen ergoss sich eine jubelnde Menge, die sie bis zum Palast begleitete.

Sie stiegen vor der Marmortreppe ab, Bedienstete kümmerten sich um die Pferde. Vater und Sohn gingen die Stufen hinauf, auf Königin Dachara zu, die sie bereits erwartete. Wie es das Protokoll erwartete, stand sie schweigend da, ohne jegliche Regung. Lediglich das Strahlen ihrer Augen und ein mühevoll zurückgehaltenes Lächeln zeigten denjenigen, die sie näher kannten, ihre Freude und Erleichterung. Sie war eine noch immer sehr schöne Frau. Ihre schlanke Statur, ihr edles Antlitz und ihre schwarzen, zu einem dicken Zopf geflochtenen Haare ließen sie auch noch immer begehrenswert erscheinen, auch wenn sie die Dreißig bereits überschritten hatte. Vater und Sohn kamen auf sie zu, noch immer stand Dachara unbeweglich wie eine Statue da. Chet blieb wenige Schritte vor ihr stehen und warf einen Blick in die Runde. Hinter der Königin hatte sich der gesamte Hofstaat versammelt. Der Schmuck der Anwesenden blitzte in der Abendsonne, die leuchtenden Farben ihrer aus feinster Baumwolle gewirkten Kleider strahlten und die Gerüche ihrer Parfüms schwängerten die Luft. Begeisterte Blicke fielen auf den Prinzen, obwohl er in seinen dreckigen, zerrissenen Jagdgewändern weder so gut aussah wie sie, noch nach den Strapazen seiner Reise auch nur annähernd so gut roch. Trotzdem klatschte der Hofstaat frenetisch Beifall während die Leibgarde auf der Treppe mit gezogenen Schwertern Spalier stand. Auf jeder Stufe einer, bis hinab zum Volk, das sein Jubelgeschrei unterbrochen hatte und verzückt zum Hofstaat hinaufsah.

Es wurde dann so still, man hätte eine Stecknadel fallen hören können. Dann erklang die warme, feste Stimme der Königin: „Wart Ihr erfolgreich, Kohortenführer?“

Chet grinste und erwiderte dem Protokoll gemäß mit der Höflichkeitsfloskel: „Ich freue mich, Euch meinen Erfolg vermelden zu dürfen, meine Königin. Möge der Winter ewig währen!“

„Möge der Winter ewig währen!“, antwortete Dachara laut. „Nun geht und empfangt Eure Belohnung, Kohortenführer.“

Das Volk brach in überschwänglichen Jubel aus und Chet grinste. Als seine Mutter verstohlen ihre Hand nach seiner ausstreckte, wurde der Prinz steif wie ein Stock und König Ean zischte: „Was fällt dir ein, Weib?“

Die Drohung, die seine Augen versprachen, zeigte sofortige Wirkung. Dachara zog ihre Hand zurück, ihr Gesicht lief rot an und sie sah beschämt zu Boden.

„Wir sprechen uns noch“, knurrte Ean und ging zusammen mit Chet an ihr vorbei, ohne sie eines Blickes zu würdigen. „Verzeih deiner Mutter, sie wollte dich nicht absichtlich entehren“, flüsterte Ean. „Doch nach den Vorkommnissen des letzten Jahres verging sie fast vor Sorge um dich. Die Wiedersehensfreude muss sie völlig aus dem Gleichgewicht gebracht haben. Du weißt ja, wie die Weiber sind: schwach und dumm! Trag es ihr nicht nach, sie wird sich morgen für ihre Unflätigkeit bei dir entschuldigen.“

Chet nickte stumm. Noch immer war er von dem Versuch seiner Mutter, ihn in aller Öffentlichkeit zu berühren, geschockt. Es war den Frauen nicht erlaubt, in der Öffentlichkeit ein solches Verhalten zu zeigen, nicht einmal, oder besser gesagt vor allem nicht, der Königin! Sie hatte mit Stolz und treuem Glauben an die Fähigkeiten ihres Sohnes auf seine Rückkehr zu warten und nicht mit der schwachen Geste der Sorge zu provozieren, dass sie ein Versagen des eigenen Sohnes überhaupt auch nur annähernd in Betracht gezogen hatte.

König Ean führte ihn durch die prächtigen Hallen und Gänge des Palastes direkt in den großen Festsaal, in dem seine triumphale Rückkehr schon vorbereitet worden war. Späher hatten schon Tage zuvor den Erfolg des Prinzen gemeldet und die Köche arbeiteten seither am Rande eines Herzinfarktes. Nicht nur die gesamte Entourage des Königs wurde bei diesem Fest beglückt, sondern alle Angehörigen der Männer der Jahrgangskohorte. Sie wurden aus allen Teilen des Königreiches herangeschafft um die Erhebung ihres Jungen in den Rang eines Kriegers zu erleben. Weiterhin wurden sämtliche Einwohner der Hauptstadt und alle Reisenden, die sich zu diesem Zeitpunkt dort befandet, verköstigt. Unnötig zu sagen, dass die Hauptstadt zu diesen Ereignissen aus allen Nähten platzte, Jahr für Jahr.

Ean und Chet durchschritten die Halle, liefen an der meterlangen Tafel der Weiber vorbei, ohne sie eines Blickes zu würdigen und erklommen über mehrere Stufen den zweiten, höhergelegenen Teil der Tafel für die Männer. Wie es das Protokoll vorsah, durften die Eheweiber die erhöhte Ebene nicht betreten. Lediglich den Schankmägden und Lustweibern war ein Aufenthalt dort erlaubt. Viele hielten diese uralten Regeln für längst überholt, doch König Ean hielt an den Traditionen fest und verbannte die Weiber an diesem einen Tag dorthin, wohin sie nach Meinung der alten Überlieferungen hingehörten: zu den Füßen der Männer. Er selbst ging zwar nicht so weit, seine Königin zu schmähen, indem er sich in aller Öffentlichkeit den Lustweibern hingab. Doch es war ihm wohlbekannt, dass ein Großteil des Hofstaates es noch immer so hielt, wie es die alten Überlieferungen vorschrieben. Ein Mann durfte sich so viele Weiber halten, wie er sich leisten konnte. Ein Weib, das untreu war, erwartete der Tod. In den allermeisten Fällen wurde es so gehalten, dass das untreue Weib zu seiner Familie geschickt und die Verbindung aufgelöst wurde. Zumindest in der Hauptstadt. König Ean wusste, dass in den ländlich gelegenen Gebieten noch die alten Gesetze galten und er hatte Magier ausgesandt, um der Bevölkerung diesen Unsinn auszutreiben, indem er ihre Bildung erhöhen lassen wollte. Beides geschah leider nur mit mäßigem Erfolg. Doch jetzt war kein Zeitpunkt, um Trübsal zu blasen, jetzt sollte gefeiert werden. Ein paar tote Weiber mehr oder weniger sollten die Stimmung nicht trüben!

Chet entledigte sich seines Kettenhemdes, seiner schweren Stiefel und seiner Waffen, die ein eilfertiger Bediensteter sofort davontrug. Er atmete zufrieden ein und aus, beobachtete wie sich der Saal langsam füllte und setzte sich zufrieden auf den Stuhl neben dem goldenen Thron seines Vaters.

„Du stinkst wie ein Otter“, grinste Ean, lachte laut und reichte seinem Sohn ein Trinkhorn. „So muss es sein!“

Chet griff danach, lachte und stieß mit ihm an, dass der Wein herausschwappte. Dann trank er gierig, bis kein Tropfen mehr in dem Horn übrig war. Gerade wollte er einer Schankmagd zurufen, es wieder zu füllen, als ein lauter Gong den Trubel durchbrach und eine sofortige Stille erwirkte.

Durch den Eingang der Halle trat Taran, der Meistermagier. Gemessenen Schrittes ging er an dem Tisch der Weiber vorbei und erntete respektvolle Blicke. Im Gegensatz zu dem König und seinen Kriegern trug er Haupt-und Barthaar nicht lang, sondern kurzgeschoren. Seine weinrote Robe und der goldene Stab, an dessen oberem Ende das Abbild eines goldenen Keilers thronte, verliehen ihm eine mächtige Präsenz, die nur schwer zu beschreiben war. Er ging ohne ein Wort zum Thron des Königs und verbeugte sich vor ihm.

Ean lächelte ihm zu und nickte. Der Magier drehte sich herum und ließ seinen Blick über die Halle schweifen. Dann sprach er mit warmen, leisen Worten, die trotzdem auch das letzte Paar Ohren in dem Festsaal erreichten: „Möge der Winter ewig währen!“

Sein Gruß wurde von Tausenden Kehlen beantwortet, dann kehrte wieder Schweigen ein. Taran lächelte und fuhr fort: „Wie ihr alle wisst, wurde durch den Verrat eines Weibes vor Äonen die Rasse der Atar geboren. Diese Monster waren die Geißel der Menschheit und nur unter größten Verlusten gelang es den tapferen Männern unseres Volkes sie zu bezwingen.“

„Die Götter seien ihren Seelen gnädig!“, murmelte jeder im Raum, wie es das Protokoll verlangte.

„Die Götter sind ihren Seelen gnädig“, bestätigte Taran. „Sie halfen uns, die Monster zu besiegen, im Zwischenlande zu bannen und sie im ewigen Eis für immer festzuhalten. Möge der Winter ewig währen!“

„Möge der Winter ewig währen!“, wiederholte die Menge laut.

„Die Götter werden uns Magiern beistehen, um die Geisel der Menschheit im ewigen Eis gefangen zu halten. Die Weiber jedoch wurden für ihren Frevel bestraft, indem sie als geringer galten als selbst die Hunde!“

„Mögen die Götter sie ewig strafen!“ Paradoxerweise wurde der Ruf von den Männern und den Frauen des Hofstaates lauthals aufgenommen.

„Mithilfe der Götter, unserer Magie und den tapferen jungen Männern eines jeden Jahrgangs können wir den Winter aufrechterhalten, die Monster bannen und weiter existieren. Heil sei den Knaben!“

„Heil sei den Knaben!“, brüllte die Menge und die Jahrgangskohorte erhob sich wie auf Befehl. Lediglich Chet blieb auf seinem Stuhl sitzen. Er war seit seinem ersten Zug zum Mann gereift und weit entfernt davon, ein Knabe genannt zu werden.

„Euer Anführer hat mir berichtet, dass ihr treu und mutig gedient habt. Somit sei euch allen die Kriegerwürde verliehen!“ Taran stampfte dreimal mit seinem Stab auf den Boden und die Anwesenden brachen in Jubel aus. Der Magier wartete einige Augenblicke, bis er die Linke hob und Ruhe gebot. „Wir wollen auch die Gefallenen nicht vergessen. Sie werden als Krieger den Göttern dienen!“

Wieder brandete Jubel auf und Taran ließ die Menge gewähren. Dann stand der König auf und der Lärm verstummte. „Ihr tapferen Recken, ich danke euch für den Einsatz eurer Leben. Ihr habt unserem gesamten Volk ein weiteres Jahr zu leben ermöglicht. Feiert, berauscht euch. Genießt Wein, Weib und Gesang und kehrt morgen als Krieger in eure Dörfer und Städte zurück.“ Er erhob das Horn und erntete lauten Applaus. Der Hofstaat prostete ihm zu und das Fest kam nun richtig in Gang. Ean setzte sich und legte seine Hand auf Chets Schulter. Er hatte seinen Sohn absichtlich nicht vor den anderen gelobt. Er war der Prinz, eine Aufgabe war an ihn zum Wohle des Volkes gestellt worden. Er hatte sie erfüllt und er durfte dafür kein Lob erwarten. Trotzdem konnte Chet in den Augen seines Vaters sehen, dass er verdammt stolz auf ihn war.

Die beiden Männer prosteten sich zu und stürzten den Wein hinunter. Ean wischte sich mit dem Handrücken über den Vollbart und rülpste verhalten, während eine Schankmagd ihm unaufgefordert nachfüllte. Bei Festen dieser Art gehörte übermäßiger Alkoholgenuss zum guten Ton und nicht wenige der stolzen Recken würden morgen früh wie tot über oder unter den Bänken, auf den Tischen und überall da liegen, wo sie der Alkohol niederstrecken würde.

„Da kommt Argur!" Taran hatte sich zum König hinübergebeugt und sah in Richtung des Eingangs der Halle. Eans Augen folgten ihm und auch Chet sah auf die traurige Gestalt, die sich ihnen mit hastigen Schritten näherte. Argur war der Neffe Tarans und von Kindesbeinen an ein Spielkamerad Chets gewesen. Doch im Gegensatz zu dem Prinzen, der in die Kaste der Krieger aufgenommen worden war, hatte es ihn zu den Magiern verschlagen, da seine waffentechnischen Talente gelinde gesagt katastrophal entwickelt waren. Im magischen Bereich war er zwar keine Koryphäe, doch er würde zumindest das Adeptentum überstehen, ohne mit Schimpf und Schande aus dem Refugium geworfen zu werden.

Um die Ausbildung zum Magier zu erhalten, war zunächst das Vorhandensein von magischem Talent vonnöten. Da beinahe jeder Bürger in König Eans Reich zumindest Ansätze davon zeigte, war diese erste Hürde schnell genommen. Argur galt sogar als überdurchschnittlich talentiert, aber sein unsicheres und unstetes Wesen standen einer großen Karriere im Wege. Ein Magier agierte aus einer inneren Stärke und der Einheit von Körper und Geist heraus. Argur stand sich diesbezüglich oft selbst im Weg, er war ein Zauderer und nicht zu schnellem Handeln fähig. Zwar beherrschte er die niederen Zauber, die mithilfe von allerlei magischen Pulvern, Gerätschaften und anderen Hilfsmitteln ausgeführt werden konnten, recht gut; die mächtigen Zauber mithilfe seiner inneren Energie zu meistern, stellte ihn allerdings vor immense Schwierigkeiten. So setzte Taran zunächst alles daran, das Selbstbewusstsein des Jungen zu stärken. Ein erster Schritt zur Lehre der inneren Ruhe.

„Argur, komm heran!“, dröhnte Eans mächtiger Bass durch den Raum und alle Blicke wandten sich dem Jungen zu. In seiner viel zu großen Robe sah er noch kleiner aus, als er tatsächlich war. Chet überragte ihn um mehr als einen Kopf, seine Schultern waren beinahe doppelt so breit und das, obwohl die beiden im gleichen Alter waren.

Im Gegensatz zu Chets vollem, langen Haar, das wie ein goldener Strom über seine Schultern flutete, trug Argur nur einen wirren Kurzhaarschnitt. Erst wenn er die Magierwürde erreicht hatte, konnte er das struppige rote Haar zu einer Glatze scheren. Es liefen ernsthaft Wetten am Hof, dass ihm die Haare eher ausfallen würden, als dass er jemals diese Würde erringen könne.

Sein Gesicht war schmal, Sommersprossen zierten seine Wangen auch im Winter. Seine grünen Augen sprühten vor Intelligenz, wenn er sie nicht gerade schamhaft zu Boden neigte, was fast immer der Fall war. Seine bleichen, dünnen Finger krallten sich um ein Dokument, das er wie ein Heiligtum vor seiner Brust trug. Argur ging mit hastigen Schritten an der Tafel der Weiber entlang. Eine schwarzhaarige Schönheit, Rewana genannt, drehte sich zu ihm herum und lächelte ihn verführerisch an.

Chet konnte beinahe das trockene Schlucken Argurs hören. Beschämt schlug der Adept die Augen nieder, stolperte und konnte sich nur mit einigen schnellen Schritten und weil er seine Arme rudernd zur Hilfe nahm, vor einem Sturz retten. Rewana lachte glockenhell auf und Chet schüttelte grinsend den Kopf. Sie wusste so gut wie der Prinz, dass Argur mehr als nur einen Blick auf sie geworfen hatte. Rewana war eines der schönsten Mädchen am Hof, aus einer der besten Familien und sie würde einen Teufel tun, mit dem Magieradepten anzubandeln. Doch sie wusste, wie er sich nach ihr verzehrte und nutzte das schamlos aus. Sie behandelte ihn zwar nicht böswillig, aber es machte ihr nichts aus, ihre Späße mit ihm zu treiben und zu testen, wie weit sie gehen konnte. Viel zu weit, wie Chet fand. Der verliebte Schussel tat einfach alles, um nur in ihrer Nähe sein zu dürfen. Wenn sie ihn anlächelte, fühlte er sich wie im siebten Himmel und Chet hatte ihn schon unzählige Male davor gewarnt, dass er hier seine Energien verschwenden würde. Gondola, ein etwas blasser wirkendes Mädchen mit braunen Haaren und etwas weniger attraktiver Figur, vergötterte Argur nahezu. Doch der hatte sich in die schwarzhaarige, dralle Schönheit vernarrt und egal was Chet sagte, er fand kein Gehör.

Der Hofstaat stimmte in das Gelächter Rewanas ein und Argur senkte beschämt den Kopf, damit man nicht sehen konnte, dass sein Gesicht rot anlief. Bis er den Weg zum König bewältigt hatte, kümmerten sich die Feiernden wieder um ihre eigenen Belange und Argur verneigte sich tief vor dem Herrscher. „Mein König, ich habe eine wichtige Botschaft für Euch.“ Die Stimme des Adepten konnte kaum den Lärm der Feiernden durchringen.

„Was?“, grollte Ean und beugte sich nach vorne.

„Eine Botschaft. Wichtig!“, stotterte Argur, ohne den Blick zu erheben.

Ean sah kurz zu Taran hinüber. Der Magier verdrehte die Augen und seufzte. Dann wandte der König sich wieder an den Jungen. „Wir feiern hier, siehst du das nicht?“ Es kostete ihn sichtlich Mühe, ernst zu bleiben. Er wollte dem Jungen ein klein wenig Kontra geben, um ihn aus der Reserve zu locken.

„Doch, mein König, natürlich.“ Argur hob kaum merklich den Kopf. „Verzeiht, ich wollte nicht vorlaut sein!“

„Warst du aber“, gab der König belustigt zurück.

Man konnte sehen, wie Argur sich auf die Unterlippe biss, zu keiner Erwiderung fähig. Seine Hände zitterten vor Aufregung.

„Was soll denn so wichtig sein, dass du mitten in der Feier zum Ritterstand hierherkommst und störst? Überlege dir gut, was du antwortest!“ Ean hatte sich in seinem Thron zurückgelehnt und sah forschend auf das Bündel Unsicherheit hinab.

Man konnte förmlich sehen, wie Argur sich einen Ruck gab. Dann murmelte er: „Nichts, mein König“, machte auf dem Fuß kehrt und durchquerte die Halle mit so schnellen Schritten, wie er konnte. Beinahe hätte er angefangen, zu rennen. Einige der Feiernden sahen ihm spöttisch hinterher, doch die meisten beachteten ihn nicht einmal.

„Bei den Göttern“, seufzte Taran und fuhr sich mit einer verzweifelten Geste mit der Hand über das Gesicht.

Ean schüttelte mit großen Augen den Kopf und Chet beugte sich zu ihm hinüber und flüsterte: „Es war aber wirklich etwas Wichtiges, Vater. Er hat mir im Vorfeld verraten, um was es geht!“

„Ich weiß, worum es geht. Taran hat mich bereits informiert und diese kleine Scharade war lediglich ein Test für den Jungen. Er hätte sich nicht abwimmeln lassen dürfen, sondern hätte mir die Nachricht unbedingt übergeben müssen. Das Wohl des Königreichs hängt davon ab. Doch leider hat er versagt.“

„Einmal mehr versagt.“ Taran schüttelte den Kopf und seufzte.

„Dann ist es wahr, dass die Eismassen schrumpfen sollen?“, fragte Chet so leise es möglich war.

„Es scheint etwas dran zu sein, doch uns liegen nur unbestätigte Gerüchte vor. Wir müssen das überprüfen lassen und Argurs Auftrag war, mich darüber zu informieren. Verdammt, was soll nur aus ihm werden? Er hat die Veranlagungen zur Magie, doch das Herz eines Hasen!“ Ean trank sein Horn leer und ließ sich nachschenken. „Egal! Heute werden wir feiern, morgen werden wir im Kronrat über das Eis sprechen!“ Er klopfte Chet auf die Schulter und der Prinz stürzte sein Horn ebenfalls herunter.

3. Kapitel: Gerüchte

„Aufwachen!“

Chet wurde ziemlich unsanft aus dem Schlaf gerissen. Nicht nur die Stimme seines Vaters, die einem Nebelhorn in Sachen Lieblichkeit in absolut nichts nachstand, auch ein Eimer eiskalten Wassers sorgte für ein beinahe schon furchtbares Erwachen.

Kalt klatschte die Flüssigkeit in Chets Gesicht. Er schreckte hoch, sein Herz schlug bis zum Hals und eine Gänsehaut bildete sich auf seinem nackten Oberkörper. Er japste nach Luft, sah sich verwirrt um und sank stöhnend in die Kissen, die sich ekelhaft nass anfühlten.

„In zehn Minuten tagt der Kronrat und deine Anwesenheit wird erwartet“, grollte Ean und stapfte mit schweren Schritten aus Chets Schlafgemach. „Wer abends saufen kann, kann morgens auch arbeiten.“

Chet stöhnte mit geschlossenen Augen auf. Er spürte jeden Pulsschlag als stechenden Schmerz in seinem Schädel.

„Klar. Und weil du mich heute Nacht gevögelt hast, kannst du heute Morgen natürlich auch fliegen“, schnurrte eine weibliche Stimme. Zwei andere kicherten.

Chet riss die Augen auf. Er kannte diese Stimme! Er fuhr herum, sah in das lächelnde Gesicht Rewanas und stöhnte auf. Nicht nur die Bewegung schmerzte ihn, sondern seine eigene Dummheit. Wie hatte er nur mit der Flamme seines Freundes das Bett teilen können; das würde Argur ihm nie verzeihen!

Der Prinz setzte sich auf und sah sich um. Die beiden anderen Mädchen kannte er noch nicht einmal beim Namen. Er kam schwankend auf die Beine und schlüpfte beschämt in seine Lederhose, die unordentlich vor ihm auf dem Boden lag. „Kein Wort davon zu Argur, oder, bei den Göttern, ich sperre euch alle ins Verließ, bis ihr verrottet!"

„Keine Sorge." Rewana erhob sich mit lasziven Bewegungen und legte ihre Hand auf Chets Schulter. Sie berührte ihn mit ihrem Oberkörper an seinem Arm und ein Schauer lief über seine Haut. „Verschwindet sofort!", knurrte er ungehalten, doch die Mädchen klaubten lächelnd ohne Hast ihre Kleider auf. Der Prinz war bekannt dafür, ein großes Herz zu haben und würde ihnen nicht lange böse sein. Kichernd zogen sie sich an und machten sich von dannen, aber nicht ohne ihm noch einen verheißungsvollen Blick zu schenken.

„Verdammt", knurrte Chet und schlug sich mit der flachen Hand gegen die Stirn. Keine gute Idee, wie er anhand der Kopfschmerzen sofort feststellte. Aber eine noch schlechtere Idee war es gewesen, sich mit Rewana einzulassen. Nicht, dass es moralisch verwerflich gewesen wäre, nein. Er war ein Mann, zudem noch der Prinz und es wurde beinahe schon von ihm erwartet, dass er sich die königlichen Hörner wann immer er wollte, mit wem immer er wollte und verdammt nochmal auch so oft er wollte, abstieß. Aber dass es unbedingt die Flamme seines besten Freundes hatte sein müssen, war, gelinde gesagt, politisch verdammt unklug! Er wusch sich das Gesicht, zog sich an und schwor sich, nie wieder so viel zu trinken, dass er nicht mehr wusste, was er tat. Sein Vater hielt es stets ebenso und das aus gutem Grund, wie Chet nun feststellen musste.

Er hastete aus seinen Räumen und stieß auf dem Gang fast mit Argur zusammen. „Guten Morgen Chet", murmelte der Adept.

„Was machst du denn hier?" Chet ging mit schnellen Schritten in Richtung Thronsaal durch den Palast. Er wollte auf keinen Fall zu spät kommen.

„Ich wurde vor den Kronrat geladen." Argurs Stimme zitterte.

Chet sah ihn erstaunt an. Das war ungewöhnlich. In den Kronrat wurden zu den ständigen Vertretern nur hohe Würdenträger vorgeladen, auf keinen Fall Männer oder Jungen ohne Rang und Namen.

„Ich habe solche Angst!“ Argur sah Chet flehend an. „Kannst du mir bitte zur Seite stehen?“

„Haben sie gesagt, warum du vorgeladen wurdest?“ Die beiden hetzten die Gänge entlang, vorbei an bewaffneten Kriegern, die den inneren Bereich des Palastes bewachten und sie zu ignorieren schienen. Ihre Kettenhemden, Helme und Hellerbarden blitzten blank poliert.

„Es hängt mit der Nachricht zusammen. Bitte versprich, dass du mich nicht im Stich lässt!“

Argur schien den Tränen nahe. Dabei sollte er nur eine zweite Chance erhalten, seine Nachricht vorzubringen. Chet schüttelte innerlich den Kopf und verkniff sich ein Grinsen. „Klar“, versprach er leichthin.

Dann hatten sie den Saal erreicht, in dem der Kronrat tagte. Zwei Krieger der Garde öffneten ihnen die zweiflügelige Eichentür und ließen sie eintreten.

„Willkommen, mein Sohn. Nimm deinen Platz zu meiner Rechten ein. Möge der Winter ewig währen“, dröhnte Ean.

„Möge der Winter ewig währen!“ Chet ging an der Tafel entlang und folgte der Aufforderung seines Vaters. Er grüßte Taran, den Meister der Magier mit einem Nicken und einem Lächeln, das sofort erwidert wurde. Ebenso verfuhr er mit den anderen Anwesenden, die sich bereits gesetzt hatten. Muriel, die Hohepriesterin der Götter. Hemdorn, der Anführer der Garde. Arkan, Meister der Bücher und des Goldes. Hendrik, Oberster Gärtner und damit Herr über die Gewächshäuser des Königreichs. Wogan, Vorsitzender der Rechtsgelehrten. Merida, Oberste Ärztin und Leiterin der Hospitäler und schließlich Norn, der Oberste der Philosophen.

Chet setzte sich neben seinen Vater und sah gespannt zu Argur. Der Adept war am Eingang der Halle stehengeblieben, wie es das Protokoll verlangte.

„Komme er und sage er, was er zu sagen hat.“ Der Tonfall des Königs war bewusst sanft gewählt und nicht wenige der Anwesenden mussten sich beherrschen, um nicht zu lächeln.

Argur atmete tief ein und aus. Er straffte die Schultern, nahm allen Mut zusammen und trat an die Tafel heran. Er räusperte sich, ignorierte die gespannten Gesichter der Anwesenden und konzentrierte sich einzig und alleine auf die Schriftrolle. Sein Herz schlug bis zum Hals, ihm war heiß und kalt zugleich. Verbissen öffnete er den Knoten des blauen Stoffbandes, das das Papier eingerollt hielt. Er wusste, er würde keinen Ton herausbringen, wenn er einem der Anwesenden ins Gesicht sah. Mit zittrigen Fingern entrollte er nach einer gefühlten Ewigkeit das Papier. Die Buchstaben schienen vor seinen Augen erst zu tanzen und dann zu verschwimmen. Er kniff die Lider zusammen, atmete nochmals ein und aus und erhob seine Stimme. „Mein König, es mehren sich die Gerüchte, dass die gefrorenen Seen an Fläche verlieren. Wir empfehlen dringend, eine Expedition in das Grenzland zu senden, um den Sachverhalt zu überprüfen. Möge der Winter ewig währen!“ Zitternd ließ er das Papier sinken und sah den König mit einer Mischung aus Angst und Neugier an.

„Du hast eine wichtige Botschaft überbracht, gut gemacht!“, lobte der König.

Die Anspannung schien von Argur herabzufallen. Er seufzte, lächelte glücklich und verneigte sich. „Dann werde ich mich mit Eurer Erlaubnis wieder entfernen, mein König.“

„Nein.“

Obwohl Eans Stimme freundlich geblieben war, zuckte Argur erschrocken zusammen. Etwas stimmte hier nicht! Sein Meister Taran hatte ihm nur aufgetragen, die Botschaft zu überbringen und dann zu verschwinden. Sein Herz klopfte wie wild. „Wie belieben zu meinen, mein König?“ stotterte er völlig verängstigt.

„Setze dich neben deinen Meister. Du wirst an der Ratssitzung teilnehmen.“ Ean wies mit der Rechten auf den leeren Platz neben Taran.

Argur zögerte eine halbe Sekunde, dann setzte er sich in Bewegung. Wie ein Traumwandler fand der sich neben seinem Meister ein und setzte sich völlig perplex auf den freien Stuhl. Dass einer wie er vor den Rat treten durfte, war das eine. Dass er sogar an der Sitzung teilnehmen durfte, war absolut außerordentlich. Argur sah sich unsicher um. Fast rechnete er schon damit, dass die Anwesenden in prustendes Gelächter ausbrechen und ihn mit Schimpf und Schande davonjagen würden, doch der König eröffnete die Sitzung mit folgenden Worten: „Meine Herren, wir haben heute nur ein einziges Thema auf der Agenda: den Flächenverlust der Eisseen. Ich bitte um Eure hochgeschätzte Meinung zu diesem Thema.“

Argur platzte fast vor Stolz. Er war sogar so überrascht, sich nicht insgeheim darüber zu ärgern, dass der König die anwesenden Damen bei der Begrüßung geflissentlich ignoriert hatte, wie es den vorherrschenden Sitten entsprach. Argur zählte sich zu den „Jungnordländern“, einer Gruppe die die Gleichstellung der Frauen propagierte und aufgrund dieser Ideen von geschätzt 98 Prozent des Volkes als wirre Quertreiber bezeichnet wurde. Nicht, dass er seine Meinung in Anwesenheit des Königs jemals laut geäußert hätte. Aber Chet wusste Bescheid und zwinkerte ihm verschwörerisch zu.

Taran begann, indem er das Wort sogleich an seinen Schüler weiterreichte: „Argur, erzähle, was es zu berichten gibt.“

Es benötigte lediglich eine Millisekunde, um den Adepten in ein vor Aufregung und Scham rot angelaufenes, nervös zuckendes Bündel zu verwandeln. Stotternd sah Argur mit hektischen Blicken von einem zum anderen, ohne einen Ton herauszubringen. Die Anwesenden kannten die Probleme des Adepten und sahen es ihm nach, auch wenn der König leicht ungeduldig mit seinem Zeigefinger auf die Tischplatte klopfte. Taran ließ seinen Schüler nicht völlig schutzlos ins Messer laufen und berührte ihn für die anderen nicht sichtbar mit der rechten Hand am Oberschenkel. Er wirkte einen Beruhigungszauber, der sofort anschlug. Argur räusperte sich und sprach mit fester Stimme: „Meine Herren, aus den Zwischenlanden gibt es zu berichten, dass die Ausdehnung der großen Eisseen Anlass zur Sorge gibt. Wie Euch allen bekannt, trennen die Eismassen der Seen unser Volk von den Horden der Atar und verhindern, dass sie unsere Lande mit Krieg überziehen. Nach wie vor reagieren die Atar sehr empfindlich auf große Kälte und ebenso auf große Hitze. Die göttlichen Schilde, die von uns Magiern gewirkt und kontrolliert werden, haben nach wie vor Bestand und werden von uns aufrechterhalten. Trotzdem gibt es nun vermehrt Berichte, dass die Häuptlinge der Atar versuchen, die Seen zu überqueren. Alleine im Lauf des letzten Mondes gingen 300 Krieger der Atar zugrunde, als sie das Eis betraten und elendig ihr Leben ließen. Es steht nun die Befürchtung im Raum, dass die Atar meinen, ein Mittel gefunden zu haben, um die magische Kraft des Winters zu brechen und ihre Truppen über die Eisseen in unser Königreich zu führen. Zwar währt der Winter hier mit unverminderter Kraft, aber wir müssen herausfinden, was der Grund für den gestiegenen Ansturm der Atar ist. Vereinzelte Stimmen meinen, eine Schmälerung der Eisseen erkennen zu können. Wir empfehlen deshalb, eine Expedition auszusenden. Dies unter Ausschluss der Öffentlichkeit, um die Bevölkerung nicht zu verunsichern."

Argur atmete tief ein und aus, sah sich um und harrte der Dinge, die nun kommen würden.

„Gut zusammengefasst“, brummte Ean nach einigen Sekunden des Schweigens. „Ich schlage vor, deinem Rat zu folgen und einige wenige Leute auszusenden, um den Dingen auf den Grund zu gehen.“ Er blickte in die Runde. „Taran, Eure Meinung zu dem Thema kenne ich. Gibt es von den anderen Anmerkungen?“

Es erhob sich ein zustimmendes Gemurmel, aber es gab keine Wortmeldungen. Der König nickte zufrieden. „Argur, du wirst die Expedition führen.“

Der Junge riss die Augen auf, schnappte erschrocken nach Luft, war aber zu keiner Erwiderung fähig. Seine Gesichtsfarbe wurde beinahe so blass wie der weiße Marmorfußboden unter ihm.

„Gut, du nimmst an“, brummte der König. „Nichts anderes habe ich von dir erwartet. Ich werde dir einen Krieger, einen Mönch, einen Heiler und einen Verwalter zur Seite stellen, der das Unternehmen finanzieren wird. Damit seid ihr zu fünft. Die Gruppe ist groß genug, dass ihr sicher unterwegs sein könnt und klein genug, um nicht aufzufallen. Ihr werdet inkognito reisen. Leichte Bewaffnung und Rüstung, schnelle Pferde. Morgen früh geht es los. Sonst noch Fragen?“

„Äh…“, stammelte Argur völlig überfordert und Chet ergriff das Wort. „Vater, lasst mich bitte als Krieger die Expedition begleiten. Ich gab meinem Freund das Wort, ihm beizustehen.“

Ean sah seinen Sohn kurz überrascht an, dann nickte er. „Gute Idee. Du bist sowieso zu wenig im Reich herumgekommen. Wird Zeit, dass du es in seiner ganzen Ausdehnung kennenlernst.“

Die Hohepriesterin Muriel ergriff das Wort: „Mein König, wie Ihr wisst, bilden wir seit einigen Jahren Kampfmönche aus. Ich habe somit die Möglichkeit, geistlichen und kampferprobten Beistand in einer Person zur Verfügung stellen zu können.“

„Ich danke Euch, Muriel. Auch wenn wir in sicheren Zeiten leben, sind diese Fähigkeiten sicher ein Gewinn für die Truppe.“

„Unsere Verwalter sind nicht nur in den mathematischen Künsten, sondern auch in der Fährtensuche und im Umgang mit Pfeil und Bogen bewandert. Schließlich reisen sie nahezu ununterbrochen durch das Königreich, um Steuern einzutreiben und müssen sich auch in der Wildnis mit Fleisch versorgen und sich verteidigen können“, erklärte Arkan. „Demzufolge könnt Ihr ganz beruhigt sein, mein König.“

„Unsere Heilerinnen mögen nicht an Waffen ausgebildet sein, doch bergen nicht nur Kämpfe die Gefahr von Verletzungen. Ich werde eine junge Frau zur Verfügung stellen, die sich sowohl mit der Heilkunde der Menschen als auch der Pferde hervorragend auskennt.“ Merida verneigte sich vor dem König.

„Ich danke euch. Wenn es ansonsten keine Themen gibt, sehe ich die Sitzung des Kronrates als beendet an. Gehabt euch wohl, die Expedition startet morgen bei Sonnenaufgang.“

Die Anwesenden erhoben und verneigten sich, dann verließen sie den Saal. Chet konnte sehen, wie Argur völlig verzweifelt hinter Taran hertrottete. Er wusste, dass er das Richtige getan hatte. Sein Freund würde mit der Aufgabe vollständig überfordert sein.

„Gut gemacht, Sohn. Aber du wirst derjenige sein, welcher das deiner Mutter beibringt, verstanden?“

Chet seufzte und schloss sich seinem Vater an. Das Gespräch mit seiner überfürsorglichen Mutter dürfte wahrscheinlich schwieriger werden als die gesamte Expedition.

Am nächsten Morgen versammelte sich beim ersten Strahl der aufgehenden Sonne eine kleine Gruppe bei den königlichen Ställen. Chet war mit seinem Vater als Erster zur Stelle. Der König wollte es sich nicht nehmen lassen, die Gruppe zu verabschieden, auch wenn er die ganze Expedition eigentlich als verdammt kostspielige Zeitverschwendung ansah, nur um das Selbstbewusstsein eines Magieradepten zu stärken. Gerüchte über die Rückgänge der Eismassen gab es schon, seit der Winter währte und die Feinde versuchten schon immer, die Barriere zu überwinden. Deshalb maß er der Sache keine große Bedeutung bei.

Argur traf als Nächster ein. Wie gewohnt mit scheuem Blick und hängenden Schultern. Man konnte ihm deutlich ansehen, wie viel Angst er vor der Mission hatte. Er begrüßte den König und stellte sich neben Chet, um das nächste Mitglied der Truppe in Augenschein zu nehmen.

Karn war der versprochene Verwalter, ein großer, kräftiger, junger Mann mit strubbeligen schwarzen Haaren, stahlblauen Augen und einem markant geschnittenen Gesicht. Lässig kam er auf die Gruppe zu, er war ganz in schwarzes Leder gekleidet, wie es die Zunft der Verwalter vorsah. Er verbeugte sich akkurat vor dem König, stellte sich vor und gab Chet und Argur die Hand. Chet sah ihn mit einem schnellen Blick von oben bis unten an und wusste sofort, dass er es hier mit einem Mann zu tun hatte, auf den Verlass war. Karn strahlte eine Art ruhiger Autorität aus, die sich sogar positiv auf Argur auswirkte, der endlich aufhörte, nervös an seiner Robe zu nesteln.

Als nächstes kam eine junge Frau in weißen Kleidern mit einer ebensolchen Haube zur Gruppe. Sie grüßte den König und stellte sich mit leiser, aber fester Stimme als Britt von den Heilerinnen vor.

„Ah, da kommt der Kampfmönch!“, rief Karn und zeigte auf eine Gestalt mit raspelkurzen schwarzen Haaren, die auf sie zukam. „Sieht mir etwas filigran aus“, setzte er leicht spöttisch hinzu.

Tatsächlich konnte man aufgrund der enganliegenden, mit Metallintarsien versehenen Lederrüstung eine sehr sehnige Figur des Kampfmönches erahnen. Eine Kapuze bedeckte das Gesicht und ließ es im Schatten liegen. Lediglich stahlblaue Augen funkelten hervor und um die Mundwinkel war ein spöttisches Lächeln zu sehen. Der Mönch zog die Kapuze herunter und sein Gesicht kam zum Vorschein. „Anina. Und ich bin kein Mönch, ich bin eine Ordensschwester“, raunzte das Mädchen den überraschten Karn an und trat an den König heran. „Mein König, als Jahrgangsbeste freut es mich außerordentlich, die Expedition begleiten zu können.“

„Jahrgangsbeste, soso“, raunte der König. „Dann ist es ja gut, dass ich euch nur an die Seen heran und nicht darüber schicke.“

Anina verneigte sich mit zerknirschtem Gesicht, enthielt sich aber jeglichen Kommentars, während Karn spöttisch grinste.

„Stallmeister, bringe er die Pferde!“, befahl Ean und wandte sich um. Wenige Sekunden später wurden fünf Reit- und drei Packpferde aus den Stallungen geführt. Es handelte sich sämtlich um Exemplare der berühmten Fuchszüchtung des Königreichs. Es gab nirgendwo in Nordbergen schnellere, ausdauerndere und zähere Rösser. Die Reitpferde waren mit schwarzen Ledersätteln bestückt, die mit ihren hohen Vorder- und Hinterzwieseln und dicken Pauschen einen guten Halt versprachen. Das Zaumzeug war filigran, die Pferde trugen keine Panzerungen. An den Sätteln waren die Zügel der drei Packpferde befestigt, die mit Zelten, Decken, Nahrungsmitteln und allem anderen beladen waren, was die Reisenden benötigen würden.

Chet, Karn und Anina stiegen mit gewandten Bewegungen auf die Pferde. Die beiden jungen Männer ritten Tiere, an die kein Packpferd angedockt worden war. Britt löste eine Verschnürung an ihrem Rock, teilte ihn und ließ enganliegende weiße Hosen aufblitzen. Sie konnte so problemlos auf das Pferd steigen.

Argur tat sich wesentlich schwerer. Seine rote Magierrobe war geschnitten wie ein Kleid und als er versuchte, sie zu raffen, bekam er den Fuß nicht hoch genug, um in den Steigbügel zu kommen.

„So wird das nicht funktionieren", stellte Anina lakonisch fest und Karn grinste.

„Hast du keine Hosen?", fragte Britt mitleidig und Argur starrte sie verzweifelt an.

„Nein, braucht er auch nicht", schnaufte Chet. „Er kann die Robe mittels Magie so verändern, dass er mit ihr reiten kann. Nicht wahr, Argur?" Die letzten Worte sprach er betont hart aus.

„Natürlich, natürlich", murmelte Argur und flüsterte dann einen leisen Zauberspruch. Sofort begann die Robe, sich zu verkürzen. Von den Fußknöcheln über die Waden, bis übers Knie und noch immer schrumpfte der Stoff.

„Bei den Göttern, genug! Dieser Anblick ziemt sich nicht!", stieß Britt aus und sah beschämt zur Seite.

Anina lachte laut und grinste, während Karn den Kopf schüttelte.

Argur lief rot an, murmelte etwas von einem falschen Spruch und fuchtelte mit den Händen, während er flüsternd einen anderen Zauber anwandte. Sofort wuchs der Stoff wieder in die Länge, verwandelte sich aber in eine Hose und ein Wams. Lediglich die rote Farbe der Magierzunft behielt er bei. Argur quälte sich aufs Pferd und sah den König verunsichert an.

„Mögest du deine Männer sicher dorthin und wieder zurückführen. Mögen sich die Gerüchte nicht bestätigen. Und möge der Winter ewig währen!", sprach Ean und hob die Hände in die Höhe, um die Gruppe zu segnen.

„Möge der Winter ewig währen!“, antworteten die Männer und Frauen und ritten los. Ein letzter Blick zurück zeigte Chet einen zufrieden lächelnden Vater und eine Mutter mit verweinten Augen, die in einem Zimmer des Palastes hinter einer Glasscheibe zu ihm sah und ihm zaghaft zuwinkte. Chet verabschiedete sich mit einem Nicken von ihr und hoffte, dass sein Vater dieses Zeichen der Schwäche nicht gesehen hatte.

Die Gruppe ritt durch die Straßen der Stadt, die langsam zum Leben erwachte. Männer und Frauen gingen zu ihren Arbeitsstätten, schoben Karren, um Märkte zu bestücken, fegten die Gassen oder erledigten andere Arbeiten. Es war kühl an diesem Morgen, selbst für hiesige Verhältnisse und aus den gitterartigen Öffnungen in den Straßensteinen dampfte die Kanalisation hervor. Die Sonne ging blutrot hinter ihnen auf und spiegelte sich funkelnd in den Glasscheiben der Häuser. Schweigend ritten sie auf das große Tor der Stadt zu und passierten es unter den wachsamen Blicken der Garde, die ihnen hinterher sah. Jeder kannte Chet und mancher fragte sich, zu welchem Abenteuer der junge Prinz nun so früh nach seiner Rückkehr schon wieder aufbrach. Zwar war bekannt, dass er das Leben auch genoss, doch schien es ihm wichtiger zu sein, diversen lebensbedrohlichen Aufgaben im Namen seines Vaters, des Königs, nachzugehen. So zumindest der Ruf, den er sich mittlerweile erworben hatte.

Kaum hatten sie die Stadt hinter sich gelassen, knirschte der Schnee unter den Hufen der Pferde. Sie trugen keine Eisen, weil das Horn sich im Schnee kaum abrieb, das weiße Element an Hufeisen sofort festgefroren wäre und die Pferde zum Stolpern gebracht hätte. Vor ihnen glänzte die schneebedeckte Fläche des Landes glutrot im Schein der Sonne. Der Atem der Männer und Frauen stieg als weiße Schwaden vor ihnen auf und die Luft war kalt, klar und rein.

„Mein Urgroßvater hat mir erzählt, dass hier vor den großen Kriegen gegen die Atar das ganze Land eine grüne Fläche war, mit Gras bewachsen, soweit das Auge reichte. Wie ein riesiges grünes Meer", erzählte Anina in Gedanken versunken.

„Dann muss dein Urgroßvater sehr, sehr alt gewesen sein oder den Anblick als Kind genossen haben", stellte Chet fest.

„Als Achtjähriger. Zuvor jedoch durfte er die Kriege genießen und er war mehr als froh, als er kein Gras mehr sehen musste und der Schnee als Garant für die Verbannung der Atar das Land bedeckte. Er war der Einzige seiner Familie, der die Gräuel der Grauen Krieger überlebt hatte. Meiner Großmutter erging es ebenso. Ganze Dynastien waren von dem Grauen Schrecken ausgelöscht worden."

„Beinahe die Hälfte aller Menschen in diesem Königreich fiel ihnen zum Opfer." Argur hatte sein Pferd antraben lassen und sich neben Anina und Chet gesetzt, die an der Spitze ritten. Nur widerwillig zog sein Packpferd das Tempo an und er war froh, den Strick des Tieres am Sattel befestigt zu haben und nicht in der Hand halten zu müssen. Der sture Gaul hätte ihn ansonsten sicherlich schon aus dem Sattel gezogen. „Das südliche Königreich wurde sogar vollständig vernichtet, nichts und niemand hat überlebt", dozierte der Magier. „Die Grauen Schrecken, wie die Atar auch genannt werden, vertragen keine Kälte. Das hat mein Ururgroßvater, der Magier Seroas, herausgefunden. Daraufhin wurden sämtliche Magier des Landes zusammengerufen und an dem riesigen Strom Nekondir taten sie dann ihr Werk. Der Strom kreuzt unseren Kontinent horizontal und bildet damit eine natürliche Grenze zum Königreich Atar. Die Magier ließen die Temperatur in einem verzweifelten Versuch im Norden unseres Königreiches absinken und die Atar zogen sich tatsächlich zurück. Sie hatten bereits das ganze Land überrannt und sich darangemacht, die letzten Verstecke unserer Krieger aufzuspüren und sie zu vernichten. Unter der Führung deines Ururgroßvaters, Chet, dem weißen König Ronmir, leisteten die Recken unseres Volkes erbitterten Widerstand. Als sie merkten, dass die Atar vor der Kälte fliehen mussten, gelang es König Ronmir, seine versprengten Truppen wieder zu vereinen und sie gegen die Fliehenden zu richten. Die Magier wurden derweil hunderte von Meilen entfernt von den Atar bedrängt, die sie als Verursacher des Temperatursturzes ausgemacht hatten und vernichten wollten. Die Magier hatten mit ihren unglaublichen Kräften einen riesigen Turm erbaut. Ein Bollwerk, das die Atar nicht erobern konnten. Wie Wellen gegen die Klippen der Küste brandeten sie gegen den Turm aus silbernem Stein und ließen zu Tausenden ihr Leben. Doch die Magier konnten sich behaupten, bis König Ronmir ihnen zu Hilfe eilen und die Atar über den Nekondir werfen konnte. Es gelang ihm nur unter vielen Opfern, nur jeder dritte seiner Krieger überlebte den verzweifelten Kampf. Dann vereisten die Magier mit vereinten Kräften den Nekondir und dadurch bildeten sich die Eisseen. Bis heute ist der Silberne Turm von den Magiern besetzt, die darauf achten, dass diese Barriere erhalten bleibt und das Graue Volk der Atar von unserem Königreich ferngehalten wird.“ Argur sah einige Momente auf einen unbestimmten Punkt in der Ferne. Chet lächelte. Wie so oft zeigte Argur unter Menschen seines Alters nicht die Hemmungen und Unsicherheiten wie gegenüber Älteren. Er erzählte flüssig, mit fester Stimme und die anderen Mitglieder der Gruppe hörten ihm aufmerksam zu. „Leider hatte das einige unangenehme Dinge zur

Folge. Das Wetter in unserem Königreich schlug um, ein ewiger Winter kehrte ein. Zunächst erhob sich große Sorge, dass die Nahrungsmittel knapp werden könnten. Doch König Ronmir hatte frühzeitig von den Plänen der Atar erfahren und sich auf den Krieg vorbereiten können. Er ließ Vorräte für Mensch und Tier für sieben Jahre einlagern, sodass das Volk nicht darben musste. Es war genügend Zeit vorhanden, die Gewächshäuser und das Heizsystem für sie zu bauen und in Betrieb zu nehmen. Es gelang gerade noch rechtzeitig, als die Vorräte schwanden und nur wenige Hungertote waren zu beklagen, bis die erste Ernte eingebracht werden konnte. Man entschied sich dafür, das Land unter einer Schneedecke zu belassen. Erstens bot dies einen garantierten Schutz vor den Atar. Zweitens gelang es selbst den Magiern nicht, dieses Wetterphänomen abzumildern. Solange die Eisseen existieren, wird unser Land im ewigen Winter gehalten werden, dem einzigen Schutz vor den Atar und der Garant für unser aller Überleben. Der Preis dafür sind die Züge der Jahrgangskohorten auf der Suche nach Holz."

„Ein Preis, der mitunter hoch ausfallen kann", murmelte Karn.

Argur nickte. „Das stimmt leider. Doch der Preis, den das Volk der Oniter im Süden zahlte, war deutlich höher. Sie wurden samt und sonders von den Atar ausgerottet."

„Was ist der Grund dafür, dass die Atar über ihre Nachbarn herfallen? Lebten die Drei Reiche nicht über Jahrtausende in Frieden miteinander, trieben Handel und unterhielten sogar Freundschaften untereinander?", fragte Britt mit kläglicher Stimme.

„Die alten Bücher sprechen von einem König Croman, der, warum auch immer, einen Expansionsdrang entwickelte, der die Drei Reiche ins Chaos stürzte. Näheres ist nicht bekannt, seine Intention blieb schleierhaft." Argur zuckte mit den Schultern.

„So sagen es die Lehrbücher", mischte sich Anina ein. „Doch die alten Legenden erzählen eine andere Geschichte." Sie sah den Magier herausfordernd an. Chet zog die rechte Augenbraue in die Höhe, unternahm aber nichts. Argur führte die kleine Truppe an. Es oblag ihm, welches Verhalten er sich von den Weibern bieten lassen würde. Also hielt er sich zurück. Vorerst.

„Das sind Ammenmärchen und zudem sind sie verboten. Das dürftest gerade du wissen, Ordensschwester. Die alten Legenden gehören zu den Apokryphen, den verbotenen Büchern, die längst vernichtet worden sind, weil ihr Inhalt gefährlich ist und der schwarzen Magie zugeordnet wird. Wir sollten nicht darüber reden.“

„Würde mich aber schon interessieren.“ Karn sah sich um. Sie hatten die Stadt hinter sich gelassen und ritten alleine über eine Straße aus gestampftem Schnee. Weit und breit war niemand zu sehen. „Wir sind hier ja unter uns und es wäre nicht schlecht zu wissen, was uns an unserem Ziel vielleicht erwartet.“ Unter den jungen Menschen des Königreichs war es nicht nur üblich geworden, die Frauen sprechen zu lassen, wenn sie wollten, sondern ihrem Wort sogar eine gewisse Bedeutung beizumessen. Auch wenn die Älteren das mit großer Skepsis sahen. In dieser Runde galt Anina nun die volle Aufmerksamkeit. Auch die der Männer.

„Das sind nur Märchen. An unserem Ziel erwartet uns eine kilometerweite Fläche aus Eis und wir werden garantiert nicht gegen die Atar kämpfen müssen!“ Argurs Stimme hatte einen hektischen Tonfall angenommen, sein Blick ging hilfesuchend zu Chet.

„Einen Kampf werden wir wohl nicht austragen müssen“, brummte der Prinz. „Ich weiß aber, dass sowohl im Refugium der Magier als auch im Hauptkloster der Priester die alten Legenden verwahrt werden und den Novizen und Adepten ihre Inhalte gelehrt werden. Es würde mich schon interessieren, was dieses Geheimwissen beinhaltet. Rein prophylaktisch, versteht sich, und unter höchster Geheimhaltung. Das muss jedem hier klar sein und ich verlange euer Wort, dass ihr keiner Menschenseele darüber berichtet!“

„Ich schwöre es!“ Karn hielt feierlich den Zeige- und Mittelfinger seiner rechten Hand in die Höhe.

„Ich schwöre es.“ Das Unbehagen war aus Britts Stimme deutlich herauszuhören.

„Gut, dann hört mir zu.“ Anina lächelte Argur frech an. Der Magier bedachte sie mit einem wütenden Blick, hinderte sie aber nicht zu erzählen. „Vor unendlich langer Zeit wurde unsere Erde von drei Völkern besiedelt, die zu drei Rassen gehörten. Keiner weiß, woher sie kamen, aber jeder konnte sehen, wie unterschiedlich sie waren. Im Norden siedelten die Menschen. Hellhäutig, magiebegabt. Im Süden das Volk der Oniter. Zwar menschenartig, aber von einer Hautfarbe so braun wie das Fell eines Bären. Diese beiden Völker waren die ersten, die von den Göttern auf die Erde gebracht wurden und besiedelten sie. Sie trafen auf die bisherigen Bewohner der Welt und mussten sich gegen sie behaupten. Drachen, Riesen, Zwerge, Geistwesen und Dämonen sowie wilde Tiere machten ihnen das Leben schwer und gefährdeten die Existenz der Neuankömmlinge. Die Götter erkannten ihre Not und sandten die Atar zu ihrer Hilfe. Zwar waren die Atar im Anblick den Menschen und Onitern nicht unähnlich. Aber sie waren doch von einer ganz anderen Art. Ihr Leben währte ewig, Krankheiten waren ihnen fremd. Sie starben nur durch Einwirkung äußerer Gewalt, oder wenn sie ihrem Leben selbst ein Ende setzten. Das war nach einer Jahrhunderte andauernden Existenz gar nicht einmal so selten. Ihr Geist kehrte zu den Göttern heim und fand seine Bestimmung in einer anderen Aufgabe auf einer anderen Welt. Die Atar besaßen deutlich besser ausgeprägte Sinne als die Menschen und Oniter. Sie waren intelligenter, schneller und stärker. Ihre Magie war weit mächtiger als die aller anderen Wesen. Mit ihrer Hilfe gelang es den Menschen und Onitern, auf der Erde Fuß zu fassen. Es dauerte einige Jahrhunderte, bis sie eigenständig auf der Erde leben konnten und die Atar wurden wieder zu den Göttern abberufen.

Doch ihr Herrscher, Croman, hatte sich in eine Oniterin verliebt und sich mit ihr eingelassen. Das war ein schwerer Verstoß gegen die Gebote der Götter, denn ein Atar durfte sich niemals mit einem aus den sterblichen Völkern verbinden. Croman verweigerte sich also den Göttern und da sein Volk ihm die Treue geschworen hatte, stand es geschlossen hinter ihm, auch wenn es gegen die Überzeugung der meisten war. Nicht wenige folgten seinem Beispiel und nahmen sich Weiber der Oniter, während die Menschen des Nordens sich verweigerten. Die Atar zogen sich von ihnen zurück und bildeten ein eigenes Reich hinter den Ufern des Nekondir. Die Oniter ließen sie gewähren, zumal Blutsbande mit den Atar entstanden waren. Die Weiber der Oniter nahmen den Samen der Atar auf und gebaren ihnen Kinder. Das gelbliche Weiß der Haut der Atar vermischte sich mit dem Braun der Oniter zu einem dunklen Grau. Die Nachkommen der beiden Rassen wiesen die Langlebigkeit der Atar und die Aggressivität der Oniter auf, was sie zu gefährlichen Kriegern macht. Im Gegensatz zu den Atar, die immer nur ein Kind bekamen und es über Jahre unter dem Herzen trugen, bis sie es in die Welt entließen, gebaren die Weiber der Oniter in schnellere Abfolge und stets mehrere Sprösslinge auf einmal. So wurden die ursprünglichen Atar sehr schnell von den Mischlingen überflügelt, die auch wesentlich schneller aufwuchsen. Diese Mischlinge hatten die lange Lebenserwartung der Atar geerbt, doch auch die Oniter gaben ihren Teil hinzu. Ihr ohnehin schon überschäumendes und leicht reizbares Gemüt potenzierte sich durch das Erbe der Atar in eine nicht im Zaum zu haltende Aggressivität und Grausamkeit. Es dauerte nicht lange, bis sich die Mischwesen gegen ihre Vorfahren erhoben. Gleich stark im Kampf, doch unendlich zahlreicher, brachen sie einen

Bürgerkrieg vom Zaun und vernichteten ihre Mütter und Väter. Keiner der Atar überlebte diese grausame Katastrophe. Das Land, so erzählt man sich, ertrank in ihrem Blut. Die Mischwesen nannten sich weiterhin Atar, hatten aber mit diesen nahezu gottgleichen Beschützern der Menschen und Oniter nichts mehr gemein. Sie verfluchten die alten Götter und begannen, einem geheimnisvollen Blutgott zu huldigen. Die Riten, die sie dabei zu seinen Ehren ausführten, waren an Grausamkeit nicht zu überbieten. Gefangene Menschen und Oniter wurden bei lebendigem Leibe gehäutet und dem Blutgott geopfert. Kinder entriss man ihren Müttern und verbrannte sie. Das Blut der Opfer wurde getrunken, auf dass die Kraft in die Atar übergehen möge. Man riss ihnen ihre Eingeweide heraus und verspeiste sie roh, damit…"

„Genug!", krächzte Argur. „Es reicht!" Chet sah ihn von der Seite an und meinte, dass der Magier etwas blasser aussah als noch vor wenigen Augenblicken. Argur räusperte sich, schluckte laut und sprach mit leicht zitternder Stimme: „Das sind Ammenmärchen und man hat sie aus gutem Grund verboten."

„Aber eine Tatsache ist, dass die Atar den Menschen nur ähnlichsehen und durch und durch böse und verdorbene Wesen sind, die nur das Ziel kennen, uns zu vernichten", brummte Anina und zog einen Schmollmund.

„Tatsache ist, dass wir einen Auftrag aufgrund unbestätigter Gerüchte erhalten haben und diesen Auftrag werden wir erfüllen. Egal welche Schauermärchen hier noch erzählt werden. Es ist Generationen her, dass irgendjemand einen Atar aus der Nähe zu Gesicht bekommen hat. Wahrscheinlich hat ein betrunkener Wachposten in seinem Rausch einen harmlosen Bären oder spielende Kinder für einen Atar gehalten. Wir werden das aufklären und bald wieder wohlbehalten zu Hause sein", erklärte Chet voller Überzeugung.

Karn blickte zu Britt hinüber und lächelte das Mädchen an. Sie schenkte ihm einen furchtsamen Blick und kaute gedankenverloren auf ihrer Unterlippe herum. Ihre Hände zitterten unmerklich und Karn wusste, dass das nicht der Kälte zuzuschreiben war. „Keine Sorge", flüsterte er so leise, dass nur Britt ihn hören konnte. „Ich beschütze dich."

Britts Gesicht lief rot an und sie wandte den Kopf zur Seite. Doch Karn konnte erkennen, dass ein Lächeln ihre Züge umschmeichelte.

„Wann erreichen wir das nächste Dorf?", fragte Anina, ohne jemand Bestimmtes anzusehen.

„Erst heute Abend", antwortete Argur. „Wenn ihr es aushaltet, werden wir im Sattel essen, um schneller vorwärtszukommen." Er sah sich um und erntete ein bestätigendes Nicken von den anderen. „Dann mal los!" Er ließ sein Pferd antraben und die anderen Tiere folgten ihm. Anina grinste Chet vielsagend an und der lächelte zurück. Sie schien es genau wie er gewohnt zu sein, lange Strecken zu reiten. Karn dürfte aufgrund seines Berufes damit auch kein Problem haben, schätzte Chet. Wie es mit Argur und Britt aussah, würde sich noch herausstellen.

Und tatsächlich bemerkte Chet, wie Argur bereits nach einer Stunde eine Zauberformel murmelte. Der Prinz enthielt sich jeglichen Kommentars. Er konnte sich noch gut daran erinnern, wie lange es gedauert hatte, bis er sich an das Reiten gewöhnt hatte und wie schmerzhaft es gewesen war. Ein Blick nach hinten in Britts hochkonzentriertes Gesicht zeigte ihm, dass auch sie zu kämpfen hatte. Er sah Argur an, hob die rechte Augenbraue und der Magier nickte unmerklich. Ein weiteres Murmeln und Britts Antlitz entspannte sich wieder. Anina und Karn hatten davon nichts mitbekommen und Chet sah angestrengt in die Ferne. Die im Schnee festgetretene Straße zog sich wie eine Eisbahn durch eine hügelige, mit nur wenigen Sträuchern bewachsene Landschaft. Bäume gab es hier schon lange nicht mehr, sie waren schon vor Generationen abgeholzt worden. Die Sonne strahlte von einem blauen Himmel und wurde von der schneebedeckten Landschaft reflektiert. Chet holte eine Brille aus seiner Seitentasche. Es handelte sich um ein Stück Holz, in das zwei Sehschlitze eingeschnitzt worden waren und das man mit einem Lederband versehen hatte. Das Holz war fingerdick, die Schlitze schmal und so wurden die Augen relativ gut vor den gleißenden Sonnenstrahlen geschützt. Die anderen taten es ihm nach, nur Argur murmelte etwas und Chet kannte den Effekt des Zauberspruches schon aus der Vergangenheit. Die Augäpfel des Magiers nahmen eine gräuliche Färbung an, sodass er auf eine Brille verzichten konnte. Anina zog sich ihre Kapuze wieder über den Kopf und Argur parierte sein Pferd in den Schritt herunter. „Zeit zum Essen“ murmelte der Magier und holte ein Stück Dörrfleisch aus der Tasche, die er sich umgehängt hatte. Auch die anderen aßen und als Britt beinahe fertig war, stolperte ihr Pferd. Sie ließ den Rest Fleisch fallen und nahm reflexartig die Zügel auf. Ihr Reittier fing sich wieder und Karn warf ihr einen schnellen Blick zu. „Alles in Ordnung?“, fragte er kauend.

„Alles in Ordnung“, bestätigte Britt.

„Wenn ihr mit essen fertig seid, können wir das Tempo wieder anziehen“, schlug Argur vor, ohne sich umzublicken und ließ sein Pferd antraben. Karn zuckte mit den Schultern, hielt die Zügel mit einer Hand und aß während des Trabens weiter, als würde er den ganzen Tag nichts anderes tun. Britt sah ihn bewundernd an. Sie hatte kaum Reiterfahrung und genügend damit zu tun, während des Trabens sauber im Takt zu bleiben und nicht seitlich aus dem Sattel zu rutschen.

„Wir haben eine ebene Strecke vor uns, lasst uns galoppieren“, schlug Chet vor und sah sich um. Karn aß noch immer, nickte grinsend und Britts Lippen wurden zu schmalen Strichen. „Arbeitsgalopp“, merkte Chet an und ließ sein Pferd in langsamem Tempo vorwärtsgehen. Karn aß grinsend weiter und auf Britts Gesicht stahl sich ein vorsichtiges Lächeln. Der Galopp war einfacher für sie zu bewältigen als der Trab.

Die Pferde flogen eine ganze Weile über die Ebene, bevor Argur das Tempo wieder verlangsamte. „In zwei Stunden erreichen wir das Dorf Waldstätten. Dann haben wir die erste Etappe unserer Reise gut bewältigt und unser Ziel vor Sonnenuntergang erreicht."

„Sehr gut", murmelte Chet. Im Dunkeln zu reisen barg gewisse Gefahren. Durch den immerwährenden Winter hatten Raubtiere es schwer, Beute zu finden. Wenn die Temperatur lange im kalten Bereich verharrte, konnte es vorkommen, dass die großen Silberkatzen oder die Grauwölfe sich auch gegen Menschen wandten, wenn sie nichts anderes zu fressen fanden. Das war vor allem für einzelne Reisende gefährlich, Gruppen griffen die scheuen Tiere höchst selten und so gut wie gar nicht während des Tages an. In der Nacht sah das aber schon anders aus.

„Der Name des Dorfes zeugt von alten Zeiten, oder?", fragte Britt. „Ich denke kaum, dass es noch von einem Wald umgeben ist."

„Richtig. Es ist eines der ältesten Dörfer des Königreichs und müsste nun eigentlich in „Strauchstätten" umbenannt werden. Mehr wächst dort nicht mehr", bestätigte Chet.

„Es ist mehr für seine Schankhäuser und Bordelle bekannt als für seine Bäume", grinste Karn und fing sich einen empörten Blick von Britt ein. „Das weiß ich natürlich nur aus rein geschäftlichen Gründen. Schenken und Bordelle führen schließlich auch Steuern ab", beeilte er sich zu ergänzen, doch Britts Lippen kräuselten sich spöttisch.

„Das dunkle Lagerbier ist tatsächlich sehr bekannt", sprang Chet ihm zur Hilfe. „Unser Mundschenk achtet stets darauf, dass wir das eine oder andere Fass vorrätig haben."

„Wir werden weder Schenken noch Bordelle heimsuchen. Unsere Magiergilde ist in Waldstätten ebenfalls vertreten und wird uns

Unterschlupf gewähren. Aber ich weiß, dass auch meine Brüder dem dunklen Lagerbier nicht abgeneigt sind“, lächelte Argur.

„Schade, ich hätte mir das dörfliche Nachtleben gern einmal angeschaut. Vorausgesetzt, dass dort so etwas wie ein Nachtleben gibt.“ Anina lächelte süffisant und konnte Britts empörten Blick beinahe im Nacken spüren.

„Ich würde mich an deiner Stelle lieber ausruhen. Die morgige Etappe wird härter als der heutige Ritt und ...“, begann Argur zu dozieren, als er von einem weit entfernten Heulen unterbrochen wurde. Der Magier sah sich unsicher um. „Was war das?“

„Wölfe!“, knurrte Chet finster. Seine Gesichtszüge verhärteten sich. „Vorwärts!“ Er ließ sein Pferd in den Galopp springen und die anderen folgten ihm. Der Prinz sah zurück. Karn wandte den Blick von rechts nach links, um die Lage zu sondieren. Britt sah ihn aus schreckgeweiteten Augen an und auch Argur machte eine ängstliche Miene. Anina nahm die Zügel in die rechte Hand und zog sich ihren Bogen vom Rücken. „Wie bei den Göttern haben die uns nur aufgespürt?“, murmelte sie vor sich hin.

„Hinter uns, fünf bis zehn Tiere. Abstand fünfzig Meter!“, rief Karn von hinten. Seine Stimme verriet eine nervöse Anspannung.

„Denen werde ich das Fell gerben!“, zischte Anina und riss ihr Pferd mit einer harten Bewegung zur Seite. Sie ließ es von der festgetretenen Straße hinauf aufs freie Feld springen, beschrieb einen engen Bogen über das flache Gelände und trieb ihr Tier an.

„Bleib hier, verdammt!“, schrie Chet, doch sie ignorierte ihn völlig. „Anhalten, umdrehen, wir müssen ihr nach!“, befahl der Prinz und parierte sein Pferd durch.

Anina ließ die Zügel fallen, legte einen Pfeil auf die Sehne und schickte das tödliche Geschoss auf die Reise. Zischend flog es auf eines der Tiere zu, schlug in seinen Körper ein und brachte es zu Fall.

Der Wolf heulte schmerzgepeinigt auf, überschlug sich und blieb im aufwirbelnden Schnee liegen. Sein Blut färbte das unschuldige Weiß rot und kündete von seinem Tod. Ein zweiter Pfeil, ein Aufheulen und dem zweiten Tier wurde sein Leben ausgehaucht.

„Warum ihr folgen?“, schrie Argur mit angsterfüllter Stimme. „Sieh, zwei der Bestien hat sie schon getötet. Die wird mit den anderen doch spielend fertig!“

„Mag sein“, knurrte Karn. „Aber garantiert nicht mit denen!“ Er zeigte mit ausgestrecktem Arm von links nach rechts. Dunkle Schatten schienen seitlich auf Anina zuzufliegen. „Wölfe jagen strategisch. Sie teilen sich auf, versuchen die Beute von der Herde zu separieren und sie dann zu schlagen.“

„Was ihnen mit Anina hervorragend geglückt ist, verdammt! Los, hinterher!“ Chet trieb sein Pferd an, ließ die Zügel los und zog sich den Bogen über die Schulter. Er lenkte das Tier mit den Schenkeln und legte einen Pfeil auf.

Anina hatte noch nicht einmal gemerkt, dass sie eingekreist worden war. Sie hatte noch drei weitere der Wölfe erlegt, doch ein gutes Dutzend näherte sich ihr von hinten. Das gepeinigte Heulen der getroffenen Wölfe mischte sich mit dem nervösen Schnauben der Pferde, die von ihren Reitern gnadenlos direkt auf die Gefahr zugetrieben wurden, vor der sie ihr Instinkt panisch warnte. Chet ließ einen Pfeil von der Sehne schnellen und traf einen Wolf zwischen den Schulterblättern. Das Tier heulte auf, überschlug sich im Lauf und wirbelte Schnee auf, als es zu Boden stürzte. Sein Blut floss rubinrot in den Schnee und reflektierte die Strahlen der Nachmittagssonne.

Sofort änderten die Raubtiere ihre Taktik. Nur noch zwei Wölfe folgten Anina, der Rest wandte sich gegen die Freunde. Knurrend, mit gebleckten Zähnen rannten sie auf sie zu.

Argur schrie auf. Es klang verzweifelt, doch von seinen Händen lösten sich zwei grüne Energiestrahlen, die zwei der Wölfe trafen. Die Tiere kreischten auf, wurden zur Seite geschleudert und blieben bewegungslos im Schnee liegen. Dunkler Rauch stieg aus ihren verbrannten Pelzen auf.

Der Magier stöhnte. Dann verdrehte er die Augen und wankte vor und zurück.

„Nein!“, schrie Chet, doch er konnte das Unheil nicht mehr verhindern. Argur sank in sich zusammen, stürzte nach hinten und riss sein Pferd zu Boden, weil er die Zügel krampfhaft festgehalten hatte.

Bevor die Freunde etwas unternehmen konnten, hatten die Wölfe sie erreicht und gingen zum Angriff über. Chet warf den Bogen von sich und zog sein Schwert. Ein Wolf kam förmlich auf ihn zugeflogen, das Maul weit aufgerissen. Seine Augen blitzten böse, Geifer spritzte von seinen Lefzen und sein bedrohliches Knurren schien alle anderen Geräusche zu übertönen. Es ging in ein klägliches Wimmern über, als Chet ihm sein Schwert direkt in den Rachen stieß. Durch die Wucht des Aufpralls wurde er aus dem Sattel geworfen. Er stürzte zu Boden, Schnee stob auf und für einige Augenblicke versank die Welt um ihn herum in ein gleißendes Weiß.

Er rollte sich ab, riss die Waffe aus dem Kadaver und sprang auf die Beine. Plötzlich tauchte die hassverzerrte Fratze eines Wolfes direkt vor seinem Gesicht auf. Er roch den modrigen, warmen Atem der Bestie. Ihr Speichel sprühte auf sein Gesicht und sein letzter Gedanke galt seinem Schwert, das er nicht mehr rechtzeitig nach oben reißen konnte.

Dann durchbohrte ein Pfeil den Schädel der Bestie und riss sie seitlich zu Boden. Chet drehte sich herum, sah Karn grinsend auf seinem Pferd sitzen und dann legte er einen zweiten Pfeil auf und beendete das Leben eines weiteren Wolfes, der Britt von hinten anspringen wollte.

Die Heilerin wehrte sich nach Kräften mit einem leichten, gebogenen Säbel und nun zog auch Karn sein Schwert und kam ihr zur Hilfe. Während die beiden laut schreiend auf mehrere Wölfe eindroschen, rannte Chet zu Argur. Der Magier lag wie tot auf dem Rücken. Zu seinem Glück hatten sich zwei Wölfe über sein Pferd hergemacht und ließen ihn zufrieden. Der rechte Vorderlauf des Rosses stand in einem grotesken Winkel ab. Es musste sich das Bein gebrochen haben und war zu einem wehrlosen Opfer für die Raubtiere geworden. Chet sah den Schmerz und die Panik in den Augen des verzweifelt wiehernden Tieres und erlöste es mit einem schnellen Streich seiner Waffe. Dann erledigte er den einen Wolf, der andere wurde durch einen Pfeil Aninas getötet. Die junge Frau hatte es tatsächlich geschafft, alle Wölfe, die sie angegriffen hatten, zu erledigen und kam den Freunden zur Hilfe. Es dauerte nicht mehr lange und der klägliche Rest des Rudels suchte heulend das Weite.

Chet kniete schwer atmend neben Argur. Es stank nach dem Blut und den Eingeweiden des toten Pferdes. Überall war der Schnee rot vom Lebenssaft der getöteten Wölfe, die reglos verstreut herumlagen, als hätte ein Riesenkind seine Spielzeuge wütend fortgeschleudert.

„Was ist mit ihm?", fragte Anina betreten. Angst verzerrte ihre Gesichtszüge.

„Vermutlich ohnmächtig." Chets Augen suchten und fanden Britt die von ihrem Pferd stieg und auf Argur zueilte.

„Verdammt, das war derart unnötig", murmelte Karn.

Britt kniete neben Argur und begann, ihn zu untersuchen. Chet stand auf. Seine Augen blitzten böse, seine Stimme zitterte vor Wut, als er Anina anfuhr: „Karn hat recht, das war völlig unnötig! Du hättest nicht auf eigene Faust handeln dürfen, was hast du dir nur dabei gedacht?"

Anina senkte stumm den Blick.

„Vermutlich gar nichts!“, spie Chet aus. „Dein unüberlegtes Handeln hat uns ein Pferd gekostet und uns unnötig in Gefahr gebracht!“

Anina sah Chet betreten an, aber sie erwiderte noch immer nichts.

„Man darf sich von ihnen nicht trennen lassen, das weiß doch jedes Kind!“, herrschte er sie an. „Wir hätten sie bequem einen nach dem anderen abschießen können, wenn wir zusammengeblieben wären, verdammt!“ Chets Augen funkelten angriffslustig, doch Anina ließ die Strafpredigt stumm über sich ergehen.

„Du bist schuld, dass wir das Pferd verloren haben und dass was weiß ich was mit Argur geschehen ist! Ich sollte dich in Waldstätten an ein Bordell verkaufen, elendes Weibsstück!“

„Schon gut, ich habe mich nur mit meinem Zauber übernommen.“

Chet und Karn fuhren herum. Argur hatte sich mühsam aufgerichtet und Britt saß lächelnd neben ihm im Schnee. Die Stimme des Magiers klang so schwach, wie er aussah.

„Den Göttern sei es gedankt“, murmelte Chet und ging zu seinem Freund hinüber. Argur war blass, dunkle Ringe zierten seine Augen, doch er schien den Sturz halbwegs unbeschadet überstanden zu haben. Chet reichte ihm die Hand und zog ihn auf die Beine. „Kannst du reiten?“

Argur nickte stumm, während Karn mühevoll den Sattel unter dem toten Pferd hervorzerrte. „Der Sattelbaum scheint nicht gebrochen zu sein, du kannst ihn weiter benutzen.“ Karn trug den Sattel zu einem der Packpferde, lud es ab und sattelte es. Britt half, die Vorräte auf die anderen Lasttiere zu verteilen und dann saßen die Freunde auf.

„Wir müssen schnell weg von hier, bevor der Kadaver noch andere Wölfe anlockt. Sie riechen Nahrung meilenweit gegen den Wind“, erklärte Chet. Mittlerweile hatte er sich wieder halbwegs beruhigt.

Britt machte große Augen. „Ich glaube, ich bin schuld daran, dass die Wölfe uns aufgespürt haben.“

„Was? Was sagst du, elendes Weib?“, fuhr Chet sie an und Karn zog die rechte Augenbraue nach oben.

„Ich habe ein Stück Trockenfleisch verloren, als wir losgaloppiert sind“, flüsterte sie betreten.

Chet verdrehte die Augen. Er atmete tief ein und aus. Dann fragte er die beiden Frauen: „Wart ihr jemals außerhalb der Stadt? Hat man euch überhaupt beigebracht, was es in der Wildnis zu beachten gilt?“

Anina und Britt schüttelten stumm die Köpfe.

Chet seufzte. „Bei den Göttern! Dann mache ich alleine eure Meister für eure Vergehen verantwortlich. Ihr werdet noch viel lernen müssen. Und das Erste ist: keine Alleingänge mehr! Das Zweite: Verliert nie wieder Lebensmittel. Wir müssen weg, schnell weg von hier. Los jetzt!“

Er ließ sein Pferd aus dem Stand angaloppieren und die anderen folgten ihm. Wenige Augenblicke später konnten sie ein dumpfes Heulen hinter sich hören.

„Bei den Göttern, nein!“, stöhnte Britt, doch Karn lächelte sie an: „Keine Sorge, die werden sich erst einmal um den Kadaver streiten, bevor sie uns nachsetzen werden. Mit ein bisschen Glück sind wir dann schon weit genug entfernt.“

„Schneller!“ rief Chet und sie trieben ihre Pferde an. Die Muskeln der Tiere schienen zu explodieren, auch sie begriffen instinktiv die Gefahr und gaben alles, was sie hatten.

Es ging im wilden Galopp die Straße entlang, Schnee stob auf und Eiskristalle brannten scharf auf der nackten Haut ihrer Gesichter. Die Pferde schnaubten und prusteten, trotzdem trieb Chet die Gruppe weiter zur Eile an. Erst als die Packpferde merklich abfielen, ließ er das Tempo reduzieren, damit die Gruppe nicht auseinandergerissen wurde. Es dauerte noch einige Zeit, dann ließ Chet die Tiere traben. Sie atmeten schwer und schwitzten stark, deshalb ließ er sie nicht in den Schritt fallen, damit sie nicht auskühlen würden.

Mensch und Tier bissen die Zähne zusammen und Argur wirkte einen Stärkungszauber, der ihm so viel Kraft abverlangte, dass er seine Kräfte sobald nicht wieder einsetzen konnte. Er saß zusammengesunken auf seinem Ross und Chet schielte mehr als einmal zu ihm hinüber. Immer bereit zu verhindern, dass sein Freund ein zweites Mal aus dem Sattel kippte.

Völlig erschöpft erreichten sie am Ende ihrer Kräfte schließlich unbeschadet das Dorf Waldstätten. Die Pferde schleppten sich mit schweren Schritten die einzige Straße des Ortes bis zu dem steinernen Gebäude der Magiergilde hin. Die meisten der andern Häuser und Hütten waren aus Holz erbaut und mit Stroh gedeckt. Lediglich die riesigen Gewächshäuser am Rand des Dorfes bestanden aus Metall und Glas, das die Strahlen der Sonne bündelte.

Sie wurden bereits von Auron erwartet. Der Meister der hiesigen Magier sah sie mit neugierigen, blitzenden Augen an und hieß sie mit dem obligatorischen „möge der Winter ewig währen“ willkommen. Sie wurden zunächst in die Küche gebracht, während Stallknechte sich um die völlig erschöpften Pferde kümmerten. Die Freunde erhielten eine warme Suppe zur Vorspeise und erwärmten Wein mit Honig.

„Was ist euch widerfahren? Eure Rösser sind völlig zu Schanden geritten! Wir hatten einiges zu tun, um sie zu heilen und zu verhindern, dass zwei der Tiere einen Kreuzverschlag erleiden, der sie sicher umgebracht hätte.“ Auron hatte sich zu ihnen gesellt. Seine Stimme klang tief, warm und freundlich. Braune Augen sahen neugierig unter buschigen schwarzen Augenbrauen hervor. Das Haupthaar war geschoren, ein langer schwarzer Vollbart fiel bis auf den Gürtel hinunter.

Chet überließ Argur das Wort. Der Magier atmete tief ein und aus, nahm einen Schluck Wein und erklärte: „Wir wurden von Wölfen angegriffen. Wissen die Götter, wie sie unsere Witterung aufgenommen haben. Wir mussten uns unserer Haut erwehren und haben leider ein Pferd verloren.“

Auron rieb sich mit seiner rechten Hand seinen buschigen Vollbart. „Hauptsache, ihr seid unversehrt. Ich werde einen Erholungszauber für euch wirken lassen, wenn ihr zu Bett geht. Ebenso für eure Tiere. Ihr könnt eines von meinen Pferden für eure weitere Reise erhalten, ebenso werden wir eure Vorräte aufstocken.“

„Ich danke euch, Meister!“ Argur verneigte sich kauend.

Auron nickte lächelnd und erhob sich. „Nehmt euch, bis ihr satt seid. Wenn ihr die Treppen links am Ende der Küche nach oben geht, kommt ihr direkt in eure Gemächer. Ich werde euch Bäder bereiten lassen. Gehabt euch wohl, ruht euch aus, denn die Passage, die ihr morgen bewältigen müsst, wird länger sein als die heutige. Möge der Winter ewig währen!“ Er nickte ihnen zu und ging mit gemessenen Schritten davon.

„Sehr freundlich, dein Meister.“ Karn schlürfte seine heiße Suppe.

„Ja, im Gegensatz zu Donar, bei dem wir morgen unterkommen werden.“ Argur hatte dem Wein ordentlich zugesprochen und seine Zunge war schwer geworden. „Er ist ein echtes Raubein. Ich kenne ihn gut und könnte auf seine Gesellschaft gerne verzichten, wenn wir anders reisen könnten.“

„Es muss ihn ja keiner von uns heiraten“, grinste Karn. „Ein bescheidenes Essen und ein warmes Bett ist alles, was ich von ihm erwarte.“

„Das mit dem Bett würde ich nicht versprechen. Wahrscheinlich müssen wir im Stall nächtigen."

„Oh, wie romantisch!" Britt sah versonnen nach oben und Chet schüttelte grinsend den Kopf.

Anina war die ganze Zeit über stumm gewesen. Dann sah sie Chet an und sagte mit ruhiger, bestimmter Stimme: „Ich möchte mich für mein Verhalten entschuldigen. Ich habe uns alle in Gefahr gebracht und werde jede Bestrafung akzeptieren, die du über mich verhängen wirst."

„Ich würde sagen: Schwamm drüber!", winkte Chet ab. So schnell, wie er in Rage geraten konnte, so schnell beruhigte er sich auch wieder und verzieh Fehler. Vor allem, wenn Menschen für ihr Fehlverhalten nichts oder wenig konnten. „Aber die Entscheidung, ob und welche Konsequenzen dein Verhalten hat, trägt alleine unser Anführer." Er sah Argur erwartungsvoll an.

Der Magier ließ den Löffel in die Suppe sinken, sah überrascht in die Runde und räusperte sich umständlich. „In Anbetracht dessen, dass wir alle gesund davongekommen sind und dein Verhalten in Unkenntnis der Sachlage geschehen ist, ist der Vorfall somit vergessen und wird von keinem von uns an einen außerhalb unseres Kreises weitergegeben." Er erntete von allen ein bestätigendes Nicken und Anina war die Erleichterung deutlich anzusehen. Sie beeilte sich, ihre Suppe weiterzulöffeln und Chet lächelte zufrieden.

Die Freunde waren so erschöpft, dass sie sich kurze Zeit später in ihre Gemächer begaben. Dort wartete eine kupferne, freistehende Badewanne voll dampfend heißen Wassers auf sie. Die Räume waren klein und zweckmäßig ausgestattet. Neben der Wanne fanden sich ein gemütliches Bett und ein Tisch samt Stuhl. Eine gläserne Türe führte auf einen kleinen Balkon. Die Freunde verabschiedeten sich voneinander, genossen die Bäder und nahmen den Stärkungstrunk ein, der in kupfernen Bechern auf den Tischen stand. Dann legten sie sich alle zur Ruhe.

Zumindest fast alle.

Chet verließ seinen Raum, durchquerte das Gebäude und betrat einen Innenhof, der direkt unter den Zimmern seiner Gefährten lag. Trotz der Kälte war er nur mit seiner Hose bekleidet, Schuhe trug er keine. Der Schnee knirschte unter seinen Füßen, als er in das helle Licht des Mondes trat. Er zog sein Schwert aus der Scheide und ging in Angriffsposition. Dann schloss er die Augen und begann mit langsamen, harmonischen Bewegungen Waffenübungen auszuführen.

Britt stand auf dem Balkon und sah auf Chet hinunter. Sie hatte nicht einschlafen können und wollte nur einige Züge der klaren Nachtluft nehmen, doch nun starrte sie wie gebannt auf den Krieger, der mit geschmeidigen Bewegungen gegen imaginäre Feinde zu kämpfen schien. Seine Haut glitzerte silbern, feine Schweißperlen reflektierten das Licht des Mondes. Britt seufzte und konnte die Augen nicht von dem gut trainierten alabasterfarbenen Körper des Prinzen nehmen. Eine scheinbar unendlich lange Zeit sah sie ihm zu, als eine dunkle Gestalt in ihr Blickfeld trat. Britt hielt sich die Hände vor den Mund, um nicht laut aufzuschreien, denn Chet wirbelte plötzlich herum und richtete sein Schwert auf den Unbekannten, der aus den Schatten trat.

Es war Anina. Sie hatte ihre Klinge gezogen und gegen den Boden gerichtet. Keine fünf Zentimeter von ihrer Kehle entfernt reflektierte die Spitze von Chets Schwert das Mondlicht. Der Prinz sah sie an, nickte lächelnd und wirbelte wieder herum, um sein Training fortzusetzen.

Anina ging einige Schritte zur Seite und begann ebenfalls mit Waffenübungen. Britt beobachtete die beiden stumm. Sie standen sich in Geschmeidigkeit und Schnelligkeit in nichts nach. Fast eine halbe

Stunde harrte die Heilerin auf dem Balkon aus, um dem Tanz der beiden gebannt zuzusehen, dann ließ die Kälte sie frösteln. Zitternd begab sie sich in ihr Bett und war wenige Augenblicke später friedlich eingeschlafen.

„Möge der Winter ewig währen!“ Auron begrüßte die Freunde in der Küche, wo man ihnen bereits ein reichhaltiges Frühstück bereitet hatte. Er setzte sich zu ihnen und breitete eine große, vergilbte Karte auf dem Tisch aus. „Ihr müsst immer der Hauptstraße folgen, dann werdet ihr gegen Ende des Tages Donars Refugium erreichen. Es liegt etwas versteckt in der Nähe der Taurischen Berge, aber das dürfte für dich kein Problem sein, Argur. Du warst ja schon mehrere Male dort.“ Der Magier nickte bestätigend und kaute auf seinem Brot herum, das er mit frischem Rauchfleisch belegt hatte. „Die Wege durch die Berge sind steil, aber gut ausgebaut. Ihr werdet sie problemlos nutzen können, aber es droht eine andere Gefahr. Seit einiger Zeit treibt eine Räuberbande, die Reisende überfällt, in der Gegend ihr Unwesen. Sie wenden sich nur gegen Einzelne oder kleine Gruppen. Eigentlich dürfte euch keine Gefahr drohen, aber ich weise einmal vorsorglich darauf hin. Ihr seid gut bewaffnet, eure Vorräte sind aufgestockt und ich habe euch eines meiner besten Pferde mitgegeben.“

„Danke, Meister!“, Argur senkte kurz den Blick und die Freunde taten es ihm nach.

„Nichts zu danken. Bringt mir das Tier auf dem Rückweg zurück. Eines noch: Ich habe eine Bitte an dich, Argur. Du hast dich gestern beim Kampf gegen die Wölfe zu stark verausgabt. Halte dich künftig etwas zurück. Wenn du zu viel Magie wirkst, kannst du deine Lebenskraft aufzehren, bis du in einen todesähnlichen Schlaf fällst. Viele Magier sind aus diesem nie wieder erwacht. Dosiere deine Kräfte weise, nur so nutzt du deinen Freunden!“

Argur nickte beschämt. Er wusste, dass er gestern in seiner Panik überreagiert und viel zu viel Kraft in seinen ersten Angriff gelegt hatte. Die Energie, die er angewandt hatte, wäre für ein gutes Dutzend Wölfe ausreichend gewesen und die Freunde wussten es ebenfalls. Keiner hatte es angesprochen, denn es war ein purer Anfängerfehler gewesen. Die Magier bezogen ihrer Kraft primär aus sich selbst. Sie konnte durch magische Artefakte wie Ringe, Stäbe oder dergleichen und auch durch Tränke verstärkt oder aufgefrischt werden, doch sie konnte sich auch erschöpfen. Im schlimmsten Fall bis zum Tode des Magiers, der dann aussah wie eine vertrocknete Mumie.

Auron verabschiedete sich von den Freunden. Sie aßen, bis sie satt waren und brachen dann auf. Es war ein eher trüber Tag, die Sonne drang kaum durch die Wolken, sodass sie auf ihre Brillen verzichten konnten. Ihr Atem und der ihrer Pferde dampften von ihren Mündern, sie ritten stumm die Straße entlang und dann fing es an zu schneien. Argur wirkte einen Wärmezauber. Zwar waren die Kleidungsstücke der Freunde für die Kälte ausgelegt, aber es kam ein peitschender Wind auf, der ihnen die Schneeflocken schmerzhaft ins Gesicht trieb und sie auskühlte. Gegen Mittag erreichten sie eine der Wehrhütten, die überall an der Straße aufgebaut worden waren und von jedem Reisenden genutzt werden durften. Sie beschlossen, eine kurze Rast einzulegen, um etwas zu essen und sich aufzuwärmen.

Als sie am prasselnden Feuer saßen und ihr Dörrfleisch aßen, sah Britt versonnen in die Flammen. „Wie herrlich muss unser Land gewesen sein, bevor der Schnee es bedeckte. Satte Auen, umgeben von grünen Wäldern und plätschernden Bächen, in denen silberne Fische sprangen." Sie seufzte.

„Und angereichert mit einer Million grauer Bestien, die dir ans Leder wollten", spottete Chet. „Du sollst den Schnee nicht lästern. Heißt es nicht so, Anina?"

Das Mädchen nickte. „Das ist eines der Gebote, ja. Trotzdem stelle ich mir eine grüne Landschaft herrlich vor."

„Träume von einer Vergangenheit, die nie wiederkehren wird", raunte Chet missmutig. „Nicht, solange die Atar auf dieser Erde leben."

„Und wenn man sie bekämpfen würde?", fragte Britt und sah in die Runde.

Chet und Karn warfen sich einen vielsagenden Blick zu, doch es war Argur, der das Wort ergriff. „Die Atar sind uns sowohl zahlenmäßig als auch in ihrer Kampfkraft weit überlegen. Sie sind schmerzresistent, stärker und schneller als wir. Ihr Intellekt steht dem unseren in nichts nach. Lediglich die fehlende Begabung zur Magie ist ein Vorteil der Menschen. Sie zu bekämpfen und zu vernichten ist unmöglich. Ihre Weibchen werfen mindestens drei Junge, teilweise sogar mehr. Sie benötigen nur halb so viel Zeit wie ein Mensch, um auszuwachsen. Ihre Wunden heilen von selbst und sie glauben, dass nur ein im Kampf Gefallener an den Hof ihrer Götter einkehren darf. Eine andere Todesart führt zu ewiger Verdammnis. Deshalb ziehen sie freudig in die Schlacht, um zu sterben. Ein Atar kämpft so gut wie drei oder vier Menschen zusammen. Gegen sie in die Schlacht zu ziehen, wäre reiner Selbstmord."

„Oh!" Britt senkte beschämt den Blick. „Dann doch lieber Eis und Schnee statt Gras."

„Möge der Winter ewig währen!“ Chet erhob sich und trat das Feuer aus. „Wir müssen weiter, wenn wir Donar noch vor dem Abend ins Angesicht sehen wollen.“

Die Freunde erhoben sich und machten sich auf den Weg.

Es dämmerte bereits, als sie Donars Zuhause erreichten. Es handelte sich um ein düsteres, viereckiges Steingebäude, das ähnlich wie eine Burg mit einer Mauer umgeben war. Erschöpft traten die Freunde vor das große hölzerne Tor. Sie führten ihre dampfenden Pferde am Zügel und Argur rief mit lauter Stimme: „Wir sind Abgesandte des Königs! Lasst uns ein!“

Auf den Zinnen oberhalb des Tores erschien mit langsamen Bewegungen eine in graue Kleidung gehüllte Gestalt. Ihr langes weißes Haar wehte im Wind, das linke Auge wurde von einer schwarzen Lederkappe verdeckt. Ein kurz gestutzter Vollbart offenbarte schmale Lippen, der Blick aus eisgrauen Augen war stechend. Sekundenlang starrte der Mann auf die Freunde herunter, dann verschwand er wortlos aus ihrem Blickfeld.

„Ist das Donar?“, knurrte Chet ungehalten. Als Sohn eines Königs war er weder gewohnt zu warten, noch so abweisend behandelt zu werden.

„Allerdings“, murmelte Argur. „Und er ist freundlich wie eh und je.“

Bevor Chet etwas erwidern konnte, öffnete sich das Holztor mit lauten, knarrenden Geräuschen. Die Freunde warteten, bis es ganz aufgeschlagen war und standen vor dem Hausherrn, der die Arme vor seinem mächtigen Brustkorb verschränkt hatte. „Tretet ein. Doch erwartet nicht, dass ich euch willkommen heiße!“ Er drehte sich herum und stapfte davon, ohne sie noch eines Blickes zu würdigen.

Chet platzte beinahe vor Zorn, es gelang ihm nur mühsam, sich zu beherrschen. „Warum so unhöflich deinem Prinzen gegenüber?“ Seine Stimme schnitt wie ein Messer durch die Luft und Argur warf einen bangen Blick auf seinen Freund.

Donar blieb stehen, doch er drehte sich nicht herum. Man konnte am Heben und Senken seiner Schultern erkennen, dass er tief ein- und ausatmete. Dann knurrte er: „Ich bin Erzmagier aus der Gilde der Magier, die dieses Land vor dem Untergang bewahrt hat. Ich bin diesem Land und seinen Menschen verpflichtet, nicht dem jeweiligen Herrscher. Tritt ein oder geh, mir ist es gleich.“

Chets Gesichtszüge schienen zu versteinern. Seine Hand ging an den Griff seines Schwertes, doch bevor er es ziehen konnte, war Donar herumgewirbelt und auf ihn zugesprungen. Er überbrückte die Distanz so schnell, dass keiner der Freunde zu einer Reaktion fähig war, die darüber hinausging, große Augen zu machen oder die Luft anzuhalten.

Chet spürte die kalte Klinge eines Messers seitlich an seinem Hals und Donar knurrte so leise, dass nur er es verstehen konnte: „Denke nicht einmal im Traum daran oder es wird königliches Blut fließen!“

Chet hielt dem Blick des Magiers stand. Er wusste, dass er gegen den Mann völlig chancenlos war. Er presste den Hals gegen die Klinge, spürte wie sein warmes Blut aus dem Schnitt trat, den das Messer verursacht hatte und knurrte: „Du wirst uns Respekt bezeugen, Donar, Erzmagier. Ich weiß, dass du mit meinem Vater im Streit liegst, so wie mit nahezu jedem anderen Menschen in diesem Königreich. Ich erwarte nicht, dass du mich liebst, aber du wirst ein Benehmen an den Tag legen, das eines Mannes in deiner Stellung würdig ist!“

Die beiden Männer starrten sich in die Augen, keiner senkte den Blick. Die Sekunden schienen zäh wie Honig zu fließen, dann murmelte Donar: „Ich erkenne viel von deinem Vater in dir. Aber noch mehr von deiner Mutter. Vielleicht ist dieses Königreich doch noch nicht verloren. Dein Mut und deine Standhaftigkeit sollen belohnt werden."

Donar zog die Klinge zurück, wirbelte sie durch die Finger und ließ sie im Nichts verschwinden. Dann berührte er Chets Wunde. Innerhalb eines Augenblickes schloss sich die verletzte Haut und das Blut verblasste. Donar sah die Freunde an, die ihn sprachlos anstarrten. Sein Blick glitt über ihre Gesichter und blieb an Argur haften. Donars Augen wurden zu schmalen Schlitzen, dann wandte er sich ab und grollte: „Folgt mir!"

Er ging voran, ohne sich umzusehen. Die Freunde standen eine Sekunde wie versteinert da, dann folgten sie dem Magier, während Bedienstete sich um die Pferde kümmerten.

Wortlos betraten sie das Gebäude. Alles dort schien grau und trostlos zu sein. Die Bewohner mieden Blickkontakte und machten einen völlig verängstigten Eindruck. Sie huschten schnell an ihrem Herrn und den Freunden vorbei wie eingeschüchterte Hunde.

Donar führte sie in eine Halle, in der in einer offenen Feuerstelle hohe Flammen flackerten und eine wohlige Wärme verbreiteten. Die Einrichtung bestand aus einer langen Tafel aus grob gezimmertem Holz und ebensolchen Stühlen. Weder Bilder noch Teppiche schmückten die Wände, der Boden bestand aus grauem grob gehauenem Granit. Donar wies auf die Stühle und setzte sich, ohne ein Wort zu sagen. Er sah die Freunde erwartungsvoll an. Nachdem sie einen unbehaglichen Blick getauscht hatten, nahmen sie ebenfalls Platz. Die Stühle erzeugten ein lautes, schabendes Geräusch das die ganze Halle zu erfüllen schien, als sie sie hervorzogen und sich setzten. Sofort huschten eilfertige Bedienstete heran und begannen, Lebensmittel heranzuschaffen. Als

Teller dienten einfache Bretter aus Holz, das Besteck war aus dem roten Stein geschnitten.

„Meine Generation duldet keine Weiber am Tisch der Männer, außer sie sind barbusig“, knurrte Donar. Noch ehe Chet etwas sagen konnte, fuhr er mit erhobener Stimme fort: „Doch ich weiß, dass ihr das nicht so haltet. Seht es als ein weiteres Zeichen meines guten Willens, dass ich heute auf die alten Bräuche verzichte.“ Er nahm einen Holzbecher, in den ein Bediensteter Wein geschüttet hatte und trank, ohne den anderen zuzuprosten. Er wischte sich über die Lippen und sah Chet mit boshaft funkelnden Augen an. „Auf eine Tradition werde ich allerdings nicht verzichten, mein Prinz.“ Seine Stimme troff vor Hohn. „Es ist guter, alter Brauch, dem Herrscher ungestraft seine ehrliche Meinung sagen zu dürfen, ohne Repressalien fürchten zu müssen.“

Chet kannte diesen Brauch und nickte. „Fahre fort, Magier.“

Donar lächelte kalt. „Dein Vater verkennt die Realitäten vollständig. Mag es dem Volk in der Hauptstadt auch gut gehen, die Menschen auf dem Lande darben. Er weiß es und er tut nichts dagegen.“

„Das ist eine Lüge!“, knurrte Chet und ballte die Hände zu Fäusten.

Donar grinste. „Du wirst es noch selbst erfahren. Sieh mit offenen Augen und weitem Herzen. Dann tu etwas dagegen. Mehr habe ich nicht zu sagen!“ Der Magier erhob sich und verließ wortlos die Tafel. Er würdigte die Freunde keines Blickes.

„Was für ein verdammtes Arschloch“, knurrte Chet einige Augenblicke später, griff zum Becher und stürzte den Wein hinunter.

„Er eckt überall an, schon immer“, murmelte Argur. „Keiner weiß warum. Er ist einfach bösartig.“

„Immerhin lässt er uns nicht bei den Hunden schlafen und bewirtet uns, das muss man ihm zugutehalten“, wandte Britt zaghaft ein.

„Wir sollten Wachen einteilen.“ Anina biss herzhaft in eine Hähnchenkeule. „Sonst lässt er uns im Schlaf erdrosseln.“

Karn grinste. „Das würde ich dem alten Griesgram allerdings zutrauen."

„Solange er es nicht selbst tut, habe ich damit kein Problem." Chet starrte irgendwohin ins Leere. „Er ist derart schnell, dass wir völlig chancenlos wären."

„Er verstärkt seine Kräfte und Reflexe mit Magie", erklärte Argur. „Donar war einer jener Magierkrieger, die am Silbernen Turm gegen die Atar fochten und ihre völlige Vernichtung befürworteten. Dass man seinen Rat ausschlug, kränkte ihn schwer. Immer wieder plädierte er für einen Krieg gegen sie und Donar ist uralt. Er wurde bisher von jedem König abgewiesen, auch von deinem Vater, Chet. Man sagt, Donar wäre unsterblich."

„Dann wäre es für ihn ja ein Leichtes, die Atar im Alleingang zu besiegen", spottete Karn.

„Das nicht, er ist ja nicht allmächtig. Aber er hatte sich beim König eine Jahrgangskohorte junger Männer erbeten, die er ebenfalls zu Kampfmagiern ausbilden wollte. Er war der Meinung, das Königreich würde ein Jahr auf die Holzlieferung verzichten müssen, dafür würde er die Atar vernichten können. Dein Vater hat ihm den Wunsch abgeschlagen. Deshalb hegt er einen Groll gegen ihn und damit auch gegen dich."

Chet brummte gedankenverloren. Dann sah er Argur an. „Was hält denn der Rat der Magier von seiner Idee?"

Argur seufzte. „Sie sind zwiegespalten. Niemand weiß wirklich, wie mächtig die Atar zurzeit sind. Wenn es gelingt, könnte man den Winter beenden. Wenn nicht, verlieren wir einen unserer mächtigsten Magier und eine ganze Generation unserer Jungen."

„Hm." Chet rieb sich das Kinn mit der rechten Hand. „Vielleicht sollten wir einmal einen Blick über die Grenze werfen, wenn wir dort sind."

Britt stieß einen kleinen Entsetzensschrei aus. Argur bekam große Augen und Karn sah Chet nachdenklich an. Nur Anina lächelte. In den Schatten der Halle verborgen stand Donar und sah mit interessiertem Blick zu dem Prinzen hinüber. In seinen Augen funkelte es gefährlich.

Sie waren nicht im Schlaf erwürgt worden und hatten die Nacht im Ruheraum des Gesindes unbeschadet überstanden. Am Morgen erhielten sie ein Frühstück und Verpflegung, doch Donar tauchte nicht auf, um sie zu verabschieden. Als sie aus dem Tor ritten, stand er auf den Zinnen und sah ihnen lächelnd hinterher.

Das Wetter war ihnen nicht gewogen. Sie ritten direkt in einen Schneesturm und kamen nur sehr langsam voran. Argur wirkte einen Wärmezauber, um sie vor dem peitschenden Wind und den schmerzenden Eiskristallen, die in ihre Haut drangen, zu schützen. Die Pferde machten sich rund, wölbten die Rücken nach oben und nahmen die Köpfe nach unten, um dem Sturm möglichst wenig Angriffsfläche zu bieten. Sie kamen nur langsam voran.

Gegen Mittag erreichten sie einen kleinen Weiler, der aus drei Höfen bestand. Sie suchten in einer großen Scheune Schutz und Chet kämpfte sich durch den Sturm an das Wohnhaus hinüber, um den Anwohnern Bescheid zu geben. Er klopfte an die Türe und ein kleiner Junge öffnete ihm. Er sah ihn mit großen Augen an und wenige Sekunden später erschien die Herrin des Hauses, eine abgehärmte und frühzeitig gealterte Frau, die in besseren Zeiten sicher eine Schönheit gewesen war. „Verzeiht, Mylady, aber der Sturm zwingt uns, Unterkunft zu suchen und ich erbitte Eure Erlaubnis, in Eurer Scheune das Ende des Unwetters abwarten zu dürfen."

Die Frau lächelte verschämt und knickste. „Edler Herr, es ist mir eine Ehre. Bitte bleibt hier im Hause und lasst Euer Tier im Stall." Sie hatte offensichtlich erkannt, dass es sich bei Chet um einen Adligen handelte. Er war sich aber nicht sicher, ob sie den Prinzen in ihm erkannte, der er war. Ganz bewusst verzichtete er darauf, seine Identität zu nennen.

„Mylady, ich danke Euch. Aber ich reise mit vier Gefährten und wir wollen Euch nicht zur Last fallen."

„Platz ist in der kleinsten Hütte. Bitte seid unsere Gäste. Wir haben nicht viel, aber das bisschen, was wir haben, werden wir mit euch teilen."

Chet nickte zum Dank mit dem Kopf und ging hinaus, um seine Freunde zu holen. Ihm war der ärmliche Zustand des Hauses, das aus zwei kleinen Räumen bestand, sofort aufgefallen. Also wies er die Freunde an, ihren eigenen Proviant mitzunehmen, um der Familie nicht die Nahrungsmittel wegzuessen.

Als er klopfte, öffnete wieder der kleine Junge und ließ sie ein. Sie befanden sich direkt im Wohnraum, der aus einem Tisch aus grob gehauenem Holz und einer Feuerstelle bestand, in der die Flammen züngelten. Die Freunde bedankten sich und stellten ihre Verpflegung auf den Tisch zu dem Krug mit Wasser und dem Laib Brot, den die Frau des Hauses bereitgestellt hatte.

„Wir danken Euch für die freundliche Aufnahme, Mylady." Chet verneigte sich.

„Nennt mich Gwendolyn, mein Herr. Mein Stand erfordert nicht eine derart höfliche Ansprache."

Die Freunde stellten sich mit ihren Namen vor, auch Chet nannte seinen, erntete aber keine nennenswerte Reaktion von Gwendolyn. Sie wandte sich an den Jungen. „Sven, hilf deinem Vater!“

Der Kleine nickte und verschwand durch eine Türe in den weiter hinten gelegenen Raum des Hauses. Einige Sekunden später kehrte er zurück. Auf ihn gestützt quälte sich eine abgemagerte Gestalt humpelnd auf die Freunde zu. Der Vater des Jungen trug eine Binde um die Augen und schleppte das rechte Bein mit schweren Schritten hinter sich her. Seine braunen Haare fielen lang und gepflegt auf seine Schultern. Seine Kleidung war einfach, aber sauber. Doch er war körperlich in einer schlechten Verfassung. Feine Schweißperlen benetzten seine Stirn und seine Haut war bleich. „Verzeiht, dass ich Euch nicht ordentlich empfangen und begrüßen kann, meine Herren.“ Er setzte sich stöhnend und Sven lief zu seiner Mutter und nahm neben ihr Platz. „Das Fieber zwingt mich in die Knie und mein Augenlicht ist erloschen. Bitte seid unsere Gäste und nehmt von dem, was wir Euch bieten können.“ Die Stimme des Mannes klang abgeschlagen und matt.

Die Freunde packten Wurst, Käse und Fleisch aus und stellten sie in die Mitte des Tisches. Chet konnte sehen, dass sich die Nasenflügel des Mannes blähten und sein Gesicht einen verwunderten Ausdruck annahm. „Wie ist Euer Name, werter Herr?“, fragte der Prinz und reichte ihm einen Becher Wein, indem er seine rechte Hand ergriff und das Gefäß hineindrückte.

„Rodrik, mein Herr.“

„So trinken wir auf dein Wohl und das Wohl deiner Familie, Rodrik.“ Chet erhob den Becher und prostete in die Runde. Sie tranken alle und Rodrik seufzte bei dem Geschmack des Weines verträumt. Dann schüttelte er den Kopf. „Verrückte Welt. Ihr seid meine Gäste und ihr bewirtet mich.“ Man konnte ihm anhören, wie beschämt er war.

„Was ist mit Euch geschehen?“, fragte Argur.

Rodrik seufzte. „Vor zwei Monden wurde ich bei der Arbeit draußen von einem Wolf angegriffen. Er zerfleischte mein Bein, bevor es mir gelang, ihn mit meinem Messer zu töten. Ich lag den ganzen Tag und die halbe Nacht im Schnee, bevor man mich fand und heimbrachte. Die Sonne schien so gleißend, dass mir das Augenlicht geraubt wurde. Ich kann seither nur Schatten sehen und weine blutige Tränen." Wie zur Bestätigung trat eine rötliche Träne unter der Binde hervor und bahnte sich ihren Weg über die Wangen Rodriks. Er wischte sie ungehalten weg.

„Konnte Euch der hiesige Magier nicht helfen und einen Heilzauber wirken?", fragte Argur bestürzt. Ihm war durchaus bewusst, dass das Überleben der Familie von einem gesunden Oberhaupt abhing.

Rodrik lachte heiser auf. „Ich konnte seinen Preis nicht zahlen!"

„Seinen Preis?", fragte Chet ungläubig. „Er darf keinen Preis verlangen. Der König hat verfügt, dass den Menschen in Not kostenlos geholfen werden muss."

„Was der König verfügt, muss hier draußen in den tiefen Landen noch lange nicht geschehen", murmelte Gwendolyn.

„Schweig, Weib!", fuhr Rodrik seine Frau barsch an und sie senkte sofort den Blick. Doch es war zu spät.

„Wie meint Ihr das?", fragte Chet lauernd.

„Verzeiht, mein Herr. Mein Weib redet Unsinn", antwortete Rodrik mit zitternder Stimme.

„Ihr könnt uns vertrauen. Bitte erzählt, was Euch widerfahren ist. Denn geheilt worden seid Ihr offensichtlich nicht", ermutigte Britt mit sanfter Stimme.

Rodrik seufzte und nickte schließlich. Dann begann Gwendolyn zu erzählen.

„Es ist richtig, dass nach dem Willen des Königs einem jedem Manne Hilfe zuteilwerden muss, ohne dass eine Gegenleistung verlangt werden darf. Aber die Hauptstadt ist fern von hier und der herrschende Lord ein gieriger Mann. Er hat in unserem zuständigen Magier einen wahren Freund gefunden und zusammen pressen sie alles aus der Bevölkerung, was sie können. Die Steuerlast ist erdrückend, für seine Dienste nimmt der Magier Geld und arme Leute wie wir können uns das nicht leisten. Wir sind auf die Hilfe unserer Nachbarn angewiesen, um zu überleben."

Chet sah die Freunde erstaunt an. Er war bis zu diesem Zeitpunkt immer der Meinung gewesen, dass sein Vater sein Volk gut versorgte. Donars Worte bohrten sich in sein Gehirn und das spöttisch lachende Gesicht des Magiers tauchte kurz vor seinem geistigen Auge auf. Er räusperte sich. Offene Augen und ein weites Herz waren ihm von dem ungehobelten Magier empfohlen worden.

„Und nicht nur hier ist es so", knurrte Rodrik. „Überall im Land darben die Menschen. Und der König ist zu blind, um das zu sehen oder will es nicht sehen."

Chets Miene versteinerte. Er sprang auf und packte Rodrik am rechten Arm. Gwendolyn und Sven schrien erschrocken auf, während Karn den linken Arm des Mannes ergriff. „Argur, Britt, waltet eures Amtes!", befahl Chet und brachte den völlig verwirrten Rodrik unsanft in die Schlafkammer des Hauses.

Gwendolyn rang die Hände, als ihr Gatte vom Stuhl hochgerissen wurde. Er wehrte sich nicht und ließ sich hinter Chet herziehen. Mit tränenerstickter Stimme flehte sie: „Tut ihm nichts, ich bitte Euch! Bestraft mich an seiner statt!"

Sven brüllte auf, packte einen Scheit Holz und wollte den Freunden hinterherlaufen. Doch Anina zog ihre Klinge und hielt sie dem Jungen entgegen. Starr vor Angst ließ er das Holz auf den Boden fallen. „Niemand wird hier bestraft werden, Frau!" Anina lächelte Gwendolyn grimmig an. „Du hast dir einen Magier und eine Heilerin ins Haus geladen und sie werden tun, was die verdammte Pflicht eures elenden Magiers gewesen wäre."

Sie alle versammelten sich in der kleinen Schlafkammer und Gwendolyn warf bange Blicke auf ihren Mann, der von Chet und Karn auf das Bett gelegt worden war. Sie hielten noch immer seinen Arm und Britt holte ein kleines, scharfes Messer aus ihrer Tasche und schnitt den Stoff der Hose auf. Argur verdrehte die Augen und rümpfte die Nase. Der Oberschenkel sah schrecklich zerfleischt aus, das Gewebe war an den Rändern schwarz geworden und stank erbärmlich.

„Es fault. Ich muss es entfernen. Argur, bitte betäube ihn. Chet und Karn, haltet ihn so fest ihr könnt, er wird toben."

Die drei Männer nickten und Argur murmelte leise eine Formel. Sven verbarg sein Gesicht in den Rockzipfeln seiner Mutter und dann setzte Britt das Messer an.

Rodrik schrie, bäumte sich auf und die beiden Männer hatten erhebliche Schwierigkeiten, ihn zu halten. Niemals hätten sie dem ausgemergelten Leib so viel Kraft zugetraut. Argur murmelte, Britt führte das Messer, Rodrik brüllte wie am Spieß. Anina nahm Gwendolyn und Sven in die Arme und versuchte, sie zu beruhigen.

Als Britt ihr Werk getan hatte, war ihr Gesicht genauso blutbesudelt wie ihre Hände und ihre Kleidung, aber die Wunde war gesäubert und vernäht. Rodrik war in Ohnmacht gefallen. Argur murmelte einen Heilzauber und dann glühte die Wundnaht für einige Sekunden blau auf. Er nahm die Binde von Rodriks Augen, legte seine Hand auf, konzentrierte sich und murmelte erneut einen Spruch. Ein grüner Schimmer strahlte zwischen seinen Fingern hindurch und verblasste wieder.

„Er wird morgen wieder sehen können. Haltet die Wunde sauber, binnen zwei bis drei Tagen wird er vollständig gesundet sein", lächelte Argur Gwendolyn zu.

Sie ging vor den Freunden auf die Knie. „Ich weiß nicht, wie ich euch danken soll!“ Sie küsste Chet die Hände.

Er entzog sich ihr und murmelte. „Ich muss mich bei Euch entschuldigen, es bedarf nicht Eures Dankes! Was hier geschieht, ist nicht im Sinne meines Vaters. Ich werde mich darum kümmern, wenn ich in den Palast zurückkehre.“

„Ihr seid der Prinz?“, fragte Gwendolyn entgeistert.

„So ist es. Ich danke für Eure Gastfreundschaft. Das Wetter hat sich beruhigt, wir werden weiterziehen. Wir lassen Euch unseren Proviant. Dann kommt Ihr über die Runden, bis er wieder arbeiten kann.“

„Das kann ich nicht annehmen“, flüsterte Gwendolyn bestürzt.

„Ihr könnt. Gehabt euch wohl.“ Chet lächelte sie an und verließ die Schlafkammer. Die Freunde folgten ihm und Anina streichelte Sven über das Haar. „Tapferer kleiner Mann.“ Der Junge sah ihr mit strahlenden Augen hinterher.

Die Freunde waren aufgesessen und hatten sich von dem Weiler entfernt.

„Das muss ich meinem Vater berichten“, knurrte Chet. Dann sah er Karn an: „Wusstest du davon?“

„Gerüchteweise. Niemand außer uns darf Steuern eintreiben. Tun es die Lords trotzdem, zahlt das Volk doppelt. Und verlangt der Magier Geld für seine Dienste, sogar dreifach.“

„Ich werde den zuständigen Lord zur Rechenschaft ziehen und ein Exempel statuieren“, knurrte Chet.

„Tu das. Ich begleite dich gerne dabei. Solche Lords sind schuld, dass das Volk uns hasst. Und den König.“

„Es hasst den König? Oh wie schrecklich! Er ist doch ein so guter Mann!“, seufzte Britt.

„Wir werden das ändern.“ Chet konnte nicht ahnen, welche Auswirkungen die Begegnung mit Rodrik noch haben würde.

Sie erreichten am Abend den Fuß des Gebirges und fanden eine Wehrhütte, in der sie bequem unterkommen konnten. Das Gebäude war verhältnismäßig groß, zwei Stockwerke hoch und hatte einen abgetrennten Stallbereich, in dem sie die Pferde unterbringen konnten. Der Boden war überall mit Stroh ausgelegt und die beiden Frauen entschieden sich, im oberen Stockwerk zu schlafen, während die Männer unten nächtigten. Nach dem Essen legten sie sich zur Ruhe und Chet übernahm die erste Wache.

Er stand vor der Türe der Hütte, hatte sein Schwert gezogen, die Spitze in den Boden gesteckt und hielt den Griff mit beiden Händen. Seine Augen glitten wachsam über die freie Fläche vor ihm. Die Hütte war an den Felsen gebaut, sodass ihm niemand in den Rücken fallen konnte. Die Nacht war sternenklar, der Vollmond erhellte die Landschaft und die Sterne funkelten über Chet. Er sog die kalte, klare Nachtluft tief in seine Lungen und atmete langsam aus. Was er heute bei Rodriks Familie erlebt hatte, beschäftigte ihn noch immer und er fragte sich ernsthaft, wie viel sein Vater von den Zuständen im Land wusste, und wie viel nicht. Taran, der Meistermagier des Reiches, war dem König ein loyaler Ratgeber, soweit Chet das beurteilen konnte. Er würde solche wichtigen Informationen nicht von ihm fernhalten. Auf der anderen Seite verließ der König die Hauptstadt so gut wie nie und in der Stadt wurden seine Gesetze penibel umgesetzt. Es gab kostenlose Krankenhäuser und Armenspeisungen, sodass niemand wirklich hungern oder leiden musste. Wenn er denn die Hilfe in Anspruch nahm und sie nicht von sich aus ausschlug. Auch solche Fälle gab es, wenn auch nur sehr wenige. Chet seufzte.

„Was liegt dir auf dem Herzen?"

Anina war von hinten an ihn herangetreten und Chet zuckte erschrocken zusammen. Verdammt! Er sollte Wache halten und war so in seinen Gedanken verloren gewesen, dass selbst ein Kind sich hätte an ihn heranschleichen und ihn überwältigen können.

„Nichts Bestimmtes", murmelte er und lächelte sie an.

Anina sah zu den Sternen empor. „Foron leuchtet hell heute Nacht!" Sie wies mit dem Zeigefinger auf einen besonders gut zu erkennenden Stern.

„Foron?" Chet zog die rechte Augenbraue nach oben. „Glaubst du wirklich an den Stern des untergegangenen Gottes? Ich dachte, dieser alte Glaube sei längst vergessen und du huldigst den Göttern des neuen Zeitalters. Schließlich bist du ihre Ordensschwester."

Anina lächelte traurig und sah weiter in den Nachthimmel. „Die Priester und Priesterinnen Forons waren zugleich immer auch seine Kämpfer. Ich entstamme einer langen Linie von Kampfmönchen und die einzige Möglichkeit, dies auch in unserer heutigen Zeit, in der die Frauen nichts mehr gelten, weiterführen zu können, ist es, Ordensschwester zu werden und so gut kämpfen zu können, dass man die Waffen im Namen der Götter auch als Weib führen darf."

„Wie viele gibt es von euch? Ein Dutzend unter zehntausend Männern?"

„Sechs." Anina lächelte stolz. Dann sah sie Chet an. „Sechs Töchter Forons, die unter den neuen Göttern Dienst tun, um in seinem Namen ihrer Berufung nachzugehen. Auch wenn wir seinen Namen niemals laut aussprechen."

„Das könnte als Blasphemie ausgelegt werden." Chet sah Anina ernst an. Zwar oblag dem König nicht, die Einhaltung der religiösen Gesetze zu wahren und Verstöße zu ahnden, doch jeder gute Untertan des Reiches war verpflichtet, Blasphemien anzuzeigen.

„Das ist Blasphemie", bestätigte Anina trocken. „Doch du hast mein Vergehen nicht geahndet, obwohl es uns ein Pferd gekostet hat und weise entschieden. Dafür gebührt dir Ehrlichkeit und mein Dank. Du hättest mich töten lassen können. Oder Schlimmeres."

Anina sah Chet nun direkt in die Augen und er bereute seinen im Zorn ausgestoßenen Spruch, sie an ein Bordell zu verkaufen. Die junge Frau kam ganz nahe auf ihn zu und legte ihre Hände auf seine. Sie waren warm und zart. Anina nahm ihm das Schwert aus der Hand und ließ es in den Schnee fallen. Dann näherte sie sich Chet noch weiter, umarmte ihn und berührte mit ihren Lippen vorsichtig seinen Mund. Chets Herzschlag beschleunigte sich. Er spürte den Körper Aninas an seinem, fühlte ihre vollen, weichen Lippen und atmete ihren süßen Geruch. Er erwiderte ihren Kuss erst vorsichtig, dann stürmisch, nahm sie in die Arme und presste sie an sich. Sie versanken für Sekunden ineinander, vergaßen die Welt um sich und dann hörten sie ein verhaltenes Räuspern.

Karn stand neben ihnen und grinste sie an. „Wachablösung!"

Anina löste die Umarmung und lächelte. Chet nahm sein Schwert vom Boden auf und als die beiden an Karn vorbeigingen, klopfte der dem Prinzen auf die Schulter.

Sie schlossen die Tür hinter sich und spähten in die von einem verglimmenden Kaminfeuer leicht erhellte Hütte. Sie konnten Argur friedlich schlafen sehen. Anina nahm Chets Hand und zog ihn an das andere Ende des Gebäudes. „Komm“, flüsterte sie und ging auf die Knie. Chet sank zu ihr hinunter und Anina küsste ihn leidenschaftlich. Ihre Hände berührten ihn an seiner Brust und begannen, die Schnürung seines Hemdes zu lösen. Chet hielt sie fest, löste sich aus dem Kuss und sah Anina an. „Du weißt, dass dies nicht aus Liebe geschieht und nichts Tieferes bedeutet?“

Anina lächelte. „Wer redet von Liebe? Ich will Spaß!“ Dann ließ sie sich auf den Rücken sinken und zog Chet auf sich.

Über ihnen lauschte Britt dem Treiben der beiden. Ihr Gesicht hatte einen merkwürdigen Ausdruck angenommen.

Am nächsten Morgen nahmen die Freunde ihr Frühstück ein und machten sich auf den Weg. Karn schwieg. Bis auf ein Zwinkern gegenüber Chet ließ er die Vorkommnisse der Nacht unkommentiert.

Die Sonne schien hell vom Himmel und wärmte ihre Glieder, als sie den Aufstieg ins Taurische Gebirge begannen. Schon vor Urzeiten waren Wege in den Stein gehauen worden, denen man auch mit Pferden folgen konnte. Zwar waren sie nicht durchgehend reitbar und schmal, sodass die Freunde mehr als einmal absteigen mussten, aber sie konnten die Pferde mit sich führen. Sie benötigten bis zur Mittagszeit, um den Gipfel zu erreichen, dann konnten sie den Abstieg beginnen.

„Wenn wir die Berge überwunden haben, sind es nur noch drei Tagesreisen bis zum Silbernen Turm“, verkündete Argur. „Nicht weit von hier liegt Südstadt, wo wir komfortabel unterkommen können.“

„Noch ist der Abstieg nicht geschafft und wir haben zu viel Zeit vertrödelt“, merkte Chet an. „Wir sollten uns etwas beeilen, um Südstadt vor der Dämmerung zu erreichen. Außerdem sollten wir die Augen aufhalten. Wenn es hier tatsächlich Räuber geben sollte, dann müssen wir auf einen Angriff vorbereitet sein.“

Argur nickte und führte sein Pferd auf einen schmalen Pass zu, den sie nur hintereinander bewältigen konnten. Der Magier ging voran, Anina folgte ihm und hinter ihr ging Karn. Britt lief vor Chet, der das Schlusslicht bildete.

„Achtet auf den Weg, er ist sehr schmal und besteht an den Rändern nur aus Eis, nicht aus Gestein!“, warnte Argur und tastete sich vorsichtig voran. Der Untergrund knirschte unter den Hufen seines Pferdes, das nervös nach links blickte, wo sich ein steiles Gefälle befand, das in einem Plateau mündete. Auch die anderen Tiere waren nervös und die Freunde nahmen sie fest an die Zügel. Karn blickte zurück und lächelte Britt an. Sie versuchte tapfer zu sein, doch ihr Lächeln war unsicher.

Sie hatten sich über den halben Pass getastet, als ein Raubvogel auf die Freunde niederstieß. Sein lautes Krächzen erschreckte Mensch und Tier. Der Räuber schlug einen Schneehasen in unmittelbarer Nähe der Pferde und Chets Ross stieg wiehernd auf die Hinterhand. Es wirbelte mit den Vorderhufen in der Luft, der Rand gab nach und dann stürzte es und riss Chet den Abhang hinunter. Auch Britt kam ins Straucheln und stürzte hinterher. Die Schreie der beiden und das panische Wiehern des Pferdes zerrissen die Stille wie ein Peitschenknall. Der Absturz geschah so schnell, dass die Freunde nicht einmal Zeit hatten, vor Entsetzen zu schreien.

Argur, Karn und Anina konnten mit knapper Not ihre Tiere beruhigen und verhindern, dass sie selbst in die Tiefe gerissen wurden. Erschrocken sahen sie, wie Chet und Britt durch den aufwirbelnden Schnee hinabschossen, sich auf einem unter dem Weg liegenden Plateau mehrfach überschlugen und dann reglos liegen blieben. Bange Sekunden vergingen, dann rappelte sich Britt mühsam auf und kam schwankend auf die Beine. Auch die Pferde rappelten sich auf und schüttelten sich den Schnee vom Leib.

Chet blieb regungslos liegen. Sein linkes Bein stand vom Knie an in einem unnatürlichen Winkel von seinem Körper ab. Britt kniete sich vor ihm hin.

„Ist er am Leben?“, brüllte Argur hinunter.

„Ja, er atmet. Aber sein Bein scheint gebrochen!“ Britts Stimme klang gequält zu den Freunden nach oben.

„Wie geht es dir?“, rief Karn.

„Soweit ganz gut, glaube ich. Aber wir brauchen Hilfe. Chet ist ohnmächtig. Ich muss das Bein schienen und ihn irgendwie auf das Pferd bringen.“

„Wir sind euch gerne behilflich, Mylady!“ Eine tiefe, dunkle Stimme erklang und Britt stieß einen erschrockenen Schrei aus. Von der Felswand her näherte sich den beiden ein Dutzend Gestalten. Sie schwärmten aus und bildeten einen Kreis um sie.

„Räuber!“ Argurs Stimme klang rau.

Karn nickte stumm, während Anina mit einer fließenden Bewegung den Bogen von der Schulter nahm und eine der zerlumpten Gestalten ins Visier nahm. Ihre Kleidung bestand aus einer Mischung von Stoffen und Fellen, die Haare waren lang und ungepflegt, ihre Gesichter wegen der Entfernung nicht zu erkennen. Ihre Bewaffnung bestand aus primitiven Knüppeln und Stahlklingen, wie sie nur die Ärmsten noch trugen. Wer es sich leisten konnte, besaß Waffen aus dem roten Stein und das war hier nicht der Fall.

„Verdammt“, knurrte Karn und nahm ebenfalls den Bogen zur Hand.

„Ihr da unten, helft uns!“, rief Argur hinunter.

„Das werden wir. Ganz gewiss sogar.“ Der Sprecher war ein großer, muskulöser Mann, der sein flammend rotes Haar zu einem dicken Zopf gebunden hatte, der ihm weit in den Rücken reichte. Sein Vollbart war auch aus dieser Entfernung gut zu erkennen. „Es kommt nur auf den Preis an, den ihr zu zahlen bereit seid!“

Argur knurrte wütend. Er ballte die Fäuste, ein roter Lichtschimmer legte sich um sie.

„Das würde ich bleibenlassen, Jungchen!“, krächzte eine gebeugte, grauhaarige Gestalt von unten. Eine grüne, strahlende Aura bildete sich um ihren Körper und funkelte in der Sonne.

Karn legte Argur die Hand auf die Schulter. „Sie haben einen Magier da unten!“

„Ja. Und ich kann spüren, dass er alt und schwach ist“, flüsterte Argur.

„Mag sein“, raunte Karn. „Aber es reicht, wenn er das Eis unter unseren Füßen zum Bersten bringt. Und das könnten selbst ein paar mittelmäßige Bogenschützen ganz ohne Magie. Lass uns den Pass überqueren. Vom Hauptweg geht eine Strecke ab, auf der wir hinabsteigen und sie verfolgen können. “

In Argurs Gesicht arbeitete es, seine Wangenknochen zuckten. Alles in ihm sträubte sich dagegen, die beiden Freunde aus den Augen zu lassen.

„Ich habe den Anführer im Visier“, flüsterte Anina. „Wenn ich ihn ausschalte, flieht das Pack zurück in die Höhlen, aus denen es gekrochen ist!“

Die Räuber hatten den Kreis nun enger gezogen und bedrohten die beiden Freunde mit ihren Waffen. Britt sah hektisch von einem zum anderen, die bloße Furcht stand ihr ins Gesicht geschrieben.

„Ich würde vorschlagen, wir sehen uns wieder, wenn Ihr ein entsprechendes Lösegeld beisammenhabt. Ich würde vorschlagen, jedes der beiden süßen Täubchen ist ein Kilo Gold wert. Kommt einfach wieder hierher, ins Gebirge. Sucht uns nicht, wir finden euch!“, rief der Anführer spöttisch.

„Komm“, flüsterte Karn. „Wir können hier nichts tun, ohne sie zu gefährden. Lass uns gehen und versuchen, die beiden in der Nacht zu befreien!“

Argur knirschte mit den Zähnen, doch er musste sich seine momentane Hilflosigkeit eingestehen. „Gehen wir“, knirschte er. Sie zogen unter dem johlenden Gelächter der Räuber ab, ohne sich noch einmal umzusehen. Ihre Mienen waren versteinert, ihre Herzen hämmerten in ihrer Brust.

„Habt keine Furcht, Mylady. Wir tun Euch nichts zuleide. Zumindest nicht solange, wie wir ein Lösegeld für Euch erwarten können.“ Der Hüne lächelte und zwinkerte Britt zu. Sie schluchzte verzweifelt auf und wusste nicht, ob er scherzte, oder es ernst meinte.“

„Pitr, kümmere dich um seine Verletzungen!“

„Aye, Ron.“ Der Magier humpelte auf Chet zu und kniete sich neben Britt. „Ihr seid eine Heilerin, Mylady, wenn ich nicht irre. Zusammen werden wir ihn wieder auf die Beine bringen.“ Er kicherte in einem unangenehmen, hohen Tonfall. Dann legte er seine Hände auf Chets Brustkorb und schloss die Augen. Er verharrte einige Sekunden stumm, dann öffnete er sie wieder. „Das Bein ist gebrochen, er ist ohnmächtig, aber sonst fehlt ihm nichts.“ Er drehte den Kopf und rief einem seiner Kumpane etwas zu. Der spurtete davon und kam nach wenigen Augenblicken mit einem Holzspeer wieder, den er Pitr übergab. „Könnt Ihr schienen, Mylady?“ Er grinste und zwinkerte.

Britt nickte stumm und sah ihn mit großen Augen an. Pitr sprang mit unvermuteter Gewandtheit auf, zog sein Schwert und ließ es niederfahren.

Britt warf sich erschrocken nach hinten und stieß einen hohen Schrei aus. Die Klinge zischte wenige Handbreit vor ihrem Gesicht durch die Luft und zerteilte den Speer in zwei Hälften. Ein Teil des Schafts landete vor ihren Füßen. Mit einer schnellen Bewegung schlug der Magier dem Speer die Spitze ab und ließ den zweiten Teil des Schaftes vor ihr in den Schnee fallen. „Ihr schient, ich zaubere. Dann packen wir ihn auf eines unserer Pferde und dann nichts wie weg von hier, bevor die Eisratten kommen!“

Britt schluckte laut hörbar. Ihr Herz hämmerte bis zum Hals und sie sah Pitr entsetzt an. „Los, los, Mylady. Das war kein Witz!“, meckerte er lachend und Britt rappelte sich auf, Sie berührte Chets Bein mit beiden Händen und schloss die Augen. Vorsichtig brachte sie das Bein in die richtige Stellung, bis sie mit ihren feinen Sinnen fühlte, dass die gebrochenen Knochenstücke wieder genau an ihrem Platz saßen. Heiler wirkten keinen Zauber wie Magier, doch ihre Sinne nutzten geheimnisvolle, magieähnliche Kräfte, die ihnen ihr Handwerk erst ermöglichten. Dann legte sie die beiden Teile des Speerschaftes zur Stabilisierung links und rechts neben das Bein und wollte aus ihrer Tasche einen Verband holen, doch Pitr winkte ab. „Das habt Ihr sehr gut gemacht, Mylady, doch überlasst mir den Rest."

„Es ist ein komplizierter Trümmerbruch direkt am Kniegelenk", murmelte Britt und sah den Magier traurig an. „Nur mit Glück wird er sein Bein behalten können."

Der Magier lächelte. Dann hielt er seine Hände in geringem Abstand über den Bruch, schloss die Augen und murmelte unverständliche Formeln. Ein oranges Glimmen ging von ihm aus und schien in Chets Körper einzusinken. Der Prinz verzog kurz das Gesicht; es war das einzige Lebenszeichen, das er seit dem Sturz von sich gegeben hatte.

Pitr hielt die Energie noch einige Augenblicke aufrecht, dann beendete er sein Murmeln und das Licht verglomm. Auf der Stirn des Magiers hatten sich Schweißperlen gebildet, seine Augen sahen müde aus und er lächelte erschöpft. „Ich verspreche Euch Mylady, dass Euer Gatte sein Bein behalten wird!"

„Er … er ist nicht mein Gatte!", protestierte Britt zaghaft.

„Ach nein?" Der Magier stand auf, zwinkerte ihr zu und lächelte sie an. Dann streckte er ihr die Hand hin und half ihr auf. Britt bemerkte erstaunt, wie warm seine Hand war, obwohl er erschöpft sein musste und mittlerweile ein starker, eisiger Wind aufgezogen war.

Ron pfiff laut und gellend. Alle seine Kumpane machten sich davon, nur Pitr blieb bei ihm stehen. Binnen weniger Sekunden hatten die Räuber Pferde aus einer Höhle am Ende des Plateaus geholt und führten sie zu ihnen. „Ladet ihn vorsichtig auf, ich will nicht, dass ihm etwas geschieht!“, befahl Ron laut und sofort stürzten zwei der Männer zu ihm. Sie packten Chet vorsichtig an den Achseln und Füßen und wollten ihn anheben, als von allen Seiten ein dumpfes Knurren laut wurde.

Die Pferde wieherten erschrocken auf, versuchten sich loszureißen und gingen panisch rückwärts. Sie zogen die Männer mit sich, die mit verbissenen Gesichtszügen an den Zügeln rissen, um die Tiere zu halten.

„Verdammt!“, knurrte Ron und zog mit einem schleifenden Geräusch ein riesiges Zweihandschwert aus der Scheide.

„Ich bin durch den Heilungszauber zu schwach, um sie abzuwehren und diese verdammten Biester wissen es!“, fluchte Pitr und hob die Hände. Rote Blitze knisterten zwischen seinen Finger, er sah sich hektisch um.

„Lasst die Pferde los, bildet einen Kreis um uns!“ Rons Schrei peitschte durch den Wind und seine Männer gehorchten sofort. Die Pferde wieherten angsterfüllt und stoben galoppierend nach allen Seiten davon. „Bogen raus, Pfeile an die Sehne! Wartet, bis sie sich auf die Pferde gestürzt und sie zu Fall gebracht haben, erst dann wird geschossen!“

Die Männer gaben keinen Laut von sich, sie führten umgehend den Befehl aus und standen schussbereit im Kreis um Ron, Pitr, Britt und Chet.

„Was geschieht hier?“, fragte die Heilerin und sah panisch von Ron zu Pitr.

Bevor einer der beiden antworten konnte, schnellten Gestalten aus dem Eis und warfen sich auf die Pferde, die nur einige Meter weit gekommen waren. Sie rissen die Pferde mühelos um und Britt stieß einen erschrockenen Schrei aus. Es handelte sich tatsächlich um Ratten, doch die Tiere waren größer als die grauen Wölfe ihrer Heimat.

Ihr Fell war weiß, die Augen blitzten in einem höllischen Rot und ihre dicken, fleischigen Schwänze peitschten rosafarben durch die Luft. Sofort stürzten sie sich auf jedes gefallene Pferd und Ron schrie: „Feuer!“

Seine Männer ließen die Pfeile von den Sehnen schnellen. Zischend rasten sie durch die Luft und schlugen in die Körper der Ratten und Pferde ein. Verzweifeltes Wiehern und schmerzgepeinigtes Quieken war zu hören, dann wandten die Ratten sich von den Pferden ab und den Menschen zu. Mit einer nahezu unglaublichen Geschwindigkeit näherten sie sich den Räubern, die Pfeil um Pfeil auf die Biester abschossen. Nur wenige der Ratten strauchelten und stürzten. Ihre Körper waren von Pfeilen gespickt. Britt erkannte mit Schrecken, wie zäh die Biester waren und sie kamen immer näher.

„Noch eine Salve, dann Schwerter raus!“, brüllte Ron und packte seine Waffe fest mit beiden Händen. Die Räuber schossen, warfen die Bogen weg und zückten die Schwerter. Dann waren die Ratten heran und warfen sich fauchend gegen die Männer. Die ließen die Schwerter und Keulen wirbeln, krachend brachen die Knochen der Ratten und ihr Blut spritzte violett in den Schnee. Zwei der Männer fielen sofort, die Ratten stießen sie um und verbissen sich in ihre Kehlen. Mit herausquellenden Augen, verzweifelt um sich schlagend, hauchten die beiden ihre Leben aus.

Pitr sandte den Bestien rote Blitze entgegen. Wenn sie die Körper trafen, warfen sie die Tiere meterweit weg, wo sie regungslos und rauchend liegen blieben.

Britt hatte sich schützend über Chet geworfen, ihr Blick raste verzweifelt hin und her. Es stank nach Blut, verbranntem Fell, aufgerissenen Eingeweiden und Pisse, denn manche der Männer hatten sich eingenässt. Trotzdem kämpften sie erbittert weiter gegen die Flut der Ratten, die kein Ende zu nehmen schien. Ein Räuber nach dem anderen hauchte sein Leben aus, Ron und Pitr kämpften erbittert Schulter an Schulter gegen die Monster, die den immer kleiner werdenden Kreis durchbrachen. Mit mächtigen, schnellen Schlägen wehrte der Räuberhauptmann die Bestien ab, sein Schwert trennte Köpfe von Körpern oder halbierte sie mühelos. Pitr schleuderte schreiend seine Blitze und tötete Tier um Tier, doch es schienen nicht weniger zu werden.

Schon über die Hälfte der Männer war gefallen, Pitrs Blitze wurden schwächer und man konnte Ron die Anstrengung ansehen, als eine Ratte hoch in die Luft sprang, um die beiden zu überwinden und sich direkt auf Chet zu stürzen.

Ron brüllte, riss sein Schwert in die Höhe und teilte das Monstrum in zwei Hälften. Sie fielen neben Chet und Britt zu Boden, ihr violettes Blut ergoss sich über die beiden. Heiß brannte es in ihrem Gesicht und Britt schrie vor Schmerzen auf.

„Wisch es von deiner Haut! Und von seiner auch!“, schrie Pitr und erledigte zwei weitere Ratten mit seinen Blitzen. Ron drosch mit seinem Schwert auf die pfeilschnellen Tiere ein und Britt wischte zuerst Chets und dann ihr Gesicht mit kaltem Schnee frei. Sie rubbelte die Haut kräftig ab. Die Kühle tat gut und linderte den Schmerz. Dann zog sie mit tränenumflorten Augen ihren Dolch, bereit, sich und vor allem den immer noch ohnmächtigen Chet zu verteidigen.

Doch die Kämpfe waren zum Erliegen gekommen. Nur noch fünf der Ratten waren übrig. Sie kauerten mit aufgerissenen Mäulern vor Ron und Pitr und fauchten sie böse an. Dann zogen sie sich blitzartig zurück, nicht ohne ihre Zähne in jeweils einen der Toten zu schlagen und sie mit sich zu schleifen. Eines der Tiere packte sogar ein Pferd im Nacken und machte sich schwerfällig mit ihm davon.

„Zieh dich aus!“, knurrte Ron und sah Britt aus wild funkelnden Augen an. Das Mädchen wurde blass und schlug die Hände vor den Mund. „Bei den Göttern, nein!“, wimmerte sie leise.

Ron verdrehte die Augen und schnaufte ungehalten: „Doch nicht, weswegen du denkst! Dein Wams ist voller Rattenblut. Es wird sich durch den Stoff ätzen und deine Haut verbrennen. Und ihm ziehst du das Wams ebenfalls aus, wir halten die Augen derweil offen!“ Ron drehte sich herum und spähte mit erhobenem Schwert in die Weite, Pitr tat es ihm nach. Beide Männer atmeten schwer vor Erschöpfung, Blut besudelte ihre Kleidung. Ihr eigenes und das der Ratten. Doch im Gegensatz zu Britts Wams mussten die Stoffe der Männer behandelt worden sein, denn sie erlitten keine Schäden durch die aggressive Substanz.

Britt zog sich das Wams aus und war froh, dass sie noch ein dünnes Unterhemd darunter trug, das unbeschadet geblieben war. Dann befreite sie Chet, der mit bloßem Oberkörper im Schnee lag. Pitr sah sie an, raunte etwas und sandte etwas oranges Licht in ihre Richtung; sofort wurde Britt wärmer und auch die Gänsehaut, die sich auf Chet gebildet hatte, verschwand.

Ron steckte das Schwert in die Scheide an seiner linken Seite, stapfte auf Chet zu und warf ihn sich mit einer spielerisch anmutenden Bewegung über die Schulter. „Stütze Pitr. Der Wärmezauber hat seine letzten Kräfte aufgezehrt und wir müssen schnell von hier weg, bevor die Biester wiederkommen. Sie legen Nahrungsvorräte im Eis an und werden sich die anderen Toten holen. Auch ihre Brüder und Schwestern. Dann sollten wir nicht mehr in ihrer Nähe sein!“

Britt wurde beinahe schlecht bei dem Gedanken. Sie rappelte sich auf und ging zu Pitr hinüber, um seinen Arm über ihre Schultern zu legen. Obwohl sie erwartet hatte, dass der Alte übel riechen würde, zumal er durch den Kampf stark verschwitzt war, konnte sie gar keinen

Eigengeruch von ihm wahrnehmen. So schnell es ging, folgten sie Ron in die eisige Bergwelt hinein. Fort von der Stätte des Todes und des Grauens.

Argur, Karn und Anina hatten den Pass unbeschadet überwunden, einen Bogen geschlagen und näherten sich nun langsam und vorsichtig dem Plateau. Ihre Pferde hatten sie in einiger Entfernung zurückgelassen und Argur hatte sie mit einem Bannspruch belegt. Sie würden sich nicht bewegen und keinen Laut von sich geben. So konnten sie nicht fliehen und die Freunde nicht verraten.

Anina führte sie an. Gewandt wie eine Katze nutzte sie die Deckung der Felsen und näherte sich leise dem Plateau. Sie setzte sich mit dem Rücken an einen großen Findling, der sie vollständig verbarg und winkte die Freunde heran. Karn und Argur rannten geduckt zu ihr und knieten neben ihr nieder. Jeder nahm Pfeil und Bogen vom Rücken, dann spähte Anina vorsichtig über den Felsen. Sie ließ die Waffen sinken und stöhnte: „Bei den Göttern!“ Dann ging sie langsam, wie in Trance, auf das Plateau zu.

Die beiden Männer starrten sich an und sprangen auf. Sie wirbelten herum und erblickten das Grauen. „Eisratten“, flüsterte Karn rau, als er das Grauen vor sich erblickte. Dutzende der Tiere lagen in ihrem Blut. Ebenso Pferde und Männer. Es waren die Banditen, die Chet und Britt entführt hatten. Mit versteinerten Gesichtern liefen sie an den Toten vorbei, hin zu dem Punkt, an dem die Ratten im Kreis lagen, als hätte ein Riesenkind seine Spielzeuge zu einem schauerlichen Requiem drapiert. Im Kreis der toten Bestien lag die Kleidung von Chet und Britt. Besudelt und verätzt von dem Blut der Ratten.

„Sie sind tot“, flüsterte Argur mit tränenerstickter Stimme.

„Das weißt du nicht mit Bestimmtheit“, widersprach Anina tonlos.

„Schleifspuren führen von hier weg in das Gebirge“, stellte Karn sachlich fest. Bitterer ernst sprach aus seiner Stimme. „Es liegen noch sieben tote Räuber und vier ihrer Pferde hier. Das heißt, dass es überlebende Ratten gibt. Diese Biester lassen niemanden am Leben und fressen die Toten. Wir sollten sehen, dass wir von hier wegkommen. Und zwar schnell!“

Argur nahm den Kopf nach oben und lauschte. Schrilles Wiehern drang an seine Ohren. „Verdammt!“, brüllte er und schoss los.

Karn und Anina folgten ihm, so schnell sie konnten. Argurs Zauber war so gewirkt, dass die Pferde nur in allergrößter Panik wiehern konnten. Genau das war eben geschehen.

Argur preschte voran. Tränen der Wut und Verzweiflung liefen seine Wangen hinab und verklärten seine Sicht. Trotzdem konnte er erkennen, dass sich bei den Pferden eine Katastrophe ereignete, als er sie wild atmend mit schlagendem Herzen erreichte. Vier Eisratten hatten sich auf die Tiere gestürzt und sie zu Boden gerissen.

Argur stoppte so abrupt, dass Karn beinahe in ihn hineingerannt wäre. Der Magier riss die Hände nach oben, brüllte und ließ rote Blitze von seinen Fingern schnellen. Sie zischten auf die Ratten zu und schlugen in sie ein, bevor die Tiere reagieren konnten. Ihr Kreischen erfüllte die Luft, Rauch stieg nach oben und dann sah Argur schweratmend, was er angerichtet hatte.

„Alles ist verbrannt. Ratten, Pferde, Vorräte. Du hast wieder viel zu viel Kraft in deinen Zauber gelegt!“, flüsterte Anina geschockt und sah auf die brennenden Körper und Bündel vor sich.

„Vielleicht können wir noch etwas retten“, meinte Karn lahm. Man konnte hören, dass er selbst nicht an das glaubte, was er von sich gab.

Die Freunde näherten sich dem Feuer und Karn gelang es mit Mühe und Not, etwas Fleisch von einem Hinterlauf eines brennenden Pferdes zu schneiden. Der Rest der Tiere und Vorräte war rettungslos verdorben.

„Wie lange bis zur nächsten Siedlung?“, fragte Anina.

„Drei Tage“, brummte Argur verstört.

„Dann lasst uns keine Zeit verlieren.“ Karn schulterte das Fleisch und ging voran.

Ron führte Britt in eine verborgen gelegene Höhle. Der Eingang war mit dürrem Astwerk getarnt, sodass er kaum zu erkennen war. Der Hüne bog die Zweige mit der Hand zur Seite und nickte Britt traurig lächelnd zu. Ebenso wie Pitr hatte er während des ganzen Marsches kein Wort verloren. Britt trat ein und fand sich in einem engen Gang, der mit Pechfackeln erleuchtet wurde. Sie steckten in Metallhalterungen, die man in den Felsen geschlagen hatte und spendeten ein flackerndes, knisterndes Licht. Pech tropfte langsam und zäh auf den Boden. Die strenge Note des Brennmaterials verband sich mit einem leicht muffigen Geruch, der der Höhle innewohnte.

„Geh nur vor, direkt nach dem Gang findest du den Wohnbereich." Ron lächelte und Britt löste sich von Pitr, den sie die ganze Zeit über gestützt hatte. Der Gang war zu schmal für zwei Personen und selbst Britt, die nicht viel Ahnung von militärischer Taktik und Strategie hatte, leuchtete ein, dass man durch den schmalen Gang die Höhle sehr einfach verteidigen konnte. Sie lief ihn entlang und nach einigen Schritten weitete er sich in eine riesige Höhle mit enorm hoher Decke aus. In der Mitte war eine große, kreisförmige Feuerstelle angelegt. Umringt von einem Kreis kopfgroßer, runder Steine flackerten Flammen in die Höhe und spendeten eine behagliche Wärme. Britt konnte sehen, dass sie von schwarzen Steinen genährt wurden, die ihr unbekannt waren. Ein riesiges, dreieckiges Gebilde aus Stahl diente dazu, einen Kessel über die Flammen hängen zu können. Rund um die Feuerstelle waren ein gutes Dutzend Schlafstätten aufgebaut. Sie bestanden aus mit Stroh gefüllten Säcken als Matratzen, Wolldecken lagen fein säuberlich zusammengelegt auf ihnen. Schlafstätten, die nun niemand mehr benutzen würde, ging ihr schmerzhaft durch den Kopf. Sie hatte keinen der gefallenen Räuber gekannt, aber ihr als Heilerin lag zuallererst an der Erhaltung des Lebens, bevor sie nach Schuld oder Unschuld fragte. Der Anblick der Betten stimmte sie noch trauriger, als sie ohnehin schon war.

Ron legte Chet vorsichtig auf einer der Matratzen ab. Dann entwaffnete er ihn, während Pitr zu einem großen, aus dunklem Holz gearbeiteten Schrank ging, der an einer Wand der Höhle stand. Er öffnete eine der riesigen Flügeltüren und nahm eine Flasche heraus. Gierig entkorkte er sie, setzte sie an die Lippen und schlürfte den Inhalt mit schnellen Schlucken aus. Er setzte die Flasche ab, seufzte und schloss die Augen. Ein Zittern schien durch seinen Körper zu laufen, seine Haut begann, weiß zu strahlen. Der alte Mann veränderte sich. Seine Gestalt straffte sich, seine strähnigen grauen Haare nahmen Fülle an und ihr Farbton änderte sich zu einem satten Braun hin. Seine faltige, altersfleckige Haut schien sich zu verjüngen und glatter zu werden.

„Das war nötig“, seufzte er und fuhr sich mit dem Handrücken über den Mund. Seine vorher altersschwache Stimme klang kräftig und er sah fünfzehn Jahre jünger aus. Seine ehemals trüben Augen strahlten in einem tiefen Blau, das absolut ungewöhnlich war. Zumindest Britt hatte einen solchen Farbton bisher noch nicht gesehen. „Verzeiht mein bisheriges Auftreten, Mylady, aber die Magie des Tiefengottes kostet den Menschen Kraft und lässt ihn altern.“

„Das … das wusste ich nicht“, stotterte Britt und sah verlegen zur Seite. Dann entzog sie sich der Situation, indem sie zu Chet hinüberging und sich neben ihn setzte. Sie prüfte seine Atmung, den Herzschlag und fühlte die Temperatur seiner Haut. Dann seufzte sie zufrieden. Der Puls war ruhig und er hatte kein Fieber. Sie sah auf und fragte Ron: „Was habt Ihr mit uns vor?“

Ron seufzte und kratzte sich mit der Hand am Hinterkopf. „Im Normalfall hätten wir mit Euch ein Lösegeld erpresst, um unser Überleben zu sichern.“ Dann sah er traurig in die Runde. „Leider gibt es nicht mehr viel, das zu Überleben lohnt. Wir sind zu wenige, um eine Lösegeldübernahme zu arrangieren, zumal mir mittlerweile durchaus bewusst geworden ist, dass wir ausgerechnet an den Prinzen des Reiches geraten mussten. Schließlich ist das königliche Wappen an seiner Gürtelschließe nicht zu übersehen, seit er sein Wams eingebüßt hat.“ Er lachte bitter auf. „Der König wird eine ganze Armee entbieten, um sein Söhnchen zurückzuholen. Ich habe meine Männer völlig unnütz in den Tod gesandt.“ Britt meinte, Wut und Verzweiflung aus seinen Zügen lesen zu können. Pitr trat an ihn heran und legte ihm tröstend die Hand auf die Schulter. Ron schüttelte den Kopf und sah Britt bedauernd an. „Mylady es tut mir leid, aber Ihr habt schlechte Karten. Entweder wir entledigen uns Eurer und bringen Euch um, oder wir lassen Euch laufen, was Euren sicheren Tod bedeutet. Da Ihr Euch uns kaum anschließend werdet, sehe ich kaum weitere Optionen, bedauere."

Britt schluckte beklommen. Dann stand sie auf und sah Ron direkt ins Gesicht. „Wenn ihr uns sicher im nächsten Dorf absetzt, werde ich bei allen Göttern schwören, dass Ihr uns unter Einsatz Eures Lebens vor den Eisratten gerettet habt. Eine hohe Belohnung wird Euch sicher sein."

Ron schmunzelte und Pitr schüttelte lächelnd den Kopf. „Mylady, wir sind keine unbekannten Männer. Zumindest nicht in diesen Landen. Man würde uns sofort ergreifen und am nächsten Galgen aufhängen. Und vergesst nicht Eure Freunde. Sie kennen die Wahrheit und werden kaum mit ihr hinter dem Berg halten."

Ron schüttelte den Kopf und wandte sich um. „Verhänge den Bann, mein Freund!"

Pitr nickte, murmelte einige Worte und erhob seinen Zeigefinger. Britt sah ein kurzes Blitzen, dann fühlte sie eine nicht unangenehme Wärme.

„Wir werden eine Nacht schlafen und dann entscheiden", verkündete Ron, noch immer von ihr abgewandt. „Es steht Euch frei, zu gehen und ihn mitzunehmen, doch ich rate Euch von einer Flucht ab. Ihr würdet keine zwei Stunden da draußen überleben."

Britt legte sich neben Chet und umarmte ihn. Tränen der Verzweiflung rannen über ihre Wangen und es dauerte lange, bis sie in einen unruhigen Schlaf fiel, während die Männer am Feuer hockten und sich berieten.

„Wacht auf Mylady, wir haben einen Entschluss gefasst.“ Pitrs Stimme weckte Britt und sie rappelte sich schlaftrunken in die Höhe.

Ron stand mit ernster Miene und vor der Brust verschränkten Armen vor ihr. Er räusperte sich. „Wir geben Euch die Möglichkeit, bei uns zu verweilen, bis der Prinz soweit genesen ist, dass er seine Reise fortsetzen kann. Im Gegenzug schwört ihr zu berichten, dass wir bei dem Angriff der Ratten umgekommen sind und Ihr Euch alleine habt retten können. Als einzige Alternative hierzu können wir Euch einen schnellen, schmerzfreien Tod anbieten.“

Britt überlegte nicht lange. Sie ging auf Ron zu und reichte ihm die Rechte. „Ich wähle das Leben. Und ich danke Euch, auch wenn Ihr uns alsbald unserem Schicksal überlassen werdet.“

„Mylady.“ Ron nickte ihr zu. Für einen derart hünenhaften Mann war sein Händeruck fest, aber erstaunlich einfühlsam.

Das Fleisch war längst aufgebraucht und das Ende des Abstieges noch in weiter Ferne. Ein rauer Wind peitschte Argur, Karn und Anina Schneekristalle ins Gesicht, die wie Nadelstiche auf der Haut schmerzten. Anfangs hatte Argur noch versucht, seine Gefährten mit Schutzzaubern vor den Elementen zu bewahren, doch das kostete zu viel Kraft. Mittlerweile taumelten sie alle mehr, als dass sie voranschritten. Verzweiflung, Hunger und Kälte forderten ihren Tribut.

Die Sonne senkte sich dem Horizont entgegen und überzog das Eis mit einem blutroten Schein, als Argur eine Höhle im Fels entdeckte. „Lasst uns dort übernachten!“, schlug er vor und taumelte in den schützenden Hohlraum.

Karn war direkt neben ihm, das Schwert gezogen, um unliebsamen Mitbewohnern entgegentreten zu können. Doch die Höhle war leer und klein, zu klein für einen Bären und gerade als Wetterschutz für die Freunde tauglich.

Sie ließen sich erschöpft zu Boden sinken und Argur entzündete in ihrer Mitte ein magisches Feuer, das Wärme und Licht spendete. Anina sah ihn aufmerksam an. Der Magier schien in den letzten Tagen um Jahre gealtert. Er machte sich Vorwürfe über Chets und Britts Verlust, das wusste sie. Der Kummer forderte ebenso seinen Tribut wie die Magie, die er angewandt hatte. Sie seufzte. Er würde stärker werden, wenn er wieder Nahrung zu sich nehmen und sich einen Trank bereiten konnte.

Anina hauchte in die Hände und rieb sie aneinander, um die Kälte zu vertreiben. Sie stank. Nach Tagen der Anstrengung, ohne die Möglichkeit sich zu reinigen, blieb das nicht aus.

„Bald haben wir es geschafft“, murmelte Argur. „Morgen zur Mittagszeit werden wir den Fuß des Berges erreichen und auf Menschen stoßen, die uns helfen können. Dann kann ich den König benachrichtigen.“

„Das würde ich erst tun, wenn ich Gewissheit hätte. Und ich gebe die beiden noch nicht auf“, widersprach Karn entschieden.

Argur blickte ihn mit traurigen Augen an. „Ich kann Chet normalerweise spüren. Auf magischem Weg. Doch jetzt fühle ich gar nichts mehr.“ Er schüttelte betrübt den Kopf. Seine Schultern zuckten.

Anina rückte an ihn heran und legte ihren Arm um seine Schultern. „Wir sind erschöpft und schwach. Vertraue nicht auf das, was du jetzt fühlst. Komm zu Kräften, dann suchen wir nach den beiden. Ich bin mir sicher, dass sie am Leben sind!“

„Es ist meine Schuld.“ Tränen rannen an Argurs Gesicht herab.

Karn rückte nahe an ihn heran. „Ist es nicht. Es war das Schicksal, der Wille der Götter. Du hast dir nichts zuzuschreiben.“

Doch Argur schüttelte den Kopf. Stumm saßen die drei beieinander, bis sie vor Erschöpfung in einen bleiernen Schlaf fielen.

4. Kapitel: Die Herberge

„Was seid ihr denn für Leute?“

Eine helle Stimme weckte die Freunde. Karn sprang auf und zog sein Schwert, Anina griff zum Dolch und Argur rappelte sich schlaftrunken auf. Sein verschwommener Blick zeigte ihm einen etwa zehnjährigen Jungen, der neugierig vom Eingang der Höhle zu ihnen hinübersah.

„Hallo Kleiner. Wir heißen Argur, Karn und Anina. Wie ist dein Name?“, lächelte die junge Kriegerin und steckte ihren Dolch in die Scheide.

„Ich bin Gol und wohne dort unten am Berg, keine Stunde von hier. Selten verirren sich Wanderer hier, meistens sind die Reisenden auf Pferden unterwegs.“

„Wir haben unsere Pferde leider an Eisratten verloren“, erklärte Karn und steckte seine Waffe weg.

„Sie sind zurzeit eine Plage!“ Gol spuckte empört auf den Boden. „Wir haben alle Hände voll zu tun, sie von unseren Kühen und Schweinen fernzuhalten!“

„Ihr habt eine Landwirtschaft?“, fragte Argur.

„Und eine Herberge!“, erklärte der Kleine stolz.

Argur lächelte. „Dann habt ihr vielleicht auch ein Zimmer und etwas zu essen für uns?“

„Natürlich!“, grinste Gol, dann wurde sein Blick ernst. „Aber nur, wenn ihr zahlen könnt. Und sie muss in einem extra Zimmer nächtigen, damit keine unmoralischen Dinge geschehen!“, erklärte er mit wichtiger Miene.

Karn lächelte. „Akzeptiert.“

„Sind in dieser Höhle unmoralische Dinge geschehen? Zwischen euch dreien? Wollt ihr mir davon erzählen?“

„Nein, nein und nein. Und jetzt zeig uns den Weg, du neugieriger Blitz!“, antwortete Anina mit gespielter Strenge.

„Pffff!“ Gol drehte sich mit empörtem Gesichtsausdruck um und marschierte voran. Die Freunde folgten ihm und unterdrückten ein Lachen. Selbst Argur musste grinsen.

Sie benötigten nur wenig länger als eine Stunde, bis sie an einem großen, aus Sandstein erbauten Gebäude angekommen waren. Mehrere Gewächshäuser und Stallungen umringten es und wiesen auf einen gewissen Wohlstand hin.

Gol führte sie direkt in den Schankraum, wo ihnen eine eifrige Magd sofort einen warmen, mit Honig versetzten Rotwein brachte. Das Essen servierte ein beleibter, glatzköpfiger Mann, der sich als Raul vorstellte und sich als Gols Vater entpuppte. Er setzte sich zu ihnen und sah sie der Reihe nach an. „Ihr seht ziemlich mitgenommen aus, meine Herren!“ Anina ignorierte er geflissentlich.

„Es war eine anstrengende und verlustreiche Überquerung“, bestätigte Argur zwischen zwei Bissen.

„Kommt Ihr aus der Hauptstadt?“

Karn hob die rechte Augenbraue wegen der Neugierigkeit des Mannes und steckte sich einen Bissen Fleisch in den Mund.

„Ich meine nur, wegen eurer feinen Kleider und Waffen“, ergänzte Raul entschuldigend.

„Ja, kommen wir. Sagt Raul, gibt es hier einen Magier?“, wollte Argur wissen.

„Hmmm.“ Raul fuhr sich mit der rechten Hand über das Kinn und erzeugte mit seinem Dreitagebart einen schabenden Laut. „Es gibt nur im Silbernen Turm Magier, drei Tagesreisen von hier. Doch ich habe auch eine Ausbildung in diese Richtung genossen. Wenn ich Euch also zur Verfügung stehen soll…“

Argur sah ihn nachdenklich an. In der Magie ausgebildet zu sein, aber nicht den Titel eines Magiers zu führen, konnte mehrere Gründe haben. Darunter einige sehr unerfreuliche.

„Ich weiß, was Ihr denkt, aber dem ist mitnichten so!“ Raul hob beschwichtigend die Hände. „Ich wurde nicht von der Gilde entlassen oder verstoßen. Vielmehr bin ich einer der letzten Wehrmagier, die unser guter König hat ausbilden lassen!“

Argur atmete befreit auf. Es war der Plan des Königs gewesen, magisch ausgebildete Bauern an strategisch wichtigen Punkten ansässig zu machen. Der Plan wurde vor einigen Jahren aufgegeben, da die Begabung solcher Leute in der Regel magisch ungenügend war. Entweder waren sie gute Bauern oder gute Magier. Etwas in der Mitte gab es wohl nicht.

Für eine Entlassung oder eine Verbannung aus dem Zirkel der Magier gab es mehrere Gründe, aber alle waren unangenehm. Sollte sich einer der Kandidaten als deutlich weniger magisch begabt erweisen wie zunächst angenommen, wurde er entlassen. Dies geschah zwar nicht mit Schimpf und Schande, war aber trotzdem eine Demütigung für den Entlassenen, denn sein Versagen wurde dadurch amtlich dokumentiert.

Eine Verbannung erfolgte, wenn die Gesetze des Zirkels übertreten worden waren. Dies war zum Beispiel der Fall, wenn der betreffende Magier verbotene Künste wie die Nekromantie angewandt und die Toten beschworen hatte. Jegliche Form von schwarzer Magie oder dämonischem Schadzauber war bei Todesstrafe verboten. Wenn ein Magier in den Verdacht kam, sich diesen verbotenen Künsten hingegeben zu haben, wurde er entweder auf der Stelle getötet oder für vogelfrei erklärt. Jeder Bürger hatte dann nicht nur die Erlaubnis, nein es war sogar seine gesetzlich vorgeschriebene Pflicht, diesen Verbannten zu schaden oder sie bei Bedarf zu töten. Das Zeichen der Verbannung war ein gut sichtbares rotes Dreieck, das dem Beschuldigten nach seiner Verhandlung und Verurteilung durch den Rat des Zirkels auf die Stirn gebrannt wurde. Es war schon von Weitem zu sehen und leuchtete in der Nacht, sodass es dem Verbannten kaum möglich war, sich zu verbergen. Die meisten von ihnen gingen schnell zugrunde. Entweder wurden sie umgebracht oder verendeten elendig an Hunger und Durst.

„Ihr seid also ein Wehrbauer?“, murmelte Argur und musterte Raul. Der lächelte und in seinen Augen blitzte es erwartungsvoll. Er nickte und Argur konzentrierte sich ganz auf ihn und drang gedanklich in seinen Geist an. Überrascht riss er die Augen auf und keuchte. „Ihr seid unheimlich mächtig! Warum verdingt Ihr euch als Wehrbauer und nicht als Meister des Zirkels?“

Raul lächelte milde. „Weil die Liebe zur Erdscholle größer ist als zur Magie. Sie durchdringt mich und schenkt mir Frieden. Nichts macht mich glücklicher als schwarze Erde, die hervorbringt, was ich sähe. Aber es geht hier nicht um mich. Bitte erzählt mir, was Euch widerfahren ist.“

Argur gab kurz und prägnant über das Geschehene Auskunft. Karn und Anina begnügten sich damit, ab und an bestätigend zu nicken.

„So, so, die Räuber also“, murmelte Raul und fasste sich mit dem Daumen und dem Zeigefinger an die Nase und rieb sie. „Wegen der Räuber würde ich mir weniger Gedanken machen, aber die Eisratten sind eine Sache für sich. Sie sind flink, stark und grausam und ihr Blut kann die Haut verätzen. Sie sind bekannt dafür, ihre toten Opfer und sogar ihre eigene Brut als Nahrungsvorräte im tiefen Eis zu konservieren."

„Das ist ekelerregend!" Anina verzog das Gesicht und Gol sah sie mit großen Augen an. Der Kleine schien Gefallen an der Kriegerin gefunden zu haben, denn er konnte den Blick nicht mehr von ihr lösen.

Raul nahm die Hand wieder nach unten und seufzte. „So leid es mir tut, viel Hoffnung habe ich nicht für den Prinzen. Ich sage Euch das im Voraus, denn ich habe durchaus die Möglichkeit, ihn aufzuspüren, so er denn noch leben sollte und möchte Euch vor einer Enttäuschung bewahren."

„Dann tut es! Spürt ihn auf!", schrie Argur aufgeregt und sprang auf.

„Ruhig, mein junger Freund, ruhig. Nicht hier. Bitte folgt mir." Raul erhob sich und führte die Freunde in einen kleinen Raum, wo sie unter sich waren. Mehr als ein Tisch und einige Stühle fand man nicht darin. „Bitte setzt Euch, denn ich benötige Eure Hilfe dazu." Raul wies mit der Hand auf einen Stuhl und Argur setzte sich. Man konnte sehen, dass er durch seinen Ausbruch noch immer peinlich berührt war. Verschämt sah er zu den Freunden und dann wieder zu dem Wehrmagier.

„Bitte legt Eure Hände auf meine, wir müssen unsere Kräfte bündeln." Raul streckte Argur die Arme entgegen und legte seine Handrücken auf die Tischplatte. Argur schlug ein und in der nächsten Sekunde verdrehte er die Augen derart, dass nur noch das Weiße zu sehen war. Er fing an zu zittern, sein Mund öffnete sich, Speichel rann aus seinem Mundwinkel und tropfte auf sein Wams. Argur stöhnte laut auf und Anina sprang auf und zog ihre Klinge. „Was tut er da?", zischte sie, doch Karn fiel ihr in die Arme, bevor sie auf Raul losgehen konnte und hielt sie fest.

„Er sieht genauso aus! Egal was mit Argur geschieht, mit dem anderen geschieht es auch!"

Tatsächlich sah der Wehrbauer nicht anders aus als Argur. Die beiden Magier umklammerten ihre Hände, als hätten sie zur gleichen Zeit einen epileptischen Anfall. Das Zittern hatte sich zu einem starken Zucken entwickelt, das ihre beiden Oberkörper durchschüttelte.

Gol zupfte an Aninas Wams. „Papa macht nichts Böses, echt nicht!"

Anina sah völlig entgeistert von dem Kleinen zu den beiden Magiern und als Argur zu knurren anfing wie ein wildes Tier, stöhnte sie entnervt auf. Sie macht sich von Karn frei, drehte sich herum und atmete tief ein und aus. „Hoffentlich geht das nicht die ganze Nacht so", knurrte sie und steckte ihr Schwert wieder in die Scheide.

„Keine Sorge, wir sind fertig." Rauls Stimme klang matt und erschöpft. Als Anina herumwirbelte sah sie in sein bleiches, verschwitztes Gesicht.

„Und?", fragte sie nervös und kaute auf ihrer Unterlippe.

„Was habt Ihr erfahren?", drängte Karn und sah Argur an, der völlig erschöpft im Stuhl zusammengesunken war.

„Ich konnte ihn nicht spüren. Er ist nicht mehr unter uns, da gibt es keinen Zweifel. Leider." Der Wehrbauer sah bedauernd von einem der Freunde zum anderen.

Anina schluchzte auf und Karn nahm sie tröstend in die Arme. Argur schlug die Hände vor das Gesicht, seine Schultern zuckten.

„Wir lassen euch vorerst alleine", murmelte Raul. „Bitte ruft uns, wenn wir euch zu Diensten sein sollen. Komm, Gol." Er legte seinem Sohn die Hände auf die Schultern und bugsierte ihn aus dem Raum. Dem Kleinen liefen die Tränen über die Wangen. Als sich die Türe hinter den beiden schloss, herrschte eine verzweifelte, eisige Stille im Raum. Karn streichelte Anina mit der Hand über den Hinterkopf. Sie hatte ihr Gesicht an seine Schulter gelegt.

Argur stand langsam auf und sah zu den beiden hinüber. „Wir müssen weitermachen, Chet hätte es gewollt. Wir haben einen Auftrag zu erfüllen und dieser Auftrag lautet, zum Silbernen Turm zu gelangen und dort nach dem Rechten zu sehen. So schwer der Verlust auch wiegt, wir müssen unserer Aufgabe nachkommen."

„Wir sind erschöpft. Lass uns ausruhen und morgen aufbrechen“, schlug Karn vor.

„Nein!“, widersprach Argur und schüttelte den Kopf. Seine Miene war eisig, seine Augen blitzten. Er schien von einer unheimlichen Energie erfüllt und seine ganze Erscheinung duldete keinen Widerspruch. Der Magier hob die Hände und murmelte etwas. Im selben Augenblick spürten Anina und Karn, wie sie neue Kräfte durchströmten und ihre Erschöpfung und Verzweiflung hinwegspülten.

„Raul hat mir mit diesem Ritual einen Großteil seiner Kräfte übertragen“, erklärte Argur. „Ich habe euch einen Stärkungszauber zukommen lassen. Draußen wartet Gol bereits mit neuen Pferden und Proviant auf uns. In einiger Entfernung befindet sich eine Wehrhütte. Wenn wir uns beeilen, können wir sie bis zum Abend noch erreichen.“

Anina nickte entschlossen und Karn ging einfach los. Als die Freunde das Gebäude verließen, stand tatsächlich Gol vor ihnen, mitsamt sechs Pferden im Schlepptau. „Das sind unsere besten Tiere, Vater schenkt sie euch gern. Er bittet sich zu entschuldigen, er ist zu erschöpft. Mein Vater hat dir ein sehr großes Geschenk gemacht. Größer, als du ahnst!“

Argur ging vor dem Kleinen auf die Knie. „Ich danke dir und deinem Vater. Das werden wir euch nie vergessen und dafür sorgen, dass ihr entsprechend vom König entlohnt werdet.“

Gol nickte, dann ging er auf Anina zu. Sie beugte sich zu ihm hinab und sah ihn lächelnd an. Gol schlang vorsichtig seine Ärmchen um sie und küsste sie behutsam auf die Lippen. „Ich kann in die Zukunft sehen. Wir werden uns nicht lebend begegnen und dies war mein Abschiedsgeschenk für dich. Lebwohl, Anina!“ Gol nickte Karn zu und dann rannte er davon, so schnell ihn seine dünnen Beine tragen konnten.

Anina sah völlig perplex von Argur zu Karn und der winkte beruhigend ab. „Keine Sorge. Ist doch nur ein alter Trick, um einen Kuss zu rauben.

Mach dir keinen Kopf.“ Er klang dabei aber nicht sonderlich überzeugend.

Die Freunde saßen auf und ritten los. Anina sah sich noch einmal nach Gol um, aber sie konnte den Kleinen nirgends mehr entdecken.

Als Chet erwachte, bemerkte er zunächst einen metallischen Geschmack in seinem Mund, dann kamen mit rasender Geschwindigkeit Schmerzen hinzu. Er stöhnte auf und griff an sein Bein. Es fühlte sich an, als würde ein kleiner, boshafter Kobold mit einem glühenden Messer in seinem Knie herumstochern. Chets Blick war zunächst verschwommen, dann klärte er sich und er konnte mehr sehen als nur den Unterschied zwischen hell und dunkel.

„Er wacht auf!“

Britts enthusiastische Stimme drang in Chets Schädel und schien dort ein mittleres Erdbeben auszulösen. Ihm wurde schlecht. Er riss den Oberkörper nach oben, ignorierte die stechenden Schmerzen im Bein und dem Rest seines Körpers und übergab sich erst einmal geräuschvoll auf den Boden. Zum metallischen Geschmack kam nun noch das scharfe Aroma von Magensäure und Galle. Chet würgte und spuckte aus.

„Lass mal, Kleines. Ich kümmere mich darum.“ Chet sank wieder auf seine Matratze zurück. Er kannte die Stimme nicht, die nun etwas murmelte, aber sowohl der Gestank seines Erbrochenen als auch der

Geschmack in seinem Mund verschwanden von einem Augenblick zum nächsten. Chet drehte den Kopf und öffnete die Augen. Er sah in Britts strahlendes Gesicht und außerdem zwei Männer, die er nicht kannte.

„Wie lange war ich weg? Wo bin ich? Was ist passiert?", krächzte der Prinz.

Britt tupfte ihm mit einem feuchten Tuch die Stirn. „Wir beide sind am Pass abgestürzt. Der Rothaarige heißt Ron, der Magier Pitr. Sie haben uns vor den Eisratten gerettet, wir befinden uns in ihrem Unterschlupf. Du hast dir das Bein gebrochen, aber Pitr hat sein Möglichstes getan, um es zu heilen", fasste Britt das Geschehene in Kurzform zusammen und lief rot an, weil sie nicht unwesentliche Aspekte zunächst verschwiegen hatte.

Chet tastete an seinem Bein entlang. Er konnte eine Holzschiene spüren, die Berührung schmerzte. Er richtete sich auf die Ellenbogen auf und sah die beiden Männer an. „Hoch edle Herren, Ihr habt uns gerettet. Dafür gebührt Euch unser Dank. Mein Vater, der König, wird sich euch erkenntlich zeigen. Ihr habt Euch nobel verhalten und das soll belohnt werden!"

Ron und Pitr sahen sich einige Augenblicke an, dann wandte sich Ron an Chet: „Also, um der Wahrheit die Ehre zu gereichen: Wir sind Banditen und wollten eigentlich ein Lösegeld für Euch erpressen. Da die Eisratten aber beinahe alle unsere Männer getötet haben, sind wir zu wenige, um die Übergabe des Geldes arrangieren zu können. Zumal sich Eure Gefährten bisher nicht bei uns haben blicken lassen. Vermutlich haben sie gesehen, was die Eisratten an meinen Männern angerichtet haben und halten Euch für tot. Ihr dürft bei uns bleiben, bis Ihr wieder reisefähig seid. Dann werden wir Euch eurem Schicksal überlassen, mein Prinz."

Chet sah die beiden einige Sekunden mit einem stechenden Blick an. „Waren sie gut zu dir, Britt?" Das Mädchen nickt stumm und lächelte.

Dann entspannten sich Chets Züge. „Meine Herren, Eure Ehrlichkeit ehrt euch. Mögt Ihr auch von niederem Stand sein, so tragt Ihr doch das Herz von Edelmännern in eurer Brust. Seid Euch eurer Belohnung gewiss."

Ron verbeugte sich. „Danke, mein Prinz."

„Eure Belohnung wird sogar noch größer sein, wenn Ihr mich zum Silbernen Turm geleitet und mir helft, meine Freunde zu finden. Ihr seht aus wie Männer, die kämpfen können und ich könnte Euch auf der Reise dorthin gut gebrauchen! Ich verstehe zwar nicht, dass meine Gefährten die Suche nach uns so schnell aufgegeben haben, aber das wird sich sicherlich klären, wenn wir sie wiederfinden. Was haltet Ihr von meinem Vorschlag?"

Ron schüttelte den Kopf und lächelte traurig. „Mein Prinz, wir sind vogelfrei. Die Magier im Silbernen Turm würden uns mit Blitzen erschlagen, ohne lange zu fackeln. Selbiges gilt für jeden Verwalter in diesem Land. Auf unsere Köpfe sind hohe Belohnungen ausgesetzt. Fragt einfach nur nach dem „Roten Ron" und Ihr werdet meine Aussagen bestätigt wissen. Zum Silbernen Turm bringen mich keine zehn Pferde, das wäre glatter Selbstmord!"

„Hmmm." Chet hatte sich aufgesetzt und taxierte Ron mit einem durchdringenden Blick. „Was bei den Göttern habt Ihr getan, um so viel Hass auf Euch zu laden?"

Ron lächelte. Er wies mit der offenen Hand auf einen Tisch in ein paar Metern Entfernung. „Kommt und nehmt etwas zu Euch. Euer Magen dürfte ja leer wie ein trockener Weinbeutel sein. Ich erzähle euch meine Geschichte. Dort neben dem Bett liegen zwei Krücken, die ich für Euch geschnitzt habe, sie werden das Gehen erleichtern."

Chet quälte sich aus dem Bett, hievte sich mit den Krücken empor und folgte Ron umständlich zu dem Tisch, auf dem Essen und Wein angerichtet worden war. Er nahm Platz und sah den Räuber neugierig an.

5. Kapitel: Vergangenheit

„Vor vielen Jahren ging ich dem ehrenwerten Beruf des Verwalters nach. Ich befolgte die Befehle, die mein Lord im Namen des Königs, Eures Vaters, erließ und lebte nicht schlecht dabei. Ich hatte eine Frau, Anna war ihr Name und drei wohlgeratene Kinder. Ich war von morgens bis abends auf Reisen, trieb Steuern für den König ein, verlas seine Proklamationen und kümmerte mich darum, dass seine Gesetze eingehalten wurden. Dazu gehörte auch, dass ich Haftbefehle vollstreckte. Ihr könnt Euch vorstellen, mein Prinz, dass ich aufgrund meiner Statur mit recht wenig Gegenwehr konfrontiert wurde. Wenn, dann war sie in der Verzweiflung geboren. Jedenfalls erhielt ich eines schönen Tages den Befehl, einen kleinen Hühnerdieb festzunehmen. Tot oder lebendig. Der hiesige Lord, der den Befehl erlassen hatte, liebte das, er war ein Verfechter der härteren Gangarten in jedem Bereich. Nun denn, ich hatte noch nie jemanden tot festnehmen müssen und die Richter urteilten meistens milde im Sinne des Gesetzes, sodass unnötige Gewalt eigentlich nicht nötig war. Ich machte mich also in ein entlegenes Dorf auf, das ich nur ganz selten betreten hatte. Ein kleiner Weiler, weit weg vom Silbernen Turm. Dort zeigte ich den Steckbrief und man schickte mich zur alten Brunhilde. Nicht, ohne mich vor ihr zu warnen. Sie sei eine Aussiedlerin, eine alte Hexe, die mit dem Bösen im Bunde sei. Ich lachte über die Dummheit der Leute und hielt mich für klüger. Ich war es nicht.“ Ron schüttelte den Kopf und seufzte. Gedankenverloren starrte er zwischen Chet und Britt hindurch auf irgendeinen Punkt hinter den beiden. Dann erzählte er mit düsterer Stimme weiter. „Ich fand die alte Vettel in einem heruntergekommenen, nach Pisse stinkenden Holzverschlag, der jeden Moment einzustürzen drohte. Ich stieg vom Pferd, öffnete die Türe und hielt erst einmal den

Atem an, damit ich mich nicht übergeben musste. Das Weib lag in einer Ecke auf den Boden gekauert und ihr Sohn kniete vor ihr. Ich hielt mein gezogenes Schwert in der einen, den Steckbrief in der anderen Hand und als der Kerl sich umdrehte, wusste ich genau, dass er der Gesuchte war.

„Was willst du von meinem Sohn, roter Ron?"

Ich stutzte kurz, denn ich konnte mir nicht erklären, woher sie meinen Namen kannte. „Dein Sohn wird wegen Diebstahls gesucht. Ich werde ihn mit mir nehmen und dem Richter übergeben." Meine Stimme klang lange nicht so fest und entschlossen, wie ich das gerne gehabt hätte.

„Mein Sohn hat nur gestohlen, um mich vor dem Tode zu bewahren!", zeterte die Vettel. „Dein Lord hat mir den Verkauf von Heilkräutern verboten, seither nage ich am Hungertuch. Er ist schuld, dass ich sterbenskrank wurde und nun willst du mir auch noch meinen Sohn nehmen!"

„Ich will gar nichts, Weib!", knurrte ich. „Dein Sohn hätte nicht stehlen müssen, wärst du zu den Armenspeisungen gegangen!"

„Ha!", schrie die Alte. „Belüge dich doch nicht selbst! Du weißt so gut wie ich, dass das Essen dort verdorben ist und nicht einmal für die Hälfte der Armen ausreicht. Dein König und dein Lord sind Lügner! Sie versprechen, uns zu helfen, doch sie lassen uns elendig verrecken!"

Natürlich war mir klar, dass sie ein Stück weit recht mit ihren Behauptungen hatte und das machte mich wütend. Trotzdem hätte ihr Sohn einer Arbeit nachgehen können und hätte nicht stehlen müssen! „Das kannst du mit dem Lord ausdiskutieren, Weib! Jetzt gib mir deinen Sohn, bevor ich ihn mit Gewalt aus der Hütte zerre!"

Plötzlich hörte ich ein kehliges Knurren. Der Sohn sprang auf und warf sich auf mich. Die Alte kreischte und der Wahnsinn in ihrer Stimme spiegelte sich in seinen Augen wieder. Er war verrückt, von den Göttern berührt, wie man hier sagte, und missgestaltet. Sein Gesicht war schief, der linke Mundwinkel hing herab. Wie seine Mutter war er in Lumpen gekleidet und stank erbärmlich. Und er flog förmlich auf mich zu. Ich hörte noch das kreischende „Nein!“ der Alten, dann sprang mir ihr Sohn direkt in die Klinge. Ich schwöre bei den Göttern, ich habe nicht nach ihm gestoßen! Ich hielt mein Schwert unverändert, seit ich die Hütte betreten hatte und er rammte es sich förmlich selbst in den Leib. Noch heute spüre ich den schwammigen Widerstand seines Körpers, höre dieses reißende Geräusch, als der Stahl durch Kleidung, Haut und Muskeln drang. Ich bekomme das metallisch riechende Blut und den Gestank seiner zerfetzten Eingeweide nicht aus meiner Nase. Blut und Scheiße. Und dazu das verzweifelte Kreischen der Alten, das in meinen Schläfen hämmerte!“

Ron schüttelte sich. Sein Gesicht drückte absoluten Widerwillen aus. Er stürzte seinen Becher Wein hinunter, wischte mit dem Handrücken über den Mund und erzählte verbittert weiter: „Es hatte mir bisher nichts ausgemacht, mich zu wehren, wenn ich angegriffen wurde. Ich empfand zwar keine Freude daran, jemanden zu töten, aber auch keine Abscheu. Doch diesmal war es anders. Schrecklich. Alles krampfte sich in mir zusammen und tief in meinem Inneren wusste ich, dass sich hier eine Katastrophe ereignet hatte. Sie verfluchte mich. Sie verfluchte mich mit ihrem letzten Atemzug und dann schossen plötzlich Flammen aus ihrem Mund und ihren Augen. Binnen Sekunden brannte die ganze Hütte und ich stolperte rückwärts hinaus und fiel in den Schnee. Mein Pferd scheute und ging durch. Seine Hufe wirbelten den weißen Schnee auf, während vor mir rote Flammen aus der Hütte schlugen. Noch immer kreischte die Alte. Immer dieselben vier Worte: „Ich verfluche dich, Ron!“

Ich rappelte mich auf und floh so panisch, wie mein Pferd. Bei den Göttern, ich habe mich vor Angst bepisst!“

Ron hieb den leeren Becher mit einem lauten Knall auf den Tisch. Pitr schnippte, das Gefäß füllte sich wie von Zauberhand und Ron stürzte den Wein mit einem Zug hinunter. Er starrte auf die Tischplatte. Sekundenlang. Keiner wagte, etwas zu sagen. Britt und Chet hielten gespannt den Atem an. Dann riss er den Kopf nach oben. Seine Wangen glühten und seine Augen glänzten wässrig, als er murmelte: „Ab da ging mein Leben den Bach runter."

Ron atmete tief ein und aus, dann erzählte er weiter. „Ich ging also zu meinem Lord, erstattete Bericht und bedauerte, den Leichnam nicht hatte bergen zu können. Er verweigerte mir die Zahlung, da ich den Beweis schuldig blieb, dass der Dieb gerichtet worden war. Es war konsequent und es handelte es sich nur um einen kleinen Betrag, also biss ich mir auf die Lippen und machte mich von dannen. Ich sehnte mich nach meinem Zuhause, meiner lieben Frau und meinen wundervollen Kindern. Anna war so rein, so gut, ich wusste nicht, mit was ich sie verdient hatte. Sie war von zierlicher Gestalt, wenn sie lachte, ging für mich die Sonne auf. Sie war alles, was mir im Leben wichtig war, sie und die Kinder. Als ich nach Hause kam, fand ich den Platz vor unserer Hütte von vielen Pferdehufen zertreten. Ein Soldat saß auf und stürmte im Galopp an mir vorbei, ein schäbiges Grinsen im Gesicht. Eine eiskalte Faust schien mein Herz zu packen und so fest zuzudrücken, dass die Schmerzen nahezu unerträglich waren. Ich sprang vom Pferd, zog mein Schwert und ging durch die geöffnete Haustür. Ein Wispern trieb mir eine Gänsehaut über den Rücken. „Komm zu mir, ich erwarte dich! Komm schnell, ich brauche dich! Nur ein verdammtes Kupferstück! Komm Fremder, bitte komm zu mir!"

Ich betrat unser Schlafgemach und mein Herz blieb beinahe stehen. In unserem Bett lag meine Frau mit weit gespreiztem Schoß. Oder das, was einmal meine Frau gewesen war. Ihr ehemals hübsches Gesicht war zu einer dämonischen Fratze verzerrt. Sie reckte sie mir die Arme entgegen. Sie erkannte mich nicht und wiederholte immer wieder diese Worte, die sich in meine Seele und in mein Gehirn gefressen haben und mich nachts schreiend aufwachen lassen. „Komm Fremder, bitte komm zu mir!"

Auf dem Bett und auf dem Boden lagen Kupferstücke. Unzählige Kupferstücke. Sie musste sich der ganzen verdammten Garnison hingegeben haben. Mein Herz brach in dieser Sekunde. Ich brüllte vor Verzweiflung und Wut auf und dann hörte ich das Lachen der alten Hexe! Ich wirbelte herum, doch ich konnte sie nirgends entdecken. Dann realisierte ich, dass das Lachen aus dem Mund meiner Frau kam. Ich brüllte auf, riss das Schwert nach oben und trieb es in ihren Leib. Es drang durch sie hindurch in das Holz des Bettes und als das Blut aus der Wunde sprudelte, wurde das Wesen vor mir wieder zu meiner Anna. Sie flüsterte: „Warum?", dann schlossen sich ihre Augen für immer und das Lachen der Hexe verflog mit dem Wind. Ich stand vor dem Bett, starrte abwechselnd auf meine Hände und auf meine tote Frau und dann hörte ich meine Kinder kreischen. Sie waren von draußen hereingekommen und starrten abwechselnd mich und ihre Mutter an. Ich bemerkte mit offenem Mund, wie sich die Kupferstücke bis auf eines in Luft auflösten und dann rannten meine Kinder schreiend davon. Ich folgte ihnen, doch sie verschwanden zwischen den Häusern unseres Dorfes. Ich sah mich um. Der Boden vor unserer Hütte war eben, keine einzige Hufspur war zu sehen. Meine Frau hatte mich nicht betrogen. Die Hexe hatte meinen Geist verwirrt und mich zu ihrem Mörder werden lassen. Sie hatte mein Leben zerstört, so wie ich ihres zerstört hatte. Seither bin ich ein gesuchter Mann und dieses Kupferstück möge meine Geschichte bezeugen!" Ron griff sich an die Kette, die er um den Hals trug. Ein Kupferstück war auf sie aufgezogen.

„Bei den Göttern!", flüsterte Chet. „Wie kann einem das Schicksal nur so grausam mitspielen?"

Britts Augen standen voller Tränen. Sie schüttelte ungläubig den Kopf.

„Mein alter Freund hier hat mir geholfen, die Hexe zu finden und sie büßen zu lassen“, ergänzte Ron mit rauer Stimme und schlug Pitr freundschaftlich auf die Schulter. „Seither fristen wir unser Leben als Vogelfreie abseits der Gesetze und der Menschen, die nach ihnen leben.“

„Das ist nicht gerecht“, flüsterte Chet.

„Natürlich nicht. Aber so ist das Leben. Wenn deine eigenen Kinder bezeugen, dass du ihre Mutter getötet hast und dir ewige Rache schwören …“

Chet sog zischend die Luft ein. „Ich werde mich für Euch verwenden, Ron! Und ich muss etwas gegen diesen Lord tun.“

„Lord Schwarzfaust?“ Ron schüttelte den Kopf. „Unterschätze niemals die Macht der Lords. Das ist ein altes Sprichwort der Könige. Sie halten das Leben am Laufen, wenn der König fern ist. Manche besser, manche schlechter. Manche sehr schlecht.“

„Mein Vater sollte mehr Zeit mit Reisen verbringen“, murmelte Chet.

Es kehrte eine melancholische Stille ein. Irgendwann wandte sich der Prinz an den Magier: „Pitr, wann werden wir die Schienen abnehmen können?“

„Morgen schon, mein Prinz. Ich werde Euch heute Nacht noch einmal mit einem Heilzauber belegen und dann werden wir morgen sehen, wie es um Euer Bein steht. Doch erwartet bitte nicht zu viel! Ihr wart kurz davor, dass man es Euch abnehmen musste.“

Britt nickte. „Bei solchen Brüchen wurde in unseren Hospitälern das Bein abgenommen um zu verhindern, dass es den Körper vergiftet. Du hast es nur Pitr zu verdanken, dass wir bisher davon abgesehen haben.“

Chets Augen flackerten nervös, seine Wangenknochen zuckten. Ein Mann ohne Bein war ein Krüppel. Ein Krüppel konnte seine Männer nicht in die Schlacht führen. Ein Krüppel konnte kein König sein! Schon viele Männer hatten den Freitod einem Leben als Krüppel vorgezogen.

Es lief Chet eiskalt den Rücken hinunter und sein Herzschlag erhöhte sich.

„Keine Angst, mein Prinz!", beschwichtigte Pitr. „Euer Körper ist nicht vergiftet und ich bin guten Mutes, dass Ihr euer Bein vollumfänglich werdet benutzen können. Ihr seid jung, stark und hattet die beste Heilerin an eurer Seite."

Britt sah verschämt auf die Tischplatte und Chet bedankte sich bei ihr. Dann sah er Pitr an. „Können wir die Verbände nicht jetzt schon lösen?"

„Mein Prinz, das wäre zu früh. Ich möchte Euch noch diese eine Behandlung angedeihen lassen, bitte habt Geduld. Es ist nur noch eine Nacht, aber eine Nacht, die entscheidend sein könnte!"

Chet nickte. „Nun gut, ich werde auf Euch hören. Ich bin erschöpft. Bitte seht es mir nach, wenn ich mich zur Ruhe begebe."

Ron stand auf. „Natürlich, mein Prinz. Soll ich …?"

Chet winkte ab. Er stand alleine auf und ging mit wackeligen Schritten zu seinem Bett. Er ließ sich auf die Matratze fallen, drehte sich auf den Rücken und war wenige Sekunden später eingeschlafen.

Chet erwachte in der Nacht. Er spürte Britts Körper an seinem. Sie hatte ihren Kopf an seine Schulter geschmiegt, ihre Hand auf seine Brust gelegt und atmete ruhig vor sich hin.

„Sie hat jede Nacht so dagelegen und über Euch gewacht. Schlaft beruhigt, mein Prinz. Wir geben auf Euch acht!" Ron saß auf einem Stuhl in unmittelbarer Nähe des Bettes. Er hatte sein Schwert aus der

Scheide gezogen und mit der Spitze zwischen seinen Füßen auf den Höhlenboden gestellt. Langsam drehte er es am Knauf des Griffes von links nach rechts und erzeugte damit ein leicht schabendes Geräusch.

Chet nickte ihm zu und war Sekunden später wieder eingeschlafen.

„Steht auf und belastet es." Pitr hatte am nächsten Morgen als Erstes die Bandagen aufgeschnitten und die Schienen entfernt, nachdem Chet aufgewacht war. Gespannt sahen nun alle den Prinzen an und der starrte auf die nackte Haut seines Beines, die in allen Tönen von gelb über violett bis dunkelblau schimmerte. Langsam zog er das Bein an, doch noch bevor seine Wade den Schenkel berühren konnte, spürte er ein Knirschen und schrie auf. Der Kobold mit der glühenden Klinge schien wieder da zu sein und hatte offensichtlich seinen Spaß mit dem Knie.

„Langsam, mein Prinz. Noch ist es nicht vollständig verheilt. Bitte, steht zunächst auf und lauft etwas umher."

Chet tat wie ihm befohlen und humpelte unter den neugierigen Augen der anderen vom Bett bis zum Tisch und wieder zurück. Er lächelte. „Das geht ohne Schmerzen."

„Gut. Versucht es nun ganz durchzustrecken", wies Pitr ihn an. Chet tat es und verzog das Gesicht. Er war nicht in der Lage, die Bewegung vollständig auszuführen.

„Jetzt hebt es nach hinten an und nehmt vorsichtig Eure Hand zur Hilfe."

Britt stützte Chet, der nach seinem Fuß griff und ihn vorsichtig nach hinten und oben zog. Auch diese Bewegung konnte er nicht vollständig ausführen.

Pitr fuhr sich mit der Hand über das Kinn und erzeugte ein schabendes Geräusch. Er sah Chet nachdenklich an. „Mein Prinz, Ihr habt momentan ungefähr 80 Prozent Eurer Beweglichkeit zurückerhalten. Das heißt, Ihr könnt gehen, kämpfen und reiten. Ihr solltet nicht versuchen zu rennen, denn Ihr würdet stürzen. Euer jetziger Zustand reicht im schlimmsten Fall aus, um ein leidlich guter Krieger sein zu können. Im besten Fall können die Magier im Silbernen Turm Eure Beweglichkeit noch verbessern. Auf jeden Fall werdet Ihr lernen zu gehen, ohne zu humpeln."

Chet war die Enttäuschung ins Gesicht geschrieben, doch er fasste sich schnell und reichte Pitr die Hand. „Ich danke Euch, Magier. Ohne Eure Hilfe wäre ich jetzt wohl ein Krüppel ohne Zukunft oder hätte den Angriff der Ratten nicht überlebt. Wobei beides auf dasselbe hinausläuft. Ich danke Euch sehr und werde mich erkenntlich zeigen."

„Gerne geschehen, mein Prinz", lächelte Pitr und man konnte sehen, dass es von Herzen kam.

„Auch Euch danke ich, Ron, für Eure Hilfe, Gastfreundschaft und Ehrlichkeit. Ich hoffe Ihr versteht, wenn es mich hinaus zu den meinen zieht!"

„Selbstverständlich, mein Prinz." Ron packte ein Bündel, das neben ihm auf dem Boden lag. „Wir werden Euch bis an den Fuß des Berges begleiten."

„Ich dachte, das sei für Euch zu gefährlich?", fragte Britt erstaunt.

„Wir kennen das Risiko sehr gut, in das wir uns begeben. Es ist uns eine Ehre, es für Euch einzugehen.“ Ron verbeugte sich vor Britt und Chet. Auch der Prinz senkte das Haupt.

„Dann bleibt uns nur noch zweierlei zu tun“, schmunzelte Pitr. Er bewegte die Hand und Chets aufgeschnittene Hosen reparierten sich wie von selbst. Einen Zauberspruch und eine Handbewegung später hatte Chet einen schwarzen Metallstab in der linken Hand. Er war mit silbernen Mustern verziert, in der Mitte mit einer lederbezogenen Grifffläche ausgestattet und am oberen Ende, über Chets Kopf, mit einer scharfen, gebogenen Klinge versehen. „Das ist ein madranischer Kampfstab, eine Erfindung aus fernen Ländern. Er möge Euch als Stütze und Waffe gleichzeitig dienen. Ich werde Euch in den nächsten Tagen beibringen, ihn zu benutzen.“

Chet sah den Stab erstaunt an. Er schien so gut wie nichts zu wiegen. Dann wirbelte er ihn um die Hand und anschließend um seinen Kopf und Oberkörper, bevor er das Ende wieder auf den Boden stellte. „Eine wunderbare Waffe, vielen Dank!“ Der Prinz hatte glänzende Augen bekommen.

„Wie ich sehe, seid Ihr nicht ganz unerfahren mit Stabwaffen“, schmunzelte Pitr.

„Nur, was einem mit dem Speer beigebracht wird.“

„Gut Kinder, kommt. Der Tag ist kurz und der Weg bis zur nächsten Höhle ist lang!“ Ron klatschte in die Hände und stapfte zur Höhle hinaus.

Argur, Karn und Anina konnten ihre Reise ungehindert fortsetzen. Trotz, dass die Sonne strahlend vom Himmel schien und alles friedlich blieb, war ihre Stimmung gedrückt. Zwei der fünf Gefährten fehlten, Argur hatten seinen besten, seinen einzigen Freund verloren. Aus einer scheinbar ungefährlichen Reise war ein unbeschreibliches Debakel geworden.

Sie redeten nicht viel und wenn sie an den ärmlichen, kleinen Höfen vorbeiritten, die den Weg in großen Abständen säumten, blickten sie in die hohlwangigen Gesichter verhärmter Bauern und hungriger Kinder.

„Die Gesetze des Königs scheinen hier wirklich nicht zu greifen", murmelte Argur.

„Lord Schwarzfaust ist bekannt für die harte Hand, die er dem Volk gegenüber führt. Ich bin selbst zwar nicht in diesem Bezirk tätig, habe aber schon einiges darüber gehört", bestätigte Karn.

„Er ist nicht der Einzige, der so agiert." Anina stierte düster vor sich her. „Zahllose Flüchtlinge bestürmen den Tempel und erzählen von ähnlichen Umständen im ganzen Reich."

„Ich frage mich, warum der König das duldet. Ich habe ihn als gerechten, weisen Mann kennengelernt. Ebenso seinen Berater." Karn schüttelte den Kopf. „Das erschließt sich mir nicht."

„Du meinst Taran, meinen Onkel?" Argur lächelte und ein spöttischer Zug lag um seine Lippen. „Genau wie der König den Palast nicht verlässt, hält sich mein Onkel beinahe nur im Refugium der Magier auf. Seine Informationen erhält er vom Zirkel der Magier und trägt sie dann in den Hofrat des Königs. Irgendwo dort müssen Stellen sein, die verhindern, dass die beiden wissen, wie es wirklich um das Volk steht."

„Ich befürchte, dass lediglich im Bezirk um unsere Hauptstadt Niondan die Verhältnisse so sind, wie es der König angedacht hat. In den anderen Bezirken wirtschaften die Lords in ihre eigenen Taschen, fürchte ich. Wir sollten den König davon in Kenntnis setzen."

„Du hast recht, Karn. Ich werde einen entsprechenden Bericht verfassen. Dort vorne ist die Wehrhütte, die wir gesucht haben. Wir sind gut in der Zeit und können uns nun ausruhen", verkündete Argur.

„Wir sind hier doch in einem friedlichen Teil des Reiches, oder?", fragte Anina.

„Worauf willst du hinaus?" Argur zügelte sein Pferd und parierte es zum Stillstand durch.

„Das Wetter ist mild, hier gibt es keine Wölfe, Räuber oder Eisratten. Wir sind ausgeruht und gut versorgt. Sollen wir die Nacht durchreiten?"

Die beiden Männer sahen sich einen Moment an, dann nickte Argur. „Je eher wir beim Silbernen Turm sind, je besser."

Sie ließen die Wehrhütte links liegen und ritten bis in die Nacht hinein. Argur beschwor drei magische Lichter, die über ihren Köpfen schwebten und die Gegend um sie herum ausleuchteten. Die Landschaft war flach und soweit das Auge reichte nur spärlich mit niedrigen Sträuchern bewachsen. Ab und an umkreisten sie neugierige Vögel oder Fledermäuse, an manchen der selten am Weg auftauchenden Höfe bellte sie ein aggressiver Kettenhund an, ansonsten durchritten sie die Gegend störungsfrei bis in die tiefe Nacht.

Anina gab sich ihren Gedanken hin, Karn hatte die Augen geschlossen und döste. Nur Argur war hellwach und hatte seine Augen überall. Er spähte und hörte in die Nacht hinaus und meinte plötzlich, ein ungewöhnliches Geräusch zu hören. Er lauschte angestrengt, murmelte einen Spruch, um seine Sinne zu schärfen und dann hielt er unvermittelt an. Anina parierte ihr Pferd durch und erhielt einen leichten Stoß von Karns Tier, weil er die Augen geschlossen und nicht rechtzeitig bemerkt hatte, dass die Gefährten die Reise unterbrochen hatten.

„Pass doch auf!“, maulte Anina, doch Argur brachte sie mit einem ärgerlichen „Schhh!“ zum Schweigen. Er lauschte in die Nacht. „Hört ihr das auch?“

Anina und Karn konzentrierten sich. Karn zuckte mit den Schultern, aber Anina hatte etwas bemerkt. „Ist das ein Pferd?“

„Ich glaube schon“, murmelte Argur. „Ich kann Wiehern und Hufgetrappel hören. Hier ist aber weit und breit kein Gehöft zu sehen und wilde Pferde sollte es hier auch nicht geben“, murmelte er.

„Das ist doch eine menschliche Stimme, oder?“ Anina sah Karn fragend an. Doch der zuckte nur ratlos die Schultern. „Ich höre nichts.“

„Du hast recht. Da ist jemand in Not!“, bestätigte Argur.

Die Freunde sahen sich einen Sekundenbruchteil an, dann war ihr Entschluss gefasst. Sie trieben die Pferde an, verließen die in den Schnee gestampfte Straße und galoppierten in vollem Tempo querfeldein. Die Packpferde wieherten empört, doch dann ließen sie sich von dem Tempo der anderen anstecken und flogen mit ihnen über die Ebene.

Argur hatte die Lichter etwas tiefer fliegen lassen, sodass der Boden unter ihnen gut zu sehen war und sie die Rösser nicht in Senken, Unebenheiten oder Vertiefungen stürmen ließen. Sie preschten auf die Geräusche zu und nach einiger Zeit schälten sich zwei Gestalten vor ihnen aus der Schwärze der Nacht. Ein Pferd schien mit einem massigen Koloss zu kämpfen, der es mit wilden Hieben seiner Arme traktierte. Das Pferd drehte und wendete sich, schlug mit den Hinterläufen aus und wieherte gegen das markerschütternde Röhren des Angreifers an.

„Ein Felsenbär!“, schrie Argur den Freunden zu. Obwohl der Name des Tieres etwas anderes vermuten ließ, waren sie im ganzen Land und nicht nur im Gebirge zu finden. Eine seltene und normalerweise friedliche Spezies, die aber aggressiv werden konnte, wenn man sie angriff. Dann gab es in der Regel kein Halten mehr und man benötigte mehrere Männer mit langen Spießen und speziell ausgebildete Hunde, um sie unschädlich zu machen.

Anina und Karn ließen in vollem Galopp die Zügel fallen und streiften sich die Bögen vom Rücken.

„Lasst es, eure Pfeile können das dichte Fell nicht durchdringen. Ich werde ihn mit Magie bekämpfen“, knurrte Argur.

Karn sah kurz zu ihm hinüber. Seit Raul seine Kraft auf ihn übertragen hatte, schien auch Argurs Mut deutlich gewachsen zu sein. Argur ließ die Zügel fallen, erhob sich in den Steigbügeln und riss die Hände nach oben. Er murmelte Zaubersprüche, zwischen seinen Fingern zügelten weiße Blitze.

Plötzlich landete der Bär einen krachenden Hieb gegen das Pferd und fällte es zu Boden. Wuchtig schlug der Leib des Tieres im Schnee auf und zur gleichen Zeit löste sich eine Kugel aus weißen Flammen von Argurs Händen und flog zischend auf den Bären zu. Der Koloss wirbelte mit einer Geschwindigkeit herum, die ihm keiner zugetraut hätte und wurde frontal von den Flammen getroffen. Sie schienen an seiner Brust zu explodieren, der Bär brüllte gequält auf und taumelte mehrere Schritte rückwärts. Dann brach er auf alle Viere herunter, machte kehrt und floh brüllend in die Nacht. Die Freunde griffen ihre Zügel, hetzten noch einige Galoppsprünge auf das gefallene Pferd zu und parierten dann ihre Tiere durch. Sie sprangen aus den Sätteln und Anina hatte noch nicht den Boden berührt, da fluchte sie: „Was ist das für eine verdammte Scheiße?“

6. Kapitel: Gandor

„So, meine Freunde. Hier trennen sich unsere Wege."

Ron streckte Chet die Hand hin und lächelte ihn an. „Wir sind am Fuß des Berges. Wenn ihr noch eine kleine Weile diesem Pfad folgt, kommt ihr an einen großen Wehrbauernhof, der gleichzeitig als Schenke und Herberge dient. Raul heißt der Betreiber und wir sind uns nicht unbekannt. Ihr könnt ihm vertrauen, mein Prinz. Vermutlich werden Eure Gefährten dort auch eingekehrt sein und mit etwas Glück sogar auf Euch warten. Schließlich hatten wir angekündigt, ihnen eine Lösegeldforderung zukommen zu lassen und von dem Angriff der Eisratten, der unsere Pläne drastisch geändert hat, können sie ja eigentlich keine Ahnung haben."

Chet ignorierte die Hand, ging einen Schritt auf Ron zu und umarmte ihn herzlich. „Ihr seid der edelste Räuber, der mir je untergekommen ist. Danke für alles, mein Freund, und ich werde mein Versprechen nicht vergessen!" Chet löste sich von dem Räuber und umarmte Pitr. „Danke, dass Ihr mich davor bewahrt habt, ein Krüppel zu werden!"

„Gerne geschehen." Pitr klopfte Chet auf den Rücken. Dann sah er Britt an: „Mylady, ich wünsche Euch alles erdenklich Gute. Und gebt mir gut auf unseren Prinzen acht!"

„Das verspreche ich", lächelte Britt scheu. „Auf Wiedersehen!"

„Na, wen haben wir denn da?" Eine hämische Stimme drang von hinten an die Ohren der Freunde. Sie wirbelten herum und sahen sich einigen königlichen Soldaten entgegen. Die Rüstungen blitzten blank poliert in der Sonne, die Schwerter waren gezogen. Ein rascher Blick zeigte Chet, dass weitere Krieger sich daranmachten, einen Kreis um die Gruppe zu bilden. Sie huschten durch den Schnee, nahmen

Aufstellung und richteten ihre Schwerter drohend gegen die vier. „Wenn das mal nicht der Rote Ron ist!“

Der Sprecher und Anführer der Soldaten grinste breit. Rote Federn an seinem Helm wiesen ihn als Scharführer aus, er hatte also ein Dutzend Soldaten unter sich. Ron konnte mit einem schnellen Blick acht von ihnen ausmachen, der Rest wurde also als Reserve irgendwo verborgen gehalten. „Freut mich, Euch zu sehen, Scharführer Gandor“, brummte Ron, dann flüsterte er Chet zu: „Jetzt ist es an der Zeit, dein Versprechen einzuhalten!“

„Was für ein Versprechen?“ Gandor runzelte die Stirn, über der strähnige schwarze Haare unter dem Helm hervorhingen. Er war eine insgesamt ungepflegte Erscheinung. So sehr die Rüstung blitzte, so wenig schien er sich um seinen Körper zu kümmern. Eine von roten Adern durchzogene Knollennase wies auf ausgiebigen Alkoholgenuss hin. Sie saß unter zwei trüben Schweinsäuglein. Wulstige Lippen waren von einem Dreitagebart umgeben und beim Sprechen offenbarte Gandor stark verfärbte Zähne. Er war von massiger Statur und sein Brustpanzer konnte den Bauch nicht verbergen, der unter seinem Wams hervorquoll.

„Ich bin Chet, Sohn des Königs und Prinz dieses Reiches“, erklärte Chet mit ruhiger, fester Stimme. „Ich verlange, dass Ihr uns alle zusammen zu Rauls Herberge begleitet.“

„So, so.“ Gandor spuckte aus. „Ein unberittenes Bürschchen in abgerissenen Kleidern will mir also weißmachen, der Prinz zu sein.“ Er spuckte verächtlich zu Boden. „Kannst du mit irgendetwas deine Behauptung beweisen?“

Chet sah an sich herunter. Tatsächlich glich er wirklich eher einem Bettler, denn einem Edelmann. Sein Pferd hatte ein königliches Sattelzeug getragen. Doch das war ja ein Raub der Eisratten geworden. Er hob das Wams und zeigte seine Gürtelschließe.

„Die kannst du auch gestohlen haben“, brummte der Scharführer.

„Es stimmt, was er sagt. Er ist der Prinz!“, kam Britt zu Hilfe.

„Und du bist die zukünftige Königin, was?“, knurrte Gandor und Britt mit gierigen Blicken. „Sieht mir eher wie ein Räuberflittchen aus, oder?“ Er sah in die Runde und erntete schallendes Gelächter von seinen Männern. „Ich würde vorschlagen, du bückst dich und hebst den Rock, damit meine Männer über dich drübergehen können!“ Britt wurde leichenblass und die Soldaten grölten lautstark. Nur einer der Krieger starrte stumm vor sich hin.

Chet ging einen Schritt nach vorne und stellte sich vor Gandor auf. „Ich bin dein Prinz und ich befehle dir, sofort ein Benehmen an den Tag zu legen, das eines Scharführers würdig ist, du ungewaschenes Stück Scheiße!“ Seine rechte Hand hielt den Kampfstab so fest, dass seine Handknöchel weiß wurden.

„Verzeiht, Majestät!“, flüsterte Gandor und verbeugte sich. Dann ließ er völlig unvermittelt seine Faust nach vorne schnellen und traf Chet mitten ins Gesicht. Britt meinte, ein Knirschen zu hören, dann wurde der Prinz umgerissen und landete im Schnee. Rotes Blut spritzte in die Luft und Chet stöhnte auf, während er versuchte, auf die Füße zu kommen.

„Packt sie!“, schrie Gandor. „Gebt dem Weibsstück, was es verdient hat!“

Britt schrie auf, die Soldaten stürmten schreiend auf die Freunde zu. Chet arbeitete sich ächzend auf die Beine, Ron zog das Schwert und Pitr sprach einen Zauber aus. Ein grüner Feuerball schien zu explodieren und die Soldaten taumelten rückwärts. Sie krümmten sich vor Schmerzen und hielten sich den Unterleib mit ihren Händen.

„Was hast du getan, verdammter Magier?“, keuchte Gandor mit schmerzverzerrtem Gesicht.

„Dafür gesorgt, dass ihr dem Mädchen nichts mehr tun könnt!“, knurrte Pitr schweratmend. Der Zauber schien ihn immense Energie gekostet zu haben, er war blass und stand in krummer Haltung schützend vor Britt.

…ei hallte den Berg hinauf und dann war ein …elte herum und sah noch die Pfeile in Pitrs …nn wurde der Magier zu Boden gerissen. …ihm auf die Knie. Auch Britt kauerte neben …

…em Leib, mein Freund“, flüsterte Ron, …cktem Stab schützend vor ihn stellte.

… Pitrs Stimme war kaum mehr ein Hauch. Blut lief aus den Wunden und seinem Mund. „Zuviel Magie verbraucht.“ Dann sah er Britt an. „Passt auf Euch auf, Mylady!“ Dann schloss der Magier die Augen. Sein Leib sank in sich zusammen, der Kopf fiel zur Seite.

Ron schrie und sprang auf. Mit gefletschten Zähnen hielt er Gandor das Schwert entgegen. Chet konnte Britt schluchzen hören, sein Herz hämmerte bis zum Hals und kalte Wut erfüllte ihn. Drohend hob er den Stab.

„Hört mir zu“, knurrte Gandor keuchend. Noch immer stand er gekrümmt, denn irgendetwas in seinem Unterleib schien ihm nahezu unerträgliche Schmerzen zu bereiten. Seinen Soldaten erging es nicht besser. Nur die vier Bogenschützen, die sich als Reserve verborgen gehalten hatten, kamen mit normalen Bewegungen aus ihren Verstecken. Offenbar hatte Pitrs Magie sie nicht erreicht. „Ich kann euch jetzt alle abschlachten oder ihr gebt eure Waffen ab und folgt mir ohne weitere Sperenzchen. Tot bekomme ich nur das halbe Kopfgeld für dich, also lasse ich euch am Leben.“ Sein Kopf fuhr zu Britt. „Und wenn mir ein Magier die Schmerzen genommen hat, die dein toter Freund mir verursacht hat, kümmere ich mich um dich!“ Er sah Ron und Chet an. „Also, Waffen zu Boden oder ich scheiße auf das Geld und lasse euch die Köpfe abschlagen!“

Ron und Chet sahen sich an. Sie hatten die Wahl, hier ihr Leben zu lassen oder aufzugeben und darauf zu hoffen, dass sich das Blatt zu ihren Gunsten wenden würde. Rons Gesicht nahm einen verbitterten Zug an und dann warf er sein Schwert zu Boden. Chet ließ den Stab einfach fallen.

„Geht doch!“, knurrte Gandor. Dann drehte er sich zu seinen Männern um. „Bindet sie, nehmt ihnen alles ab, was sie bei sich tragen!“

Sofort stürzten mehrere der Soldaten nach vorne und fesselten Chet, Ron und Britt die Hände vor dem Oberkörper. Sie wurden ausgeplündert, während die Pferde der Krieger herangeschafft wurden. Gandor saß ächzend auf. „Für euch haben wir leider keine Pferde, ihr müsst Schusters Rappen benutzen!“ Dann sah er zu Pitr. „Den lasst liegen, die Ratten werden sich um ihn kümmern!“ Er wendete das Pferd und ließ es davontraben.

Man hatte die Freunde mit Stricken an die Sättel von Pferden gebunden und riss sie hinter sich her. Es blieb ihnen nichts anderes übrig, als zu laufen und zu versuchen, nicht zu stolpern. Was Britt und Ron gelang, war für Chet mit seinem noch nicht verheilten Bein ein Ding der Unmöglichkeit. Er stürzte häufig und hatte das Glück, dass der Soldat sein Pferd jeweils zügelte, um ihn wieder auf die Beine kommen zu lassen. Es war der Krieger, der sich bei Gandors Befehl, Britt zu schänden, zurückgehalten hatte. Irgendwann gelang es Chet, so hinter dem Tier herzuhumpeln, dass er nicht mehr fiel.

Sie rasteten am Abend auf freiem Feld und Chet fiel vor lauter Erschöpfung sofort in einen unruhigen Schlaf. Albträume plagten ihn und er warf sich die ganze Nacht hin und her. Wenigstens wurden die Freunde in Ruhe gelassen und Ron konnte sehen, dass sich die Soldaten noch immer vor Schmerzen krümmten. Er lächelte zufrieden in sich hinein. Solange Pitrs Zauber anhielt, würden sie Britt in Ruhe lassen und die Herberge war nicht mehr fern.

Sie erreichten sie am nächsten Tag kurz vor der Mittagsstunde. Neugierig sah Gol die Ankömmlinge an, während Gandor nach seinem Vater brüllte. Raul kam aus der Herberge heraus und wischte sich die blutigen Hände an einem Tuch ab, das er sich in den Gürtel geklemmt hatte. Offensichtlich war er gerade dabei gewesen, ein Tier zu zerteilen.

„Ist die Arrestzelle frei?“, knurrte Gandor und Raul nickte. „Ich habe den Roten Ron und ein paar seiner Mitläufer gefangen. Sperre sie ein und sende eine Botschaft an den Verwalter. Er soll herkommen und gleich meinen Lohn mitbringen!“

Raul zog die rechte Augenbraue nach oben, als er Ron sah. Dann pfiff er laut und wenige Augenblicke später kamen drei Knechte angelaufen. Sie halfen den Freunden auf die Beine und brachten sie zum Keller der Herberge, der auch von außen zugänglich war. „Der eine humpelt aber ganz schön“, stellte er fest und sah Chet nach.

„Ah, lass ihn!“, winkte Gandor ab. „Behauptet, der Prinz zu sein. Pah! Was für ein Aufschneider!“

Raul drehte den Kopf von Gandor weg. Es kostete ihn Mühe, die Contenance zu wahren.

„Der Magier, der mit Ron herumgestreift ist…“, fing Gandor an und wurde von Raul unterbrochen.

„Pitr. So heißt er. Wo ist er?“, fragte Raul.

„Tot, Mann! Scheiß drauf, er hat uns verhext. Du musst uns helfen, verstanden?“, blaffte Gandor Raul an.

Der kniff die Augen zusammen und sah den Scharführer kurz an. Dann ging sein Blick zu den gekrümmt dastehenden Männern, die sich ihre Hände auf den Unterleib pressten und er verstand sofort, was vorgefallen sein musste. „Ich kann den Zauber lösen, aber es wird noch zwei bis drei Tage dauern, bis Ihr und Eure Männer beschwerdefrei seid."

„Scheiße", brummte Gandor und spuckte aus. Raul drehte sich herum und lief zu seiner Herberge. Ein Grinsen stand ihm ins Gesicht geschrieben und er ging schnurstracks in den Keller, wo die Freunde mittlerweile in eine vier mal vier Meter große, mit Stroh ausgelegte und mit Eisengittern bewehrte Zelle gesperrt worden waren, die sich mitten im Kellergewölbe befand. Bis auf die drei Knechte war niemand hier unten und Raul schickte sie mit einem Nicken weg. Als die Tür ins Schloss gefallen war, trat er an den Käfig heran. „Ron, mein Freund, wie konntest du nur in solche Schwierigkeiten geraten?"

Ron zuckte traurig mit den Schultern. „Sie haben uns überrascht."

„Ist das dort tatsächlich der Prinz?" Raul sah zu Chet, der auf dem Boden lag und seinen Kopf in Britts Schoss gebettet hatte. Er schien Fieber zu haben, schwitzte stark und seine Lider flatterten.

„Das ist der Prinz!", bejahten Ron und Britt wie aus einem Munde.

„Komisch." Raul strich sich mit der Hand um sein Kinn. „Ich kann es nicht erspüren. Als ob er gar nicht da wäre."

„Pitr hat ihn mit einem Bann belegt, damit er nicht auffindbar ist. Ursprünglich wollten wir Lösegeld für ihn erpressen", erklärte Ron und Rauls Gesicht hellte sich auf.

„Deshalb habe ich ihn nicht finden können, als eure Freunde mich nach ihm suchen ließen!", rief er aus.

„Sie waren bei Euch?", fragte Britt hoffnungsvoll.

„Argur, Karn und Anina, genau“, bestätigte Raul. „Sie sind vor ein paar Tagen zum Silbernen Turm aufgebrochen, nachdem wir Euch für tot hielten.“

„Wir müssen hinterher!“, rief Britt aufgeregt.

„Eins nach dem anderen!“, lächelte Raul. „Als Erstes muss ich den Bann von dem Prinzen nehmen, um seine Identität nachweisen zu können. Dann sollte ich einen Heilzauber sprechen, glaube ich. Anschließend holen wir den Verwalter.“

„Warum den Verwalter?“, knurrte Ron und sah seinen Freund ungläubig an. „Willst du…?“

„Eins nach dem anderen“, lächelte Raul. Dann schloss er die Augen, faltete beide Hände vor seinem Gesicht und murmelte etwas. Ein violettes Licht strahlte von ihm zu Chet, umhüllte ihn und schien nach einigen Augenblicken zu explodieren. Plötzlich glühte das Antlitz eines Wolfes auf seiner Stirn, das Wappentier seines Hauses. „Tatsächlich, der Prinz“, murmelte Raul. Offensichtlich war es ihm gelungen, den Bann über Chet zu brechen. Ein weiteres Murmeln, ein weiterer, dieses Mal blauer Blitz aus seinen Händen und Chet stöhnte auf. Raul schnippte mit den Fingern und zwei Holzschienen nebst Verbandsmaterial tauchten neben dem Prinzen wie aus dem Nichts auf. „Schient den Bruch, es hat ihn böse erwischt. Die beinahe verheilte Bruchstelle ist stark in Mitleidenschaft gezogen worden. Hoffen wir, dass sich das wieder geben wird“, wies Ron Britt an und wandte sich um.

„Du verrätst mich doch nicht an den Verwalter?“, rief Ron, doch Raul ging in Richtung der Türe, ohne darauf zu antworten.

„Raul, verdammt!“ Die Tür fiel ins Schloss, ohne dass der Wehrbauer noch etwas sagte.

„Glaubst du wirklich, dass er dich verrät?“, fragte Britt.

„Ich weiß es nicht. Ich hoffe nicht“, brummte Ron. „Wir werden es in spätestens zwei Stunden wissen. Länger benötigt der Verwalter nicht hierher, wenn er nicht zufällig auf Reisen ist.“

Chet ging es zunehmend besser. Es dauerte keine halbe Stunde, bis das Fieber zurückging und er sich sichtlich entspannte. Eine weitere Stunde später wachte er auf und sah sich verwirrt um. Britt erklärte ihm die Lage und er betastete mit schmerzverzerrtem Gesicht sein Bein. „Es tut deutlich mehr weh als nach unserem Aufbruch“, stellte er fest.

„Die Belastung war zu hoch und die Stürze haben es nicht besser gemacht“, murmelte Britt. „Dieser Raul hat jedenfalls einen Heilzauber gewirkt, vielleicht benötigt es einfach noch ein bisschen Zeit.“

Chet hievte sich mit Britts Hilfe auf die Füße und humpelte auf sie gestützt mehrere Schritte durch die Zelle. „Das Knie ist ganz steif, verdammt!“

„Du hast ja auch noch die Schienen dran. Warte einfach mal ab“, seufzte Ron.

Die Tür zum Gewölbekeller öffnete sich knarrend.

Raul führte Gandor, seine Krieger und einen Unbekannten herein, der aufgrund seiner schwarzen Kleidung unschwer als Verwalter zu erkennen war. Der Mann war schlank, groß, glatzköpfig und glattrasiert. Stechende blaue Augen flogen über die Gefangenen.

„Das ist der Rote Ron!“, erklärte Gandor eilfertig. Seine Augen blitzten vor Gier. Wahrscheinlich zählte er in Gedanken schon die Belohnung für seinen Fang.

„Wie unschwer zu erkennen ist“, stellte der Verwalter fest, ohne den Scharführer eines Blickes zu würdigen. „Sein Gesicht ist mir von hunderten Steckbriefen bekannt, aber die Gesichter der beiden anderen kenne ich nicht.“

„Der eine behauptet, der …“, hob Gandor an, aber Raul unterbrach in barsch.

„Das ist Prinz Chet. Das Mädchen ist Britt von den Heilerinnen. Sie waren gemeinsam unterwegs zum Silbernen Turm, als sie im Gebirge getrennt worden sind, Verwalter Murdock.“

„Das ist eine Lüge!“, knurrte Gandor, doch eine Handbewegung des Verwalters brachte ihn zum Schweigen.

„Könnt Ihr eure Identität nachweisen, Mylord?“, fragte Murdock in neutralem Tonfall, doch seine Augen musterten Chet von oben bis unten.

„Ich kann hierbei behilflich sein“, bot Raul an und Gandor heulte wütend auf: „Machst du mit den Räubern gemeinsame Sache, oder…?“

Eine weitere Handbewegung des Verwalters brachte ihn zum Schweigen. Murdock nickte Raul zu und der ließ mit einer Handbewegung das königliche Wappen auf Chets Stirn erscheinen.

Murdock verbeugte sich tief: „Eure Majestät, stets zu Diensten!“

Gandor sah mit offenem Mund und ungläubigem Blick von einem zum anderen und konnte es nicht fassen. Murdock riss sein Schwert aus der Scheide und rammte dem Scharführer den Knauf in den Unterleib. „Bezeuge deinem Prinzen die Ehre, du versoffener Taugenichts!“

Gandor ging gurgelnd auf die Knie und seine Soldaten beeilten sich um eine schnellstmögliche Verbeugung. Murdock pfiff und wenige Sekunden später füllte sich der Raum mit Soldaten, die eine andere Uniform als die der königlichen Krieger trugen. Offensichtlich waren sie Murdock unterstellt.

Raul öffnete den Käfig mit einer Verbeugung und grinste Ron an. Chet legte seinen Arm über die Schulter des Hünen und ließ sich von ihm aus dem Gefängnis heraushelfen. Er stellte sich vor Murdock, noch immer gestützt von Ron. „Ich danke Euch für unsere Befreiung, Verwalter.

„Es war mir eine Ehre, Eure Majestät."

Chets Blick ging zu Raul. Er ahnte, dass der Wehrbauer sein eigenes Süppchen kochte und Gandor mit Hilfe des Verwalters ganz gehörig in dessen Suppe gespuckt hatte. Offensichtlich hatte Raul auch etwas mit Ron zu tun, denn die beiden sahen sich grinsend an. „Danke für Eure magische Hilfe und dass Ihr den Verwalter informiert habt."

„Aber den habe doch ich rufen lassen!", brauste Gandor auf. Er war mittlerweile wieder auf die Füße gekommen und stand neben Murdock.

Chet drehte sich zu ihm herum und taxierte ihn. Dann schoss seine Faust hervor, traf Gandor mitten im Gesicht und schickte ihn zu Boden. Der Scharführer kam krachend auf, heulte vor Wut und hielt sich die Nase. Rubinrotes Blut sickerte zwischen seinen Fingern hervor.

Der Prinz sah ihn von oben herab an. „Dir gebührt kein Dank. Du wirst für deine Vergehen bestraft werden!"

Gandor rappelte sich auf die Knie und hob flehend die Hände nach oben. „Aber Eure Majestät, ich habe doch nur meine Pflicht getan und den Räuber dingfest gemacht!"

Chet knurrte: „Es war deine Pflicht, den Räuber zu fangen, ja." Gandors Augen leuchteten hoffnungsfroh auf. Doch als Chet weitersprach, öffnete er ungläubig den Mund und glotzte ihn stupide an. „Es war jedoch nicht deine Pflicht, deinen Prinzen zu Boden zu schlagen. Es war nicht deine Pflicht, der Heilerin Gewalt durch all deine Männer anzudrohen. Ferner war es nicht deine Pflicht, den Magier zu töten. Und schlussendlich war es nicht deine Pflicht, mich durch den Transport zum Krüppel zu machen!“ Chet war immer lauter geworden, den letzten Teil seiner Rede brüllte er Gandor ins Gesicht.

„Was, was … bedeutet das?“, stammelte der Scharführer weinerlich.

Chet riss Murdock mit einer schnellen Bewegung das Schwert aus der Scheide und hob es hoch in die Luft. „Dass ich dich zum Tode verurteile!“, antwortete Chet kalt und lies die Klinge nach unten fahren. Zischend fuhr der Stahl durch die Luft, Gandor quiekte wie ein Schwein und dann fiel sein Schädel zu Boden und sein Körper kippte zur Seite weg. Ungläubig starrten seine toten Augen an die Decke des Kellergewölbes.

Chet wischte den Stahl an der Kleidung des Toten sauber und übergab das Schwert seinem Besitzer. „Ein weises Urteil, Eure Majestät. Zu lange hatte diese Schande seiner Zunft ihr Unwesen getrieben, ohne dass man ihm hatte etwas nachweisen können.“

Chet sah in die Runde. Noch immer knieten die Männer Gandors. Sein Blick fiel auf einen der Soldaten. Es war ein junger Mann mit schulterlangen blonden Haaren. Der Krieger, der Chet am Pferd hinter sich hergezogen hatte. „Du da, steh auf und komm hierher!“

Der Krieger sah sich um und kam mit langsamen Schritten zu Chet. Seine Unsicherheit war ihm deutlich anzusehen. Er fiel vor dem Prinzen auf die Knie. Man konnte sehen, dass er am ganzen Körper zitterte.

„Ihr alle habt dem Befehl eures toten Scharführers, diese Frau zu schänden, Beifall gezollt!“, donnerte Chet und zeigte auf Britt, die dunkelrot vor Scham anlief. „Keiner hat sich enthalten, außer ihm.“ Chet sah zu dem jungen Mann hinab. „Wie ist dein Name?“

„Wulfgar, Eure Majestät.“ Die Stimme des Jungen zitterte vor Angst.

„So hört mein nächstes Urteil: Ein jeder von euch soll für sein Verhalten bestraft werden und einen Monat im Zuchthaus darüber nachdenken, was ihr dieser Frau antun wolltet, wenn Pitr euch nicht daran gehindert hätte.“ Chet sah Murdock an und der nickte. Auf einen Wink von ihm ergriffen seine Soldaten die Krieger Gandors und schafften sie hinaus. Sie ließen es klaglos über sich ergehen, froh, mit dem Leben davongekommen zu sein.

„Wulfgar, du hast dich Britt und mir gegenüber zumindest nicht unanständig verhalten, das rechne ich dir an. Du sollst straffrei ausgehen. Nimm dies zum Anlass, das nächste Mal den Mut zu haben, einem solchen Befehl in meinem Namen zu widersprechen.“

„Ich danke Euch, mein Prinz!“ Wulfgar erhob sich, verneigte sich und verließ den Raum.

„Nun gilt es noch über dich zu richten, Ron.“ Chet sah den Räuber an und der Hüne nickte ihm stumm zu.

„Unsere Richter haben bereits ein Urteil über ihn gesprochen und das lautet: Tod, mein Prinz“, wies Murdock mit ruhiger Stimme hin und sah Chet aufmerksam an.

Der seufzte. „Das Gesetz unseres Landes besagt, dass ein König das Urteil eines Gerichtes nicht willkürlich aufheben darf. Ist das richtig, Murdock?“

Der Verwalter nickte ernst.

„Aber das Gesetz erlaubt es dem König oder seinem Stellvertreter, die Todesstrafe in eine lebenslange Haft umzuwandeln, richtig?“, fragte der Prinz.

„Das ist korrekt“, bestätigte Murdock.

„Bitte lasst mir die Gnade eines schnellen Todes zuteilwerden, Eure Majestät. Am liebsten durch Eure Hand. Aber lasst mich nicht in einer Zelle verrotten“, bat Ron inständig. Verzweiflung schimmerte in seinen

Augen. Und Angst. Diesen Mann für den Rest seiner Tage einzusperren, ihn seiner Freiheit zu berauben, war für ihn schlimmer als der Tod.

Chet sah ihn mit völlig unbewegter Miene an. „Ich verurteile dich zu lebenslanger Haft.“ Ron stöhnte auf und schloss die Augen. „Ich kann dich nicht begnadigen und ich will dich nicht tot sehen. Also wirst du dein Leben lang mein Gefangener, mein Leibeigener sein. Du wirst schwören, dein Leben für mich zu geben und mir nicht von der Seite weichen, bis die Kräfte dich verlassen. Treu und furchtlos bis in einen sehr fernen Tod.“ Chet lächelte. „Oder du stirbst jetzt und hier. Es ist deine Wahl.“

Ron ging vor Chet auf die Knie: „Ich schwöre, meinen Waffenarm in Euren Dienst zu stellen, bis mir die Kräfte versagen. Ich schwöre, Euch mit meinem Leben zu beschützen, bis ans Ende meiner Tage!“

Chet sah Murdock an. Der Verwalter lächelte. „Sehr weise, mein Prinz. Ihr habt im Rahmen der uns zur Verfügung stehenden juristischen Möglichkeiten den Urteilsspruch der Richter in Eurem Sinne interpretiert. Ich werde eine Urkunde über den Spruch ausstellen und an Euren Vater senden. Er wird erfahren, dass der Prinz nun einen begnadigten Leibeigenen hat. Ron, den Roten!“

„Tut dies. Ich möchte Euch noch um Pferde und Vorräte bitten, Verwalter. Stellt sie meinem Vater in Rechnung, der König wird Euch fürstlich entlohnen.“

Murdock wollte etwas antworten, doch Raul fiel ihm ins Wort. „Es wird mir ein Vergnügen sein, Euch weiterzuhelfen, mein Prinz. Murdock, verzeiht mir, aber meine Pferde sind weitaus besser als Eure, nicht wahr?“

Murdock nickte lächelnd, hielt sich aber mit Worten zurück.

„Gut. Dann packt bitte die Pferde, damit wir sofort gehen und unsere Freunde bald einholen können“, wandte sich Chet an Raul, doch der schüttelte den Kopf.

„Tut mir leid, mein Prinz, vor Morgenrauen werde ich Euch nicht ziehen lassen. Ihr bedürft der Schonung, wenn Ihr nicht als Krüppel enden wollt. Außerdem hätte es ohnehin bis morgen Früh gedauert, wenn Ihr die Pferde nicht von mir erhalten hättet. Ihr verliert also nichts, wenn Ihr die Nacht in meiner bescheidenen Hütte verbringt und Euer Bein wird es Euch danken.“

Chet lächelte gequält. „Einverstanden. Könnt Ihr Argur benachrichtigen, damit er weiß, dass wir nachkommen?“

„Selbstverständlich, Eure Majestät.“ Raul verneigte sich.

Er brachte die Freunde auf ihre Zimmer, nachdem sie sich von Murdock verabschiedet hatten und sprach nochmals einen Heilzauber über Chet aus. Die Freunde legten sich in separaten Zimmern zu Bett und erholten sich bei einem erholsamen Schlaf von den ihnen widerfahrenen Strapazen.

Raul schickte auch tatsächlich eine Brieftaube zum Silbernen Turm. Doch wie es das Schicksal wollte, wurde der Vogel wenige Stunden nach seinem Aufbruch von einem Falken geschlagen und die Botschaft erreichte ihren Empfänger nie.

„Ich kann es dir nicht sagen. Es sieht aus wie eine Mischung aus Mensch und Pferd.“ Karn starrte ungläubig auf das Wesen, das vor ihnen im Schnee lag.

„Eher wie ein Ziegenbock. Schau mal, es hat kleine Hörner auf dem Kopf.“ Anina zeigte auf die betreffende Stelle. Tatsächlich waren etwa daumenlange Hörner zu sehen. Das Wesen hatte einen Pferdekörper, doch anstelle des Halses wuchs ein muskelbepackter, menschlicher Oberkörper aus der Brust. Auf dem breiten, eher kurzen Hals saß eine Art menschlicher Kopf, wobei die Züge grotesk ausgebildet waren. Ein stark hervortretendes Kinn wurde von wulstigen, dunklen Lippen und einer sehr breiten Nase ergänzt. Stark überzeichnete Wangenknochen gaben dem Antlitz zusammen mit tiefliegenden Augen und schräg nach oben gezogenen Augenbrauen etwas Kriegerisches. Die Haare langen waren nach hinten zu einem dicken schwarzen Zopf gebunden, die Frisur offenbarte tiefe Geheimratsecken. Ein durchdringender Geruch nach Pferd ging von dem Wesen aus.

„Das ist ein Kentaur“, erklärte Argur. „Eines der angeblichen Fabelwesen, die es nur jenseits der Eisseen geben soll und die uns Menschen seit je her feindlich gesinnt sind.“

„Wie konnte es nur so tief in unser Land eindringen, ohne aufgehalten zu werden?“, wunderte sich Karn.

„Vielleicht hat es Menschen gemieden und aus der Ferne betrachtet kann man es für ein Pferd halten.“ Anina zuckte mit den Schultern.

„Egal von wo es wie hierherkam, wir müssen eine Entscheidung fällen“, murmelte Argur. Dann sah er die Freunde an. „Töten oder bannen?“

„Kannst du es denn bannen?“, wollte Karn wissen.

„Ich habe darüber gelesen. Es soll schwierig sein und ein Kentaur ist ein schrecklicher Krieger. Er kämpft mit zwei gebogenen Säbeln, ist schnell wie ein Pferd und deutlich stärker als ein Mensch. Wir könnten das Risiko eingehen, denn wenn wir ihn uns gefügig machen, wäre er ein starker Verbündeter."

„Ein starker Verbündeter, der uns wahrscheinlich so manches darüber erzählen könnte, was hinter den Eisseen vor sich geht", pflichtete Anina bei.

„Ich würde das Risiko eingehen. Banne ihn, wir warten bis er aufwacht. Töten können wir ihn dann immer noch", schlug Karn vor.

„Einverstanden." Argur hob die Hände, schloss die Augen, konzentrierte sich und murmelte einen Spruch, der sich durch einen schwarzen Blitz knallend entlud. Er traf den Kentauren an der Stirn, Rauch stieg auf und ein schwarzes Medaillon bildete sich zwischen den Augen. Groß und oval wie ein Ei, dick wie ein Finger prangte es nun dort und glänzte in der Sonne.

„Ich spreche jetzt einen Erweckungszauber", verkündete Argur und murmelte wieder etwas. Diesmal gab es keinen Blitz, stattdessen bildete sich ein gelblicher Nebel um den Kopf des Wesens. „Tretet zurück, gleich wird es erwachen. Wenn der Bannspruch wirkt, bleibt das Medaillon an Ort und Stelle. Wenn nicht, müssen wir schnell reagieren, bevor er uns angreift!"

Die Freunde traten drei Schritte zurück und legten ihre Bogen an. Argur erhob abwehrend die Hände. Es dauerte noch ein wenig, bis das Wesen anfing zu zucken und dann langsam die Augen öffnete. Es hob den Kopf, sah die Freunde erstaunt an und rappelte sich nach oben. Taumelnd kam es auf die Beine, befühlte seine Stirn und stieß ein heftiges Stöhnen aus.

Anina und Karn spannten die Sehnen, Argur ließ rote Blitze zwischen seinen Fingern tanzen, doch der Kentaur griff nicht an. Er beugte langsam das Haupt und blieb in dieser Position stehen.

Argur zögerte einige Momente, dann sprach er das Wesen an. „Kannst du uns verstehen?"

Der Kentaur erhob seinen Kopf und nickte.

Argur sah erleichtert zu den Freunden. Der Bann schien zu funktionieren und das Wesen verstand ihn. „Kannst du sprechen?“

Der Kentaur schüttelte den Kopf und öffnete den Mund. Der Stumpf einer verstümmelten Zunge war zu erkennen.

„Oh! Kannst du schreiben?“, wollte Karn wissen.

Der Kentaur beugte den Oberkörper und malte unbeholfene Zeichen in den Schnee.

„Razgor“, murmelte Anina.

„Ist das dein Name? Razgor?“, wollte Argur wissen und der Kentaur nickte.

„Hör mir zu, Razgor. Wir haben dich vor einem Felsenbären gerettet. Wir wollen dir nichts Böses, aber du gehörst nicht in unser Land und zählst zu unseren Feinden. Ich habe deshalb einen Bann über dich verhängt, wie du bemerkt hast“, erklärte Argur und Razgor nickte. „Wenn du uns folgst, ohne uns Schwierigkeiten zu machen, kannst du bei uns bleiben.“ Razgor nickte bestätigend. „Wenn du Schwierigkeiten machst, werden wir dich ohne Vorwarnung töten, verstanden?“

Razgor nickte spöttisch und bückte sich. Er schrieb „Wird nicht geschehen“ in den Schnee, griff plötzlich mitten in die weiße Masse und zog zwei Säbel heraus. Er erhob den Oberkörper, wirbelte die Säbel blitzschnell um die eigene Achse und steckte sie in den Ledergürtel, den er um die Taille trug. Das Ganze war so schnell geschehen, dass die Freunde nicht in der Lage gewesen waren, ihre Pfeile abzuschießen. Erschrocken sahen sie sich an und Razgor senkte das Haupt. Er grinste noch immer spöttisch.

„Gut.“ Argur musste sich räuspern, um den Frosch in seinem Hals loszubekommen. „Dann lasst uns die Pferde besteigen und weiterreiten. Heute Abend sollten wir den Silbernen Turm erreichen. Razgor, du reitest mit mir an der Spitze. Karn und Anina, ihr bildet die Nachhut.“

Die beiden nickten und nahmen die ihnen zugewiesene Position ein. Offensichtlich traute Argur dem Kentauren nicht und wollte ihn nicht im Rücken der Gruppe wissen. Sie ritten zur Straße zurück und folgten ihr in Richtung des Silbernen Turmes.
„Ich würde dir gerne einige Fragen stellen." Argur sah zu Razgor hinüber und der zuckte mit den Schultern, ohne ihn anzusehen.

„Du weißt, dass ich dich zu Antworten zwingen kann und merke, wenn du lügst?" Argur erhielt ein Nicken.

„Gut. Als erstes möchte ich wissen, ob du Teil einer Streitmacht bist."

Razgor schüttelte den Kopf.

„Du kommst von jenseits der Eisseen?"

Ein Nicken.

„Wie viele deines Volkes gibt es da?"

Razgor sah Argur an und hob die Hand.

„Fünfhundert?"

Vehementes Kopfschütteln.

„Fünftausend?"

Verhaltenes Kopfschütteln.

„Fünfzigtausend?", fragte Argur ungläubig.

Nicken. Begleitet von einem wirklich boshaften Grinsen.

„Er lügt!" Karns Stimme kam wenig überzeugt von hinten.

„Tut er nicht. Ich kann spüren, dass es wahr ist." Argur atmete tief aus und ein. „Seid ihr Freunde der Atar?"

Kopfschütteln.

„Bekämpft ihr sie?"

Verneinen.

„Kämpft ihr mit ihnen?"

Schulterzucken, dann Nicken.

„Dann seid ihr ihre Vasallen und werdet dazu gezwungen, ihre Reihen zu verstärken?"

Nicken.

„Wie viele Atar gibt es?“

Razgor wandte den Kopf zu Argur und grinste. Argur schüttelte es innerlich. Die eigentlich freundliche Geste des Wesens wirkte abgrundtief böse. Argur konnte nicht einschätzen ob das auch so gemeint, oder einfach der ungewöhnlichen Gesichtsform des Kentauren geschuldet war. Jedenfalls ereilte ihn ein Frösteln bei dem Anblick und er fragte sich, ob er ihn nicht doch besser sofort umgebracht hätte. Razgor hob beide Hände.

„Hunderttausend?“

Kopfschütteln.

„Eine Million?“ Argurs Stimme war leise geworden. Die Streitkräfte des Königs hätten selbst hunderttausend Atar nicht Einhalt bieten können.

Razgor nickte, wieherte schrill und trommelte sich mit den Fäusten auf die Brust.

Argur sah sich wortlos um. Aninas Lippen formten stumm das Wort „Scheiße!“ und Karn sah ihn blass und mit großen Augen an.

Argur räusperte sich. „Plant ihr einen Angriff?“

Nicken.

„In wie vielen Monaten?“

Razgor drehte langsam den Kopf in Richtung des Magiers. Ein bitterer Zug spielte um seine wulstigen Lippen, als er drei Finger hob.

„Bei den Göttern!“, stöhnte Argur. Dann drehte er sich herum. „Eilritt!“

„Eilritt!“, bestätigten Anina und Karn wie aus einem Munde und ließen die Pferde in einen scharfen Galopp springen. Razgor wieherte erfreut auf und beschleunigte ebenfalls. Er hielt spielend mit den Pferden mit.

Die Freunde kamen völlig erschöpft mitten in der Nacht am Silbernen Turm an, obwohl Argur permanent Stärkungszauber für Mensch und Tier gewirkt hatte. Die Pferde dampften vor Schweiß und zitterten vor Erschöpfung. Eines der Packtiere brach wiehernd vor dem Tor zusammen und blieb schweratmend auf der Erde liegen. Der Silberne Turm verdiente seinen Namen. Die Steine, das Tor, die Dachziegel … alles schien aus purem Eis gewirkt zu sein.

Das Tor öffnete sich und sofort strömten Magier und Heiler heraus und nahmen die Freunde in Empfang. Sie halfen ihnen von den Pferden, kümmerten sich um die Tiere und brachten die Freunde in einen großen Saal auf der dritten Ebene des Turms. Razgor hatte einige Mühe mit den Stufen und wurde sehr misstrauisch von den Magiern beäugt, doch auch sie konnten Argurs Bannzauber spüren und ließen den Kentauren unbehelligt.

Der Boden war schwarz, die schlichten Möbel ebenfalls, was einen starken Kontrast zu der silbernen Hülle des Turmes bildete. Sie nahmen an einer großen Tafel auf bequem gepolsterten Stühlen Platz und tranken dankbar einen Stärkungstrank, der ihnen sofort gereicht wurde. Das Gebräu wirkte vom ersten Schluck an und nach einigen wenigen Augenblicken betrat ein ganz in Schwarz gehüllter Magier den Raum. Er war alt, uralt, doch seine grünen Augen sahen hellwach und aufmerksam in die Welt. Lange silberne Haare und ein sorgfältig gestutzter Vollbart umrahmten ein Gesicht, das nur aus Falten zu bestehen schien.

„Mandogar!“ Argur erhob sich und verneigte sich leicht.

„Seid willkommen, alle. Auch du, Kentaur!“ Die Stimme des Alten klang weich und dennoch kraftvoll. Zusammen mit seiner Erscheinung erweckte er ein beinahe unerklärliches Vertrauen. Man kam sich vor, als würde man seinem geliebten Großvater gegenüberstehen, auch wenn man Mandogar nie zuvor gesehen hatte.

„Möge der Winter ewig währen, vor allem in diesen Zeiten!“ Der Magier setzte sich an die Stirnseite des Tisches. Lediglich Razgor stand noch, da er mit menschlichen Möbeln herzlich wenig anfangen konnte. Er war auch der Einzige, der diesen Gruß nicht erwiderte.

Mandogar sah die Freunde einen nach dem anderen an und lächelte. „Du bist stark geworden, Argur. Ich kann Rauls Macht und vor allem seinen Mut in dir spüren.“

„So ist es, Meister. Er hat seine Kräfte dankenswerterweise auf mich übertragen.“

„Ein ungewöhnlicher Wehrbauer. Magisch begabter als so manch einer unserer Meister des Zirkels und doch der Erdenscholle verhaftet. Egal. Ihr seid nur zu dritt, wenn ich den Kentauren einmal außen vor lassen will. Was ist mit euren Gefährten geschehen? Wo ist der Prinz?“

„Er ist im Taurusgebirge gefallen, Meister. Genau wie Britt, die Heilerin“, antwortete Argur bedrückt.

„Das ist bedauerlich“, murmelte Mandogar. „Sehr bedauerlich sogar. Vor allem vor dem Hintergrund, dass unsere Warnungen äußerst ernst zu nehmen sind und ihr Euch nicht auf einer Lustreise befindet. Der Kentaur ist der beste Beweis dafür! Ich werde dem König die traurige Nachricht überbringen lassen.“

Razgor scharrte mit den Hufen und grinste sein boshaftes Grinsen.

„Das Eis wird dünner, die dunklen Mächte sammeln sich“, murmelte Mandogar.

„Ihre Armee besteht aus fünfzigtausend Kentauren und einer Million Atar. Sie sind in drei Monaten bereit zur Schlacht. So sagt es Razgor", berichtete Argur mit verhaltener Stimme.

Mandogar sah den Kentauren einige Augenblicke durchdringend an. Razgor blähte die Nasenflügel und schnaubte.

„Ich kann keine Lüge daran erkennen", murmelte Mandogar und stand auf. Er lief mit langsamen Schritten auf seinen Stock gestützt einige Male hin und her und überlegte. Seine freie Hand zupfte seinen Bart. Dann blieb er stehen und kratzte sich am Hinterkopf. Er sah die Freunde an und seufzte. Er schüttelte den Kopf und die Gefährten blickten sich ratlos an.

„Ich habe alle unsere Optionen erwogen und die Möglichkeit des Kampfes verworfen", erklärte der Magier. „Erstens sind wir viel zu wenige. Wenn der König alle Jahrgangskohorten mobilisiert, kommen wir auf eine Viertelmillion Krieger. Das würde vielleicht mit Müh und Not ausreichen, um die Kentauren aufzuhalten, aber die Atar sind noch kampfstärker. Außerdem reicht die Zeit nicht aus, um das Heer zusammenzuziehen. Zumindest die Grenzlande wären verloren, bevor wir auch nur annähernd kampfbereit wären." Mandogar lief wieder einige Schritte auf und ab, dann blieb er stehen. Wieder seufzte er. „Wir müssen sie also magisch bekämpfen. Argur, wie wurden die Eisseen gebildet?"

„Indem ein Schwert der Macht geschmiedet wurde und dieses Schwert an den jenseitigen Ufern des Flusses in die Erde gerammt wurde. Die Magier, die dies taten, zahlten mit ihrem Leben dafür. Sie verteidigten das Schwert so lange, bis der Eiszauber vom Silbernen Turm aus gewirkt werden konnte und das Schwert traf. Von der Klinge ausgehend erfolgte die Vereisung des Flusses", dozierte Argur aus den alten Schriften.

„Gut, gut, junger Magier." Mandogar strich zufrieden über seinen Bart.

„Was allgemein weniger bekannt ist, ist die Tatsache, dass nicht eines, sondern drei magische Schwerter geschmiedet worden waren.“ Mandogar sah in die Runde und ließ belustigt die ungläubigen Blicke der drei Freunde auf sich wirken. Razgor legte die Stirn in Falten und sah den Magier skeptisch an. „Glaubt es ruhig, schließlich habe ich die Chroniken geschrieben.“ Mandogar hielt den Zeigefinger der rechten Hand in die Höhe und unterbrach Argur, bevor er überhaupt anfangen konnte, zu reden. „Ich habe sie unter einem Pseudonym veröffentlicht. Ich war damals einer der Magieradepten, der die Schwerter schmiedete und ich war der einzige Überlebende, der von der Seite jenseits des Flusses Nekondir zurückkehrte. Es war dem Großmut meines damaligen Meisters und meiner eigenen Feigheit zu verdanken, dass ich nicht wie er und die anderen zu Eis erstarrte, aber so konnte das Wissen aus erster Hand in diese Zeit übertragen werden und erhalten bleiben. Wir legten all unsere Magie in die Herstellung der Klingen. Wir verausgabten uns bis zur Erschöpfung, manch einer sogar bis zum Tode. Keiner konnte sagen, wie stark der Zauber der Klingen wirken würde und so setzten wir zunächst nur eines der Schwerter ein. Es war eine laue Sommernacht, ich erinnere mich daran, als sei es gestern gewesen. Sieben Magier inklusive meiner Wenigkeit unter Beisein des Erzmagiers Gordot saßen in einem Boot und glitten lautlos über den Strom. Im Gepäck lediglich die drei Schwerter und alle Hoffnung unseres Volkes. Noch immer kann ich den wunderbaren Duft des großen Stromes riechen, ich spüre förmlich, wie mich die warme Sommerluft umschmeichelt. Das Platschen, wenn Fische aus dem Wasser sprangen, ja selbst das Sirren der Stechmücken mutet im Nachhinein paradiesisch an. Sommer, meine Freunde, etwas, was ihr nie kennenlernen werdet. Möge der Winter ewig währen!

Angetrieben von unseren magischen Kräften, unbehelligt von der Strömung, durchschnitt unser Schiff das kühlende Nass. Über uns die

Sterne des Himmels und ein voller Mond, der so viel Licht spendete, dass wir keine Magie wirken mussten, um etwas zu sehen. Und vor allem, um nicht gesehen zu werden von dem Feind, der am jenseitigen Ufer seine Zelte aufgeschlagen hatte. Bereit, unsere Lande mit Blut und Krieg zu überziehen und unser aller Leben zu nehmen. Wir waren die letzte Hoffnung, der Funke in der Dunkelheit und unsere Stimmung war wehmütig. Sollte unser Vorhaben glücken, würden wir sterben und als Helden in die Annalen des Königreiches eingehen. Sollten wir versagen, würden wir nur sterben. Unser Leben war so und so verwirkt und nicht jeder konnte diese Tatsache mit einer solchen Größe tragen wie Erzmagier Gordot. Wie eine Götterstatue stand er am Bug unseres Bootes, eines der magischen Schwerter in der Hand. Ich meine mich zu entsinnen, dass er lächelte. Er schien voller Frieden und Glück.

Mit einem knirschenden Geräusch landeten wir an den Gestaden des großen Stromes an, im Reiche der Atar. Des Grauen Feindes, der unser Licht für immer auslöschen wollte. Schnell und lautlos gingen wir von Bord, wateten durch das Wasser und bildeten einen Halbkreis um Gordot. Der Erzmagier betrat das Land und nahm die magische Klinge in beide Hände. Es war kein besonders großes Schwert, aber es war von beeindruckender Schmiedekunst. Fahl reflektierte es das Licht des Mondes, während Gordot die Magie der Elemente anrief und wir mit gezückten Schwertern und Stäben in das Dunkel spähten, um den Feind abzuwehren, so er denn kommen sollte.

Mein Herz schlug bis zum Hals, Schweiß perlte auf meiner Stirn und ich musste würgen. Vor Angst und wegen des Gestanks, der von dem fernen Lager des Feindes zu uns herüberwehte. Ein Gestank nach Verwesung, Fäulnis und Verderben. Ein Vorgeschmack auf das, was uns erwarten würde, sollten wir versagen. Quälende Minuten vergingen, bis Gordot das Schwert mit einem Murmeln bis zum Heft in die Erde versenkte. Blaue Blitze zogen knisternd über den Griff in den

Uferschlamm und das Wasser des Stromes. Dann nickte Gordot. Wir verstauten unsere Waffen und kamen dicht zu ihm. Schulter an Schulter standen wir nun um das Schwert, senkten unsere Hände in Richtung des Griffes und begannen mit der Beschwörung, wie sie der Erzmagier uns gelehrt hatte.

Blitze schossen von unseren Fingern an den Griff des Schwertes und zuckten über das Leder und das Metall des Knaufes. Gordot lächelte. Jeder von uns konnte spüren, dass das Schwert weit mächtiger wurde, als wir es uns in unseren kühnsten Träumen vorgestellt hatten. Eine Eisschicht begann, sich über den Knauf und das Leder des Griffes zu ziehen. Dünn, unscheinbar und doch so weitreichend. Unter der Eisschicht begann das Metall zu glühen, doch das Eis schmolz nicht. Wir lächelten uns an. Der Zauber funktionierte.

Da fiel der erste der Magier durch einen Pfeil des Feindes. Es sirrte, man hörte den Einschlag in den Körper. Er fiel einfach tot zu Boden, völlig unspektakulär.

„Mandogar ins Boot. Bring die beiden anderen Klingen in Sicherheit!" Gordot knurrte, sein Blick war wild und duldete keinen Widerspruch.

Und was tat ich? Ich begehrte nicht auf. Ich zögerte nicht einmal eine Sekunde. Ich nahm die beiden Klingen, die mir von den anderen entgegengehalten wurden, an mich. Pfeile sirrten, drei weitere Magier fielen in den Schlamm. Der Feind war zu hören, zu sehen und zu riechen.

Als ich voller Angst in das Boot stieg, musste ich mich vor lauter Angst übergeben. Was war ich nur für ein erbärmliches Wesen! Ich besudelte mich mit meinem eigenen Dreck, während die verbliebenen Magier weiter das Schwert beschworen und ihre Leben für unser Volk opferten. Ein weiterer von ihnen fiel, ich saß im Boot und Gordot streckte die Hand nach mir aus. Ein Blitz löste sich und katapultierte das Boot quer über den Nekondir in Richtung des Silbernen Turmes. Ich konnte mich nicht halten, knallte auf das Holz und als ich benommen wieder nach oben kam, sah ich wie von den jenseitigen Gestaden des Stromes eine weiße Energiekugel in die Luft geschossen wurde.

Das vereinbarte Zeichen!

Von den Zinnen des Turmes schoss ein weißer Energiestrahl in die Dunkelheit. Länger und länger, ohne abzureißen, erreichte er den Punkt, an dem das Schwert in den Boden getrieben worden war. Als er es erreichte, wurde es taghell. Ich konnte sehen, dass alle Magier gefallen waren. Ihre Körper lagen zerschmettert um das in den Boden getriebene Schwert. Eine Gestalt bückte sich, wollte es aus dem Boden reißen. Es war ein Atar, doch es war zu spät! Der Strahl erreichte den Knauf und die Welt schien in Eis zu explodieren. In Sekundenbruchteilen, schneller als das menschliche Auge es je hätte erfassen können, breitete es sich aus. Verwandelte den Strom in ein weißes Band aus Eis, härter als Stahl und unüberwindlich für unsere Gegner. Wutgeheul brandete auf, mein Boot hörte auf zu schaukeln und das Holz knarrte und knackte, als es vom Eis umschlossen wurde. Die Temperatur fiel binnen Augenblicken ins Bodenlose, die Kälte schüttelte mich durch. Ich wirkte einen Wärmezauber und stieg vorsichtig aus dem Boot. Das Eis trug mich mühelos. Ich nahm die beiden Schwerter und trug sie zurück zum Silbernen Turm. Nur Erzmagier Gordots Umsicht war es zu verdanken, dass zunächst nur ein Schwert eingesetzt worden war. Drei Schwerter hätten das gesamte Land unter eine Eisschicht gelegt und alles Leben von Nord bis Süd vernichtet. Die Kälte lähmte die Atar, sobald sie in die Nähe des Eises kamen und machte sie bewegungsunfähig. Die Menschen waren in der Lage, sie aus ihren Landen zu werfen oder sie zu vernichten. Das Königreich war gerettet. Und so stehe ich hier, der

Erbe des Wissens und der Schwerter und muss mich auf meine alten Tage auf eine gefährliche Reise begeben, wie einst Erzmagier Gordot."

Mandogar schob den Mantel beiseite, den er über seinem Wams trug. Die Griffe zweier Schwerter wurden an seinen Hüften sichtbar. Der Erzmagier seufzte und setzte sich. Dann sah er die Freunde an, die ihn ungläubig anstarrten. Razgor schnaubte und dann legte sich eine alles erdrückende Stille über den Raum.

Nach ein paar gedankenschweren Minuten räusperte sich Argur. „Was denkt Ihr ist passiert, Meister? Ist die Wirkung des einen Schwertes geringer geworden? Warum kann der Feind uns bedrohen?"

„Wir haben damals einen Fehler begangen", seufzte Mandogar. „Wir haben das Unheil eingesperrt, aber nicht verhindert, dass es in seinem Gefängnis weiterwächst. Wir hätten das zweite Schwert in der Mitte ihres Reiches und das dritte Schwert am Ende ihres Reiches aktivieren und sie alle vernichten müssen. So haben wir das Krebsgeschwür nur abgeschottet und ihm viel Zeit gegeben, weiter zu wuchern."

„Mit dieser Meinung steht ihr nicht alleine", erinnerte sich Karn an die Worte des Magiers Donar.

„Ich weiß, ich weiß", seufzte Mandogar. „Alleine, wie hätte es gelingen sollen? Mitten im Reich der Atar? Und selbst ihre Südgrenze wäre nicht zu erreichen gewesen. Die Oniter hatten sich mit den Atar verbündet und sind es immer noch, soweit uns bekannt ist. Sie hätten jeden unserer Männer sofort getötet. Ein Kampf hinter der Eisbarriere wäre schlichtweg unmöglich gewesen, zu groß war die Macht der Atar. Und ihr Land und das Land der Oniter stufenweise zu vereisen, hätte ein gutes Dutzend Schwerter erfordert. So viele hätten wir niemals herstellen können."

„Reichen Eure magischen Kräfte nicht aus?", wollte Anina wissen.

„Das schon. Aber wir hätten nicht genügend Stahl gehabt. Die Schwerter wurden aus dem Erz eines Steines geschmiedet, der vor

Urzeiten vom Himmel gefallen war. Für mehr als drei Schwerter gab es einfach kein Material." Mandogar winkte ab. „Um auf die Frage zurückzukommen, warum die Bedrohung durch die Atar so eklatant gewachsen ist: Ich denke nicht, dass es an der versiegenden Macht des Schwertes liegt. Wir speisen es noch immer vom Silbernen Turm aus und haben die magischen Kräfte erhöht, aber irgendetwas scheint sie dort drüben aufzuzehren. Dazu kommt, dass die Atar sich wie die Ratten vermehrt haben dürften und uns an Anzahl haushoch überlegen sind." Razgor stampft auf und schnaubte. „Das Geschwür ist gewuchert, weil es nicht ausgebrannt worden ist", schloss Mandogar.

„Also werdet Ihr an die Gestade des Nekondir reisen und ein weiteres Schwert in seine Ufer rammen?", fragte Karn.

Mandogar lächelte. „Das ist der Plan. Es ist den Feinden nur wenig gelungen, uns zu schwächen. Ein weiteres Schwert, im Herzen ihres Landes in den Boden gestoßen, wird uns wieder für Jahrhunderte Ruhe bringen. Das vernichtet das Geschwür zwar nicht, bringt es aber um große Teile seines Lebensraumes und reguliert damit das Wachstum. Wir trocknen es aus, davon bin ich überzeugt."

Razgor schnaubte und scharrte mit den Hufen. Tiefe Falten zerfurchten seine Stirn.

„Ihr treibt sie damit aber weiter in Richtung der Oniter", gab Argur zu bedenken.

„Oniter!" Mandogar winkte ab. „Erstens sind das nur Tiere, keine Menschen und zweitens haben sich ihre Weiber mit den Atar eingelassen und so erst die Entstehung dieser verdammten Brut ermöglicht. Wenn die Oniter darunter zu leiden haben, umso besser!"

„Wann soll es losgehen?", fragte Argur.

Mandogar zog die rechte Augenbraue in die Höhe. „So neugierig, junger Magier?"

„Ich will mich Euch anschließen."

„Das ist löblich. Raul scheint Euch tatsächlich nicht nur von seiner Stärke, sondern auch besonders viel von seinem Wagemut mit auf den Weg gegeben zu haben. Gerne werde ich Euch in meinem Gefolge haben!“ Der Erzmagier lächelte.

„Wir begleiten Euch!“, rief Anina aus und sah dann erst zu Karn, der lächelnd nickte. „Wir lassen Argur nicht alleine, wir kommen mit.“

„Sehr gut!“ Mandogar rieb sich die Hände. „Zusammen mit dem versklavten Kentauren, der die Gegend und unsere Feinde kennt und einem Tarnzauber, der uns für sie unsichtbar macht, sind wir gut gerüstet.“

Razgor nickte wiehernd.

„So ruht Euch aus und stärkt Euch, denn morgen Früh, beim ersten Schrei des Hahnes, werden wir losreiten!“, verkündete Mandogar und hob den Kelch. Die Freunde prosteten ihm zu und sogar Razgor erhob das Glas.

Am nächsten Morgen ritten sie tatsächlich beim ersten Hahnenschrei los. Sie hatten neue Pferde bekommen und Argur trug das zweite magische Schwert. Das dritte sollte vorerst im Silbernen Turm aufbewahrt werden, um auch für die Zukunft gerüstet zu sein. Mandogar versah sie alle mit einem Zauber, der sie vor den Blicken der Atar abschirmen sollte. „Das wirkt aber auch nur bei den Atar, verstanden?

Nicht bei wilden Tieren oder sonstigen Wesen wie zum Beispiel Kentauren."

Razgor wieherte bestätigend und nickte.

„Außerdem werden unsere Spuren auf dem Boden zu sehen sein, auch etwaige Schnee- oder Staubwolken, die wir aufwirbeln. Wir müssen uns auf jeden Fall vor den Atar verstecken und können nicht einfach fröhlich pfeifend durch ihre Reihen spazieren. Hören können sie uns nämlich auch, kapiert?"

Die Freunde nickten. Trotz dieser Einschränkungen war der Zauber Gold wert.

„Wie weit zieht sich das Eis in die Lande der Atar?", fragte Anina. Sie ritt mit Karn und Razgor hinter Argur und Mandogar. Auf Packpferde hatten sie verzichtet und führten Lebensmittel für drei Tage auf ihren Reitpferden mit sich. Sie hatten vor, ungefähr einen Tagesritt in das Feindesgebiet einzudringen und dann nach erfolgreicher Platzierung des Schwertes umzukehren.

„Wenige Jahre nach Errichtung der Barriere sandten wir eine Expedition aus, um genau diese Frage zu ergründen. Von den fünf Männern kehrte nur einer lebend zurück, doch er sprach davon, dass das Eis wohl zehn Meilen weit von den Gestaden des Nekondir ins Land der Atar reichen würde", erklärte Mandogar. Dann nahm er die Hand über die Augen, um die strahlende Sonne abzuschirmen, murmelte einen Spruch für eine erweiterte Sicht und sah angestrengt nach vorne. Schließlich seufzte er. „Nur wenige hundert Meter hinter dem Fluss erhebt sich eine Wand aus Nebel. Sie ist undurchdringlich, besser wir verhalten uns jetzt schon ruhig, wer weiß, was sich dahinter verbirgt."

Mandogar führte sein Pferd mit der linken Hand am Zügel und nahm seinen Stab in die rechte. Der Stab war Verstärker seiner magischen Kräfte und Waffe zugleich, denn an der Spitze befand sich eine Stahlklinge, ähnlich wie bei einem Speer, nur länger. Die Freunde zogen ihre Schwerter. Pfeil und Bogen blieben geschultert, denn in der undurchdringlichen Wand aus Nebel waren Fernwaffen fehl am Platze. Wenn der Gegner sichtbar wurde, war er so nah, dass man ihm mit der Klinge oder dem Stab beikommen musste. Auch Razgor zog seine beiden Säbel und wirbelte sie kunstvoll um die Handgelenke.

Sie überquerten den vereisten Nekondir ohne Zwischenfälle. Die Kälte brannte auf ihrer Haut und in ihren Lungen. Mandogar hatte einen Zauber gewirkt, damit die Menschen und Tiere auf dem Eis nicht rutschten. Vor ihnen türmte sich der Nebel wie ein lebendiges, Unheil verheißendes Lebewesen auf. Die Freunde atmeten durch und sahen sich an, dann drangen sie in den Nebel ein.

Die Sichtweite betrug nur wenige Handbreit und der Nebel schluckte scheinbar sämtliche Geräusche. Die in der Luft schwebenden Wassertropfen waren so groß, dass sie mit bloßem Auge zu erkennen waren. Binnen Sekunden waren Waffen, Kleidung und Rösser mit einem nassen Film überzogen.

Mandogar schnüffelte. Atar waren weit gegen den Wind zu riechen, aber er konnte ihren Gestank nicht feststellen. Noch nicht, jedenfalls. Auch Razgor blähte die Nasenflügel und lächelte sein boshaftes, unergründliches Lächeln.

Sie drangen langsam weiter in den Nebel ein. Argur beeinflusste die Pferde, um ihnen die Furcht zu nehmen und Mandogar nickte ihm bestätigend zu. Schritt für Schritt gingen sie vorwärts in die beinahe lebendig erscheinenden Schwaden, die sie wie ein drohendes Unheil umschlossen hatten. Karn sah die Rücken der Freunde im Nebel verschwinden, obwohl er sein Pferd dicht hinter ihnen hielt. Er fluchte innerlich. Sie würden es nicht einmal bemerken, wenn sie mitten in eine Siedlung der Atar reiten würden, so schlecht war die Sicht. Plötzlich berührte Anina ihn an der Schulter und wies nach unten. Karn warf einen Blick auf den Boden und vergaß beinahe, zu atmen. Sie bewegten sich auf fettem, grünem Gras. Kaum eine Meile hinter dem Fluss war das Eis bereits verschwunden und hatte einer vor Leben strotzenden Vegetation Platz gemacht!

Argur sah sich um, Karn wies zu Boden und der Magier nickte. Er hatte es auch gesehen, wie sein angestrengter Blick bewies.

Plötzlich erhob Mandogar die Hand mit dem Stab und ließ anhalten. Er winkte Anina und Karn neben sich. „Dort vorne beginnt der Nebel sich zu lichten. Wir dürfen nicht als geschlossene Gruppe aus ihm herausreiten, sondern benötigen einen Späher, der die Lage auskundschaftet“, flüsterte er leise.

Anina sprang behände aus dem Sattel. Geduckt, mit gezogenem Schwert strebte sie schnell und lautlos nach vorne, bis der Nebel sie verschluckte.

Es dauerte bange Minuten, in denen die Freunde in der vollkommenen Stille des Nebels verharrten und sich unsichere Blicke zuwarfen. Dann kehrte Anina zurück.

Rennend und schreiend!

„Sie sind hier, direkt hinter der Nebelwand! Es sind Zehntausende! Und der verdammte Zauber funktioniert kein Stück!“ Sie wirbelte herum, riss die Klinge nach oben und parierte einen wuchtig geführten Schwertstreich. Stahl klirrte aufeinander, Funken sprühten und die Kriegerin wurde zu Boden geworfen.

„Bei den Göttern!“, brüllte Mandogar, dann fegte ihn ein Speer aus dem Sattel. Der Magier fiel schwer zu Boden, starrte ungläubig auf den Schaft, der aus seiner Brust ragte und beendete seufzend sein Leben.

Karn und Argur gaben ihren Pferden die Sporen, um zu Anina zu gelangen. Graue Schatten schälten sich aus dem Nebel. Riesige Gestalten mit langen Schwertern. Noch waren sie einige Schritte weit entfernt, doch dann wurde zuerst Argur und danach Karn aus dem Sattel geholt. Schwere Schläge auf ihre Hinterköpfe überraschten sie und ließen sie zu Boden gehen.

Der Nebel verschlang die drei Freunde wie ein gieriges Ungeheuer.

7. Kapitel: Leibeigenschaft

„So, so, jetzt mach ich also Karriere als Leibeigener“, knurrte Ron und hob das Glas. Er konnte ebenso wenig wie Chet einschlafen und hatte es sich mit ihm vor dem Kamin in der Gästestube bequem gemacht. Das Feuer prasselte und spendete eine wohlige Wärme. Die zuckenden Flammen malten schwarze Schatten auf die Gesichter der Freunde.

Chet streckte die Füße aus und verzog das Gesicht. Das verdammte Knie schmerzte und die Schienen behinderten ihn dabei, eine bequeme Position zu finden. Raul hatte noch einen Zauber gewirkt, doch davon merkte der Prinz nichts. Also betäubte er seinen Frust mit Wein. „Es hätte dich schlimmer treffen können. Zum Beispiel mit einem handbreiten Stück Stahl in den Nacken“, seufzte Chet und leerte den Becher. Er stellte ihn auf das kleine Tischchen aus Holz, das zwischen den Sesseln stand, in denen die beiden Männer Platz genommen hatten.

„Schon gut, Ihr habt ja recht!“, schmunzelte Ron und starrte versonnen in das Spiel der Flammen. „Hätte nie gedacht, dass ich mich einmal freiwillig für so etwas hergebe. Aber bei Euch ist es mir eine Freude!“ Er erhob den Kelch und prostete dem Prinzen zu.

Chet stieß mit Ron an und lächelte. „Gut. Und mein erster Befehl ist, dass du die Förmlichkeiten weglässt. Ich bin Chet. Nicht der Prinz, nicht Eure Majestät oder Euer Hochwohlgeboren. So habe ich es mit meiner Jahrgangskohorte gehalten, so halte ich es mit meinen Freunden auch, verstanden?“

Ron nickte, trank und rülpste ganz unverhalten. „Es ist mir eine Ehre, Chet!“

Die beiden Männer sahen eine ganze Weile stumm ins Feuer, dann sah Ron den Prinzen an. „Du machst dir Sorgen um dein Bein, oder?"

Chets Kiefer mahlten. Es dauerte einige Sekunden, bis er nickte. „Ein Krieger mit steifem Bein ist ein schlechter Kämpfer", antwortete er, ohne Ron anzusehen.

„Noch wissen wir nicht, ob es steif bleibt."

„Ich spüre, dass etwas nicht stimmt", widersprach Chet. „Als es das erste Mal von Pitr geheilt wurde, fühlte es sich besser an. Weniger ... ich weiß nicht, wie ich sagen soll ... weniger zerschmettert, vielleicht."

„Wir werden in wenigen Tagen im Silbernen Turm ankommen. Dort gibt es die besten Heiler. Erzmagier Mandogar lässt dir sogar einen dritten Arm wachsen, wenn es sein muss!"

Der Prinz lächelte verzagt. „Dein Wort in den Gehörgängen der Götter."

„Und selbst wenn es steif bleiben sollte – was ich nicht glaube – so ist es kein Beinbruch!"

„Ha, ha. Schlechter Witz!" Chet schüttelte den Kopf.

„Nein, kein Witz. Einar zum Beispiel hatte eine steife Hüfte und er war einer der mächtigsten Krieger deines Großvaters. Kennst du Korbinian, den Schlächter?"

Chet verzog die Augen. „Natürlich. Jedes Kind kennt Korbinian. Der Mann ist eine Legende."

„Vor allem anderen war dieser Mann ein verdammt guter Vater. Und zwar meiner!" Ron hob den Kelch in die Höhe und leerte ihn mit einem Zug.

„Du führst mich hinters Licht!" Chet starrte seinen Freund ungläubig an.

„Würde ich mir nie erlauben. Er hat mir das Kämpfen beigebracht. Erst so wie jedem anderen auch und dann verpasste er mir Schienen an Armen und Beinen. Es war eine verdammte Qual, aber ich kann selbst mit steifen Armen und Beinen kämpfen. Und ich kann es dir beibringen, wenn es nötig sein sollte. Wird es aber nicht.“ Ron rülpste zufrieden.

„Danke!“ Chet starrte in die Flammen und leerte seinen Kelch. Dann kehrte eine langanhaltende Stille zwischen den beiden Männern ein.

Am nächsten Morgen überwogen bei Chet die Kopfschmerzen, sein Knie fühlte sich schon deutlich besser an.

„Hättet Ihr gestern nicht so viel getrunken, würde es Euch heute besser gehen“, grinste Raul. „Jedenfalls wird Mandogar Euer Knie problemlos heilen können, davon bin ich überzeugt. Es wird nichts mehr an Euren Unfall erinnern!“

Chet nickte und verzog den Mund vor Schmerz.

Ron grinste ihn an. „Habe ich doch gesagt!“ Er wirkte frisch wie der frühe Morgen, obwohl er mehr als Chet getrunken hatte.

„Könnt Ihr denn nichts für ihn tun?“, fragte Britt voller Mitleid. Sie saß wie die anderen im Sattel eines Pferdes und war reisefertig.

„Meinetwegen“, murrte Raul und schnippte mit dem Finger. Chet stöhnte wohlig auf und kreiste mit dem Kopf vorsichtig von links nach rechts und in die andere Richtung.

„Ich danke Euch, Wehrbauer. Auch für die Pferde und die Verpflegung.“

„Nichts zu danken. Ich werde Euren Vater reichlich dafür zahlen lassen“, grinste Raul. „Und jetzt los mit Euch, damit Ihr schnell zum Silbernen Turm kommt und wieder auf Eure Freunde stoßt!“

„Sie werden sich freuen, uns lebend zu sehen. Habt Dank!“ Britt verneigte sich kurz und auch Chet nickte lächelnd. Dann trieben sie die Pferde an und ließen sie in den Trab gehen. Das Wetter war schön, die Sonne schien und sie kamen sehr gut voran. Die Nacht verbrachten sie in einer Wehrhütte und auch der nächste Tag meinte es gut mit ihnen. Es wehte nur ein mäßiger Wind und die Sonne strahlte so stark vom Himmel, dass sie ihre Sonnenschutzbrillen aufzogen. Sie trabten und galoppierten wechselseitig den ganzen Morgen, als Ron plötzlich sein Pferd zügelte. Er starrte auf den Boden. „Seht mal, hier gehen Hufspuren vom Weg ab. Muss eine größere Gruppe gewesen sein, bestimmt fünf bis sechs Tiere.“

„Was ist daran so ungewöhnlich?“, fragte Britt.

„Erstens, dass es hier weit und breit überhaupt nichts gibt, weswegen es sich lohnen könnte, die Straße zu verlassen.“ Ron ließ sein Pferd ein paar Schritte nach vorne gehen. „Und zweitens kommen die Spuren hier wieder auf den Weg. Diese Hufabdrücke“, er zeigte auf den Boden, „sind dazugekommen. Und sie sind so verdammt riesig, dass es sich um das größte Kaltblut handeln muss, das ich je gesehen habe!“

„Hm. Vielleicht ist das Pferd entwichen und an dieser Stelle wieder eingefangen worden“, mutmaßte Chet.

„Möglich. Jedenfalls hatten sie es danach sehr eilig, wie man an den Hufspuren sehen kann.“

„Dieses Rätsel werden wir wohl niemals lösen können. Lasst uns weiterreiten, damit wir bald am Silbernen Turm ankommen!“ Chet gab seinem Pferd die Sporen und schoss im Galopp davon. Die anderen folgten ihm.

Sie kamen nach einer ereignislosen Reise am übernächsten Tagen an ihrem Ziel an. Mittlerweile hatte das Wetter gedreht und sie waren froh, als sich die Tore öffneten und sie eingelassen wurden. Ein Magier begrüßte sie und stellte sich mit dem Namen Conner vor.

„Seid gegrüßt, Meister Conner. Mein Name ist Chet, Prinz dieses Reiches und das ist die Heilerin Britt. Mein Leibeigener nennt sich Ron. Ihr solltet von Raul, dem Wehrbauern über unsere Ankunft unterrichtet worden sein." Chet hatte gerade angesetzt, vom Pferd zu steigen. Als er jedoch Conners ungläubig aufgerissene Augen und seinen offenen Mund sah, sank er wieder in den Sattel. „Stimmt etwas nicht?"

„Es hieß, Ihr seid verstorben, mein Prinz! Und von einer Nachricht weiß ich nichts", stammelte Conner.

„Nun, dann zieht meine Freunde Argur, Karn und Anina zu Rate. Sie müssten sich ja bereits hier befinden."

„Natürlich, nein das kann ich natürlich nicht!" Conner schien vollkommen verwirrt zu sein.

„Glaubt Ihr mir nicht?", fragte Chet, langsam ungehalten wegen des Gestammels des Magiers.

„Doch, natürlich glaube ich Euch! Verzeiht mir bitte, Eure Majestät. Es ist nur so, dass Eure Freunde zusammen mit dem Erzmagier Mandogar und diesem unsäglichen Kentauren bereits losgezogen sind, um unsere Grenze zu verstärken. Sie hielten Euch für tot!"

„Pitrs Bannzauber!", stöhnte Britt.

„Kentaur? Was für ein verdammter Kentaur?", fragte Chet.

„Die Spuren im Schnee. Das war kein Kaltblut, das muss ein versprengter Kentaur gewesen sein“, schlussfolgerte Ron.

„Was? Ja! Natürlich!“, stammelte Conner. Dann raufte er sich seinen schütteren grauen Haarkranz und seufzte verzweifelt. „Bitte, meine Herren, sitzt doch erst einmal ab. Dann kann ich Euch bewirten lassen und in Kenntnis setzen. Das geht mir alles zu durcheinander hier!“ Der Magier stand da wie ein Häuflein schwarzgewandetes Elend und sah die Freunde verzweifelt an.

„Das dürfte das Beste sein“, brummte Chet und stieg umständlich von seinem Pferd. Die Freunde taten es ihm nach und wurden von Conner in einen Raum geführt, in dem schon ein Essen angerichtet worden war. Die Freunde nahmen Platz und ein eilig herbeigerufener Magier kümmerte sich um Chets Bein. Er untersuchte es, wirkte einen Heilzauber und erklärte: „Ihr habt Euch einen Bruch unterhalb des Knies zugezogen. Weiterhin ist die Kniescheibe zertrümmert und sämtliche Bänder und Sehnen angerissen. Ich habe den stärksten Zauber gewirkt, zu dem ich in der Lage bin. Ihr solltet in zwei Tagen rückstandsfrei genesen sein.“

„Ich danke Euch, Meister.“ Chet verneigte sich. Der Magier tat es ihm nach und entfernte sich dann schweigend.

„Das trifft sich gut!“, sagte Conner froh. „In zwei Tagen erwarten wir spätestens den Erzmagier und Eure Freunde zurück. Lasst mich bitte erzählen, was sich zugetragen hat!“ Conner erzählte halbwegs strukturiert von Mandogars Vorhaben.

„Dann ist es tatsächlich so, dass die Eisbarriere weniger Schutz bietet“, stellte Chet erstaunt fest. „Ich dachte es handele sich eher um einen Vorwand, um Argur auf diese Reise ansetzen zu können und einen Mann und vollwertigen Magier aus ihm zu machen.“

„Mitnichten, Eure Majestät! Die Bedrohung ist real!“, bestätigte Conner.

„Und der Kentaur ist Beweis genug für den Wahrheitsgehalt der Berichte. Sie hätten ihn umbringen sollen, diesen Wesen ist nicht zu trauen!“, brummte Ron.

„Ich teile die Meinung dieses ungewaschenen Strauchdiebes!“ Eine kalte, unangenehme Stimme erklang vom Eingang des Raumes her.

„Donar!“ Chet runzelte die Stirn, während Ron kaum hörbare Flüche gegen den Magier flüsterte.

„Ganz recht!“ Der Erzmagier kam an den Tisch, nahm sich einen Stuhl und setzte sich zwischen Chet und Conner.

„Willkommen, Meister. Ich hoffe, Ihr…“ stammelte Conner, doch er wurde barsch von Donar unterbrochen.

„Ja, ja, ich hatte eine wunderbare Anreise. So wunderbar, dass mir die Sonne aus dem Arsch scheint, doch ich bin nicht hier, um über meine Lustreisen zu reden.“ Donar fixierte Chet mit einem Auge. Das andere blieb unter seiner Lederklappe verborgen. „Habt Ihr bestätigt gefunden, was ich Euch damals prophezeit habe?“

Chet atmete tief ein und aus. Seine Lippen wurden zu schmalen Schlitzen. „In gewisser Weise ja“, knurrte er.

„Gut!“, grinste Donar. „Ihr habt also erkannt, dass ich Euch nicht angelogen habe.“ Der Magier erntete ein knappes Nicken von dem Prinzen. „Es ehrt Euch, die Wahrheit nicht nur zu sehen, sondern auch anzuerkennen. Ich wusste, dass Ihr das tut! Und darum hört mir zu: Ihr dürft hier nicht verweilen. Ihr müsst in das Land der Atar reisen und die dritte magische Klinge in das Herz dieser Brut stoßen, denn das zweite Schwert ist verloren!“

„Was?“ Conner sprang entsetzt auf.

„Mandogar ist gefallen. Argur ist gefallen. Karn ist gefallen. Ich schwöre es bei den Göttern!“ Donar sah Conner eindringlich an.

„Was ist mit Anina?“, fragte Britt.

„Das Weib? Natürlich auch gefallen und zwar als Erste. Was dachtet Ihr denn?“, winkte Donar verächtlich ab.

Eine glühend heiße Klinge schien sich in Chets Herz zu bohren, als er diese Nachrichten hinnehmen musste. Über Britts Wangen liefen Tränen, doch sie beherrschte sich und gab keinen Ton von sich.

„Ich hatte eine Vision. Ich sah sie alle zu Boden sinken, getroffen von den Waffen der Feinde. Und meine Visionen pflegen sich als Wahrheit herauszustellen. Immer. Glaubt Ihr mir, Prinz?“ Donar sah Chet so voller Ernst und Ehrlichkeit an, dass es keinen Zweifel an seiner Aussage geben konnte.

„Was schlagt Ihr vor, Erzmagier?“ Chets Stimme klang so rau wie ein Reibeisen.

„Gebt mir das verbleibende Schwert. Ich habe vor dem Silbernen Turm einhundert gut ausgebildete und zu allem entschlossene Kampfmagier versammelt. Wir werden in das Herz des Feindes stoßen und ihn mit dem magischen Schwert vernichten.“

„Darüber muss der Zirkel der Magier beratschlagen“, stammelte Conner.

„Natürlich muss er das. Nun geht und beruft die Versammlung ein!“, herrschte Donar ihn an, Conner sprang eingeschüchtert auf und machte, dass er aus dem Raum kam.

„Sehr gut!“ Donar lehnte sich zufrieden in den Sessel zurück und verschränkte die Hände über seinem Gürtel. Er sah die Freunde an und nach einigen Augenblicken begann er zu sprechen.

„Es war ein Fehler, dass Mandogar versucht hat, den Nekondir zu überqueren und die Grenze von dort aus zu verschieben. Sie sind den Atar direkt in die Arme gelaufen und alle gefallen, ich habe es in meiner Vision gesehen. Ich werde dem Nekondir nach Osten bis ans Meer folgen. Dort nehmen wir ein Schiff, fahren die Küste entlang und dringen dann in den Itrir ein. Es ist ein Fluss, der parallel zum Nekondir verläuft, aber inmitten des Landes der Atar entspringt, während der Nekondir das ganze Land teilt. Wir werden ein Drachenboot ohne Kiel benutzen, sodass wir den Fluss hinaufsegeln können. An seiner Quelle angelangt werde ich das magische Schwert aktivieren und einen Feuersturm entfachen, der diese ganze verdammte Brut einfach hinwegfegen wird!"

„Das magische Schwert kann auch Feuer entfachen?", fragte Chet.

„Mit dem Schwert können alle vier Elemente beschworen werden. Erde, Luft, Wasser und Feuer. Wobei nur Feuer und Wasser in Form von Eis gegen die Atar wirksam sind. Man sagt zwar, dass sie das Wasser scheuen, aber es bringt sie nicht um. Feuer hingegen wird sie vom Antlitz der Erde hinwegfegen wie ein Sturm und sie für immer auslöschen."

„Seid ihr mächtig genug dazu?", brummte Ron.

„Natürlich!", lachte Donar. „Meine Kräfte übersteigen die aller Erzmagier bei weitem und meine Kampfmagier sind jeder einzelne beinahe so stark wie Mandogar, der alte Narr, es gewesen ist. Er war einfach zu passiv für einen so mächtigen Feind."

„Ich werde Euch begleiten." Chet sah den Magier an. „Für meine Freunde."

Donar nickte ihm zu. Ein sanftes Lächeln umspielte seine Züge.

„Wo mein Herr hingeht, gehe ich auch hin." Ron erntete ebenfalls ein Nicken, wenn auch kein Lächeln.

„Ich folge Euch", stimmte Britt ein, doch Donar schüttelte den Kopf. „Keine Weiber in meinen Reihen!"

Britt öffnete den Mund, um zu protestieren, doch Chet legte ihr die Hand auf den Arm. „Britt, das wird kein Spaziergang werden. Selbst wenn wir es schaffen sollten an die Quelle des Flusses vorzudringen, steht noch lange nicht fest, dass wir den Feuersturm überstehen werden."

„Oder danach lebend aus dem Land der Atar heimkehren können", brummte Donar. „Die Macht wird so gewaltig sein, dass alles Wasser verdampft. Wir rechnen damit, dass der Fluss Itrir völlig eintrocknet. Es wird uns nicht möglich sein, so viele Lebensmittel mitzuführen, dass wir einen Heimmarsch überleben werden. Es ist ein Himmelfahrtskommando, selbst wenn unser Unternehmen erfolgreich sein sollte. Versteht mich nicht falsch, Britt, aber eine Frau wie Ihr hat da nichts verloren."

Britt nagte auf ihrer Unterlippe. Dann stand sie ruckartig auf, fegte Chets Hand hinweg und ging ohne weitere Worte aus dem Raum.

Conner kam ihr entgegen und sah ihr fragend hinterher. Dann sah er die Freunde an und berichtete atemlos: „Dem Antrag wurde stattgegeben. Ihr reist morgen Früh!"

Am nächsten Morgen ritten Chet, Ron und Donar an der Spitze von einhundert Kampfmagiern ihrem Ziel entgegen. Britt hatte sich nicht mehr sehen lassen. Sie beobachtete von einem Fenster des Turmes aus den Abzug der kleinen Streitmacht. Ihre Augen blitzten feucht.

Donar hatte den Heilungsprozess in Chets Bein stark beschleunigt und der Prinz saß beschwerdefrei auf seinem Pferd. Er war dem alten Griesgram dankbar dafür und er ritt mit dem Gefühl, das Richtige zu tun. Schweigend legten sie ihren Weg in das Reich ihres Feindes zurück.

Keiner wusste, was sie erwartete und ob sie die Heimat je wiedersehen würden.

8. Kapitel: Endrir

„Nimm den Kopf runter, verdammt“!

Pendras riss den Oberkörper zurück, soweit er konnte. Wie in Zeitlupe flog die Klinge des Atar in weniger als einer Handbreit Entfernung über sein Gesicht hinweg. Hätte die Sonne die dichten Rauschwaden durchdringen können, die ihn umgaben, hätten sich ihre Strahlen auf dem blanken Stahl gespiegelt.

Pendras spürte den Luftzug, während er gleichzeitig sein Schwert nach oben stieß und sich mit der linken Hand auf dem Boden abstützte. Das Gras fühlte sich feucht und kühl an. Ganz im Gegensatz zu dem heißen Blut des Atar, das seine Haut benetzte und ihm ins Gesicht spritzte. Der Getroffene schrie gellend auf, Pendras wirbelte zur Seite, riss die Klinge aus dem Leib des Gegners und sah ihn tot zu Boden fallen. Die durch und durch schwarzen Augen des Wesens brachen und starrten kalt auf einen weit entfernten Punkt.

„Weg hier!“ Eine Hand packte ihn, zog ihn auf die Beine und riss ihn mit sich fort. Pendras rannte Eldrien hinterher. Mit geschmeidigen Bewegungen verschwand die Kriegerin zwischen den Bäumen eines Waldes und auch er tauchte in das satte Grün ein, während die gellenden Schreie ihrer Verfolger langsam aber sicher immer leiser wurden und sich entfernten.

Sie rannten schnell wie der Wind durch das Unterholz, ihre Füße schienen kaum den Boden zu berühren. Eldriens langes blondes Haar wehte hinter ihr her, ohne sich in den Ästen der Bäume und Sträucher zu verfangen. Sie gehörte wie Pendras dem Volk des Waldes an, die Pflanzen waren ihre Freunde und meinten es gut mit ihnen. Sie schlossen ihr Blätterkleid hinter ihnen und behüteten sie vor den Blicken ihrer Feinde. So war es vor Zeitaltern schon gewesen und das hatte sich bis heute nicht geändert. Nur so konnte das Volk der Endrir inmitten der Atar bis zum heutigen Tage überleben. Die Atar, das waren ihre Kinder. Hervorgegangen aus der unseligen Verbindung der Endrir mit den Onitern hatten sie irgendwann versucht, ihre Mütter und Väter zu vernichten, denn sie waren anders. Die Atar waren nur ein Abklatsch all dessen, was die Endrir als gut und edel erachteten. Es hatte sie geschmerzt, erleben zu müssen, wie ihre Nachkommen von Generation zu Generation stupider und aggressiver wurden. Doch als sie den schicksalshaften Verlauf der Geschichte erkannten, war es schon zu spät, um sie aufzuhalten. Die Atar sonderten sich von den Endrir ab und paarten sich untereinander. Dann begannen sie einen Krieg so schrecklich, dass die Endrir ihnen nichts entgegenzusetzen hatten. Selbst als es den Menschen im Norden gelang, den Nekondir in eine natürliche Barriere umzuwandeln, wurde die Situation nicht besser, im Gegenteil. Die nun eingeschlossenen Atar machten erst recht Jagd auf ihre Eltern und schworen, nicht zu ruhen, bis sie alle vernichtet waren. Da das Land von dichten Urwäldern umgeben war und die Bäume den Endrir Schutz boten, konnte sich eine kleine, weit verstreute Population von ihnen bis heute halten. Doch die Atar rodeten die Bäume und die Möglichkeiten für die Endrir, sich zu verstecken, schmolzen dahin. Die Macht der Atar wuchs, sie verfolgten ihre Eltern noch fanatischer als bisher und die Endrir wussten, dass sie auch die Grenzen zu den Menschen testeten.

Weil sie sich für das Tun der Atar, ja sogar für ihre eigentliche Existenz verantwortlich fühlten, hatten die Endrir ihnen den Kampf angesagt. Doch sie waren wenige und ihr Nachwuchs benötigte im Vergleich zu den menschenähnlichen Atar viel länger, um heranzuwachsen. Außerdem brachten sie in der Regel nur ein Kind zur Welt, während die

Atar vier bis fünf Zöglinge warfen. So war es ihnen kaum möglich, eine neue Kriegergeneration heranzuziehen, zumal alle Frauen, genau wie die Männer, unter Waffen standen und für den Kriegsdienst benötigt wurden.

Das Volk der Endrir war also dem Untergang geweiht. Es war keine Frage des ob, sondern nur des wann.

Sie waren in Clans von drei bis sechs Personen gegliedert. So hielten sich die Verluste in Grenzen, wenn sie von den Atar entdeckt wurden.

Die Endrir waren keine Götter, aber sie waren gottgleiche Wesen. Geschaffen, um die Menschen zu beschützen, kannten sie weder Alter noch Krankheit. Alleine Gewalt konnte ihnen den Tod bringen. Sie waren schneller und stärker als die Menschen, ihr Gehör feiner und die Augen schärfer. Ein ausgebildeter Endrir-Krieger konnte spielend ein gutes Dutzend menschlicher Krieger in Schach halten, wenn sie keine Fernwaffen einsetzten. Auch mit mehreren Atar wurden sie in der Regel problemlos fertig. Sie waren nicht darauf angewiesen, Nahrung zu sich zu nehmen und taten es nur zum Genuss. Dabei verabscheuten sie Fleisch und nahmen nur zu sich, was die Pflanzen freiwillig an sie abgaben. Sie verstanden sich sehr auf die Heilkräuter und ihre Wirkung, waren aber nicht in der Lage, aus eigenen Kräften Magie zu wirken. Äußerlich unterschieden sie sich nur unmerklich von den Menschen. Sie waren etwas größer und hagerer, die Haut etwas blasser und ins Gelbliche gehend. Die Haare waren ausnahmslos blond, die Augen immer grün. Ihre Ohren waren rund und sehr klein, doch da sie ihre Haare lang trugen, fiel dies kaum auf. Ihre Eckzähne waren länger als die der Menschen und das trug ihnen den Ruf ein, das Blut von Lebewesen zu trinken, doch das war natürlich falsch. Sie agierten streng pazifistisch und wählten den Kampf nur zur Verteidigung, wenn er ihnen aufgezwungen wurde.

Ihre Kleidung stellten sie aus einer sehr seltenen und speziellen Spinnenseide her, die so fest war, dass sie Pfeile und Schwerter abhalten konnte und deshalb als Rüstung diente. Ihre Schmiedekunst war unübertrefflich, ihre Waffen dazu gemacht, ganze Zeitalter zu überdauern.

Doch so überlegen sie den Menschen und auch den Atar waren, es gab nur wenige von ihnen. Einige hundert, gewisse kein ganzes Tausend waren geblieben, um den Atar bis zum letzten Atemzug Widerstand zu leisten. So auch Pendras und Eldrien. Die beiden waren eines der wenigen Zwillingspaare, die das Licht dieser Welt erblickt hatten und sie besaßen eine ungewöhnliche innere Verbundenheit. Diese ging so weit, dass sie über kurze Distanzen mit ihren Gedanken kommunizieren konnten und spürten, wenn es dem anderen schlecht ging.

Nun hetzte Pendras hinter Eldrien her, obwohl die Atar ihre Spur längst verloren hatten. Es zählte zu den Regeln des Guerilla-Krieges, dass sie den Feind niemals in die Nähe ihres Unterschlupfes führen durften und so legten sie weite Strecken zurück, um ihre gezielten Überraschungsangriffe zu starten. Pendras Atem ging ruhig, sein Herz schlug kaum schneller. Wenn nötig, konnte er noch stundenlang so weiterlaufen. Er spürte, dass es Eldrien ebenso erging, obwohl sie bei dem Kampf verletzt worden war. Ein Atar-Schwert hatte ihr den Schenkel aufgeschlitzt und ihr Blut tropfte in regelmäßigen Abständen zu Boden. Er sorgte sich nicht darum, dass die Atar diese Spur aufnehmen könnten. Die Tiere und Pflanzen des Waldes würden den Lebenssaft alsbald restlos absorbiert haben. Auch spürte er, dass die Wunde zwar tief, aber nicht bedrohlich und die Schmerzen für seine Schwester erträglich waren, also musste keine Rücksicht genommen werden. Die Wunde würde alsbald von selbst heilen. Viel schneller als bei einem Menschen oder Atar. Immer weiter ging es, immer tiefer in die Wälder, bis sie ihren Unterschlupf erreichten.

Vor einer großen Höhle, deren Eingang auf einer versteckten Lichtung lag, wurden sie zu ihrer Verblüffung bereits von einem guten Dutzend Endrir erwartet.

Pendras verlangsamte das Tempo bis zum Schritt und sah seine Schwester fragend an. Eldrien zuckte mit den Schultern. Ihre Gruppe bestand lediglich aus vier Kriegern beiderlei Geschlechts. Umso erstaunter waren sie, die anderen Endrir vor ihrem Unterschlupf vorzufinden.

„Willkommen, Geschwister!“, begrüßte Andron die beiden. Er war ein sehr alter Vertreter seines Volkes und sein Wort hatte großes Gewicht, wo immer er auch auftauchte. „Es ist gut, dass ihr kommt. Die Endrir versammeln sich am Platz des großen Rates und wir werden gemeinsam dorthin reisen. Sofort!“

Die Zwillinge sahen sich an. Man widersprach Andron nicht, man folgte ihm. Der Anführer ging ohne jedes weitere Wort los und alle schlossen sich ihm an. Die Zwillinge warfen nicht einmal einen letzten Blick auf die Höhle, sie verließen sie einfach ohne Fragen zu stellen und nahmen links und rechts von Andron ihre Marschposition ein.

„Was ist der Grund für diese Vollversammlung unseres Volkes?“, fragte Pendras. Es kam selten genug und nur bei äußerst wichtigen Gründen vor, dass sich alle Endrir der Gefahr hingaben, sich gleichzeitig an einem Platz einzufinden.

„Ein neues Zeitalter ist angebrochen, Chaos und Tod drohen den Menschen“, berichtete Andron. „Die Atar haben sich unkontrollierbar vermehrt und stellen eine Armee, so stark, dass die Menschen nichts entgegenzusetzen haben.“

„Aber die Barrieren?“, warf Eldrien ein.

„Leider haben die Atar es geschafft, sich eine primitive Magie untertan zu machen. Sie schwächen die Barrieren und wir haben Kenntnis davon erhalten, dass die Menschen verzweifelte Versuche unternehmen, die Atar zu vernichten. Versuche, die das Ende dieser Welt bedeuten könnten. Wir haben nun zwei Optionen: Entweder wir halten die Atar auf, oder die Menschen werden vergehen."

„Das darf nicht sein", brummte Pendras.

„Damit hast du leider recht. Doch sehen die Götter noch einen winzigen Funken Hoffnung und unsere Aufgabe ist es, diesen Funken zu einer Flamme erwachsen zu lassen, die das Verderben hinwegfegt."

„Wie soll das genau geschehen?", wollte Eldrien wissen.

„Das werden wir auf dem Platz des großen Rates erfahren, meine Tochter." Andron richtete den Blick nach vorne und schwieg. Er würde von nun an schweigen, bis sie ihr Ziel erreicht hatten, das war den Zwillingen klar.

Sie marschierten drei Tage und Nächte unbehelligt weiter, bis sie das Herz des Waldes erreicht hatten. Eine Gegend, in die noch nie ein Atar seinen Fuß gesetzt hatte. Schon immer waren die Mischlinge aus Endrir und Onitern von diesen Versammlungen ausgeschlossen gewesen.

Andron und seine Gruppe kamen als Letzte an und Pendras überfiel ein Gefühl der Verzweiflung. Es waren keine fünfhundert Endrir mehr übrig, erbärmlich klein war ihre Anzahl geworden. Gleichwohl entdeckte er viele alte Recken und Kriegerinnen, erfahrene und mächtige Kämpfer.

Die Besten der Besten. Alle anderen hatten die Atar hinweggefegt wie der Wind den Staub der Wüste.

Hörner erklangen und alle Blicke richteten sich auf die Mitte des Platzes. Dort stand auf einem mächtigen Sandstein Iowen, eine der ältesten Endrir überhaupt.

Sie war schon uralt gewesen, als die Götter sie auf diesen Planeten gesandt hatten, um die Menschen zu beschützen und hätte man einen Menschen gefragt, welches Alter er bei der Endrir schätzen würde, so hätte er sie trotzdem für eine junge Frau gehalten. Ihre Haut war glatt und makellos, keine Falte zierte ihr Gesicht. Wie sie da oben stand, mit einem schlanken Säbel in jeder Hand und dem Bogen über den Schultern, strahlte sie eine nahezu unglaubliche Kraft und Präsenz aus.

„Meine Kinder, ich danke euch, dass ihr gekommen seid!" Ihre Stimme war klar und obwohl sie leise sprach, war sie selbst an den äußeren Rändern des großen Platzes gut zu verstehen. Iowen sah sich lächelnd um. Alle Augen waren auf sie gerichtet. „Ihr alle wisst, dass unser Volk in der Vergangenheit große Schuld auf sich geladen hat. Wir sind hier, um die Menschen zu beschützen, doch durch die Vereinigung mit ihnen haben wir eine Rasse gezeugt, die nun den Untergang der Menschen zu besiegeln droht. Für diese Schuld werden wir jetzt mit unseren Leben zahlen!"

Die Endrir murmelten zustimmend. Kein Einziger widersprach oder zeigte sich in irgendeiner Weise überrascht oder anderer Meinung. Auch Pendras und Eldrien stimmten durch ein Nicken zu.

„Comran, der diese unseligen Verbindungen nicht nur zuließ, sondern sie mit mehreren Menschenfrauen sogar vorlebte, hat seine gerechte Strafe schon lange empfangen. Trotzdem war sein Werk nicht mehr aufzuhalten. Die Zahl der Atar wächst ins Unermessliche und sie haben einen Weg gefunden, die Barrierezauber der Menschen zu schwächen. Wir wissen nicht, wie es ihnen gelungen ist, aber die Auswirkung ist verheerend. Die Atar sammeln ihre Streitkräfte und werden in weniger als drei Monden zuschlagen."

Die Endrir sahen sich erschrocken an. Diffuses Murmeln erhob sich und verstummte, als Iowen weitersprach. „Die Götter haben mir eine Vision geschenkt, noch besteht Hoffnung. Alles liegt in den Händen der Endrir, nur wir können die Atar aufhalten. Auch die Menschen werden Versuche unternehmen, aber sie sind zum Scheitern verurteilt oder werden die Situation noch verschlimmern. Drei magische Schwerter gibt es in den Landen des Nordens. Eines hält die Eisbarriere aufrecht, zwei werden im Silbernen Turm verwahrt. Sie dürfen keinesfalls in die Hände der Atar gelangen, denn dort würden sie als Waffe gegen die Menschen und gegen uns eingesetzt werden." Die Endrirkriegerin ließ den Blick über ihr Volk schweifen. „Nur wenige von uns sind noch verblieben. Keiner von uns wird diesen letzten Marsch der Endrir überleben. Wir werden untergehen, doch wir werden unsere Kräfte aufraffen und ein letztes Mal tun, wofür wir geschaffen und auf diese Welt gebracht worden sind: Wir werden die Menschen bis zu unserem letzten Tropfen Blut beschützen!" Iowen riss beide Hände nach oben. Ihre Säbel funkelten in der Sonne, ihr Gesicht strahlte Entschlossenheit aus.

Die Endrir rissen beide Arme über den Kopf, bildeten mit der rechten Hand eine Faust und umfassten das Handgelenk mit der linken Hand. „Bis zum letzten Tropfen Blut!", hallte ihr Schrei über die Lichtung.

Iowen nickte zufrieden. „Lasst es uns angehen!" Sie sprang vom Felsen, steckte die Säbel in die Scheiden und schritt durch die Masse ihrer Krieger. Hinter ihr bildete sich eine Kolonne aus Zweierreihen, die ihr folgten. Als Iowen an Pendras und Eldrien vorbeiging, winkte sie sie zu sich heran. Die Zwillinge sortierten sich rechts und links von ihr ein und sahen sie aufmerksam an. „Ihr beiden seid auserwählt, das Schicksal der Menschen zu bestimmen. Als Letztgeborene unseres Volkes, das Licht der Welt unter dem Zwillingsstern empfangend, kommt euch eine besondere Aufgabe zu. Ihr müsst in das Herz des Feindes stoßen und herausfinden, wie es ihm gelingen konnte, die Barrieren der Menschen derart zu schwächen. Bringt den Grund in Erfahrung und beseitigt ihn."

„Wie du wünschst!", antwortete Pendras und Eldrien nickte.

Iowen griff in eine Tasche ihres Gewandes und holte zwei unscheinbare, silberne Ringe hervor. „Dies sind zwei Ringe der Macht, von den Göttern geschmiedet. Sie dienen nur einem Zweck und funktionieren nur mit jeweils einem Träger. Sie sind für euch bestimmt und werden euch für die Augen der Atar unsichtbar machen. Doch gebt Acht! Sie machen euch nicht unhörbar und wenn ihr Spuren auf dem Boden hinterlasst, werden diese sichtbar sein. Da ich weiß, dass ihr euch in Gedanken unterhalten könnt, wurdet ihr für diese Mission auserwählt. Zwei müssen es sein, die das Schicksal der Menschen wenden, so der Wille der Götter. Zwei Endrir, in derselben Stunde geboren und einander verbunden. Ihr seid die einzigen Zwillinge unseres Volkes, euch wird also das Schicksal zuteil, die Menschen von der Plage zu erlösen, die wir ins Leben gerufen haben." Iowen gab den beiden je einen Ring und die Zwillinge zogen sie über ihre Ringfinger. Sie passten perfekt, Pendras hatte das Gefühl, dass der Ring sich an seine Haut schmiegte. „Ihr könnt die Ringe nicht verlieren, sie verbinden sich mit euch und werden sich erst dann lösen, wenn eure Aufgabe erledigt ist. Das ist euer Auftrag: Findet den Grund für die Macht der Atar und beseitigt ihn! Und nun geht!"

Pendras und Eldrien setzten sich ohne weitere Worte von der Gruppe ab und verschwanden seitlich im Dickicht. Ein Endrirkrieger schloss zu Iowen auf und fragte, ohne sie anzusehen: „Werden sie es überleben?"

„Vielleicht. Im Gegensatz zu uns haben sie jedenfalls eine Chance, am Leben zu bleiben."

„Gut", murmelte der Krieger. Sein Blick blieb nach vorne gewandt.

Pendras sah sich noch einmal kurz um. Zwischen den Stämmen konnte er den Todeszug der Endrir sehen. Er verharrte einige Sekunden, dann folgte er seiner Schwester, die schon vorgelaufen war.

Die Zwillinge liefen in gemäßigtem Tempo durch den Wald. „Das Herz des Feindes dürfte der Tempel von Kara-Dor sein", stellte Eldrien fest.

„Der Tempel ist ihr Heiligtum und Sitz des derzeitigen Anführers. Dort werden wir auf jeden Fall Informationen erhalten, die uns nützlich sein werden", bestätigte Pendras. Obwohl beide schon eine Weile unterwegs waren, ging ihr Atem ruhig und gleichmäßig.

„Es ist ein langer Weg dorthin, wir müssen schneller werden", stellte Eldrien fest und lauschte in den Wald. Dann pfiff sie und lief weiter.

Wenige Minuten später raschelte es links und rechts im Gebüsch und dann brachen von einer Sekunde zur anderen zwei mächtige Hirsche aus den Büschen und galoppierten parallel zu ihnen einher. Die Zwillinge schwangen sich je auf eines der Tiere und ließen sich von ihnen tragen. Ihr Volk war mit den Pflanzen und Tieren des Waldes verbunden und konnte auf eine undefinierbare, unerklärliche Weise mit ihnen kommunizieren. Sie sahen sich gegenseitig als Brüder und Verbündete an. Auf ein Zungenschnalzen hin beschleunigten die Hirsche ihren Lauf.

„Wenn wir den Wald ostwärts durchqueren, erreichen wir die Ebene von Durat. Dort gibt es einen kleinen vorgeschobenen Posten der Atar, die diesen Wald hier roden. Kaum ein Dutzend von ihnen, schätze ich. Dort können wir die Wirkung der Ringe ausprobieren und uns gegebenenfalls zur Wehr setzen, sollten sie nicht funktionieren“, schlug Pendras vor.

„Von der Ebene zum Tempel sind es noch zehn Tagesreisen. Wir müssen eine Möglichkeit finden, uns weiterhin so schnell fortzubewegen wie jetzt. Die Hirsche sind nicht dazu geeignet, so weite Strecken zu laufen, wir benötigen andere Tiere.“ Eldriens Haare wehten im Wind.

„Früher gab es überall in den Landen der Atar riesige Büffelherden, die zu dieser Jahreszeit von West nach Ost zogen, um die Weidegründe zu wechseln. Wenn wir Glück haben, können wir sie als Reittiere benutzen.“

„Früher, ja. Doch die Atar fressen ihr Fleisch.“ Eldrien verzog den Mund zu einer abschätzigen Grimasse. „Ich habe schon lange keine mehr gesehen. Aber vielleicht haben wir ja Glück!“ Sie sah ihren Bruder an. „Weißt du, was Iowen vorhat?“

„Da sie gemeinsam marschieren, werden sie die Atar als Streitmacht und nicht in einzelnen Gruppen attackieren, vermute ich.“ Pendras zuckte mit den Schultern. „Sie werden die Atar von uns ablenken und dabei ihr Leben lassen. Wir sollten uns beeilen und zusehen, dass ihr Opfer nicht umsonst ist.“ Der Endrirkrieger klang bei diesen Worten völlig gleichgültig.

Eldrien nickte und pfiff wieder. Minuten später gesellten sich zwei weitere Hirsche zu ihnen und die Zwillinge sprangen während des Galopps von einem Tier zum anderen. Die beiden völlig erschöpften Hirsche, die sie zuerst geritten hatten, verlangsamten ihr Tempo zu Schritt und blieben schwer atmend hinter ihnen zurück.

Die beiden ritten zwei Tage und Nächte ohne Pause mit ständig wechselnden Hirschen durch. Stellenweise mussten sie rennen, wenn keine Tiere in der Nähe waren, aber sie kamen sehr gut voran. Als der Morgen dämmerte, hatten sie den Waldsaum erreicht und spähten hinter zwei dicken Baumstämmen hervor. Sie hatten die Atar bereits seit einer ganzen Weile riechen können und nun sahen sie das Lager vor sich. Es bestand aus mehreren Zelten, die aus grobem Stoff, Baumstämmen und groben Schnüren hergestellt worden waren. Vor dem Zelt lagen auf einem Ständer aus Holz ein Dutzend riesige Äxte, die die Atar zum Roden des Waldes benutzen. Von den Atar selbst war nichts zu sehen.

„Sie haben keine Wachen aufgestellt“, flüsterte Pendras.

„Offensichtlich fühlen sie sich sehr sicher. Doch sieh!“ Eldrien zeigte auf einen Atar, der soeben eines der Zelte verließ. Er kam in gebückter Haltung zwischen den Tüchern hervor, streckte sich und reckte die Hände nach oben. Das menschenähnliche Wesen trug eine schwarze Hose aus grobem Stoff, die von einem breiten braunen Ledergürtel gehalten wurde. Der muskulöse Oberkörper war unbekleidet, ebenso die krallenbewährten Füße. Es war gut und gerne einen Kopf größer als ein durchschnittlicher Mensch oder Endrir und die Arme waren etwas zu lang für den Körper. Die Farbe der Haut war grau wie ein Stein, die der Haare hingegen pechschwarz. Wie es bei den Atar üblich war, hatte er sich das Haar seitlich an den Schläfen bis auf die Haut geschoren und das verbleibende Haar zu einem strengen Zopf in den Nacken geflochten, der auf Schulterhöhe endete. Er trug einen ungepflegten Vollbart, auch das war bei fast allen Atar-Männern üblich. Sein Gesicht unterschied sich bis auf die violetten Lippen und die komplett schwarzen Augen nicht von dem eines Menschen, lediglich die zusammengewachsenen Augenbrauen muteten befremdlich an. Sein Geruch hingegen war alles andere als menschlich, er stank wie jeder Atar nach Verwesung. Lange hatte man über den Grund des Gestankes gerätselt, denn die Atar waren lebende Wesen und keine Untoten. Schließlich war man bei den Endrir und auch bei den Menschen übereingekommen, den Gestank als Strafe der Götter für die Verfehlung der Menschen und Endrir anzusehen.

Der Atar gähnte und schüttelte sich. Dann lief er zu einem großen Topf, der an einem Dreibein hing und entzündete ein Feuer unter ihm. Er goss Wasser aus einem Eimer hinein und warf mehrere undefinierbare Dinge in den Topf, die er aus seinem Zelt geholt hatte. Das Wasser brodelte nach einer Weile und der Atar rührte mit einem Holzlöffel in dem Topf herum.

„Scheint der Koch zu sein", brummte Pendras.

„Schlau kombiniert. Bestimmt gibt es eine leckere Eingeweidesuppe zum Frühstück." Eldrien verdrehte die Augen.

„Lass uns ausprobieren, ob der Zauber funktioniert!" Pendras rannte geduckt hinter dem Baum hervor und näherte sich dem Koch von hinten. Wie es die Art seines Volkes war, verursachte er dabei kein Geräusch.

Eldrien folgte ihm und nach wenigen Augenblicken befanden sie sich beide hinter dem Atar, der gebannt in den Kessel starrte und noch immer darin herumrührte.

„Ich werde mich vor ihn stellen. Wenn er etwas bemerkt, schneidest du ihm die Kehle durch!", dachte Pendras.

Eldrien nickte und zog leise einen scharfen Dolch aus ihrem Gürtel, während ihr Bruder vor den Atar trat und ihm ins Gesicht sah. Der Atar stoppte seinen Rührvorgang, sah nach oben, blähte die Nasenflügel und richtete sich auf. Wieder schnüffelte er, drehte den Kopf von rechts nach links und zuckte mit den Schultern. Dann widmete er sich wieder seiner Suppe.

„Es funktioniert!", dachte Pendras. „Lass uns verschwinden und so schnell als möglich den Tempel von Kara-Dor erreichen!"

Wieder nickte Eldrien, dann machte sie einen Schritt nach vorne und trat auf einen Ast. Das knackende Geräusch ließ den Atar herumwirbeln. Er hatte den Kochlöffel wie eine Waffe erhoben und starrte Eldrien an, die direkt vor ihm stand. Er blickte verwirrt um sich und Eldrien stieß ihm lächelnd ihren Dolch in die Kehle. Ein schneller Schritt zur Seite verhinderte, dass sie von dem aus der Wunde spritzenden Blut des Atars besudelt wurde. Er machte gurgelnde Geräusche, griff sich an die Kehle und fiel nach hinten gegen den Kessel. Die Suppe schwappte heraus und der Kessel fiel mit lautem Klappern zu Boden.

Pendras verdrehte die Augen und nahm sein Schwert hoch. Eldrien zuckte unschuldig mit den Schultern und dann stürmten mit Schwertern bewaffnete Atar aus ihren Zelten. Völlig verwirrt sahen sie, wie sich ihr Koch sterbend auf dem Boden wälzte und dann begannen die Zwillinge einen Reigen des Todes. Sie ließen ihre Klingen auf die völlig konfusen Atar hinabsirren und binnen Sekunden lagen vier von ihnen schreiend oder tot am Boden. Die übrigen kämpften verzweifelt gegen einen unsichtbaren Gegner, ohne auch nur den Hauch einer Chance zu haben. Die Schwerter der Atar schlugen Löcher in die Luft, denn die Endrir wichen den Hieben problemlos aus und setzten Treffer, die die Atar nicht kommen sahen.

Es dauerte nur wenige Minuten und es war ein grausames Gemetzel. Ein Dutzend Atar war vernichtet worden und die Zwillinge reinigten ihre Waffen an den Kleidern der Toten.

„Das hätte nicht sein müssen“, brummte Pendras. Manchmal befremdete ihn, dass seine Schwester so etwas wie Freude am Töten empfand. Das war nicht immer so gewesen. Doch seit ihre Eltern im Kampf gegen die Atar gefallen waren, hatte sie sich in eine Richtung entwickelt, die Pendras nur schwer nachvollziehen konnte. Eldrien griff niemals an, aber sie provozierte Angriffe des Gegners auf eine perfide Art und Weise. Das war ein klarer Verstoß gegen das befohlene Vorgehen gegen die Atar. Doch da die Zwillinge meistens im Team kämpften, fiel es nicht auf, denn Pendras verriet seine Schwester natürlich nicht an lowen oder andere hochrangige Endrir, die sie hätten tadeln oder bestrafen können.

„Er hat mich gehört. Ich konnte mir nicht sicher sein, dass er mich nicht entdeckt. Außerdem sind alle tot, keiner kann etwas verraten.“ Eldrien sah ihren Bruder unschuldig an.

„Da wäre ich mir nicht so sicher!“ Pendras Blick ging in den Himmel. Hoch oben war eine Fledermaus zu sehen.

Eldrien sprang auf, riss den Bogen von den Schultern und sandte dem Tier einen Pfeil hinterher. Er ging fehl.

„Zu weit weg. Hoffen wir, dass das keine negativen Auswirkungen hat.“ Auch Pendras erhob sich. „Komm, wir müssen weiter.“

Es dauerte keinen halben Tag, bis der Hohepriester der Atar im Tempel von Kara-Dor eine Nachricht erhielt, die von Fledermaus zu Fledermaus weitergegeben worden war und ihn deshalb in Windeseile erreicht hatte.

„Interessant“, murmelte er mit einer tiefen, grollenden Stimme und zerquetschte die quiekende Fledermaus, die sich in seiner Hand niedergelassen hatte, zu einem Brei aus Fell, Knochen und Blut.

9. Kapitel: Reittiere

„Wie kommen die hierher?“, flüsterte Eldrien.

„Keine Ahnung, aber sie eigenen sich definitiv besser als Reittiere als die Büffel, die wir bisher ohnehin nicht finden konnten!“, raunte Pendras.

Die beiden Endrir waren den ganzen Tag und die ganze Nacht unterwegs gewesen, ohne auf weitere Atar oder Büffel zu stoßen. Lediglich blanke, durch die Sonne ausgebleichte Skelette, die überall in der eher flachen Graslandschaft lagen, zeugten davon, dass die Tiere irgendwann einmal existent gewesen waren. Die Zwillinge hatten sich ins Gras gelegt und hielten sich verborgen. Ein lauer Wind blies ihnen ins Gesicht, sodass die Tiere vor ihnen ihre Witterung nicht aufnehmen konnten.

„Das sind Pferde der Menschen, genauer gesagt vom Silbernen Turm. Ich kann das Wappen auf einem der Brustgeschirre erkennen“, stellte Pendras fest.

„Die Pferde sehen ziemlich verwahrlost aus, einigen fehlen die Eisen. Manche haben noch Trensen auf dem Kopf, andere nicht. Scheint so, als wären sie nach einer Schlacht geflohen, oder?“

„Das denke ich auch. Von den vier Tieren sehen die beiden, die links stehen, noch am wenigsten geschunden aus. Lass uns diese beiden einfangen und als Reittiere benutzen!“

Die beiden Endrir achteten darauf, dass sie den Wind gegen sich hatten. So leise und so schnell als möglich pirschten sie sich an die Pferde heran und nutzten das hüfthohe Gras als Deckung. Wie bei den Pferden üblich, fungierte eines der Tiere als Beobachter, während die anderen friedlich grasten. Es schien sich um eine Stute zu handeln, die aufmerksam die Gegend beäugte. Ihre Ohren spielten in alle

Richtungen. Eldrien nahm vorsichtig den Bogen von der Schulter und legte einen Pfeil auf. Sie spannte die Sehne und schoss ihn steil in die Luft, sodass er hinter den Pferden raschelnd in das Gras schlug. Die Leitstute wieherte auf und die Pferde flohen im Galopp vor dem Geräusch und rasten direkt auf die Geschwister zu. Eldrien und Pendras verbargen sich lauernd im Gras, ließen die Pferde passieren, die links und rechts an ihnen vorbeigaloppierten und sprangen im richtigen Moment aus der Deckung. Die Tiere versucht auszuweichen, doch die Endrir krallten sich in ihre Mähnen und schwangen sich auf ihre Rücken. Die beiden Pferde bockten und schlugen aus, währende die anderen Tiere seitlich von ihnen in die Weite des Grasmeeres flohen. Die Geschwister hielten sich an den Mähnen, pressten die Knie zusammen und versuchten, sich auf den widerspenstig tobenden Pferden zu halten. Im Gegensatz zu den Tieren des Waldes konnten sie keine innere Verbindung zu den Pferden herstellen und waren gezwungen, ihnen ihren Willen körperlich aufzuzwängen. Etwas, was bei wilden Pferden nahezu unmöglich gewesen wäre, doch diese Tiere waren es gewohnt, Menschen zu dienen, was die Sache vereinfachte.

Eldriens Tier gab tatsächlich nach einigen Versuchen, die Reiterin abzuwerfen, kläglich auf. Es stand schwitzend und prustend mit hämmerndem Puls da und scharrte unwillig mit den Hufen. Eldrien tätschelte beruhigend den Hals der braunen Stute und flüsterte leise Worte.

Pendras hatte sich einen Hengst ausgesucht und das prächtige schwarze Tier hatte definitiv etwas dagegen, sich wieder einem Reiter unterwerfen zu sollen. Es bockte, schlug aus, machte enge Kehrtwendungen, sprang mit allen Vieren gleichzeitig in die Luft, doch es konnte den jungen Krieger nicht abwerfen. Lachend saß Pendras fest auf seinem Rücken und klammerte sich fest.

Da warf sich der Hengst urplötzlich zu Boden, ging mit den Vorderbeinen nach unten und Pendras wurde nach vorne katapultiert. Er stürzte über die Schulter des Pferdes, rollte sich geschickt ab, drehte sich um 180 Grad und sprang wieder auf das Tier auf, als es sich erhob. Der Hengst stutzte kurz, dann wieherte er empört auf und schoss los, wie von Geistern gehetzt. Pendras hielt sich an der Mähne fest, der Wind fuhr durch seine Haare und ein Lächeln breitete sich in seinem Gesicht aus.

Eldrien verdrehte die Augen und rammte ihrer Stute die Fersen in die Seiten. Sofort folgte sie dem Hengst, aber es war nach wenigen Sekunden klar, dass sie ihm in der Geschwindigkeit unterlegen war.

Pendras ließ das Pferd laufen und als er merkte, dass die Kräfte des Tieres erlahmten, trieb er ihn mit Ferse und Stimme an. Der Hengst keuchte, sein Herz hämmerte so stark, dass Pendras es an seinen Schenkeln fühlen konnte und er trieb ihn weiter an. Es dauerte noch einige Minuten, bis das Pferd am Ende seiner Kräfte war und schließlich in den Trab und dann in den Schritt fiel. Schweiß tropfte von seinen Flanken, es prustete und blieb schließlich stehen.

Pendras stieg grinsend ab und stellte sich vor den Hengst. Der näherte sich vorsichtig mit seinen Nüstern dem Gesicht des Endrir und Pendras blies seinen Atem in die Nüstern des Pferdes. Dann tätschelte er ihm den Hals und befreite ihn von seiner Trense. Er würde sie nicht benötigen, der Hengst würde fortan seinen Befehlen auch ohne dieses Hilfswerkzeug befolgen.

Eldrien stoppte ihre Stute neben den beiden, sprang ab, nahm ihr ebenfalls die Reste der Trense vom Kopf und warf sie achtlos ins Gras. Die beiden Endrir sahen sich die Hufe der Tiere an, lösten mit ihren Messern die Eisen und schnitten mit geschickten Bewegungen die Hufe aus. Nun konnten die Pferde barhuf auf dem weichen Untergrund laufen, ohne die Zwänge, die ihnen ihre menschlichen Besitzer auferlegt hatten.

Die beiden Endrir saßen wieder auf und ließen ihre Pferde in Richtung des Tempels von Kara Dor laufen.

„Wir haben den Wind gegen uns“, stellte Pendras fest. „Wir sollten die Atar riechen können, bevor sie uns entdecken.“

Eldrien nickte. „Treib deinen Gaul an. Je eher wir in diesem verdammten Tempel ankommen, je besser.“

Die Endrir unter Iowen durchquerten die Wälder des Landes. Noch waren sie weit davon entfernt, Feindkontakt zu haben und es strömten beständig weitere Krieger hinzu und schlossen sich ihrem Zug an.

„Es sind noch immer viel zu wenige, Madras.“ Iowen sah den hageren Endrir an, der neben ihr lief. Er überragte sie um eine Handbreit und war von sehniger, muskulöser Gestalt. Sein Gesicht wirkte hager, doch seine braunen Augen blickten wach und aufmerksam zu der Führerin. Seine Haare waren ebenfalls braun, ein Dreitagebart bedeckte sein Antlitz. „Seid unbesorgt, es sind jetzt schon mehr als genug. Die Götter haben mir eine Vision gesandt, wir werden nicht alleine kämpfen müssen. Außerdem erhielt ich etwas von ihnen.“ Er hob seine Hand und zeigte Iowen einen goldenen Ring, in den ein blauer, daumennagelgroßer Edelstein gefasst war. „Als ich heute Morgen erwachte, befand er sich auf meinem Finger.“

Iowen lächelte und sah den Ring erstaunt an. „Ein Heilring. Die Götter stärken deine Fähigkeiten damit um ein vielfaches, Madras.“

Der Heiler nickte. Endrir besaßen im Gegensatz zu den Menschen keine eigenen magischen Kräfte. Sie mussten sich deshalb magisch aufgeladener Artefakte bedienen, wenn sie ihre Kräfte über das Übliche hinaus verstärken wollten. Solche Artefakte waren rar gesät und deshalb umso wertvoller. Gerade in dieser Situation, in der sie sich nun befanden. Iowen selbst trug einen Stärkungsring, einige ihrer Kämpfer hatten magische Schwerter, die federleicht und schärfer als jede andere Waffe waren. Zwei ihrer Späher konnten mithilfe von Ringen sehen wie Adler, aber damit war das magische Kontingent auch schon erschöpft.

„In meinem Traum sah ich, wie ich die Lebensenergie der Feinde absorbieren und sie unserem Volk zuführen konnte. Sollte sich das bewahrheiten, hätten wir einen nahezu unschätzbaren Vorteil auf unserer Seite. Ich habe in den alten Legenden schon von solchen Ringen gehört, sie sind extrem selten. Die Götter scheinen uns nicht vergessen zu haben.“

Iowen kniff die Augen zusammen und lauschte. „Vielleicht wirst du den Ring früher einsetzen müssen, als uns lieb ist.“

In der nächsten Sekunde glitt ein Endrir seitlich durch die Büsche auf Iowen zu. Selbst für die Ohren seines Volkes war er kaum zu hören gewesen. Er verneigte sich kurz vor Iowen, die stehenblieb. Mit ihr kam der gesamte Vormarsch zum Erliegen.

„Atar, eine halbe Stunde vor uns. Sie besetzen die Brücke, sodass wir sie nicht ohne Kampf passieren können.“

„Wie viele?“

„Hundert, meine Führerin.“

Iowen verzog das Gesicht. „Wir treffen zu früh auf unsere Feinde. Habt ihr Fledermäuse entdecken können?“

Der Späher nickte. „Ein gutes Dutzend. Frei fliegend, nicht in Käfigen gefangen. Die Atar bauen gerade ein Lager auf, Palisaden sind noch nicht errichtet und noch keine Späher ausgesandt.“

Madras knurrte unwillig und sah Iowen an.
„Die nächste Brücke ist fünf Tagesreisen von hier entfernt. Wir dürfen uns eine solche Verzögerung nicht erlauben.“ Iowen wandte sich um. „Zangenbewegung. Dreißig Schwertkämpfer und hundert Bogenschützen an die Flanken, eine Reserve von hundert Kriegern in die Nachhut, den Rest ins Zentrum. Dreierreihen bilden. Die Schwertkämpfer decken die Bogenschützen und schalten etwaige vorgeschobene Posten oder Späher aus. Die Bogenschützen nehmen ausschließlich die Fledermäuse ins Visier, keine darf entkommen! Es wäre fatal, wenn die Atar in diesem frühen Stadium unsere Truppenbewegungen bemerken würden!“
Zwei der Krieger nickten und gaben Befehle nach hinten durch. Sofort bildeten sich entsprechende Gruppen, eine von ihnen zog mit dem Späher davon, der sich grußlos von dannen machte. Iowen marschierte mit beschleunigten Schritten voran.
„Sie wissen bereits Bescheid. Die Atar halten sich normalerweise nicht so weit in den Wäldern auf. Für einen Vorstoß ist der Trupp zu klein, für eine reine Späher-Einheit zu groß. Sie werden alle Brücken über die Schlucht besetzt halten und wissen, dass sie zu breit ist, um sie anderweitig überqueren zu wollen und zu lang, um sie zu umgehen. Es geht ihnen nicht darum, zu erfahren, ob wir kommen, sondern nur wann“, brummte Madras.
Iowen nickte. Der Heiler hatte die Situation messerscharf analysiert und richtig erkannt. „Die Frage ist nur, ob sie von Zeit zu Zeit Fledermäuse aussenden, auch wenn es ruhig ist, oder dies nur im Falle eines Angriffs tun.“
Madras zuckte mit den Schultern. „Hoffen wir, dass die Götter uns weiterhin wohlgesonnen sein mögen und wir alle fliegenden Boten eliminieren können, bevor sie uns verraten.“

Den Rest der Strecke legten sie schweigend zurück. Lautlos bewegte sich das Heer durch den Wald. Kein Blatt raschelte, kein Ast knackte. Als der Späher wieder vor Iowen aus den Büschen erschien, ließ sie den Kampfverband anhalten.

„Die Bogenschützen sind in Position. Wir sind auf keinen Widerstand gestoßen und erwarten den Befehl zum Angriff, Herrin!“, raunte er und verbeugte sich leicht.

Iowen trat vorsichtig einige Schritte nach vorne, verbarg sich hinter einem Baumstamm und konnte in einiger Entfernung das Lager der Atar auf der Lichtung vor der Brücke, die sie überqueren wollten, erkennen. Sie drehte sich zu dem Späher herum. „Die Bogenschützen sollen zuerst die Fledermäuse vernichten. Sie kreisen zum Teil oberhalb des Lagers und sind in Schussweite. Einige sehe ich in den Käfigen. Die Atar werden versuchen, sie freizulassen, sobald wir angreifen. Keine von ihnen darf entkommen! Wenn sie vernichtet sind, sollen die Bogenschützen sich auf den hinteren Teil des Lagers konzentrieren, während wir frontal angreifen. Kein Atar darf über die Brücke gelangen, keiner von ihnen darf am Leben bleiben, um uns zu verraten. Vernichtet diese unseligen Kreaturen vollständig!“

Der Späher nickte stumm und verschwand wieder zwischen den Büschen und Bäumen des Waldes. Iowen wartete eine angemessene Zeit ab, dann gab sie mit einem gellenden Schrei den Angriffsbefehl.

Iowen stürmte mit gezogenem Schwert an der Spitze der Vorhut zwischen den Bäumen auf die völlig überraschten Atar zu. Die Wesen waren noch immer dabei, das Lager aufzubauen und auf einen Angriff unvorbereitet. Sie zogen ihre Schwerter, stürmten zwischen den Gerüsten, die als Gestelle für die Zelte dienen sollten, hervor und begannen, sich zu formieren.

Iowen ließ ihre Klinge durch die Luft wirbeln und köpfte einen Atar mit einem Streich. Sie wich einer Attacke aus, sah dass die Pfeile ihrer Endrir auf die Fledermäuse niedergingen und versenkte ihr Schwert in den Leib eines weiteren Angreifers. Sie rammte ihren Fuß gegen seinen Brustkorb, und zog die Klinge aus dem Leib des Feindes. Sie löste sich mit einem schmatzenden Geräusch, Blut sprudelte, der Atar ging röchelnd zu Boden. Iowen sah einen weiteren Gegner fallen, der einige der Fledermäuse befreien wollte und parierte einen Angriff mit ihrem Schwert. Blitzschnell zog sie ihren Dolch aus der Scheide und rammte ihn ihrem Feind in die Kehle. Sie wich seitlich aus, um nicht von seinem Blut besudelt zu werden, als er zu Boden sank. Ein beißender Schmerz flammte an ihrer rechten Schulter auf. Sie warf sich zur Seite, rollte sich ab, sprang auf die Beine und führte ihr Schwert mit einem runden Schlag. Ihr Schrei gellte, als sich der Stahl ihrer Waffe in die Hüfte des Atars grub und ihn förmlich in zwei Teile schnitt. Ein blauer Energiestrahl traf Iowen und linderte ihre Pein. Madras stand hinter den Linien und setzte seinen Heilzauber ein. Blitz um Blitz schoss aus dem Ring und heilte zielgerichtet Wunden.

Hohe, kreischende Schreie ertönten und Iowen wirbelte herum. Fledermäuse erhoben sich von geöffneten Käfigen in die Lüfte und wurden von einem Pfeilhagel empfangen. Keines der Tiere überlebte und Iowen grunzte zufrieden. Ein schneller Blick verschaffte ihr einen Eindruck des Geschehens. Der Kampf tobte in aller Härte. Sie war mit der Vorhut in das Zentrum des Lagers vorgestoßen, während die

Flanken ihres Heeres den Kampfplatz vollständig umschlossen hatten. Die Reserve wartete zwischen den Bäumen und deckte Madras, der grimmig seinen Heilzauber einsetzte. Die Übermacht der Endrir war erdrückend. Sie drängten die Atar an den Brückenkopf, der wie befohlen von den Bogenschützen beharkt wurde. Einem der Gegner gelang es, einige Schritte auf die Brücke zu fliehen, dann fällten ihn drei Pfeile, rissen ihn von den Füßen über das Brückengeländer und damit in die Tiefe. Sein Todesschrei hallte schaurig zu ihnen hinüber und dann wandte sich Iowen wieder dem unmittelbaren Geschehen zu. Die Atar waren aus dem Zentrum an die Ränder des Lagers ausgewichen und wurden einer nach dem anderen niedergemacht. Schreie gellten, Blut spritzte und der metallische Geruch des Lebenssaftes mischte sich mit dem Verwesungsgestank der Atar. Sie waren dem Untergang geweiht und kämpften mit dem Mut der Verzweifelten, die nichts mehr zu verlieren hatten. Einer nach dem anderen fiel und wenige Minuten später hatte das Töten ein Ende gefunden.

Die Endrir reinigten schwer aber kontrolliert atmend ihre Waffen, sahen nach, dass keiner der Gegner mehr am Leben war und Madras rückte mit der Reserve nach. Schnell und effektiv behandelte er mit einigen anderen Heilern die Verletzten und verschaffte ihnen Linderung. Nur selten sah man noch das blaue Aufblitzen des Ringes, die Heiler vertrauten auf ihre traditionellen Hilfsmittel.

Nach einigen Minuten war klar, dass die Endrir nur wenige Verluste zu beklagen hatten. Schwere Verletzungen hatte Madras mithilfe des Ringes schon während des Kampfes geheilt, sogar die Blutung eines abgeschlagenen linken Armes konnte durch die Magie gestoppt und die Wunde verschlossen werden. Der Verletzte war zwar schwach, aber er verspürte keine Schmerzen und war marschbereit. Iowen formierte ihre Kämpfer, ließ die toten Endrir mit einem rauchlosen Feuer, dessen geheime Wirkweise nur ihrem Volk bekannt war, verbrennen und die gefallen Atar liegen. Sie würden als Futter für die Aasfresser dienen, die bereits am Himmel krächzend ihre Kreise zogen.

„Es scheint, dass keiner entkommen ist. Weder Atar noch geflügelter Bote“, stellte Madras fest und blickte dann auf Iowens Schulter. Von der Verletzung war nichts mehr zu sehen. Ein feiner Schweißfilm auf ihrer Stirn war das Einzige, was auf den Kampf hindeutete.

„Den Göttern sei Dank“, seufzte die Anführerin. „Wir müssen weiter. Ich will den Feind auf der Ebene von Nis stellen und ihn dort in ein Gefecht verwickeln. Wir müssen den Landstrich vor ihm erreichen, um das Gelände präparieren und uns in Stellung bringen zu können.“

„Ein weiter Marsch. Die Atar werden noch weitere Truppen entsandt haben, um uns zu empfangen. Wir sollten auf der Hut sein.“

„Du hast Recht, Madras. Ich habe unsere Späher vorausgesandt, sodass wir auf Begegnungen vorbereitet sind.“ Iowen seufzte. „Wir werden nicht umhinkommen, uns zu gegebener Zeit bemerkbar zu machen, um die Aufmerksamkeit auf uns zu lenken.“

„Und unterzugehen“, ergänzte Madras. „Ich hoffe, dass die Zwillinge ihre Bestimmung erfüllen können. Ich bin vor allem wegen des Mädchens in Sorge. Etwas schlummert in ihr, das ich nicht ergründen kann. Etwas, das nicht der Art der Endrir entspricht.“

„Ich weiß. Aber vielleicht wird gerade das ihr helfen, den Willen der Götter umsetzen zu können.“

Madras zog die rechte Augenbraue nach oben, aber er schwieg.

10. Kapitel: Marsch in den Tod

Die nächsten drei Tage verliefen ereignislos. Das Heer konnte große Strecken zurücklegen und dann fing es an zu regnen. Die Blätter der Bäume hielten einen Großteil des Regens ab, aber am Abend kamen sie auf eine grasbewachsene Ebene, die sich kilometerweit vor ihnen erstreckte. Binnen Sekunden waren sie vollkommen durchnässt und ihre Stiefel versanken in dem matschig gewordenen Untergrund. Obwohl den Endrir Nässe und Kälte nichts anhaben konnten, verlangsamte das Terrain ihr Vorwärtskommen. Sie marschierten die ganze Nacht hindurch, ohne dass das Wetter sich besserte und dann kam ihnen ein Späher entgegen.

Iowen ließ anhalten und der Krieger verneigte sich. „In fünftausend Schritten Entfernung, hinter den Hügeln, erwartet uns ein feindliches Heer, Herrin."

„Sind sie vorbereitet?"

„Sie haben einen Ring aus Palisaden errichtet und ihr Lager vollkommen befestigt. Es handelt sich um mehrere hundert gut bewaffneter Atar. Wachen sind aufgestellt und die Umgebung ist mit Pechfackeln beleuchtet. Sie werden uns sehr schnell entdecken, wenn wir weiter auf sie zumarschieren."

„Wir werden die Deckung durch den Regen nutzen und sie umgehen", beschloss Iowen.

„Rechts vom Lager erheben sich Hügel, doch links davon ist die Landschaft flach. Der Regen scheint eher zuzunehmen und wird uns verbergen, sodass wir unentdeckt vorbeischleichen können. Es gibt keine vorgeschobenen oder nachgelagerten Posten, Herrin."

„Sehr gut. Nimm dir fünfzig Bogenschützen und sichere unsere Flanken. Wir werden unser Glück versuchen." Der Späher nickte und verschwand. Auf einen Wink ihres Befehlshabers schlossen sich die Bogenschützen an.

Die Endrir schwenkten nach links und marschierten los. Ihre außergewöhnlich scharfen Augen hatten ihnen bisher erlaubt, ihren Weg ohne Fackeln zurückzulegen und das schützte sie nun vor der Entdeckung durch den Feind. Es gelang ihnen, das Lager weiträumig zu umgehen und das schlechte Wetter schützte sie tatsächlich vor einer Entdeckung.

Als der Morgen graute, vertrieb die wärmende Sonne die Regenwolken und trocknete die Kleidung und Ausrüstung der Endrir. Iowen ließ eine Nachhut mit einigem Abstand hinter dem Hauptheer marschieren, um einen überraschenden Angriff durch die übertölpelten Atar zu verhindern. Die Späher stießen fächerförmig in das Gebiet des Feindes vor, da nun jederzeit mit Heeren der Atar zu rechnen war. Iowen teilte ihre Krieger in Kohorten zu je einhundert Mann auf und bildete eine quadratische Marschformation. Die Bogenschützen flankierten das Heer und bis zum Abend des Tages hatten sie die Ebene von Nis erreicht.

Sie durchquerte eine Schlucht und wies ihre Krieger an, in der Mitte den Durchgang mit Geröll und Steinen zu blockieren, sodass es keine bösen Überraschungen in ihrem Rücken geben würde. Andere Krieger machten sich auf der Ebene zu schaffen und nach einem weiteren Tag war das Terrain vorbereitet. Iowen sah sich zufrieden um. Die Ebene von Nis war nur über die Schlucht in ihrem Rücken von der südlichen Seite zugänglich und breitete sich dann, flankiert von Wäldern im Osten und Westen, nach Norden aus, wo der Tempel von Kara Dor lag. Nur von dort konnte der Feind kommen, denn ein größeres Heer konnte sich nicht durch die dichten Wälder schlagen.

„Da kommt er!“ Madras zeigte mit seinem Finger nach Norden. Iowen nahm die Hand über die Augen, um die Sonne abzuschirmen und nickte.

„Das ist er. Xardas, der Hohepriester und Anführer der Atar. Und wie es scheint, hat er seine vollständigen Streitkräfte aufgeboten. Es sind Zehntausende."

Am Horizont schien sich eine Staubwolke in den Himmel zu erheben und Madras murmelte: „viel Feind, viel Ehr'." Dann ging er in Richtung der Schlucht zu seiner vorbestimmten Position. Er erklomm den Felsen und befand sich bald weit über den Truppen seines Volkes, die vor dem Ausgang der Schlucht Aufstellung nahmen. Vier Kohorten stellten sich dem Schrecken, der bedrohlich schnell näherkam. In der Mitte, leicht vorgelagert, hatten sich Schwertkämpfer positioniert, Bogenschützen deckten die Flanken. Iowen stand in vorderster Linie und zog ihr Schwert, wie es seit jeher Brauch bei den Endrir war. Der Anführer kämpfte an der Front, dort war sein Platz. Den Überblick über das Kampfgeschehen zu behalten war, dank der im Vergleich zu den Menschen weit stärker ausgeprägter Sinne und eines ausgeklügelten Informationssystems der Heeresverbände, kein Problem.

Iowen schloss die Augen, erhob das Schwert und küsste den kalten Stahl ihrer Waffe. Hundertfach war das Schaben zu hören, als die Klingen aus den Scheiden gezogen wurden. Sehnen knarrten, die Bogenschützen waren schussbereit und warteten auf den Befehl.

Mittlerweile war der Feind nähergekommen. Iowen konnte erkennen, dass die Atar in loser Formation auf die Endrir zuströmten. Tausende von ihnen. Sie konnte nur hoffen, dass die Zwillinge den Tempel von Kara Dor bereits erreicht hatten.

„Anvisieren!" Die Bogenschützen setzten ihren Befehl in fließenden Bewegungen um und erhoben ihre Waffen in die Höhe. Sie waren gut instruiert, keiner würde seine tödliche Fracht gen Himmel senden, bevor er nicht den Befehl dazu erhalten hatte.

Die Atar waren nun in Sichtweite und sie drangen rasch vorwärts. Ausschließlich mit Schwertern und Keulen bewaffnet und schlecht gerüstet setzten sie auf ihre Masse, um den Feind zu überrennen. So hatten sie schon immer gekämpft und sie blieben sich auch in diesem letzten Gefecht mit den Endrir treu.

Sie kamen näher, immer näher. Ihr Verwesungsgeruch stieg den Endrir in die Nasen und das Kampfgeheul betäubte ihre Ohren. Längst war der Feind in der Reichweite der Pfeile, doch Iowen stand da wie eine Statue. Die Atar brüllten triumphierend auf und steigerten die Geschwindigkeit. Schreiend, mit erhobenen Schwertern, stürmten Tausende von ihnen auf die verloren wirkenden Endrir zu, um ihre Leben zu nehmen. Der Befehl lautete: keine Gefangenen! So wie es schon immer gewesen war und die Atar waren hundertfach überlegen. Schon konnten die Endrir einzelne Gesichter ausmachen und die feindlichen Linien breiteten sich aus, um die Formation der Endrir zu umschließen. Noch immer stand Iowen stumm und unbeweglich da. Der Feind war bereits so nah gekommen, dass die Bogenschützen anfingen, ihre Effektivität einzubüßen. Sie würden den Sturm nicht mehr nennenswert verlangsamen können, selbst wenn sie ihre Salven ausschließlich auf die vorderen Reihen konzentrieren würden. Zu übermächtig waren die Gegner, zu hoch ihre Zahl.

„Anziehen!" Iowens Befehl wurde sofort umgesetzt, Sehnen spannten sich aufs Äußerste.

Dann tat sich der Boden unter den Atar auf und verschluckte sie, wie ein gieriges Raubtier seine Beute verschlingt.

Brüllend stürzten sie in die tiefen, breiten Gräben, die von den Endrir ringsum ausgehoben und mit dünnen Ästen und Gras getarnt worden waren. Man konnte sie fallen sehen, die hinteren Reihen drängten die vorderen ins Verderben und es dauerte einige Sekunden, bis das Heer zum Stehen kam. Noch immer stürzten Atar hinunter und wurden Opfer der Tiefe und der angespitzten Baumstämme, die von den Endrir am Boden des mehrere Meter tiefen Grabens angebracht worden waren.

„Schießt!"

Sehnen schwangen, Pfeile zischten und eine Wolke schwarzer Geschosse stieg auf und verdunkelte die Sonne. Sie beschrieb einen tödlichen Bogen und regnete auf die dicht stehenden Reihen der Atar hinunter. Jeder Schuss ein Treffer. Stahl drang in Fleisch, zerriss Gewebe, durchschlug Knochen und vollendete seine tödliche Mission. Wütendes und angsterfülltes Brüllen erhob sich aus den Reihen der Atar, die mitten in die schreckliche Falle der Endrir gegangen und ihnen nun ausgeliefert waren. Im Sekundentakt schossen die Endrir ihre Pfeile nach oben, schneller, als ein menschliches Auge es erfassen konnte. Sie konzentrierten sich auf die hinteren Reihen der Atar, verhinderten, dass sie zurückwichen und so wurden die Frontreihen in den Graben gedrängt. Pfeil um Pfeil fand sein Ziel, der Tod hielt reiche Ernte. Dann ertönte ein Horn und die Atar zogen sich zurück. Die Endrir sandten ihre Geschosse hinter ihnen her, solange sie den Feind erreichen konnten und dann brach der tödliche Regen ab.

Ein Drittel des Atar-Heeres lag tot oder sterbend auf dem Schlachtfeld, die Verluste der Endrir betrugen dagegen null.

„Sie werden bald mit Stegen wiederkehren, um den Graben zu überwinden, Herrin. Bäume gibt es jedenfalls genug", raunte ein Endrir Iowen zu.

„So wird es sein. Schlachtformation beibehalten!" Die Anführerin lächelte.

Tatsächlich konnte man in der Ferne sehen, wie Truppenverbände der Atar zu den Wäldern im Westen und Osten strömten und wenig später war das Geräusch von Äxten zu hören, die in Bäume geschlagen wurden.

Drei Tage lang schlugen die Atar Holz. Drei Tage lang rührten sich die Endrir nicht vom Fleck. Dann begann der Angriff erneut.

Die Atar rückten in breiter Front auf die Endrir zu, sie führten Holzstämme mit sich. Man hatte je drei aneinander befestigt und die Länge so gewählt, dass der Graben überwunden werden konnte.

„Anziehen!“ schrie Iowen und die Bogenschützen spannten ihre Waffen.

Die Atar ließen die Stämme donnernd zu Boden fallen und stürmten über den Graben. Sie trugen primitive Schilder aus Holz, schwärmten wenige Schritte, nachdem sie den Graben überwunden hatten, seitlich aus und rammten sie in den Boden. So deckten sie den Vormarsch ihres Heeres. Die Pfeile der Endrir hielten reiche Ernte, viele Gegner wurden von den Stämmen geschossen. Die Bogenschützen konzentrierten sich auf die hinteren Reihen und verschwendeten ihre Pfeile nicht, um sie in die Holzschilde zu schießen. Hunderte Gegner starben, doch die Endrir konnten nicht verhindern, dass das Heer der Atar über den Graben setzte.

Als die Hälfte von ihnen trotz des ständigen Beschusses über das Hindernis gelangt war, stürmten sie vorwärts.

Die Endrir erwarteten den Feind ohne jegliche Regung. Die Atar waren nun fast schon so weit, dass man ihre Gesichter erkennen konnte. Sie schrien triumphierend auf, begierig darauf, ihre Verluste zu rächen und den Feind zu vernichten. Die Bogenschützen konzentrierten sich nach wie vor auf die Atar, die den Graben noch nicht überwunden hatten und ignorierten die Feinde, die nur noch wenige Meter von ihnen entfernt waren.

Man konnte das Schwarze in den Augen der Atar sehen und die Endrir schienen aus ihrer Erstarrung zu erwachen. Iowen schrie gellend, riss das Schwert nach vorne und stürmte auf die Gegner zu. Nur noch wenige Meter trennte sie, als die vorderen Reihen der Atar einbrachen und im Boden versanken. Die Schwertkämpfer der Endrir schwärmten aus und besetzten die Ränder des zweiten Grabens, der den Atar zum Verhängnis geworden war. Die Bogenschützen feuerten nun auf die Teile des gegnerischen Heeres, die zwischen den beiden Gräben eingeschlossen waren. Verzweifelt versuchten die Eingeschlossenen, sich die Holzstämme zu beschaffen, über die die nachrückenden Atar den ersten Graben überwinden wollten. Es entstand ein völliges Chaos und die Endrir jagten Salve um Salve in die wehrlosen Gegner.

Einzelne Endrir rückten vor und erschlugen die Atar, denen es gelang, aus dem zweiten Graben emporzuklettern. Man hatte ihn in der Eile nicht tief genug ausheben können und vereinzelt konnten die Feinde ihn überwinden, nur um dem sicheren Tod durch die Schwertkämpfer ins Auge zu blicken.

Iowen starrte mit versteinerter Miene auf das Gemetzel vor ihren Füßen. Die Atar wurden hingemetzelt, sie fielen wie die Fliegen. Ihre Chancen waren so gering wie die eines Schneeballs in der Hölle und sie fanden zu Hunderten den Tod. Mann um Mann wurden sie von den Pfeilen getroffen und fielen in den Graben. Man konnte den Eindruck gewinnen, sie stürzten wie Lemminge über die Klippen. Trotzdem riss ihr Strom nicht ab und als Iowen ihre Augen dem Horizont zuwandte, wurde ihr Herz schwer. Trotz, dass die Zahl der gefallenen Atar mittlerweile in die Tausende ging, standen hinter den beiden Gräben noch eine Vielzahl der Krieger bereit, um die Endrir zu vernichten. Tausende von Toten waren nicht mehr als ein Tropfen auf dem heißen Stein und dann geschah das Unfassbare.

Der zweite Graben hatte sich derart mit Toten gefüllt, dass die Atar über die Leichen und die Sterbenden schreiten konnten.

Gnadenlos traten sie auf ihre Brüder, setzten ihre Stiefel auf ihr Fleisch und strebten triumphierend den Endrir zu. Die Übermacht schickte sich an, den Feind zu vernichten. Iowen hörte von rechts und links Schwerter aus den Scheiden fahren, die Bogenschützen hatten ihre Pfeile verschossen.

„Rückzug!“, brüllte die Anführerin und die Krieger hinter ihr wichen zurück. Die Atar brüllten triumphierend auf und stürzten den Fliehenden hinterher. Dabei übersahen sie, dass nur das Zentrum sich zurückfallen ließ und eine halbkreisförmige Aufstellung übernahm. Ehe die Atar realisierten, was geschehen war, waren sie bereits eingeschlossen. Die Bogenschützen strömten von den Flanken über die Leichen im zweiten Graben an die Übergänge zum ersten Graben und besetzten diese Schmalstellen. Verbittert versuchten sie, die Stellung zu halten, während die Schwertkämpfer den Kreis um die Atar in ihrem Rücken geschlossen hielten und den Gegner einkesselten.

Schreie von Wut, Verzweiflung und Schmerz gellten durch die Luft. Stahl schnitt durch Fleisch und Rüstung. Der metallische Gestank von Blut mischte sich mit dem Verwesungsgeruch der Atar und dem Odem aufgeschlitzter Leiber. Tod und Verderben tanzten einen Reigen der Gewalt und die blauen Heilblitze aus Madras‘ Ring schossen über das Schlachtfeld und versuchten zu retten, was zu retten war.

Iowen kämpfte verbittert gegen ihre Feinde, ihr Schwert hielt eine blutige Ernte. Die Endrir hatten eine geschlossene Formation eingenommen, standen Schulter an Schulter und ließen die unkoordiniert angreifenden Gegner an ihren Reihen abprallen.

Ihren Kriegern gelang es mit viel Mühe und unter unsäglichen Verlusten, die Übergänge des ersten Grabens zu halten und ein Nachströmen des Feindes zu verhindern. Die Endrir kämpften verzweifelt und Iowen schrie einen gellenden Befehl.

Wenige Sekunden später strömten Bogenschützen aus den Wäldern, die sich bisher versteckt gehalten hatten und säuberten die Übergänge des Grabens von den Gegnern. Die Endrir zogen die Baumstämme zu sich hinüber und der Nachschub an feindlichen Kriegern versiegte zunächst.

Die Bogenschützen konzentrierten sich auf die Feinde am Graben und sandten ihnen todbringende Wolken ihrer Geschosse entgegen, während die Schwertkämpfer die sich verzweifelt wehrenden Atar niedermachten. Als der letzte von ihnen gefallen war, zogen sich ihre Kameraden auf der anderen Seite zurück und verharrten außerhalb der Reichweite der Bogenschützen.

Schwer atmend, verschwitzt und vom Blut der Feinde besudelt stützte sich Iowen auf ihr Schwert und blickte um sich. Viele Endrir waren verwundet, viele gefallen. Doch die Verluste hielten sich im Gegensatz zu denen der Atar in Grenzen. Verzweifelt fragte sie sich, wie lange sie den Gegner noch auf Distanz halten konnten und betete zu den Göttern, dass die Zwillinge ihr Ziel mittlerweile erreicht hatten.

Madras trat neben sie und blickte skeptisch auf die Pfeilbündel, die von einigen Kriegern aus dem Wald zu ihnen geschafft wurden. „Uns gehen die Geschosse aus. Die Atar werden in den Wald vordringen, unsere Bogenschützen niedermachen und uns in die Flanken fallen. Ein zweites Mal wird der Trick nicht funktionieren."

„Ich weiß", keuchte Iowen und spuckte aus. „Ich weiß." Dann blickte sie sich um und gab einen Befehl.

Es dauerte nicht lange, bis die Atar wieder aufmarschierten und diesmal waren sie gewappnet. Sie hatten die vergangenen Stunden genutzt, um weitere Baumstämme zum Überwinden der Schlucht zu schlagen und aus armdicken Ästen primitive Schilde herzustellen. Nahezu jeder von ihnen trug ein solches Konstrukt aus mit Pflanzenwinden zusammengehaltenen Ästen. Nicht genug, um einem gezielten Schwerthieb wiederstehen zu können, viel zu schwer, um beweglich kämpfen zu können, aber genug, um vor Pfeilen zu schützen.

Madras verzog das Gesicht und begab sich ohne ein Wort von der Frontlinie auf seine erhöhte Position am Anfang der Schlucht. Iowen hatte die Krieger aus den Wäldern herbeordert und sie einen weiteren Graben ausheben lassen. Von den Wänden der Schlucht ausgehend umschloss er das nun vollzählig in Stellung gegangene Endrirheer.

Die Atar marschierten am ersten Graben auf und verharrten in sicherer Entfernung vor den gegnerischen Bogenschützen. Ihre Anzahl war beeindruckend. Trotz dass Tausende gefallen waren, war ihre zahlenmäßige Überlegenheit erdrückend. Mit Schaudern erkannte Iowen, dass sich beim ersten Angriff nur wenig mehr als die Hälfte der Atar gezeigt hatten. Nun standen sie vor ihr wie ein Rudel Wölfe, das ein Rehkitz in die Enge getrieben hatte.

So fühlte sich also vollkommene Hoffnungslosigkeit an.

Iowen atmete tief ein und aus, küsste ihre Klinge und hob sie hoch in die Luft. Ein lauer Wind kam auf, trieb den Verwesungsgestank der Atar zu ihr hinüber und strich leise pfeifend um die Klinge. Es schien das einzige Geräusch weit und breit zu sein. Die Erde schien vor Entsetzen ihren Atem angehalten zu haben.

„Endrir!“ Iowens Stimme hallte laut und fest über die Ebene. „Heute ist der Tag gekommen, um unserer Bestimmung gerecht zu werden! Möge das Verbergen und feige Kämpfen nun ein Ende haben. Erheben wir uns ein letztes Mal im Gedenken an unsere glorreiche Vergangenheit! Lasst unsere Schwerter das Blut dieser Bestien trinken, auf dass unsere Verfehlungen uns vergeben werden mögen. Lasst uns grausam töten und Furcht und Verderben in die Reihen unserer Feinde sähen. Mögen sie fallen wie die Halme des Weizens unter der Sense des Schnitters. Tod den Atar! Für die Menschen!“

„Tod den Atar! Für die Menschen!“ hallte es aus den Kehlen der Endrir und wenige Augenblicke später heulten die Atar wütend auf und begangenen mit ihrem Angriff.

Iowen hatte keine Kriegslist, keine schmutzigen Tricks mehr auf Lager. Die Fronten waren klar, die Figuren auf dem Spielbrett in Position gebracht und sie hoffte, in Ruhm zu ihren Göttern zurückkehren zu können. Sie bat sie darum, ihre Furcht zu schmälern und ihren Mut wachsen zu lassen. Sie bat sie um einen guten Tod und dann gab sie den Angriffsbefehl.

„Dein Klepper ist eine lahme Schindmähre!“ Eldrien lachte und sah sich nach hinten um, wo Pendras versuchte, mit seiner wild im Galopp vorstürmenden Schwester gleichzuziehen. Er knirschte mit den Zähnen, denn sie hatte recht. Ihr Pferd war wirklich das weitaus schnellere und die Flucht in solche Belanglosigkeiten war angesichts der monströsen Aufgabe, die vor ihnen lag, nur allzu verständlich. Zunächst hatte der Hengst aufgetrumpft und auch wenn er am Anfang davongezogen war, besaß die schlanke, sehnige Stute offensichtlich doch den längeren Atem.

Sie jagten mit ihren Rössern über eine riesige, gut überschaubare Grasfläche, die an dem Fuß einer Hügellandschaft endete. Kein Feind war weit und breit zu erkennen und so nutzten die beiden die Gelegenheit, diese Strecke schnell zu überwinden. Sie würden die Pferde am Ende der Ebene in die Freiheit entlassen, denn der Unsichtbarkeitszauber erstreckte sich nicht auf die Tiere. Sie hatten diese Erfahrung machen müssen, als sie auf einen kleinen Trupp Atar-Kundschafter gestoßen waren, der wie aus dem Nichts aus einer Senke aufgetaucht war. Die Atar gingen sofort zum Angriff auf die scheinbar herrenlosen, aber den Menschen zuzurechnenden Tiere über und Eldrien dankte den Göttern, dass sie nur eine Fledermaus mitgeführt hatten, die von Pendras‘ erstem Pfeil vom Himmel geholt worden war. Die sechs Kundschafter hatten ihnen nichts entgegenzusetzen. Zwei starben durch Pfeile, die anderen wurden niedergeritten und durch die Klingen der Zwillinge dahin gesandt, wo auch immer diese Brut nach ihrem Tode hingehen mochte.

Nun hatten sich die beiden dem Tempel von Kara Dor bis auf wenige Marschstunden genähert und würden sich ihrem Schicksal stellen müssen. Sie zügelten die schwer atmenden Pferde, sprangen von ihren Rücken und entließen sie in die Freiheit. Die Tiere begannen sofort zu grasen und prusteten zufrieden.

„Schade um die beiden“, murmelte Eldrien und sah sich nach den Rössern um. „Sie haben uns treu gedient.“

„Ja und sie haben es verdient, am Leben zu bleiben. Etwas, das ganz sicher nicht passieren wird, wenn wir sie weiter mit uns führen. Komm, wir müssen leise sein. Die Atar dürften die Gegend hier gut bemannt haben. Wir sind im Kernland des Feindes in unmittelbarer Nähe seines Herrschersitzes. Es wundert mich sowieso, dass wir bisher so wenig Kontakt zu ihnen hatten.“ Pendras ging vor und folgte in geduckter Haltung einem Fußweg, der zwischen die Hügel führte. Seine Augen suchten unablässig die Gegend vor ihnen ab und er lauschte konzentriert, doch er konnte nichts hören. Es war still, viel zu still, und das beunruhigte ihn. Kein Wind, keine Tiere, nichts war zu hören.

Eldrien folgte ihm so schnell und so leise als möglich. Auch wenn sie für den Feind unsichtbar waren, konnten sie dennoch gehört werden und der Weg war steinig und voller Geröll.

Es gelang den beiden, die Hügel zu überwinden, ohne entdeckt zu werden. Als sie auf eine verdorrte, staubige Ebene traten, erhob sich der Tempel von Kara Dor vor ihnen.

Inmitten einer Stadt aus einstöckigen, schmucklosen Gebäuden aus grauem Stein ragte ein Komplex dominierend in die Höhe. In seiner Mitte erhob sich ein Kuppelbau, der gut und gerne dreißig Meter in den Himmel wuchs und von einem runden Dach abgeschlossen wurde, das mit schwarzen Schindeln bedeckt war. Ebenso schwarz waren die grob gehauenen Mauern, die den Ankömmlingen unheilverkündend und drohend ins Auge sprangen. Vier weitere Gebäudeteile schmiegten sich an den Hauptbau, der wie eine Festung innerhalb der Stadt mit einer hohen Mauer umgeben war. Eine weitere Mauer zog sich um die einstöckigen Gebäude, davor gähnte ein tiefer Graben. Schräg in die Erde gerammte, angespitzte Pfähle ragten wie die Zähne einer urzeitlichen Monstrosität vor dem Graben auf und machten deutlich, wie schwierig eine Erstürmung werden würde.

„Bei den Göttern, das stinkt bestialisch hier!“ Eldrien verzog das Gesicht.

Pendras nickte. „Noch viel mehr als der Gestank stört mich aber, dass kein Lebewesen zu sehen ist.“ Er ließ den Blick schweifen. „Selbst wenn Iowens Ablenkungsmanöver funktioniert haben sollte, müsste doch zumindest eine Reserve der Atar hier verblieben sein, um den Tempel zu verteidigen oder den Rückzug decken zu können.“

Eldrien zuckte mit den Schultern. „Vielleicht sehen die Atar in den Menschen keine Bedrohung und gehen fest von einem Sieg über Iowen und unser Volk aus. Sei froh, wenn wir hier auf keine Feinde stoßen, dann können wir uns auf jeden Fall in Ruhe umsehen und müssen uns nicht auf den Schutzzauber verlassen.“

„Lass uns gehen und die Vorzeichen als einen Wink der Götter verstehen.“ Pendras lief los, ohne auf eine Antwort zu warten. Das Schwert gezogen, leicht geduckt strebte er direkt auf den Eingang der Stadt zu, die sich ihm wie ein gähnender Abgrund offenbarte. Seine Augen und Ohren waren überall, er rechnet jeden Moment mit einer Falle.

Eldrien folgte ihm in einigem Abstand. Sie hatte einen Pfeil auf die Sehne gelegt und warf gelegentlich Blicke über die Schulter, doch nichts rührte sich. Ungestört kamen sie bis an das Tor, das offen vor ihnen lag. Pendras verharrte kurz, bis sich seine Augen an das diesige Licht gewöhnt hatten, das in der Stadt vorherrschte. Noch immer schienen sie alleine zu sein, kein Geräusch war zu hören. Er sah Eldrien an, die mittlerweile an seiner Seite stand und den Bogen gegen das Schwert getauscht hatte. Sie nickten sich zu und drangen kampfbereit in die Stadt ein.

Ihre Füße versanken bis zu den Knöcheln in einer Art schwarzem Schlamm, der den Boden bedeckte und den Verwesungsgeruch zu verstärken schien. Eldrien verzog den Mund und rümpfte die Nase. Auch wenn sie nicht zu sehen waren, ihre Fußspuren konnte man bei diesem Untergrund auf jeden Fall identifizieren. Sie sah sich vorsichtig um, als sie die Gassen durchwanderten, doch noch immer war kein lebendes Wesen zu sehen.

Es war trostlos hier, die Stadt machte dem Grauen Volk alle Ehre. Keine andere Farbe schien vorzuherrschen und man konnte meinen, dass das Kuppelgebäude des Tempels das Sonnenlicht absorbieren würde. Der Tempel war ihr einziger Orientierungspunkt, denn die Gassen und Häuser sahen völlig gleich aus, sodass sich selbst ein Endrir darin verwirren konnte. Sie folgten den Wegen, änderten oftmals die Richtung und kamen doch dem Tempel immer näher.

Es schien Stunden gedauert zu haben, bis sie endlich vor dem Refugium standen, in der die Macht der Atar beheimatet sein sollte. Staunend und lauernd standen sie auch hier vor einem offenen Tor, gleich dem zum Eingang der Stadt. Eine Libelle schwebte durch die Luft. Das scheinbar einzige Lebewesen in einer Stadt des Verderbens und mit ihrem schillernd roten Panzer ein farblicher Anachronismus in dieser grauen Welt. Einer der wenigen Sonnenstrahlen, der das diesige Grau durchdrungen hatte, reflektierte blitzend rot und malte ein Bild falscher Friedfertigkeit. Das Insekt tänzelte vor den beiden durch die Luft, hielt auf die Mauern des Tempels zu und verdorrte in wenigen Augenblicken zu Asche, als es mit dem schwarzen Stein in Berührung kam. Verloren wurden seine Überreste von einem leichten Wind verweht, der plötzlich aufkam und sich genauso schnell wieder legte.

Pendras warf seiner Schwester einen warnenden Blick zu und sie nickte. Keiner von ihnen würde diese unheiligen Mauern berühren. Dann straffte er seine Schultern und betrat den Tempel.

Vor den beiden taten sich ein leeres Erdgeschoss und eine breite Wendeltreppe auf, der sie nach oben folgten. Vorsichtig, leise, jeden

Schritt abwägend stiegen sie in die Höhe und kamen auf dem ersten Stockwerk an. Es war so leer wie das Erdgeschoss, nur eine weitere Treppe führte in die Höhe. Pendras sah Eldrien an und zuckte mit den Schultern. Dann ging er wieder voran.

Sie passierten sechs weitere Stockwerke und kamen schließlich auf der Balustrade der Kuppel am höchsten Punkt des Gebäudes an. Sie traten hinaus und blickten auf eine völlig ausgestorbene Stadt. Auch in weiter Ferne waren keine Lebewesen zu entdecken. Pendras gab Eldrien ein Zeichen mit seiner Hand und die beiden umrundeten die Kuppel, bis sie sich auf der anderen Seite wieder trafen.

Eldrien schüttelte den Kopf und Pendras seufzte. Er wagte nicht, laut zu reden und dachte: „Ich verstehe das nicht, hier ist nichts. Rein gar nichts!“

„Vielleicht suchen wir am falschen Ort. Vielleicht ist das, was wir suchen, in den Nebengebäuden untergebracht.“

„Vermutlich. Lass uns nach unten gehen und nachsehen.“ Pendras machte kehrt, lief zum Eingang zurück und ging die Treppen nach unten. Sie fanden im ersten Stock einen Übergang zu einem der Nebengebäude, das genauso leer war wie der Tempel selbst.

„Das muss Blendwerk sein. Es ist doch nicht möglich, dass hier gar nichts ist!“

Selbst in Gedanken konnte Eldrien die Wut und Verzweiflung ihres Bruders spüren. Hatten die Atar sie in die Falle gelockt? Hatten sie – was immer die beiden hier auch zu finden versuchten – weggeschafft? Oder hatte ihr Bruder recht und sie saßen einem magischen Schwindel auf? „Weiter!“, knurrte sie gedanklich und ging voran.

Es dauerte beinahe den halben Tag, bis sie endlich im letzten Gebäude fündig wurden. Unter einer unscheinbaren Falltür verborgen führten Holzstufen in einen tiefen Keller. Pechfackeln erfüllten den Raum mit einem flackernden Licht und ließen Schatten über ein riesiges Bücherregal zucken. Auf einem kleinen Holztisch aufgeschlagen lag ein Buch, das in einem unnatürlichen weißen Licht strahlte. Der Raum war im Gegensatz zum Rest der Stadt äußerst reinlich, selbst der Verwesungsgeruch schien hier zu fehlen. Kein Staubkorn war auf den blanken Bodenfließen zu sehen und etwas Mächtiges, Erhabenes schien in der Luft zu liegen. Die Zwillinge sahen sich erstaunt an, beide spürten diese Präsenz und konnten sich ihren Ursprung nicht erklären. Und sie wurden beide von diesem hell leuchtenden Buch angezogen.

Offen lag es vor ihnen, vergilbte Seiten, verfasst in einer Sprache, die sie nicht kannten und die sie doch wie durch ein Wunder der Götter lesen konnten. Ihre Augen flogen die mit schwarzer Tinte dicht beschriebenen Zeilen entlang, sie wagten kaum zu atmen. Was sich ihnen offenbarte, ließ ihre Herzen schneller schlagen. Sie sahen sich mit schreckgeweiteten Augen an.

„Wir müssen sie aufhalten. Bei den Göttern, sie sind im Begriff, einen schrecklichen Fehler zu begehen. Wenn sie ihr Vorhaben vollenden, werden sie jegliches Leben vernichten!“ Pendras‘ Stimme war ein raues, angstvolles Flüstern.

Eldrien nickte stumm. Sie sah ihren Bruder an, Angst flackerte in seinen Augen.

Plötzlich durchbrach ein Knarren die vollkommene Stille.

Die Geschwister fuhren herum. Wie automatisch glitten ihre Hände zu ihren Waffen und zogen sie aus den Scheiden. Mit einem lauten, schabenden Geräusch bewegte sich eines der Bücherregale. Es öffnete sich einfach in der Mitte und durch den entstehenden Spalt drang eine undurchdringliche Schwärze, die alles Licht in dem Raum zu absorbieren schien. Selbst das Strahlen der Ringe, die den

Unsichtbarkeitszauber wirkten, schien von ihr absorbiert zu werden und die beiden Endrir spürten instinktiv, dass sie sich auf diese magischen Artefakte nicht mehr verlassen konnten.

„Lauf!“ Pendras‘ Stimme war kaum mehr als ein heißeres Knurren.

Eldrien spürte eine unheimliche Bedrohung, die sich hinter den Büchern manifestierte. Eine Bedrohung, die sie entdeckt hatte und die nur ein Ziel verfolgte: die Vernichtung der Geschwister. Eldrien wich einen Schritt zurück, ihr Herz raste.

„Lauf!“, schrie Pendras und stellte sich breitbeinig hin.

Eldrien schluchzte auf, machte kehrt und rannte, als wäre der Leibhaftige hinter ihr her.

Und vielleicht war es auch so.

Jede Faser ihres Herzens schrie danach, ihrem Bruder zur Seite zu stehen, doch ihr Verstand trieb sie hinaus. Hinaus in die Stadt, die wie durch Zauberhand mit einem Mal von Lebewesen umgeben war.

Eldrien stolperte aus dem Gebäude heraus, hinter ihr ertönte ein Schrei, der nicht von dieser Welt stammen konnte und die Köpfe der Atar flogen in ihre Richtung. Sie zogen die Schwerter und stürmten auf Eldrien zu. Sie riss ihre Waffe nach oben, bereit, den Angriff des Feindes abzuwehren und sich der tödlichen Bedrohung zu stellen.

Einer der Atar war seinen Artgenossen einige Schritte voraus. Er brüllte auf und rannte an Eldrien vorbei. Da realisierte sie mit klopfendem Herzen, dass ihr Zauber außerhalb des Gebäudes offensichtlich wieder wirksam geworden war und die Atar sie nicht sehen konnten. Sie warf sich zur Seite, einen Augenblick später rannten weitere Atar an ihr vorbei in das Gebäude hinein und sie konnte ihren Bruder in Gedanken schreien hören: „Flieh, du Närrin!“

Sie rappelte sich auf, spurtete los, wich den ihr entgegenkommenden Atar geschickt aus und rannte so schnell sie konnte aus der Stadt hinaus.

Direkt auf ein riesiges Heer ihrer Feinde zu!

Die Atar waren zurückgekehrt und es waren ihrer so viele, dass das nur bedeuten konnte, dass sie die Endrir besiegt haben mussten.

So schnell sie konnte floh Eldrien zur Seite, weg von den feindlichen Linien, die sich ihr im Eilmarsch näherten. Sie entging ihnen mit knapper Not und strebte den Hügeln zu, die sie wenige Stunden zuvor mit ihrem Bruder passiert hatte.

„Pendras!" schrie ihr Geist heraus, doch sie erhielt keine Antwort.

Als sie die Hügel erreicht hatte, brach sie schluchzend hinter einem großen Stein, der sie vollständig verbarg, zusammen und gab sich ihrem Schmerz hin.

Ihr Bruder war tot. Er hatte sein Leben geopfert um einen Feind aufzuhalten, bei dem der Unsichtbarkeitszauber keine Wirkung erzielt hatte. Warum wussten nur die Götter.

Ihr Volk war tot.

Ihre Mission war nahezu unerfüllbar.

Verzweiflung hüllte sie ein wie ein schwarzes Leichentuch und drückte sie zu Boden, um sie halb wahnsinnig zurückzulassen.

11. Kapitel: Untergang

„Kämpft, haltet die Reihen!“ Iowens Befehl gellte durch das Chaos der Schlacht.

Die Endrir hatten alle Pfeile verschossen, die Atar hatten die Gräben überwunden und nun hatten sie Iowens Krieger von allen Seiten eingekesselt. Blut spritzte, Krieger fielen, das Brüllen der Atar mischte sich mit dem Schreien der Endrir und die Blitze aus Madras‘ Ring zischten wie blaue Flammenspeere durch das Chaos der Schlacht.

Mit Müh und Not gelang es den Endrir, ihre Formationen zu halten, doch die Atar schnitten Reihe um Reihe aus den Kohorten und die Anzahl von Iowens Volk schmolz sekündlich dahin. Die Endrir kämpften verzweifelt, doch sie hatten der Übermacht nicht das Geringste entgegenzusetzen und wie zum Hohn wurde dem halben Heer der Atar der Rückmarsch befohlen. Sie drehten sich einfach herum und gingen. Die Endrir waren auch ohne ihr Zutun dem Untergang geweiht, die Übermacht der Atar einfach zu groß. Sie ließen ihre verbleibenden Kameraden die blutige Arbeit erledigen und Iowen sah ihren Plan in allerletzter Sekunde scheitern.

Wenn die Atar jetzt nach Kara Dor zurückkehren würden, hätten die Endrir ihr Leben umsonst gegeben. Sie brüllte vor Wut und Verzweiflung auf. Dann sprang sie aus der Formation, hoch in die Luft und hinter die erste Reihe der Atar mitten unter sie. Brüllend und schreiend schlug sie um sich, fällte Gegner wie Grashalme und die Endrir taten es ihr nach. Im verzweifelten Versuch, das ganze Heer der Atar zu binden, und sei es nur für eine weitere Stunde, riskierte sie alles, was sie konnte. Die Endrir folgten ihr, ihre Reihen brachen auf und die gegnerischen Kämpfer mischten sich wild durcheinander. Völliges Chaos brach aus. Jeder kämpfte gegen jeden und schlug verzweifelt um sich. Iowen schrie und brüllte, sie wütete wie ein Berserker, doch sie musste ohnmächtig erkennen, dass sie den Rückmarsch der Atar nicht aufhalten konnte. Verzweiflung bemächtigte sich ihrer, raubte ihr jede Vernunft und stachelte sie nur noch mehr an. Ihre Endrir folgten ihr, als sie eine Bresche durch die Reihen der Feinde schlug und dann stand sie plötzlich vor einem der Gräben, die sie für ihre Feinde hatte ausheben lassen. Sie schrie so laut sie konnte, doch die davonziehenden Atar schenkten ihr keine Beachtung. Dann wurde sie von der Seite attackiert und stürzte beinahe in den Graben. Eine schnelle Ausweichbewegung, ein rasch geführter Schlag und ihr Gegner sank auf die Knie, um dem nächsten Platz zu machen. Sie spürte einen brennenden Schmerz an der Seite und gleich darauf Linderung, als sie von einem blauen Strahl getroffen wurde. Wie schon ein gutes Dutzend Mal am heutigen Tag. Sie hatte aufgehört zu zählen, wie oft Madras ihr Leben gerettet hatte und bedauerte, dass sie sich niemals dafür würde revanchieren können.

Verbissen kämpfte sie, wie im Rausch. Ihre Schreie gellten über das Schlachtfeld, während sie wie besessen, und ohne es noch wirklich zu registrieren, die Leben ihrer Feinde stahl.

Irgendwann senkte sich die Sonne hinter dem Horizont und es gab keinen Feind mehr, den sie mit ihren kraftlosen, schwerfälligen Schwertstreichen fällen konnte. Die Atar hatten sich verkalkuliert und nicht alle Endrir umbringen können. Iowen realisierte das erst, als Madras ihr die Hand auf die Schultern legte und beruhigend flüsterte: „Es ist vorbei.“

Iowen sah ihn aus verzweifelten Augen an, Tränen rannen über ihre blutbesudelten Wangen und sie brach auf die Knie. „Wir haben versagt!“, schluchzte sie heiser.

„Das haben wir“, bestätigte Madras tonlos. Auch er war über und über voller Blut und schien in den Kampf eingegriffen zu haben. „Doch noch ist nicht alle Hoffnung verloren. Ein Dutzend unseres Volkes ist übriggeblieben und wer weiß, warum die Götter uns am Leben ließen." Er zeigte auf zehn völlig abgekämpfte, zum Teil schwer verwundete Endrir, die sich in geringer Entfernung auf dem Boden niedergelassen hatten.

„Wir werden alles tun, um den Willen der Götter zu erfüllen", krächzte einer von ihnen und spuckte einen Schwall Blut zu Boden. Madras eilte zu ihm hinüber und berührte ihn mit seinem Ring. Eine blaue Aura bildete sich um den Endrir und er seufzte erleichtert.

Hoffnung glomm in Iowen auf, verdrängte das Gefühl des Versagens und machte neuem Mut Platz. Vielleicht konnten sie unentdeckt zum Tempel vordringen und die Zwillinge auf irgendeine Art und Weise unterstützen. Vielleicht ...

Aus der Schlucht erhob sich ein infernalisches Brüllen.

Die Endrir rappelten sich auf, wirbelten herum und stellten sich dem, was da auf sie zukommen würde.

Mit Schrecken erkannte Iowen, dass die Atar, die sie umgangen hatten, über das aufgeschüttete Geröll kletterten und die Barriere überwanden. Dutzende von ihnen.

Dann ging alles blitzschnell. Die Atar stürmten auf die Endrir zu und machten sie binnen Sekunden nieder. Einer von ihnen schleuderte sein Schwert auf Iowen und Madras warf sich schützend vor sie. Die Klinge bohrte sich in seine Brust und trat schmatzend aus seinem Rücken wieder aus. Der Heiler brach zusammen und Iowen schrie gellend. Sie fing ihn auf. Drehte ihn herum und riss die Klinge aus seinem Herzen. Dann streifte sie den Ring von seinem Finger und stieß ihn in die klaffende Wunde in seiner Brust.

Sie hörte Madras röcheln, sah seine erstaunten Augen und dann wurde es schwarz um sie, als sie hart am Hinterkopf getroffen wurde.

12. Kapitel: Dargon

„Weniger Kraft, Dargon, viel weniger!“

Ein ungefähr sechzehnjähriger Junge stand mit erhobenen Händen in einer steppenähnlichen Umgebung. Seine Gesichtszüge waren vor Konzentration verzerrt, die dunklen Augen zu Schlitzen verengt. Ein weißes, um die Hüften geschlungenes Tuch bedeckte als einziges Kleidungsstück seinen schmalen Körper und betonte seine dunkle, fast schwarze Haut. Vor ihm flackerte eine mannshohe Feuersäule ungefähr einen Meter über dem Boden. Sie schien sich wie ein lebendiges Wesen zu winden, hin und her zu zucken und gegen den Einfluss Dargons zu wehren. Seine Hände beschrieben langsame Bewegungen, die die Säule in gelenkte Bahnen zwingen sollten.

„Sehr gut!“ Dargon lächelte verkniffen und schielte zu Malachi, seinem Meister. Das Haar des alten Mannes war so kraus wie Dargons, aber bereits vor langer Zeit ergraut. Ebenso wie sein Bart, der ihm bis zur Gürtellinie reichte. Auch Malachi trug lediglich ein Tuch um die Hüften geschlungen, auch er war barfuß, doch im Gegensatz zu seinem Schüler hatte der Magier einen Schmerbauch, der sich unvorteilhaft unter dem Bart wölbte. In der Rechten hielt Malachi einen kunstvoll verzierten Stab aus weißem Holz. Schwarze magische Symbole zierten ihn und verliehen seinem Träger Macht. An beiden Hand- und Fußgelenken waren goldene Reifen zu sehen, höchste Insignien der Würde seines Standes. Malachi war der mächtigste Zauberkundige im Land und Dargon sein einziger und sein seit langem begabtester Schüler. Aber das würde er ihm nicht so schnell auf die Nase binden und Malachi schmunzelte in sich hinein. „Gut, mein Sohn. Nun lenke das Feuer auf diesen Baum dort und dann wollen wir sehen, ob es dir gelingt, die Flamme über die Distanz am Leben zu erhalten und vielleicht sogar den Baum zu entzünden!" Der Magier zeigte auf einen der dürren Bäume, die in dieser unbewohnten Gegend recht häufig anzutreffen waren, auch wenn sie immer alleine standen.

Dargon konzentrierte sich, tiefe Falten gruben sich in seine Stirn. Er wandte den Kopf nach links in Richtung seines Ziels, atmete tief ein und riss den Oberkörper mit einem schnellen Ruck herum. Gleichzeitig stieß er beide Hände nach vorne und atmete keuchend aus. Es war nicht notwendig, einen Spruch oder einen Begriff auszusprechen. Die Magier steuerten ihre Energie rein gedanklich.

Die Feuersäule neigte sich, bis sie wie ein Speer in der Luft stand. Dann schoss sie zischend an Dargon vorbei, raste wie ein Blitz auf den Baum zu und durchschlug seinen Stamm in der Mitte.

Dargon stieß einen erfreuten Schrei aus und dann wurden seine Augen groß. Während der Baum lichterloh in Flammen stand bemerkte er mit Entsetzen, dass der Feuerspeer einen Bogen beschrieb und auf ihn und seinen Meister zuraste. Dargon riss die Hände nach oben und streckte sie schützend vor sich. Das Geschoss schien gegen eine unsichtbare Barriere zu prallen, schoss nach oben, kam hinter den beiden Männern wieder herunter und auf einen kaum bemerkbaren Wink von Malachis Zauberstab driftete es nach links und durchschlug einen weiteren Baum, um dann einen großen Bogen zu beschreiben. Es schrumpfte merklich und verglühte wenige Sekunden später in der Luft.

Malachi sah seinen völlig verschreckten Schüler nachdenklich an und murmelte etwas in seinen Bart.

„Es tut mir leid, Meister, ich wollte Euch nicht in Gefahr bringen." Dargon atmete schwer und war nur zu einem Stammeln in der Lage.

Malachi ging auf ihn zu und der Junge zuckte zusammen, als er ihm seine Hand auf die Schulter legte. Der Magier seufzte. Er hatte Dargon in den Armenvierteln der Kaiserstadt gefunden, eine verlassene Waise kurz vor dem Verhungern. Wussten die Götter, was der Kleine in seinem kurzen vier- oder fünfjährigen Leben bereits hatte erdulden müssen, allzu viel Gutes war bestimmt nicht darunter gewesen. Jedenfalls nahm der Magier ihn wie einen Sohn an und nannte ihn auch so, obwohl er vom Alter her eher sein Großvater hätte sein können. „Beruhige dich, mein Sohn. Es ist gute, alte Sitte, die Novizen der Magie in die Steppe zur Grenze zu führen, wenn sie ihre ersten Zauberkunststücke erproben. Hier, wo das ewige Feuer die Grenzen des Reiches schützt, könnt ihr nämlich keine größeren Schäden anrichten, wenn einmal ein Zauber danebengeht. Du hast im Übrigen sehr gut reagiert, als die Flammen sich gegen dich gewandt haben."

„Ich habe nicht damit gerechnet, dass sie den Baum überhaupt erreichen, geschweige denn, dass sie zu mir zurückkehren könnten. Ich war völlig überrascht und habe rein instinktiv reagiert, Meister."

„Es liegt dir im Blut", bestätigte Malachi. Dass auch er von dem Resultat dieses ersten Versuches völlig überwältigt war, musste er dem Kleinen ja nicht unbedingt erzählen. Noch nicht. „Wie fühlst du dich jetzt?"

„Sehr gut. Etwas aufgeregt", grinste Dargon erleichtert.

Noch etwas, das Malachi innerlich aufhorchen ließ. Zauber zu wirken, schwächte den Magier. Solche mächtigen Zauber zu wirken, hätte den Jungen an den Rand der Erschöpfung bringen müssen, stattdessen stand er vor ihm wie das blühende Leben. Malachi strich sich über den Bart. „Gut, gut", brummte er und sah den Jungen prüfend an. „Hast du je die Grenze gesehen?"

„Nein, Meister!"

„Würdest du sie gerne sehen?"

Dargon nickte eifrig.

„Gut. Wenn du nicht zu erschöpft bist, werden wir ungefähr zwei Stunden in nördlicher Richtung zur Feuergrenze gelangen können. Sollen wir gehen?"

„Gerne Meister! Ich danke Euch!"

„Nichts zu danken, mein Sohn", brummelte Malachi und die beiden liefen los. Auch wenn der Junge auf dem Marsch doch noch Anzeichen von Erschöpfung zeigen sollte, könnte er ihn mit Magie stärken. Aber er wollte erst einmal sehen, wie weit Dargon aus eigenen Kräften kam. Er war überzeugt davon, dass der Junge ihn niemals belügen würde, aber es bestand durchaus die Möglichkeit, dass er durch seine Erlebnisse die Erschöpfung nicht spürte und sie ihn plötzlich übermannen könnte."

„Was habe ich dir über die Grenze beigebracht?"

„Sie besteht aus zwanzig Meter hohen und fünfzig Meter tiefen Flammen, die ewig brennen und unser Volk vor dem Schrecken aus dem Norden bewahren. Sie ist uralt, wurde durch Magie erschaffen, nährt sich aus der ewigen Kraft der Sonne und darf nur von Magiern und Grenzwächtern inspiziert werden", dozierte Dargon.

„Richtig", bestätigte Malachi. „Was befindet sich hinter ihr?"

„Es gibt keine gesicherten Erkenntnisse darüber, da die Flammenwand uralt ist und keiner, der an ihrer Erschaffung beteiligt war, mehr am Leben ist. Unser Volk kannte damals noch keine Schrift und die alten Legenden wurden zunächst mündlich weitergegeben. Sie erzählen von Mischwesen aus Mensch und Tier. Dämonenartige Bestien, die nichts als unsere Vernichtung wollen."

„So sagen es die Legenden." Malachi lächelte.

„Habt Ihr schon einmal ein solches Mischwesen gesehen, Meister?", fragte Dargon und sah erwartungsvoll drein.

„Nein, kein Lebendes zumindest. In der Akademie der Wissenschaften ist ein ausgestopftes Wesen ausgestellt. Ein Pferdekörper, aus dem ein menschlicher Leib wächst. Nicht wenige der Weisen halten es für eine geschickt gemacht Fälschung. Es gibt auch die Meinung, dass die Erde hinter den Flammen endet und sie uns daran hindern soll, über den Weltenrand in die unendliche Tiefe des Sternenreichs zu stürzen. Aber diese Meinung ist wissenschaftlich nicht anerkannt und wird eher belächelt."

„Und was glaubt Ihr?", schmunzelte Dargon, dem durchaus bewusst war, dass seinem Meister der Ruf eines Querdenkers vorausging.

Malachi ließ sich etwas Zeit, bevor er antwortete. „Einer meiner Vorfahren war ein großer Krieger. Sein Schwert wurde als Erbstück von Generation zu Generation weitergegeben und zu seiner Zeit war es üblich, die Klinge mit den Abbildern seiner erschlagenen Feinde zu gravieren. Es finden sich allerlei Menschen darauf, aber auch Mischwesen und menschenähnliche Kreaturen. Insofern glaube ich schon, dass uns die Flammenwand vor irgendetwas schützt."

„Ist ein Gorgoi, eines der Wesen aus dem Norden, auf ihr abgebildet?", wollte Dargon wissen.

„Das ist schwer zu sagen, da die Gorgoi, die jenseits des Nekondir leben sollen, unserem Wissen oder Glauben nach zwar durchaus menschenähnlich, aber blass wie die Toten sind. Eine primitive Lebensform, näher am Tier als am Menschen und angeblich der Grund für die Entstehung der Mischwesen. Da die Gravuren nur aus in den Stahl geritzten Bildern bestehen, die nicht farbig sind, ist es nicht eindeutig bestimmbar."

„Ihr habt mir nie erzählt, dass die Gorgoi für die Entstehung der Mischwesen verantwortlich sein sollen. Angeblich sind sie der Magie nicht mächtig, oder? Wie sollen sie dann die Wesen erschaffen haben?"

Malachi seufzte. Er hatte die Neugier seines Schülers unterschätzt und ihm leichtfertig einen Hinweis gegeben, den er nun zu erklären verpflichtet war. „Mein Sohn, du bist alt genug, um solche Geschichten zu hören, auch wenn ich persönlich sie ins Reich der Legende verweise. Um es kurz zu machen: Angeblich sollen sich die Gorgoi mit Tieren vereint haben und so die Mischwesen gezeugt haben."

„Das ist ja widerlich!“ Dargon verzog das Gesicht und schüttelte den Kopf. Zwar hatte er selbst noch keine tiefergehenden Erfahrungen in der Vereinigung mit einer Frau machen dürfen, doch ein Mädchen aus der Nachbarschaft hatte er schon geküsst und sie hatte ihm gestattet, ihre Brüste zu berühren. So wundervoll wie diese Erfahrung für ihn gewesen war, so ekelerregend stellte er sich diese andere Sache vor.

„Das ist es auch und außerdem halte ich es für ein Gerücht. Nichtsdestotrotz ist die Existenz dieser Wesen weder bewiesen noch widerlegt. Ich kenne jedenfalls niemanden, der auch nur ein lebendes Pferd gesehen hat, geschweige denn ein Mischwesen. Doch sieh, da vorne kannst du schon das Flimmern der Luft sehen, das durch die enorm große Hitze der Flammen verursacht wird. Wir nähern uns der Feuerwand.“

Tatsächlich konnte Dargon am Horizont eine Veränderung in der Atmosphäre ausmachen, wenn er sich sehr anstrengte.

„Noch zwei bis drei Stunden Marsch, dann werden wir unser Ziel erreicht haben. Hurtig voran, mein Sohn, auf dass du das Wunder schaust, das unser aller Leben schützt!“

Die beiden legten den Rest des Weges stumm zurück und als Dargon dann vor der Wand aus Flammen stand, verschlug es ihm den Atem. Obwohl sie einige hundert Meter von dem Feuerwall entfernt stehen blieben, trocknete die Hitze ihre Haut binnen Sekunden aus, wie es schien. Dargons Gesicht brannte und als er den Mund öffnete, um etwas zu sagen, hatte er sofort einen trockenen Rachen. Außerdem war das Gebilde an sich so atemberaubend, dass er einfach keinen Ton herausbrachte. Völlig ungläubig starrte er auf die mehrere Dutzend Meter hohe Barriere aus purem Licht, das völlig lautlos brannte. Schließlich konnte er sich zu einem gehauchten „Das ist unglaublich!“, hinreißen lassen.

Malachi lächelte. Er konnte sich noch gut erinnern, wie überwältigt er beim ersten Besuch der Grenze gewesen war. „Das ist es“, bestätigte er. „Eine unvorstellbare Macht muss diese Flammenhölle geschaffen haben. Eine Macht, die so heute in unserer Welt nicht mehr existiert.“

„Mich würde wirklich interessieren, was sich dahinter befindet“, murmelte Dargon und Malachi lachte.

„Reicht dir dieses eine Wunder nicht, musst du deine Wissbegier sofort auf etwas anderes fokussieren, kaum dass du das eine gesehen und beileibe noch nicht verstanden hast?“

„Entschuldigt bitte, Meister.“ Der Junge sah beschämt zur Seite.

Malachi klopfte ihm auf die Schultern. „Das macht nichts, mein Sohn. Komm, wir wenden uns ab, bevor unsere Haut Schaden nimmt.“

Er drehte sich herum und trat den Rückweg an. Dargon folgte ihm, doch nach einigen Schritten stutzte er. Er blieb stehen, wandte den Kopf um und lauschte.

„Was hast du, mein Sohn?“

„Da ist etwas, Meister. Könnt Ihr es nicht hören?“

Malachi hörte angestrengt hin, verstärkte seine Sinne mit Magie, doch er konnte nichts wahrnehmen und schüttelte den Kopf.

Malachi sah seinen Schüler ratlos an. Plötzlich drehte sich Dargon um und ging mit unsicheren, schleppenden Schritten auf die Flammen zu. Seine Augen sahen abwesend auf einen Punkt inmitten des Feuers.

„Geh nicht zu nahe heran!“, rief der Magier, doch sein Schüler schien ihn nicht zu hören. „Verdammt!“, knurrte Malachi und stapfte ihm hinterher. Er wirkte einen Abwehrzauber für sich und den Jungen, um sie beide vor der Hitze zu schützen, doch Dargon bekam davon nichts mit. Er blieb völlig unvermittelt stehen, als er nur noch wenige Dutzend Meter vor den Flammen stand. Mittlerweile war es so heiß geworden, dass ein ungeschützter Mensch wohl brennend zu Boden gestürzt wäre. Dargon hob beide Hände und streckte die Arme nach vorne. Seine

Handflächen berührten sich und er verharrte einige Augenblicke. Malachi sah ihn erstaunt an, spürte, dass der Junge eine unglaubliche magische Kraft aufbaute, die direkt aus seinem Inneren zu kommen schien und dann geschah das Unfassbare.

Dargon bewegte die Hände langsam zur Seite und so wie sie sich voneinander entfernten, entstand ein Spalt in der Flammenwand. Malachi riss sofort seinen Stab nach oben, denn er konnte sehen, dass sich in dem Feuer etwas bewegte. „Hör sofort auf damit!“, brüllte er so laut er konnte, doch es war bereits zu spät. Die Flammen drifteten plötzlich meterweit auseinander und Malachi registrierte mehrere Dinge auf einmal: Erstens war die Flammenwand ungefähr zehn statt fünfzig Meter dick, was zwar vermutet, aber bisher nicht bewiesen worden war. Zweitens befand sich hinter ihr eine weitläufige Steppe, die in ein Grasmeer mündete, das von Bergen am Horizont begrenzt wurde.

Und drittens stürzte sich ein schwarzes schnaubendes Monstrum durch den Spalt auf sie!

Malachi und Dargon wurden gerammt und zur Seite geschleudert, die Flammenwand schloss sich augenblicklich wieder. Beide rollten sich ab, sprangen auf die Beine und wirbelten herum. Trotz seines Alters und der eher unvorteilhaften Figur agierte Malachi blitzschnell. Ein kurzer Blick auf seinen Schüler zeigte ihn unversehrt und auch Malachi hatte keinen Schaden genommen. Es war ihm geistesgegenwärtig gelungen, sie beide mit einem Schutzzauber zu versehen, der das Schlimmste verhindert hatte. Sein Blick flog zu der Kreatur, die wild stampfend und schnaubend wenige Meter vor ihnen stand und sie mit wilden, rollenden Augen anstarrte.

Malachi verschlug es den Atem.

„Was ist das? Wo kommt das denn auf einmal her?“, fragte Dargon ungläubig. Er hatte beide Hände schützend vor sich zu Fäusten geballt. Flammen züngelten über seine Finger bis zu den Unterarmen, bereit, die Bestie jederzeit in ein flammendes Inferno zu tauchen.

„Das, mein Sohn, scheint tatsächlich ein Pferd zu sein!“ Malachi schielte zu Dargon hinüber, der mit klarem Blick auf das Ross starrte. Offensichtlich konnte er sich nicht daran erinnern, die Flammenwand geteilt zu haben.

Das Tier stampfte nervös mit dem Vorderhuf auf und scharrte mit schnellen Bewegungen über den Boden. Es handelte sich um einen schwarzen Hengst, seine Nüstern waren angstvoll gebläht und er warf den Kopf hin und her. Die Ohren waren angelegt, der Schweif peitschte. Malachi kannte sich mit diesen Tieren nicht aus, aber das Ross schien eher panisch denn aggressiv zu sein.

Dargon entspannte sich, die Flammen an seinen Händen versiegten. Er legte den Kopf etwas schief, lies die Arme sinken und betrachtete das Tier, das sich ihm nun zuwandte. Es prustete und schlug mit dem Kopf. Dargon ging ganz langsam auf es zu.

„Hüte dich vor seinen Hufen!“, murmelte Malachi und sein Schüler nickte stumm. Schritt für Schritt, ganz langsam, näherte er sich dem Tier. Der Hengst schien sich etwas zu beruhigen, er senkte vorsichtig den Kopf und hörte auf zu scharren. Dargon näherte sich ihm ganz langsam bis auf wenige Zentimeter. Malachi sah seinem Schüler gespannt zu, bereit, jederzeit eingreifen zu können.

Nun befand sich Dargon ganz nahe an dem Ross, sein Gesicht nur wenige Zentimeter von den Nüstern des Tieres entfernt. Er blieb stehen und wartete, sein Herz schlug bis zum Hals und hämmerte wild in seiner Brust. Er zwang sich, kontrolliert zu atmen. Es grenzte schon beinahe an

Wahnsinn, sich so nahe an ein Tier heran zu begeben, das bei seinem Volk als Fabelwesen galt.

Der Hengst streckte vorsichtig den Kopf nach vorne, seine Nüstern berührten mit einer kaum wahrzunehmenden Bewegung Dargons Nase und Wangen. Dann konnte er den Hengst vorsichtig atmen hören und er hielt die Luft an. Der Hengst stupste ihn vorsichtig mit den Nüstern an und Dargon atmete aus. Nun schöpften beide, Mensch und Tier, Luft und atmeten gemeinsam. Dargon konnte spüren, wie sich etwas entwickelte, eine Verbindung, der Beginn eines scheuen Vertrauens.

Nach einigen Sekunden nahm das Tier den Kopf nach unten und Dargon streichelte es vorsichtig an seinem Hals. Der Hengst prustete leise und verharrte. Er ließ sich die Berührung gefallen.

„Unglaublich!“, murmelte Malachi und ging langsam auf die beiden zu. Der Hengst zuckte, erhob etwas den Kopf und der Magier blieb stehen und verstand. Er lächelte. „Komm, Dargon, wir gehen nach Hause.“

„Und das Pferd?“, fragte der Junge leise.

„Komm einfach und sieh!“ Malachi ging mit langsamen Schritten an den beiden vorbei. Dargon ging vorsichtig einen Schritt nach hinten und sah dem Pferd in die Augen. Es nahm den Kopf nach oben und blickte ihn wartend an. Dann ging Dargon an ihm vorbei und als er Malachi folgte, wendete der Hengst sich um und trottete mit geringem Abstand hinter ihnen her.

„Das ist unglaublich, Meister!“ Dargon warf einen zweifelnden Blick nach hinten.

„Das ist es, mein Sohn. Die alten Legenden scheinen einen wahren Kern zu haben. Man sagt, dass die Pferde, als es sie noch in unserer Welt gab, eine Verbindung mit einem Menschen eingehen konnten. Nur mit einem, nicht mit mehreren. Doch dem einen, dem sie ihr Herz schenkten, dem folgten sie bis in den Tod. Wenn nötig liefen sie mit dem Menschen auf dem Rücken, bis sie sterbend zusammenbrachen.“

„Das haltet Ihr für wahr?“ Wieder sah sich Dargon nach dem Tier um.

„Hast du es nicht gefühlt? Selbst ich konnte es spüren! Das Pferd hat sich seinen Herrn und Meister auserkoren und ich bin es von uns beiden gewiss nicht! Oder was glaubst du, warum die Kreatur hinter uns herläuft? Sie begibt sich völlig freiwillig in deine Hände, obwohl sie in die Freiheit entfliehen könnte!“

„Glaubt Ihr, ich kann darauf reiten?“

Malachi lachte laut auf und der Hengst nahm neugierig die Ohren nach vorne. „Eins nach dem anderen, mein Sohn! Zunächst müssen wir entscheiden, wo wir das Tier verstecken. Denn wenn wir mit ihm nach Königstadt gehen, wird das Chaos ausbrechen.“

„Da habt Ihr recht, Meister“, bestätigte Dargon nachdenklich. Dann hellte sich seine Miene auf. „Wir könnten es auf Euren Landsitz bringen!“

Malachi nickte lächelnd. Er besaß vor den Toren der Stadt ein kleines Haus mit etwas Grund. In regelmäßigen Abständen entfloh er dem Trubel der quirligen Stadt, um in der Stille der Natur seine Gedanken zu ordnen und sich zu erholen. Neben dem Haus befand sich ein kleiner, ungenutzter Kuhstall, in dem sie das Pferd zunächst unterbringen konnten. „So soll es geschehen. Du wirst dich um das Pferd kümmern, während ich dem Rat der Weisen berichten werde.“

„Dem Rat der Weisen?“ Dargon sah seinen Meister unsicher an.

Malachi legte dem Jungen die Hand auf die Schulter. „Du befürchtest, dass sie dir das Pferd wegnehmen werden?“ Dargon nickte und blickte kläglich drein. „Es ist unabdingbar. Noch nie ist es geschehen, dass sich die Flammenwand geöffnet hat. Das ist ein außerordentliches Ereignis, das ich dem Rat nicht vorenthalten darf. Vielleicht kannst du das Pferd behalten, vielleicht nicht. Ich weiß es nicht. Ich weiß aber, dass du es nicht auf Dauer verbergen kannst. Wenn es entdeckt wird, werden sie es dir dann auf alle Fälle abnehmen und wir werden bestraft werden. Es ist also auf alle Fälle besser, mit offenen Karten zu spielen. Ehrlich währt am längsten, mein Sohn!“

Dargon nickte traurig und Malachi seufzte. Er konnte die Bedenken des Jungen verstehen. Er hatte das Pferd ins Herz geschlossen. Für den König würde es ein Statussymbol, für die Weisen ein Objekt der Forschung und für den Pöbel eine Attraktion im Stadtzoo darstellen. Dieses Tier war etwas so Außerordentliches, dass es kaum im Besitz des Jungen verbleiben konnte, so viel stand fest. Auch wenn das Tier ihm sein Herz geschenkt haben sollte, konnte Malachi dieses Wesen nicht vor den anderen verbergen. Und auch wenn er den Schmerz des Jungen erkannt hatte, konnte er ihm keine Bedeutung beimessen. Denn er hatte etwas gesehen, dort in den Flammen. Etwas, das wichtiger war als jegliche persönliche Animosität.

Etwas, das er dem Rat der Weisen unbedingt mitteilen musste. Egal welche Auswirkungen das haben mochte.

Nach einigen Stunden kamen die beiden auf dem Anwesen an und Malachi begab sich sofort nach Königsstadt. Da es keine Reittiere gab, wurden die Wege, und waren sie noch so lang, zu Fuß zurückgelegt. Malachi konnte seine Geschwindigkeit durch Magie zwar erhöhen, aber Teleportationszauber oder etwas anderes dieser Art waren unbekannt. So lief er in mittlerer Geschwindigkeit die gepflasterte Straße entlang, die sich wie ein graues Band durch die Felder vor der Metropole schlängelte. Gleichzeitig sandte er mit seinen Gedanken Nachrichten an die anderen Mitglieder des Rates der Weisen und bat um eine Vollversammlung der sich in der Stadt oder in der Nähe befindlichen

Ratsmitglieder. Er war zuversichtlich, dass er eine entscheidungsfähige Mehrheit für seine Bitte zusammenbekommen würde, denn es musste mindestens die Hälfte des Rates und der Anwesenden bei wichtigen Entscheidungen zustimmen. Und diese Entscheidung würde die wichtigste seit Jahrhunderten werden.

Nach und nach kamen Zusagen der anderen Weisen auf mentalem Weg bei ihm an und Malachi erreichte wenig später Königstadt.

Trutzig erhoben sich Mauern aus gelbbraunem Sandstein vor ihm in den Himmel und er strebte auf das Haupttor zu und tauchte in den Massen von Menschen ein, die ebenfalls der Stadt zustrebten. Neben den sechs anderen Toren handelte es sich beim Haupttor um den größten Zugang zu der Metropole des Reiches. Nahezu zwanzig Meter hohe und zehn Meter breite Flügeltüren aus Bronze, prächtig verziert mit Intarsien, die die Geschichte des Königreiches erzählten, standen weit offen und ließen die Menschen ein. Krieger in prächtigen Rüstungen, bewaffnet mit Schwert und Speer, geschützt durch Helm und Schild, beäugten misstrauisch die Ankömmlinge. Die Population war ausschließlich dunkelhäutig und kraushaarig, wenn es auch sehr seltene Fälle von Albinismus gab. Da man diesen Menschen seherische Fähigkeiten zusagte, wurden sie sofort nach der Geburt in den Tempel von Königstadt gebracht. Dies geschah auch zu ihrem Schutz, denn man sagte ihren Körpern Heilkräfte nach und nicht wenige Kinder wurden ihren Eltern gestohlen und umgebracht, um mit aus ihnen hergestellter Medizin hohe Gewinne zu erzielen.

Malachi passierte das Tor und begab sich in die Weststadt, wo sich der Sitz der Magier und der Tagungsort der Weisen befand. Der Rat bestand aus Heilern, Kriegern und Magiern zu gleichen Teilen und wurde von einem greisen Feldherrn namens Rondar geführt. Er tat dies weise, aber mit militärischer Disziplin. Er fällte schnelle Entscheidungen und behielt seine Meinung bei, selbst wenn sie sich als Fehler herausstellte. Malachi war deshalb des Öfteren mit ihm aneinandergeraten und die beiden galten im Rat der Weisen als die größten, unversöhnlichen Kontrahenten, auch wenn sie sich einen gewissen Respekt entgegenbrachten. Zwar stimmte der Rat demokratisch über Beschlüsse ab, doch Rondar verstand es, die Mitglieder geschickt in seinem Sinne zu leiten und zu manipulieren. Er war ein äußerst gewiefter Taktiker, der die Interessen des Militärs allen anderen vorzog. Im Gegensatz zu Malachi, der stets das Gemeinwohl im Sinn hatte und nichts von Kriegstreiberei hielt. Er würde sich also nicht gerade als Rondars besten Freund bezeichnen.

Der Magier eilte durch die gepflasterten Straßen der Stadt, vorbei an zunächst einstöckigen Gebäuden aus Lehmziegeln im Handwerkerbereich, die alsbald von den höheren und aus Stein erbauten Heimen der wohlhabenden Mittelschicht abgelöst wurden. Er bog am prächtigen, mit einer Wand aus weißem Marmor errichteten Palastbezirk ab und strebte dem Tempelbereich zu. Vorbei an Marktplätzen, deren Duft nach Gewürzen, Obst und Parfümen die Luft schwängerten, gelangte er an den Sitz der Magier, einem riesigen, kubischen Gebäude mit flachem Dach und verputzten Steinwänden, die hellblau gestrichen waren. Er passierte den Eingang, der von zwei Magier-Adepten in weißen Kutten bewacht wurde und wandte sich im Inneren einer Steintreppe zu, die in die Höhe führte. Die Adepten neigten kurz das Haupt, denn Malachi war ihnen wohlbekannt. Ohne sie zu beachten erstieg er die Stufen und kam alsbald im dritten Stockwerk am großen Saal des Rates an. Die hölzerne Flügeltüre war weit geöffnet und er konnte sehen, dass bereits elf Ratsmitglieder an einem runden Holztisch platzgenommen hatten. Nur einer der ebenfalls aus dunklem Holz gefertigten Stühle war leer. Sein Stuhl.

„Willkommen, Malachi, Magier!“, begrüßte Rondar den Ankömmling. Die blauen Augen des Ratsführers, die in starkem Kontrast zu seiner dunklen Haut standen, fixierten ihn scharf. Eine Adlernase dominierte das hagere Gesicht, das weiße Haar hatte sich bereits weit aus der Stirn zurückgezogen. Er war in die rote Toga der Krieger gewandet, seine vernarbten Arme ragten muskulös unter dem Stoff hervor. „Berichte, was du gesehen hast!“

Malachi trat an seinen Stuhl, verneigte sich vor ihm und nahm Platz. Er begann ohne Umschweife. „Ich habe meinen Schüler heute an die Grenzen unseres Landes geführt. Als wir vor der Feuerwand standen, ereignete sich etwas Unglaubliches. Die Wand öffnete sich und ein Pferd trat aus ihr hervor.“

Malachi hielt inne und ließ seine kurzen Worte wirken. Einen Wimpernschlag lang herrschte eine bleierne, vollkommene Stille, dann brach ein Tumult aus. Alle Mitglieder des Rates, männlich wie weiblich, redeten aufgeregt und laut durcheinander. Sie gestikulierten wild. Blicke flogen hin und her und in nicht wenigen erkannte Malachi tiefe Besorgnis oder sogar Angst. Nur Rondar saß ruhig und still da und starrte Malachi mit unergründlicher Miene an. Er wartete einige Sekunden ab, dann hob er mahnend die Hand und die Gespräche endeten augenblicklich. „Ist das alles, was du zu sagen hast?“

„Nein.“ Malachi holte Luft. „Durch den Spalt gelang es mir, einen Blick hinter die Feuerwand werfen zu können. Was ich dort sah, ist weitaus besorgniserregender als der Anblick des Pferdes.“ Nun war es so still, dass man eine Stecknadel hätte fallen hören können. Alle Augen waren auf Malachi gerichtet, so mancher Mund stand offen. „Ich sah eine steppenähnliche Landschaft, die in eine Grasebene mündete und diese wiederum wurde durch ein mächtiges Gebirge begrenzt.“

„Die Welt ist nach der Feuerwand nicht zu Ende!“, rief eines der Ratsmitglieder überrascht aus.

„Nein, ist sie nicht. Aber das ist nicht alles, was ich euch mitteilen wollte. Was ich dort sah waren Scharen von Kriegern in Marschformation.“

„Gorgoi?“, fragte Rondar scharf.

„Nein. Diese Wesen waren zwar menschenähnlich, aber nicht weiß. Sie waren von grauer Hautfarbe und sie bewegten sich mit großer Geschwindigkeit auf die Feuerwand zu.“

Malachi sah in die Runde. Betretene, ratlose Gesichter erwiderten seinen Blick.

„Krotol, kannst du etwas dazu sagen?“, fragte Rondar.

Ein alter, beleibter Mann mit grauen Haaren und langem Bart versammelte alle Blicke auf sich. Es dauerte eine Weile, bis er antwortete und die Antwort bestand aus einem einzigen Begriff. „Atar!“

Er rief keine Reaktionen hervor außer Schulterzucken. Wieder seufzte er, strich sich über den Bart und bemüßigte sich zu einer Erklärung. Man konnte ihm ansehen, dass er es genoss, im Mittelpunkt zu stehen und offensichtlich als Einziger Bescheid zu wissen. „Die Atar sind die illegitim gezeugten Nachkommen der Gorgoi und der Götterboten. Ihr Frevel ließ sie lebende Leichname gebären, die uns vernichten wollten. Deshalb wurde die Flammenmauer erschaffen, um uns vor ihnen zu schützen.“

„Das sind nur Legenden!“, rief eine der Ratsältesten aus.

„Die offensichtlich gerade eben von Malachi bestätigt wurden. Ich habe keinen Grund, an seinen Worten zu zweifeln“, fuhr ihr Rondar in die Parade. Er sah den Magier an. Malachi blickte in seine funkelnden Augen und fuhr fort: „Ich weiß nicht, warum die Flammenwand getrennt worden ist.“ Er schirmte seine Gedanken vor den anderen magisch ab. Es gab einige von ihnen, die in den Gedanken eines anderen lesen konnten und er verheimlichte ihnen instinktiv die Erkenntnis, dass Dargon die treibende Kraft hierfür gewesen sein musste. Erstens war er sich dessen nicht sicher und zweitens hätte das zur Folge gehabt, dass

Dargon auf der Stelle in Gewahrsam genommen worden wäre. Er stellte eine Gefahr für die Stabilität der Mauer, mindestens aber ein interessantes Forschungsobjekt dar und beides würde bedeuten, dass er seine Freiheit verlieren würde. Insofern hielt Malachi diese Information zurück und verschloss sie tief in seinem Geist. „Vielleicht wollten uns die Götter mit dem Pferd eine Botschaft zukommen lassen, wer weiß. Auf jeden Fall wissen wir, dass an den alten Legenden etwas Wahres ist und wir auf der Hut sein müssen. Ich schlage deshalb vor, dass wir Posten und ein Nachrichtensystem an der Feuermauer aufbauen müssen. Außerdem“, er seufzte schwer, „müssen wir unsere Armeen deutlich vergrößern, wenn wir gegen die Atar gewappnet sein wollen.“ Er glaubte selbst nicht, dass er diesen Vorschlag soeben laut ausgesprochen hatte. Er, der immer für die Reduzierung des Wehretats und die Verschlankung der Armee votiert hatte. Rondar lächelte, seine Augen blitzten. Malachi rannte bei ihm offene Türen ein, denn bisher war der Ratsführer in seinen Bestrebungen zum Ausbau des Heeres immer von dem Magier blockiert worden.

„Gut, dass du deine Meinung geändert hast“, antwortete er süffisant. „Ich werde den König davon unterrichten. Allerdings“, er warf einen Blick in die Runde, „sollten wir deine Aussagen mit einem Beweis verstärken. Wo hast du das Pferd untergebracht? Ich denke, wir sind alle neugierig, es zu sehen und es würde unsere Sache vor dem König deutlich vereinfachen!“

Ein zustimmendes Murmeln erhob sich und Malachi blickte etwas verloren in die Runde. „Folgt mir zu meinem Landhaus.“ Er drehte sich herum und die Ratsmitglieder erhoben sich, um ihm zu folgen. Verdammt, das würde Dargon nicht schmecken!

13. Kapitel: Amarati

Dargon saß vor dem Haus seines Meisters in der Sonne auf dem Grasboden, lehnte seinen Rücken gegen die Mauer des Gebäudes und hatte die Füße ausgestreckt. Er kaute lächelnd auf einem Grashalm herum und beobachtete das Pferd beim Grasen. Es war ein friedliches Bild. Die Sonne schien, die Vögel zwitscherten, Schmetterlinge tanzten durch die Luft und das Ross ließ sich das Gras schmecken. Sein Fell glänzte in der Sonne und sein Schweif bewegte sich träge hin und her, um Fliegen zu verscheuchen.

„Wir brauchen einen Namen für dich“, murmelte der Junge gedankenverloren vor sich hin. „Doch welchen? Ich kenne keine Pferdenamen.“ Er starrte Löcher in die Luft, strich sich abwesend mit der Hand über das Kinn und sah das Pferd an. „Irgendetwas Kraftvolles, etwas, das für Mut steht… etwas Edles, Majestätisches“, sinnierte er vor sich hin und fand doch keine Lösung. Hundenamen fielen ihm jede Menge ein, auch die Stiere in den Arenen trugen stolze Namen, aber für so etwas Einzigartiges wie dieses Wesen waren sie allesamt zu trivial. Es musste etwas Besonderes sein, etwas, das alle Eigenschaften des Hengstes widerspiegelte. Verdammt, war das schwer! Da kam Dargon eine Idee und er konzentrierte sich. Die Tür des Hauses ging wie von Geisterhand auf, ebenfalls die der Bibliothek im hinteren Gebäudetrakt. Ein schweres Buch löste sich aus einem langen, hohen Regal und schwebte hinaus, direkt in die Hand des Jungen. „Wollen doch mal sehen, ob in den alten Legenden nicht auch Pferdenamen verzeichnet sind“, murmelte er und schlug den riesigen Folianten auf. Das Buch war fast 2000 Seiten stark und halb so groß wie sein Oberkörper. Wieder konzentrierte er sich und die Seiten blätterten sich von alleine um, bis sie irgendwann zur Ruhe kamen.

„Wer sagt es denn!“, rief Dargon erfreut aus. Sein Zeigefinger glitt über die verschnörkelten Buchstaben einer uralten Sprache und nach einigen Sekunden blitzten seine Augen und ein zufriedenes Lächeln breitete sich auf seinem Gesicht aus. „Das ist er! Das ist dein Name! Kidron will ich dich nennen, denn du bist so kraftvoll und mutig wie dein berühmter Vorfahre!“

Der Hengst hob den Kopf, legte ihn schief, spielte mit den Ohren und prustete zufrieden. Dann fraß er weiter.

„Freut mich, wenn er dir gefällt“, merkte Dargon mit einem Lächeln an. Dann klappte er den Folianten zu und ließ ihn zurück in die Bibliothek schweben. Er schloss zufrieden die Augen, verschränkte die Hände vor seinem Bauch und döste vor sich hin. Er begann gerade zu träumen, wie er auf dem Rücken des Hengstes über die Steppe flog, als das Tier nervös schnaubte. Dargon war sofort hellwach, sprang auf die Beine und sah sich um. Es war nichts zu erkennen, doch Kidron schnaube, warf den Kopf hin und her und scharrte nervös mit dem Vorderhuf.

Dargon ging auf ihn zu und legte ihm beruhigend die Hand auf den Hals. „Ruhig, ist doch alles gut.“ Er ließ den Blick schweifen. Gar nichts war gut, das spürte er tief in seinem Inneren. Etwas stimmte hier ganz gewaltig nicht, seine Nackenhaare stellten sich auf und sein Herz begann, wild zu schlagen. Der Hengst wieherte, sein Kopf flog nervös von links nach rechts und Dargon musste achtgeben, nicht von ihm am Kopf getroffen zu werden. Dann sah er aus den Augenwinkeln eine Bewegung an der Mauer, die das Grundstück umgab. Sie war zur Zierde, nicht zur Abwehr von Gefahren errichtet worden und deshalb auch nur brusthoch. Dargon erschrak bis ins Mark. Von allen Seiten kletterten in braune Gewänder gehüllte Gestalten mit schnellen, fließenden Bewegungen über die Mauer. Ihre Gesichter waren verhüllt, sie trugen Bogen über den Rücken und Krummschwerter in ihren Händen.

Dargon sprang von Kidron weg und stieß seine Hände seitlich von seinem Körper den Angreifern entgegen. Feuerstöße schosse von seinen Fingerkuppen auf die Gestalten zu, prallten auf sie und zerfaserten wirkungslos in alle Richtungen.

„Verdammt!“, fluchte Dargon und Furcht stahl sich wie ein heißer Schmerz in seine Brust. Die Eindringlinge waren offensichtlich mit magischen Mitteln vor seinen Attacken gewappnet und kamen schnell mit gezogenen Waffen auf ihn zu. Er stellte sich vor den Hengst, der panisch wieherte, aber nicht floh, da sie bereits eingekreist waren. Verzweifelt sah Dargon auf das Haus, in dem sich seine Waffen befanden. So nah und doch so fern. Nicht dass sie ihm angesichts dieser Übermacht viel genutzt hätten, aber so stand er den Kriegern völlig wehrlos gegenüber. Geduckt, mit fließenden Bewegungen zogen sie den Kreis enger und enger. Dargons Kopf flog von links nach rechts, nirgendwo gab es ein Entkommen. Er sandte in Gedanken einen Hilferuf an seinen Meister aus und dann riss er verzweifelt die Hände nach vorne. Er brüllte, so laut er konnte. Plötzlich löste sich ein Feuerstrahl von seinen Fäusten, beinahe so dick wie der Stamm einer alten Eiche. Prasselnd und zischend flog er auf einen der Angreifer zu und erfasste ihn. Die Flammen hüllten ihn ein, explodierten förmlich an seinem Abwehrzauber und dann war ein hohes, schrilles Brüllen zu hören. Taumelnd, wie eine menschliche Fackel, stolperte die Gestalt auf Dargon zu, brach vor ihm auf die Knie und hob den Kopf. Dargons Mund stand offen, als er sah, wie die Flammen, die er verursacht hatte, das Fleisch des Angreifers von den Knochen schmolzen. Dann brach der Brennende zusammen und Dargon erhielt einen Schlag gegen den Schädel, der ihn in eine tiefe Ohnmacht stürzte.

„Das waren die Amarati“, murmelte Rondar und trat mit dem Stiefel gegen die verkohlten Überreste eines menschlichen Wesens, die nahe bei Malachis Landhaus auf dem Rasen lagen. Das Gras war verkohlt, es stank nach verbranntem Fleisch und versengten Haaren.

„Kein Zweifel“, bestätigte Krotol. „Man kann noch Fetzen der Gewänder entdecken. Es tut mir leid für Euren Schüler, Meister Malachi, aber ich befürchte, Ihr werdet ihn nicht wieder lebend in die Arme schließen können.“

„Leider ist damit nicht nur Euer Schüler, sondern auch der Beweis für die Existenz des Pferdes verlorengegangen“, merkte eines der Ratsmitglieder an.

„Mitnichten.“ Rondar ging auf die Knie und befühlte den Boden. „Seht alle her. Solche Hufspuren habe ich noch nie gesehen. Ihr alle seid meine Zeugen!“

Krotol ging ächzend auf die Knie, besah und betastete die Abdrücke, die der Hengst hinterlassen hatte und nickte. Dann kam er stöhnend auf die Beine, drückte den Rücken durch und sagte mit trauriger Stimme: „Auch wenn das nun der Kriegstreiberei Tür und Tor öffnen wird: Diese Abdrücke können nur von einem Tier verursacht worden sein, wie es ausgestopft in Königsstadt steht. Außerdem gibt es für mich keinen Anlass, an Meister Malachis Worten zu zweifeln.“

Die Ratsmitglieder sahen sich an, ein Murmeln erhob sich. In keinem Gesicht war Ablehnung zu erkennen, die Ratsmitglieder schlossen sich den Worten der beiden Männer einstimmig an.

„Ich werde nach Königstadt zurückkehren und unserer Majestät Bericht erstatten“, erklärte Rondar. „Was werdet Ihr tun?“

Malachi antwortete, ohne zu zögern: „Ich werde nach meinem Schüler suchen!“

„Das ehrt Euch, nichts anderes habe ich von Euch erwartet. Es bedeutet Euren sicheren Tod, soll ich Euch eine Eskorte zur Verfügung stellen?“

„Danke für das Angebot, Rondar. Doch ich werde alleine gehen.“ Malachi streckte dem Ratsführer die Hand hin und der schlug ohne zu zögern ein. So unterschiedlich die beiden Männer auch sein mochten, so heftig die Differenzen in der Vergangenheit gewesen waren; in dieser Situation verstanden sie sich vollkommen.

Rondar nickte und wandte sich wortlos um. Die anderen folgten ihm mit bedauernden Blicken, doch Malachi beachtete sie nicht. Er ging in sein Haus, um sich für seine Reise in den Tod vorzubereiten.

Als Dargon erwachte, realisierte er als Allererstes rasende Kopfschmerzen. Dann drang ein Gefühl der Übelkeit hindurch und als sein Geschmackssinn sich einstellte, wusste er, dass er erbrochen haben musste. Zumindest ließ das Aroma, das er schmeckte, darauf schließen. Er öffnete gequält die Augen und schloss sie gleich wieder. Das Licht blendete ihn und tat ihm in den Augen weh. Er zwang sich dazu, flach zu atmen und keine Geräusche zu erzeugen, dann öffnete er wieder ganz langsam die Augen zu schmalen Schlitzen. Zunächst nahm er seine Umgebung verschwommen wahr und erkannte erst nach einigen Augenblicken, dass sie langsam an ihm vorbeizog. Er sah an sich hinunter und stellte fest, dass man ihn an eine Bahre gefesselt hatte und hinter sich herzog. Schemenhaft konnte er erkennen, dass Krieger in Zweierreihen hinter ihm herliefen.

„Er ist aufgewacht!“, rief eine helle Stimme. Eine helle, weibliche Stimme, wie Dargon erstaunt bemerkte. Er öffnete die Augen und sah sich die Krieger an. Es handelte sich ausnahmslos um Frauen und ein Stöhnen entrang sich seiner Brust.

„Oh, der Kleine hat Angst!“, lachte eine der Frauen.

„Hat wohl bemerkt, wem er da in die Hände gefallen ist“, schmunzelte eine andere.

„Er sollte besser Angst haben. Er wird dafür büßen, dass er meine Schwester verbrannt hat!“ Diese Stimme klang so hasserfüllt, dass Dargon angst und bange wurde. Er versuchte sich aufzurichten, doch auch sein Kopf war mit Bändern an der Bahre fixiert.

„Gib dir keine Mühe. Du wirst dich erst wieder bewegen können, wenn wir dich losschneiden.“ Die letzten Worte nahm Dargon nur noch undeutlich wahr. Er driftete wieder in eine gnädige Ohnmacht.

Als er wiedererwachte, befand er sich in einem Bett und war nicht mehr gefesselt. Ein kurzer Blick zeigte ihm, dass er sich in einem kleinen Raum mit einem Fenster, einer Tür, einem Tisch und einem Stuhl befand. Fenster und Tür flackerten leicht, sie waren also magisch versiegelt und sollten ihn wohl an einer Flucht hindern. Ein Griff an seinen nur noch leicht schmerzenden Kopf ließ ihn einen Verband fühlen. Er richtete sich vorsichtig auf und setzte sich auf den Bettrand. Im selben Moment ging die Türe leise knarrend auf und ein junges Mädchen betrat den Raum. Dargon atmete tief ein und aus. Das lag weniger an den Speisen und dem Krug mit Wasser, den das Mädchen vor sich trug, denn an ihrer atemberaubenden Schönheit. Zwar war er auch hungrig und durstig, aber der Anblick, der sich ihm bot, raubte ihm den Atem. Ein ebenmäßiges, fein gezeichnetes Gesicht, aus dem grüne Augen glänzten, wurden umrahmt von kaum zu bändigenden, zu Zöpfen geflochtenen Haaren, die mit roten Strähnen versehen waren und bis auf die Hüften fielen. Sie war schlank, muskulös und doch an den richtigen Stellen äußerst weiblich geformt.

„Ich bin Elina", lachte die junge Frau und stellte das Tablett auf den Tisch. „Du befindest dich in der Obhut der Amarati, junger Magier. Lass es dir schmecken!"

„Amarati? Aber du hast zwei…." Dargon bereute seine Worte sofort und sah verschämt auf das Mädchen.

Elina lachte glockenhell. „Natürlich habe ich zwei Brüste! Existiert wirklich immer noch das Gerücht, dass wir uns eine Brust abnehmen würden, um besser mit Pfeil und Bogen umgehen zu können?" Sie schüttelte den Kopf.

„Um ehrlich zu sein, ja", antwortete Dargon peinlich berührt.

Elina grinste, beugte sich herab und stützte sich mit ihren Händen auf der Matratze ab. Dargon blieb bei dem Anblick fast die Luft weg. „Dann kennst du sicherlich auch das Gerücht, dass wir Männer als Sklaven halten, um für Nachwuchs zu sorgen, sie bei mangelnder Leistungsfähigkeit töten und den männlichen Nachwuchs sofort nach der Geburt umbringen", gurrte sie und setzte das Knie auf die Matratze. „Denn dieses Gerücht entspricht tatsächlich der Wahrheit." Sie bewegte sich auf Dargon zu und der starrte sie an wie das Karnickel die Schlange. Er war zu keiner Bewegung fähig, während die junge Frau langsam näherkam und ihn gierig anlächelte.

„Elina, lass den Quatsch!"

Eine weitere Amarati hatte den Raum betreten. Sie war groß, schlank, hatte ihr krauses Haar kurz geschoren und war mittleren Alters. Sie trug eine Art weiße Tunika und wirkte auf Dargon äußerst respekteinflößend.

Elina verdrehte die Augen und stieg vom Bett herab, nicht ohne Dargon weiter anzulächeln. „Ja, Herrin." Sie klang eher belustigt als devot, drehte sich herum und verschwand kichernd aus dem kleinen Raum.

„Mein Name ist Bemat", erklärte die Frau und nahm auf dem Stuhl Platz. „Ich bin die derzeitige Führerin der Amarati und du solltest dir über Elinas Verhalten keine Gedanken machen. Sie treibt gerne ihre Späße und an den Gerüchten ist nichts Wahres."

„Mein Name ist Dargon. Ich bin der Lehrling Malachis", stellte sich der Junge vor.

Bemat lächelte. „Ich weiß. Wir beobachten euch beide schon länger und wissen um deine große Begabung. Deshalb waren wir auch so schnell zur Stelle."

„Ihr habt mich überfallen und mein Pferd geraubt, warum?"

„Du bist Teil der Geheimen Prophezeiungen, junger Magier. Auch wenn dir das noch nicht klar ist, hast du ein großes, schweres Schicksal vor dir. Reiche werden fallen und unter deinen Stiefeln zertreten werden,

Völker werden ausgelöscht werden und die Götter werden ihren Willen durch dich wirken."

„Was?", stammelte Dargon verwirrt, „Woher wollt Ihr das wissen?"

„Die Führerin der Amarati ist immer zugleich die Seherin des Volkes. Ich habe dein Schicksal im Knochenorakel gesehen und dich zu uns eingeladen."

„Eingeladen", schnaubte Dargon. „Ich fühlte mich eher überfallen."

Bemats Lächeln gefror. Einige Augenblicke herrschte Stille und die beiden sahen sich an, dann seufzte sie. „Ich habe Elnor die Führung des Einsatzes überlassen, einer sehr fähigen aber impulsiven Kriegerin. Ihr Auftrag lautete, dich zu überzeugen, zu uns zu kommen, wenn sie dich alleine antreffen sollte. Leider ging sie etwas aggressiv vor."

„Ich habe eine Eurer Kriegerinnen getötet, weil ich mich angegriffen gefühlt habe", gestand Dargon.

„Das stellt uns vor mehrere Probleme." Bemat sah den Jungen ernst an. „Erstens ist es seit Jahrhunderten niemandem gelungen, den magischen Schutzschild zu durchbrechen. Du besitzt magische Kräfte ungeahnten Ausmaßes in dir. Zweitens steht Elnor das Recht auf Genugtuung zu und sie fordert es vehement ein. Sie will einen Zweikampf auf Leben und Tod und du musst dich ihm stellen."

„Gibt es keinen anderen Ausweg?", fragte Dargon leise.

„Nein. Ihre Ehre als beste Kriegerin der Amarati bedingt den Kampf ausdrücklich."

Dargon atmete tief ein und aus. „Ich besitze keine Ausbildung zum Krieger."

„Und doch bist du ihr aufgrund deiner magischen Fähigkeiten bei weitem überlegen. Ich bitte dich um Gnade, nur du kannst ihr Leben verschonen, nachdem sie von dir besiegt wurde."

Dargon sah Bemat erstaunt an. Er hatte sich keine Chance gegen die Kämpferin ausgerechnet. Der Ruf dieser Frauen war legendär.

Schneller, gewandter und besser trainiert als jeder Mann waren sie auf dem Schlachtfeld gefürchtet. Sie stellten sich selbst außerhalb jeglichen königlichen Gesetzes und befolgten nur ihre eigenen Regeln und geheimen Pläne. Es war auch schon vorgekommen, dass sie deshalb mit den königlichen Ordnungshütern in Konflikt geraten waren. Eine daraufhin ausgesandte Strafexpedition war vor gar nicht allzu langer Zeit katastrophal verlaufen. Keiner der Soldaten kehrte zurück und Gerüchte machten die Runde. Wahlweise galten die Männer als getötet, versklavt oder von den Amarati verspeist, denn mancher hielt sie für Kannibalinnen. Seit Jahrhunderten versuchten die Könige, ihrer Herr zu werden, doch keinem war es auch nur ansatzweise gelungen. Die Amarati waren ein Staat im Staate, eine Macht, die völlig unkontrollierbar geworden war.

„Ich werde mein Bestes geben", murmelte Dargon und blickte Bemat ruhig an. „Warum wolltet Ihr, dass ich zu Euch stoße?"

„Die Geheimen Prophezeiungen künden von einem mächtigen Helden, der auf der Bildfläche erscheinen wird, wenn das Ende aller Zeiten naht. Er kommt mit einer Bestie, aus Flammen geboren, die ihn in die letzte, alles entscheidende Schlacht gegen das Böse tragen wird. Dort wird er sein Schicksal finden und sterben. Doch vorher wird er ein neues Geschlecht begründen, das auf ewig auf der Erde herrschen wird. So weit die Kurzform."

„Hört sich nicht sehr erstrebenswert an. Zumindest nicht der Teil mit dem Sterben", murmelte Dargon. „Woher wollt Ihr wissen, dass ich derjenige bin? Zumindest das Pferd würde ich nicht als Bestie bezeichnen und geritten bin ich es auch noch nicht."

„Das mit der Bestie sehe ich als Metapher. Und was nicht geritten wurde, kann durchaus noch geritten werden. Pferde sind zum Reiten da und das Pferd scheint dir zu vertrauen. Jedenfalls war es kaum von dir zu trennen." Bemat hob den Finger. „Die Geheimen Prophezeiungen sind das eine. Sie können durchaus missinterpretiert werden. Das Knochenorakel aber ist das andere und es geht nie fehl. Außerdem stammt das Pferd doch aus den Landen hinter der Feuermauer, oder nicht?“ Bemat sah Dargon prüfend an und der Junge nickte stumm.

„Siehst du? Habe keine Furcht, dein Weg ist seit Generationen vorgezeichnet. Ich sehe dich leben, nicht sterben. Ich sehe Leid, Trauer, Schmerz und Zorn, aber ich kann nicht erkennen, dass die Götter dich in der näheren Zukunft abberufen. Nun komm, du musst vor mein Volk treten und dich zeigen.“ Sie reichte ihm die Hand und Dargon nahm sie vorsichtig. Ihre Haut fühlte sich weich wie Samt an und sie war warm wie ein Stein, der von der Sonne beschienen wurde. Er folgte ihr mit klopfendem Herzen aus dem Raum, der bisher sein Gefängnis gewesen war.

Sie durchquerten eine kleine, aus gebrannten Ziegeln erbaute Hütte und traten hinaus. Dargon sog die klare, saubere Luft ein und warf einen Blick nach links und rechts. Um einen runden Platz, in dessen Mitte sich eine befestigte Feuerstelle befand, reihten sich kleine, einstöckige Hütten. Sie waren alle schmucklos und mit flachen Dächern versehen. Vor den Fensteröffnungen hingen Lederhäute zum Schutz vor Regen, es gab keine befestigten Wege. Außerdem schienen sich alle Amarati vor den Hütten versammelt zu haben. Es waren hunderte und es waren ausschließlich Frauen. Dargon konnte keinen einzigen Mann erkennen, so sehr er sich auch anstrengte. Die Frauen trugen Tuniken wie Bemat und sie sahen ihn alle mit unverhohlener Neugier an.

„Elnor, tritt hervor!“ Bemats Rufen unterbrach das leise Flüstern, das sich erhoben hatte, als sie mit dem Jungen aus der Hütte getreten war.

Die Reihen direkt vor Dargon teilten sich und eine schlanke, bis aufs Äußerste durchtrainierte Frau trat hervor. Ihre braunen Augen blitzten böse, ihr Gesicht zeigte Härte und Zorn. Sie trug keine Tunika, sondern das braune Gewand, das sie schon bei dem Angriff auf Dargon angehabt hatte. In ihrer rechten Hand hielt sie einen Speer mit Metallspitze, ein Dolch und ein Krummschwert baumelten an einem Hüftgürtel. Die Arme lagen frei und Dargon musste eingestehen, dass das Mädchen einen deutlich größeren Bizeps hatte als er selbst. Sie stellte sich breitbeinig wenige Meter vor ihm auf und sah ihn wütend an.

„Du weißt, dass du diesen Kampf nicht fordern musst.“ Bemats Stimme klang warm und besänftigend.

„Ich bin die Tochter einer Kriegerin, die ebenfalls Tochter einer Kriegerin war, es geht in meiner Ahnenreihe so bis in das zwölfte Glied. Er“, sie zeigte mit dem Speer auf Dargon, „hat meine Schwester getötet und soll dafür büßen!“

„Du weißt, dass du diesen Kampf nicht gewinnen kannst und ihn nicht überleben wirst? Dein Tod ist dir vorbestimmt, wenn du es wagen solltest, ihn herauszufordern“, fragte Bemat.

„Ich nehme mein Schicksal an! Ich sterbe zu Ehre meiner Familie, auch wenn unsere Linie dadurch verlöschen wird.“

Bemat nicke ernst. „Es sei.“ Sie ging einen Schritt zur Seite und sah Dargon an. „Wünschst du eine Waffe zur Verteidigung?“

Dargon schüttelte stumm den Kopf. Wenn sie die beste Kämpferin der gefürchteten Amarati war, konnte er ihr mit seinen ungeübten Kampfkünsten mit dem Säbel oder Speer ohnehin nichts entgegensetzen. Er musste sich auf seine Magie verlassen und wollte sich nicht mit einer Waffe belasten, die er kaum zu führen imstande war. Dass er nur ein Novize in den Künsten der Magie war und Malachi ihm bis zu diesem Zeitpunkt nur ganz wenig über Kampf, Angriff und Verteidigung beigebracht hatte, blendete er vollständig aus. Er hatte genug mit seinem wild hämmernden Herzen und der Übelkeit zu tun, die sich vor lauter Angst in seinen Eingeweiden ausbreitete.

„Nun beginnt. Es geht auf Leben und Tod. Gnade kann nur der Sieger gewähren!“

„Keine Gnade!“, schrie Elnor, riss den Speer nach oben, sprang in die Höhe und schleuderte ihn auf Dargon. Der Magier machte mit dem linken Fuß einen Schritt nach hinten und streckte den rechten Zeigefinger aus. Er kniff die Lippen zusammen und konzentrierte sich. Ungefähr eine Handbreit vor seinem Finger bildete sich eine klägliche blaue Flamme, kaum größer als ein Kinderkopf.

Der Speer flog zischend darauf zu, berührte das feurige Gebilde … und wurde vollständig von der Flamme absorbiert. Lediglich etwas Asche rieselte zu Boden, dann löste die Flamme sich auf. Der wütende Schrei Elnors wurde von einem erstaunten Raunen untermalt, das sich aus den Reihen der Zuschauer erhob. Dargon sah Bemat anerkennend lächeln und dann kam Elnor brüllend auf ihn zugestürmt. Er riss den Kopf herum, sah ihre Klinge auf sich zufliegen und warf sich auf den Boden. Mit knapper Mühe entging er dem Schlag, der den Kopf von seinem Hals trennen sollte. Zischend fuhr das Schwert keine Handbreit über ihm durch die Luft, dann schlug er hart auf dem Boden auf. Er biss die Zähne zusammen, ignorierte sein panisch flatterndes Herz und seine zitternden Hände und sprang auf die Füße. Er sah Elnors vor Hass verzerrtes Gesicht, nahm unbewusst eine schnelle Bewegung wahr und riss instinktiv die geballten Fäuste nach oben.

Wieder hatte Elnor einen seitlichen Hieb ausgeführt und die Klinge prallte auf seine Handgelenke. Es gab einen lauten Knall, Elnor taumelte zurück und Dargon sah mit offenem Mund staunend auf seine Hände, die sich bis zu den Unterarmen grau verfärbt hatten. Er war nicht in der Lage, seine Fäuste zu öffnen und erkannte erst da, dass sie sich in eine Art Stein verwandelt hatten. Langsam ließ die graue Färbung nach und es kehrte Leben in die Finger zurück. Dargon konnte die Fäuste nun auch wieder öffnen.

Er starrte auf Elnor, die sich mit verbissenem Gesichtsausdruck das Handgelenk ihres Schwertarms rieb. Offensichtlich hatte der Aufprall ihr

Schmerzen bereitet. Sie spuckte auf den Boden und fasste den Griff der Waffe mit beiden Händen. Sie nahm eine leicht geduckte Position ein und fixierte Dargon mit vor Wut glänzenden Augen.

„Ich hege keinen Groll gegen dich! Wir können das sofort beenden."

Elnor lachte spöttisch auf. „Es wird mit deinem oder meinem Tod enden, Bastard!" Dann sprang sie auf ihn zu, täuschte einen seitlichen Hieb an und Dargon riss die Fäuste hoch. Abermals verfärbten sie sich grau, doch Elnor zog die Waffe nach unten und traf ihn an der Hüfte. Dargon schrie schmerzerfüllt auf und sah auf seine Seite. Blut sickerte durch seine Kleidung und Elnor lachte triumphierend.

„Es gibt nicht nur harte und weiche Zustände", hörte Dargon eine Stimme in seinen Gedanken. „Beachte die Mitte!" Er sah Bemat erstaunt an und realisierte, dass die Führerin in Gedanken mit ihm kommunizierte.

Dann griff Elnor abermals an und Dargon konzentrierte sich. Er versuchte die Versteinerung seiner Hände, die rein instinktiv geschehen war, nun auf seinen ganzen Körper auszuweiten, nur nicht in der extremen Härte, dass er sich nicht mehr bewegen konnte.

Seine Haut kribbelte und es gelang. Elnor hieb mit ihrer Klinge von oben nach unten, um ihm das Schlüsselbein durchzutrennen, doch die Waffe prallte nutzlos ab.

„Ich will nicht mit dir kämpfen!", rief Dargon keuchend, denn der Zauber strengte ihn an.

Elnor brüllte wütend, riss die Waffe nach oben und rammte sie in Dargons Gesicht.

Er taumelte nach hinten, Schmerz brandete in ihm auf, doch er wusste im nächsten Moment, dass er nicht verletzt worden war. Wut bildete sich in ihm. Er war angegriffen worden und hatte sich verteidigt. Die Schuld am Tod der Schwester lag bei Elnor alleine. Er hatte ihr mehrfach deutlich gemacht, dass ihm an dem Kampf nichts lag, aber sie holte bereits wieder zu einem Schlag aus.

Dargon glitt zur Seite. In seinem jetzigen Zustand konnte ihn das Schwert nicht verletzen, aber er war beweglich genug, um gegen Elnor kämpfen zu können. Der Stahl zischte an ihm vorbei ins Leere und seine Faust donnerte gegen Elnors Hüfte. Die Kriegerin schrie schmerzerfüllt auf und taumelte zur Seite. Dargon sprang auf sie zu und sie riss ihren Säbel nach oben. Nun griff er an und sie befand sich in der Defensive. Zwei Faustschläge konnte sie mit ihrer Waffe abwehren, der dritte brach ihre Nase. Es knirschte, sie schrie und dann schoss Blut an ihr herunter. Elnor glitt einen Schritt zurück, wischte sich den Lebenssaft von ihren Lippen und erhob das Schwert. Bevor sie angreifen konnte, sprang Dargon auf sie zu, täuschte einen Schlag auf ihr Gesicht an und, als sie die Waffe zur Abwehr nach oben riss, stieß er ihr seinen Fuß in die Magengegend. Elnor brach röchelnd auf die Knie und würgte. Dargon gab ihr einige Augenblicke Zeit, doch als sie sich benommen aufrappeln wollte, versetzte er ihr einen Faustschlag gegen die Schläfe.

Elnor fiel zu Boden und blieb mit flatternden Augen liegen. Dargon nahm ihr die Waffe ab und richtete sie gegen ihren Hals.

Elnor seufzte und jegliche Körperspannung schien zu weichen. „Töte mich!“, flüsterte sie, noch halb benommen.

Dargon sah sie an, blickte in die erstaunten Gesichter der Menge und das fragende Antlitz Bemats. Er traf eine Entscheidung. Dargon riss die Waffe nach oben, sah wie Elnor mit einem bitteren Lächeln die Augen schloss und ihr Schicksal erwartete und ließ den Säbel mit einem Aufschrei nach unten fahren.

„Ich habe das Leben deiner Schwester genommen, das tut mir leid. Ich werde dein Leben nicht auch noch nehmen.“ Der Säbel steckte zitternd wenige Zentimeter neben Elnors Hals im Boden.

Sie riss ungläubig die Augen auf, die Menge raunte und die Frau flüsterte flehend: „Töte mich! Bitte töte mich!"

Dargon sah sie völlig verwirrt an. Da erhob Bemat ihre Stimme: „Der Fremde hat entschieden. Er hat Elnors Leben verschont und so wie es der Brauch der Amarati ist, wird sie ihm fortan als Sklavin dienen. Sie wird der Schild sein, der die Pfeile von seinem Körper abhält. Sie wird ihm zu Diensten sein und das Lager mit ihm teilen, so lange er Gefallen an ihr finden mag. Sie wird sein Leben für ihn geben und nie von seiner Seite weichen bis zu ihrem Tode. Wenn er stirbt, wird sie ihm willig folgen."

Dargon sah mit offenem Mund von Bemat zu Elnor, die sich mühsam erhob. In ihrem Gesicht war keine Regung zu sehen, doch ihre Augen sprühten vor Hass. Dargon begriff, dass diese Strafe für sie schlimmer als der Tod sein musste und er konnte nicht verstehen, warum Bemat ihn darum gebeten hatte, die Kriegerin am Leben zu lassen. Der Tod wäre eine Erlösung für sie gewesen, nun erhielt sie die schlimmste Strafe, die er sich für die junge Frau vorstellen konnte.

„Bring ihn zu deiner Hütte, sie soll fortan die seinige sein!", befahl Bemat. „Wir treffen uns heute Abend wieder, wenn die Flammen lodern, um das weitere Vorgehen zu besprechen." Dann wandte sie sich ab und ließ Dargon stehen.

„Bitte folgt mir, Herr." Elnors Stimme klang devot, doch ihre Augen glühten vor Zorn.

„Zeige mir bitte deine Hütte. Und nenne mich nicht Herr, ich heiße Dargon."

„Wie Ihr wünscht, Herr." Elnor drehte sich herum und ging davon. Dargon seufzte. Das würde kompliziert werden.

Elnor bahnte sich einen Weg durch die Masse. Die Frauen traten einen Schritt zurück, um ihr Platz zu machen. In ihren Augen war Mitleid zu sehen, das sich in Anerkennung für Dargon wandelte, als er an ihnen vorbeiging.

Elnor trat an eine kleine Hütte, öffnete die Türe und hielt sie Dargon auf. Er trat ein, die Türe schloss sich und Elnor glitt an ihm vorbei. Sie ging zu einem kleinen Tisch, der in der Mitte der Hütte stand, schlüpfte aus ihrer Kleidung und beugte sich über den Tisch. Sie legte die Ellbogen auf der Fläche des Möbelstücks ab, spreizte die Beine und reckte Dargon ihr Hinterteil entgegen.

„Was?“, fragte er keuchend und starrte auf die Frau, die sich ihm wie selbstverständlich darbot.

„Wollt Ihr mich lieber auf der Schlafstatt?“ Elnor hatte den Kopf zu ihm gedreht, ihre Stimme klang hart. Sie ging zu dem mit einer Decke ausgestattetem Holzgestell am anderen Ende des Raumes, legte sich auf den Rücken und starrte zum Fenster hinaus.

„Nein!“, rief Dargon entsetzt und konnte seinen Blick doch nicht von der Frau lösen.

Sie richtete sich auf. Mit unsicherer Stimme fragte sie: „Gefalle ich Euch nicht oder begehrt Ihr keine Frauen?“

„Bei den Göttern!“ Dargon strich sich mit der Hand über die Augen und schüttelte den Kopf. Dann ging er zu Elnor hinüber und setzte sich so weit von ihr entfernt an den Rand des Bettes, wie er konnte.

Sie legte sich wieder zurück und spreizte die Beine. Eine Mischung aus Verwirrung, Scham und Wut vermischte sich in ihrem Gesichtsausdruck.

Dargon griff nach der Decke, zog sie unter Elnor weg so gut es ging und legte sie über den Körper der Frau. Verwirrt bedeckte sie sich und sah ihn fragend an.

„Elnor, bitte höre mir zu. Ich verstehe deine Lage und weiß, wie schlimm es für dich sein muss, demjenigen als Sklavin dienen zu müssen, der deine Schwester getötet hat.“

Elnor schnaubte und sah auf ihre Füße. Dargon atmete tief ein und aus, sein Herz schlug ihm bis zur Brust. Er fühlte sich beinahe so elend wie beim Kampf gegen die Amarati. „Ich wollte es nicht, beides wollte ich nicht. Ich habe mich gegen deine Schwester gewehrt, so wie ich mich gegen dich habe wehren müssen."

„Meine Schwester habt Ihr getötet. Mich lasst Ihr am Leben, das ist der Unterschied!", flüsterte die Frau.

„Ich würde dich sofort freigeben, wenn es möglich wäre. Glaube mir, ich genieße diese Situation so wenig wie du!"

„Habt Ihr einen Grund, mich zu hassen?" Elnor sah Dargon lauernd an.

„Nein, ich habe keinen Grund", gestand er leise.

„Das ist der Unterschied zwischen uns. Ich hasse Euch und bin Euch verpflichtet. Es steht mir nicht einmal frei, mich selbst zu töten, wenn Ihr es nicht erlaubt. Oder gebt Ihr mir die Erlaubnis?"

Dargon sah Elnor erschrocken an, dann schüttelte er den Kopf. „Es tut mir leid, ich kann nicht. Ich habe ein Versprechen gegeben und ich werde es nicht brechen."

Tränen lösten sich aus Elnors Augenwinkeln und rannen ihre Wangen hinab. „Wenn Ihr mich nicht benutzen wollt, dann gestattet mir bitte aufzustehen, Herr."

„Natürlich. Und hör auf, mich ‚Herr' zu nennen."

Elnor erhob sich, zog ihr Gewand an und sah Dargon an. „Seid Ihr hungrig, Herr?"

Dargon seufzte und nickte stumm. Elnor wandte sich ab und begann, etwas zu essen anzurichten.

Malachi kniete vor seinem Haus nieder und legte die Finger in einen Fußabdruck, den eine der Amarati hinterlassen hatte. Er schloss die Augen und konzentrierte sich. Jedes Lebewesen hatte eine Aura und hinterließ Spuren an den Orten, an denen es sich aufgehalten hatte. Diese Spuren waren mit sehr viel Geschick und einigem Glück eine Zeit lang nachverfolgbar. Nur wenige Magier verfügten über die Gabe, sie erfassen zu können und Malachi gehörte dazu. Er hatte mit dieser Fähigkeit immer hinter dem Berg gehalten, denn nicht wenige Herrscher hatten Magier dazu verdammt, sich von ihrer Gabe in den Tod führen zu lassen, indem sie gezwungen wurden, als Späher für Soldaten dienen zu müssen. Sich gegen die Amarati zu wenden verkürzte die Lebenserwartung im Allgemeinen drastisch und so wurde die Gabe in der Regel verborgen gehalten.

Malachi erhob sich, seine Miene war entschlossen. Er hatte ein Kettenhemd über seine Kleidung geworfen, wie es die Soldaten trugen und sich zusätzlich zu seinem Stab mit einem Dolch und einem Krummsäbel bewaffnet. Er war ein mächtiger Magier, doch er verstand sich durchaus auch darauf, die primitiven Waffen der Normalsterblichen zu führen. Er würde seinen Lehrling zurückholen oder bei dem Versuch sterben, das schwor er in Gedanken bei den Göttern. Dann ging er los.

„Das Essen hat sehr gut geschmeckt.“ Dargon wischte sich mit dem Handrücken über den Mund und sah Elnor an. Sie saß ihm gegenüber und hatte kaum etwas zu sich genommen. Lediglich an dem Tonbecher mit Wasser hatte sie genippt.

„Erzähle mir etwas“, forderte Dargon sie auf.

„Was, Herr?“, fragte sie kalt.

„Etwas über dich, dein Volk, die Geheimen Legenden. Ganz egal, such es dir aus. Hilf mir zu verstehen, warum du bist, was du bist.“

Elnor sah ihn irritiert an. Dann fing sie leise an zu erzählen. „Mein Volk ist uralt. Vor langer Zeit gehörte es zu deinem Volk. Damals waren die Menschen noch nicht unter einem König geeint und führten Krieg gegeneinander. Stamm gegen Stamm, Dorf gegen Dorf, Familie gegen Familie. Es waren grausame Zeiten und es geschah nicht selten, dass alle kriegsfähigen Männer eines Dorfes auszogen, um ihre Nachbarn zu überfallen. Doch die Männer eines Dorfes gingen in eine Falle und wurden alle erschlagen. Die Sieger besetzten das Dorf der Gefallenen, erschlugen alle männlichen Einwohner, egal wie alt oder jung sie waren und ließen nur die Frauen am Leben. Sie missbrauchten sie auf das Schrecklichste. Dann schleppten sie sie mit sich in ihre Heimat und hielten sie als Sklaven.

Einer kleinen Gruppe Frauen gelang schließlich nach unsäglichen Qualen die Flucht. Die Geheimen Legenden sprechen hier vom Ersten Dutzend. Diese Frauen flohen in die Einsamkeit und gründeten eine kleine Gemeinde, die bald regen Zulauf von Frauen erhielt, die dasselbe Schicksal erlitten hatten. Ihre Zahl ging in die Hunderte und sie beschlossen, nie wieder Opfer zu sein. Es befanden sich Frauen von Kriegern und Schmieden unter ihnen, die von ihren Männern in ihrem Handwerk unterwiesen worden waren. Sie gaben ihr Wissen weiter und in kurzer Zeit standen die Frauen unter Waffen und konnten sie auch benutzen. Sie nannten sich Amarati, die Wehrhaften. Unsere Regeln sind einfach. Wir dulden keine Männer unter uns. Wir pflanzen uns nicht fort, solange unsere Anzahl von Frauen konstant gehalten wird, die sich uns freiwillig anschließen. Wir akzeptieren nur Frauen, gefangenen Männern steht es frei, zu gehen oder zu sterben. Die Kinder werden zu Kriegerinnen ausgebildet und mit zehn Jahren einer Prüfung unterzogen. Überleben sie, werden sie in den Kreis der Kriegerinnen aufgenommen. Versagen sie, fallen sie dem Tode anheim.

Unsere Gesetze sind einfach. Wir wählen alle sieben Jahre eine Anführerin. Niemand kann mehr als zweimal in Folge die Amarati anführen. Das Wort der Führerin ist Gesetz. Wir sind Kriegerinnen und leben den Codex des Krieges. Es gilt unbedingter Gehorsam gegenüber der Vorgesetzten. Lüge, Diebstahl, Verrat werden mit dem Tode bestraft. Blut wird mit Blut gerächt, es gibt keine Gnade. Das Schlimmste, was einer Amarati widerfahren kann, ist Sklavin eines Mannes zu werden.“ Sie blitzte Dargon wütend an.

Er nickte stumm und forderte sie mit Blicken auf, weiterzuerzählen.

„Magische Fähigkeiten sind sehr selten in unserem Volk und oft werden Magierinnen zur Führung des Volkes erwählt. Bemat ist bereits zum zweiten Mal zu unserer Führerin gewählt und man sagt, sie sei mächtiger in der Magie als alle anderen vor ihr.“

„Wie alt bist du?“

Elnor senkte den Blick. „Ich habe fünfzehn Sommer gesehen, genau wie meine Zwillingsschwester.“ Sie sah Dargon an und der Hass in ihren Augen wich einer unendlichen Trauer. „Lia war immer die Bessere von uns. Sie war schöner, intelligenter und bedachter als ich. Mag ich auch die stärkere Kriegerin sein, war sie doch erfolgreicher. Das Kommando über unseren Einsatz, Euch zu holen, war uns beiden übertragen worden. Lia hatte dafür plädiert, mit Euch zu reden, als wir bemerkt hatten, dass Ihr alleine wart. Doch mir stand der Sinn nicht nach reden, ich wollte nicht mit Euch verhandeln. Ich wollte Euch mit Angst und Schrecken erfüllen, wollte Euch auf den Knien zittern und um Gnade winseln sehen. Eure magischen Fähigkeiten seien noch sehr rudimentär entwickelt, hieß es. Ich sah keine Gefahr in Euch, also gab ich den Befehl zum Angriff. Ich habe mich schrecklich getäuscht." Elnor sah zu Boden, ihre Lippen zitterten.

„Wärst du bitte so nett, mich zu Kidron zu führen?", fragte Dargon nach einer Weile sanft.

„Ihr meint Euren Hengst, Herr?"

„Ja. Und nenne mich bitte Dargon."

„Folgt mir, Herr." Elnor stand auf und Dargon verdrehte seufzend die Augen.

Sie verließen die Hütte und Elnor führte ihn an den Rand des Dorfes. Mitleidige Blicke folgten der jungen Frau und sie ließ sie regungslos an sich abprallen. Nach wenigen schweigsamen Minuten erreichten sie einen Stall, in dem Rinder, Schweine, Schafe und Hühner untergebracht worden waren. Und der Hengst Kidron. Das Tier graste mit glänzendem Fell in der Sonne, offensichtlich hatten die Frauen sein Fell und die Mähne gestriegelt. Dargon lächelte und der Hengst erhob den Kopf. Als er den Jungen sah, schnaubte er und trabte mit hoch erhobenem Schweif und schwebenden Bewegungen auf ihn zu. Am Rand des Gatters, das die Wiese umzäunte, hielt er an und bog den Hals. Seine Nüstern näherten sich Dargons Gesicht und berührten vorsichtig seine Nase. Der Hengst atmete ruhig aus und ein, dann zog er den Kopf zurück und wieherte laut.

„Er scheint Euch wirklich zu mögen, Herr", murmelte Elnor leise.

Dargon tätschelte den Hals Kidrons, sah zu ihr und lächelte. „Warum auch nicht? Ich mag ihn jedenfalls sehr!"

„Seid Ihr schon auf ihm geritten?“ Zum ersten Mal hörte Dargon Elnor in einem normalen Tonfall reden. Die Zutraulichkeit des Tieres schien sie ihren Hass vorübergehend vergessen zu lassen.

„Nein, leider noch nicht“, seufzte Dargon. „Wir haben uns erst kennengelernt, kurz bevor…“ Er wandte den Blick ab und sah Kidron an. „Obwohl es mich reizen würde, mich auf seinen Rücken zu schwingen.“

Elnor lächelte. „Ihr benötigt einen Sattel, Zaumzeug und einen Zügel, wenn Ihr ihn reiten wollt.“

„Woher weißt du das? Habt ihr diese Dinge hier im Dorf?“

Elnor schüttelte den Kopf. „Nein. Ich habe das in einem Buch gelesen. Wenn Ihr wollt, kann ich Euch Abbildungen zeigen, damit Ihr wisst, wie die Reitutensilien aussehen.“

„Das wäre sehr interessant.“ Dargon streichelte den Hals des Pferdes.

„Glaubt Ihr, er würde sich von mir ebenfalls streicheln lassen?“, fragte Elnor leise.

Dargon zuckte mit den Schultern. „Versuch es!“

Das Mädchen näherte sich langsam dem Hengst und streckte vorsichtig die Hand aus. Kidron sog die Luft durch die Nüstern ein und drehte den Kopf weg. Enttäuscht zog Elnor die Hand zurück. „Er mag mich nicht“, stellte sie mit verbitterter Stimme fest.

„Das würde ich nicht sagen“, widersprach Dargon.

Das Mädchen wendete sich ab. „Niemand mag mich. Nur meine Schwester mochte mich und sie ist tot.“ Dann ging sie ohne ein weiteres Wort davon und verschwand zwischen den Hütten des Dorfes.

„Sie ist nicht einfach.“ Bemat war unbemerkt hinzugekommen und lächelte Dargon an.

„Ich verstehe das. Warum hast du mich versprechen lassen, sie nicht zu töten?“, fragte er anklagend.

„Weil es die Geheimen Legenden so vorgesehen haben“, antwortete die Anführerin.

„Ihr Schicksal ist für sie schlimmer als der Tod“, murmelte Dargon.

„Sie wird es überleben“, wischte Bemat seine Bedenken beiseite. „Hast du sie genommen?“

„Was?“, rief Dargon entsetzt. „Natürlich nicht!“

„Du solltest dir nicht zu viel Zeit damit lassen. Sonst entehrst du sie.“

„Ich entehre sie, wenn ich sie … nicht entehre? Was ist das für eine kranke Logik?“ Dargon sah Bemat fassungslos an.

„Eine Amarati, die von einem Mann im Kampf besiegt wird, hat sich als zu schwach für unsere Gesellschaft erwiesen. Sie verliert ihren Status als Kriegerin und wird für uns zu einer Schande. Wir haben bei den Göttern geschworen, uns nie wieder von einem Mann beherrschen zu lassen und nur die Stärksten können in unserer Mitte verbleiben. Ist eine Frau zu schwach, wird sie verstoßen und muss fernab von den Amarati bei den Menschen nach ihren Regeln leben und sich ihrem Mann hingeben und ihm zu Willen sein oder sich das Leben nehmen.“ Bemat lächelte dem fassungslosen Dargon ins Gesicht. „Es hat seit mehreren Generationen keine Amarati gegeben, die den Weg der Kriegerin nicht gemeistert hat. Wir haben seit langer, langer Zeit niemanden verstoßen müssen. Das macht uns stark und erhebt uns über die Männer.“ Sie zuckte mit den Schultern. „Elnor war eine unserer besten Kriegerinnen und du hast sie in einem mehr als fairen Kampf besiegt. Sie hat genau gewusst, auf was sie sich einlässt und ist dir entgegengetreten, obwohl sie wusste, dass sie nur verlieren konnte. Sie hat verloren und muss sich dir unterwerfen. Vollständig. Erst wenn sie das getan hat, kann sie wieder in den Kreis der Kriegerinnen zurückkehren. Sie muss ganz unten ankommen, um sich zu neuer Größe erheben zu können, so will es der Codex. Der Beweis für eine vollständige Unterwerfung ist die Bestätigung des Mannes, dass er sie sich genommen hat oder eine Schwangerschaft. Wenn du sie nicht nimmst oder schwängerst, hat sie nicht nur ihre Ehre als Kriegerin, sondern zusätzlich noch ihre Wertigkeit als Frau verloren. Eine schlimmere Schmach ist nicht vorstellbar. Am besten nimmst du sie so schnell als möglich und befruchtest sie. Sonst wirst du sie wirklich in die Verzweiflung treiben und das hat sie nicht verdient. Tu es mit ihr so lange, bis sie aufgenommen hat. Zusätzlich kannst du dich an jede andere Frau halten, die sich dir freiwillig hingibt, wenn dir Elnor nicht zusagt. Elina hätte sicher nichts dagegen, wenn sie anregend für dich wirkt, um Elnor anschließend zu besteigen.“

Dargon schüttelte den Kopf. „Das ist doch krank. Ich verstehe das nicht. Elnor hat mir erzählt, dass euer Volk geboren wurde, weil Männer euch Gewalt angetan haben. Und nun verlangst du so etwas von ihr? Eure Gesetze sind unmenschlich und mir unbegreiflich!“

Bemat lächelte. „Wer bei uns lebt, unterwirft sich unseren Gesetzen. Elnor hat genau gewusst, auf was sie sich einlässt und hat ihr Schicksal selbst gewählt. Sie weiß, was sie erwartet. Wenn sie Glück hat, bist du zärtlich zu ihr und zwingst ihr nicht deinen Willen auf. Vielleicht erbarmst du dich ihrer schnell, dann wendet sich ihr Schicksal.“

„Ihr seid verrückt! Alle!“ Dargon stapfte davon, ohne sich nach Bemat umzusehen. Es entging ihm, dass sie zufrieden lächelte.

Auf dem Weg zu seiner Hütte begegnete ihm Elina, doch er ignorierte ihr freundliches Lächeln und sah wütend zu Boden. Sie sah ihm verwundert nach, zuckte mit den Schultern und ging ihrer Wege.

Als Dargon die Hütte betrat, legte Elnor gerade ein Buch auf den kleinen Tisch. Sie sah ihn an, raffte die Toga, die sie mittlerweile angezogen hatte und beugte sich nach vorne.

Dargon schüttelte den Kopf. „Nicht jetzt.“ Elnor straffte sich, schob die Tunika zurecht und sah ihn an. In ihren Augen meinte er so etwas wie Erleichterung zu sehen.

„Ich habe Euch ein Buch besorgt, in dem ein Sattel abgebildet ist“, erklärte sie und schlug das Werk auf. Dargon stellte sich neben sie und sah auf die vergilbten Blätter hinab. „Seht, Herr, so müsste ein Sattel aussehen."

„Ich heiße Dargon", murmelte der Magier, allerdings mit wenig Nachdruck. Er starrte auf die Zeichnung vor sich, die ein Objekt zeigte, das ein wenig einem Sessel ohne Beine glich. Es war mit Leder bezogen und der Maler hatte es so gestaltet, dass es aussah, als hätte man es in der Mitte durchgeschnitten. So war der Aufbau zu erkennen. Eine Form aus Holz, gepolstert im Sitzbereich und mit Leder überzogen. Sie war vorne und hinten eine Handbreit nach oben gezogen und versprach dadurch Halt. Gurte links und rechts dienten wohl dazu, um den Bauch des Pferdes geschlungen zu werden, um den Sattel zu fixieren.

„Interessant", murmelte Dargon. „Die Sitzschale muss wohl aus Holz gefertigt werden, nehme ich an."

Elnor nickte. „Man muss sie wahrscheinlich dem Pferderücken anpassen und gut polstern, damit sie das Tier nicht drückt."

„Wie stellt man die Form wohl her? Ob man sie aus einem vollen Holzstück schnitzt?"

„Wir stellen unsere Bogen her, indem wir zwei verschieden harte Holzarten miteinander verbinden", erklärte Elnor. „Vielleicht kann man bei der Sitzschale ähnlich vorgehen. Ich könnte Mona, die Bogenmacherin für Euch fragen, Herr."

„Das ist eine gute Idee, lass uns gleich zu dieser Bogenmacherin gehen", schlug Dargon vor.

Elnor schüttelte den Kopf. „Nein, Herr, dazu ist es schon zu spät. Bald bricht die Dunkelheit herein und dann müssen alle Tiere in die Ställe gebracht werden und niemand darf sich mehr außerhalb der Hütten aufhalten."

„Warum das?", fragte Dargon erstaunt.

„Nachts streifen die Seelen der Gefallenen umher und töten jeden, der sich nicht in Sicherheit gebracht hat. Es ist strengstens verboten, einen Fuß vor die Türe zu setzen, wenn die Sonne untergegangen ist, Herr.“

„Du machst Scherze!“ Dargon lächelte abschätzig.

„Nein!“ Elnors Gesicht wirkte ernst. Todernst. „Wenn Ihr versucht, das Verbot zu umgehen, werde ich Euch bewusstlos schlagen. Merkt Euch das, Herr!“

Dargon starrte das Mädchen ungläubig an. Dann drehte sie sich herum und schlug das Buch zu. Wortlos begann sie, das Abendessen herzurichten.

14. Kapitel: Geister

Als sie gemeinsam gespeist hatten, lehnte sich Dargon zufrieden zurück. Er war froh, dass Elnor nicht nur Wasser getrunken, sondern eine Kleinigkeit gegessen hatte. Als er ihr beim Abräumen helfen wollte, schüttelte sie nur stumm den Kopf und er blieb sitzen und sah ihr zu.

„Ich werde zu Bett gehen, ich bin müde“, gähnte er und sah sie an. „Wo ist das zweite Bett?“

„Es gibt keines. Die Sklavin teilt das Lager ihres Herrn“, erklärte Elnor.

„Dann werde ich auf dem Boden schlafen.“

„Bitte nicht, Herr!“ Elnors Stimme klang leise und beschämt. „Das wäre eine Schande für mich. Ich werde auf dem Boden schlafen, wenn Ihr nicht wollt, dass wir uns das Lager teilen. So will es das Gesetz.“

„Eure Gesetze widern mich an“, stellte Dargon mit säuerlicher Miene fest. „Wir werden beide in dem Bett schlafen, breit genug ist es ja. Ich schlafe an der Wand.“

„Wie Ihr befehlt, Herr.“

Dargon legte sich auf das Bett auf den Rücken. Elnor legte sich daneben und drehte sich von ihm weg. Er hörte ihren leisen Atem und schloss die Augen. Lange Zeit blieb der Schlaf fern, denn Dargon war über das Erlebte zu aufgewühlt. Gleich am ersten Tag hatte er um Leben und Tod kämpfen müssen, man hatte ihm eine Sklavin aufgezwungen, die er nicht wollte und ihn zum Heilsbringer irgendwelcher verworrener Legenden erklärt. Auch etwas, das er nicht wollte. Er war quasi ein Gefangener und er nahm sich fest vor, morgen Früh das Gespräch mit Bemat zu suchen. Er wollte wieder zu seinem Meister zurück. Mit seinem Pferd Kidron und ohne seine Sklavin Elnor.

Doch tief in sich wusste er, dass sein ruhiges, früheres Leben wohl endgültig vorbei war.

Er grübelte lange nach, die Sonne war mittlerweile untergegangen und es war finster in der kleinen Hütte geworden. Da hörte er, wie Elnor leise schluchzte. Er drehte sich zu ihr herum und legte ihr beruhigend die Hand auf die Schulter. Augenblicklich versteifte sich ihr Körper und Dargon zog seine Hand zurück. Elnor schien sich wieder zu entspannen und er blieb in seiner seitlichen Position liegen und grübelte weiter.

Auch nach einer weiteren Stunde hatte er keinen Schlaf gefunden. Er lehnte sich auf den Ellbogen und stutzte. Es mochte nun gegen Mitternacht sein und draußen waren Geräusche zu hören, als ob der Wind um die Hütten streichen würde.

„Das sind die Geister", flüsterte Elnor leise.

Dargon lauschte. Das Heulen kam näher und schien vor seiner Hütte zu verharren.

„Sie spüren, dass Ihr hier seid, Herr", flüsterte Elnor und zum ersten Mal konnte Dargon Angst in ihrer Stimme hören. „Sie wollen Euch holen, so steht es in den Geheimen Legenden geschrieben."

Das Heulen starb abrupt ab und mehrere Sekunden war es so still, dass man seinen eigenen Herzschlag zu hören vermeinte. Dann schabte etwas an der Türe. Dargon richtete sich auf und wollte aus dem Bett steigen, doch Elnor hielt ihn fest.

„Bitte bleibt hier, Herr. Bleibt bei mir!", wisperte sie mit einer Mischung aus Flehen und Angst.

Dargon spürte, dass sie tatsächlich vor Furcht zitterte. Er legte sich nieder und schlang seinen Arm um sie. Elnor drängte sich gegen ihn und umfasste seinen Arm mit fester Hand. Es dauerte eine gefühlte Stunde, bis die Geräusche verstummten und dann fielen beide in einen bleiernen Schlaf.

Als Dargon am Morgen erwachte, hielt er Elnor noch immer umschlungen. Er zog vorsichtig den Arm von ihr weg und wollte sich aufrichten, da erwachte sie. Sie sah ihn an und murmelte: „Ich richte gleich das Essen an“, dann ging sie aus der Hütte, um draußen ihre Notdurft zu verrichten. Dargon sah ihr nachdenklich hinterher. Der Hass in ihren Augen war einer tiefen Traurigkeit gewichen.

Nachdem sie sich gestärkt hatten, suchten sie Bemat in ihrer Hütte auf. Ihr Zuhause war größer als das der anderen Amarati, aber nicht prunkvoll ausgestattet. Man konnte kaum erkennen, dass es das Domizil einer Herrscherin war.

„Habt ihr gut geschlafen?“, lächelte sie, doch ein spöttischer Zug umspielte ihre Lippen.

Elnor schüttelte den Kopf. „Wir haben nicht zueinander gefunden und die Geister kratzten an unserer Türe.“

Dargon verdrehte die Augen. Würde die junge Frau nun tatsächlich bei jeder Gelegenheit Rapport darüber geben, ob sie von ihm bestiegen worden war? Er musste dringend mit ihr darüber reden. Zumindest, wenn er gezwungen wurde, hier zu bleiben.

„Ich habe die Geister gehört. Ihre penetrante Anwesenheit ist ein weiterer Beweis dafür, dass die Legenden wahr sind und sich zu erfüllen beginnen.“ Sie sah Dargon an. „Du bist zweifellos der Gesandte und um deine Frage vorwegzunehmen: Du bist frei und kannst gehen, wohin immer du willst. Wir können dich nicht hindern, denn du bist zu mächtig dazu. Ich kann Elnor nicht hindern, dir zu folgen. Und ich kann die Geister nicht hindern, dir zu folgen. Ich kann dich nur vor ihnen beschützen, solange du in der Nähe der Amarati bist. Deshalb bitte ich dich eindringlich, nicht zu gehen. Es wäre dein sicherer Tod, denn die Geister würden dir folgen, wohin auch immer du gehst."

„Ich möchte trotzdem in mein altes Zuhause zurück. Ich muss meinem Meister berichten, was geschehen ist. Er wird mich vor den Geistern beschützen", widersprach Dargon trotzig.

„Das verstehe ich, doch mach dir deshalb keine Gedanken. Dein Meister ist bereits auf dem Weg hierher und wird in wenigen Tagen eintreffen. Er stellt eine wertvolle Hilfe für uns und unseren Kampf dar, der uns aufgezwungen werden wird. Ich bitte dich, noch drei bis vier Tage zuzuwarten. Wenn dein Meister bis dahin nicht bei uns angekommen ist, werde ich dich ziehen lassen. Würdest du mir diese Bitte erfüllen?"

Bemat schaffte es auf unerklärliche Weise gleichzeitig bittend und fordernd auf Dargon zu wirken. Er überlegte, seufzte und nickte schicksalsergeben. „Gut. Vier Tage und keinen Tag länger. Dann werde ich meinen Hengst nehmen und alleine gehen."

„Das musst du mit ihr ausmachen", lächelte Bemat und sah Elnor an.

Dargon nickte und wandte sich ab. Elnor folgte ihm auf dem Fuß wie ein treuer Hund. Sie verließen die Hütte und Dargon lächelte sie an. „Wollen wir zu der Bogenmacherin gehen?"

Ihr Besuch bei der Bogenmacherin verschlang den kompletten Vormittag. Sie war eine Frau mittleren Alters, hörte sich ihre Ideen an, bestand darauf das Pferd zu sehen und vermaß seinen Rücken. Dann gingen sie zu ihrer Hütte zurück, ließen sich einige passende Hölzer zeigen und verließen sie mit dem Versprechen der Bogenmacherin, in zwei Tagen einen ersten Entwurf des Sattelbaumes zu erhalten.

„Was machst du, wenn du nicht auf Kriegszug bist?“, fragte Dargon, während er mit Elnor durch das kleine Dorf ging.

„Ich trainiere, um mich in Form und meine Reflexe wach zu halten, Herr“, antwortete das Mädchen pflichtschuldig. Sie sah aus, als würde sie jeden Moment losweinen. Der Hass über den Tod ihrer Schwester schien nun endgültig von Trauer und Verzweiflung übermannt worden zu sein.

Dargon überlegte, wie er sie aufheitern konnte. „Ich bin ein ziemlich schlechter Kämpfer. Wäre es dir möglich, mich im Umgang mit den Schwertern zu unterrichten? Ich kann diese Fähigkeit sicherlich gebrauchen, wenn ich meine Bestimmung erfüllen will.“

„Gerne, Herr.“ Elnor klang todtraurig.

Sie gingen zu ihrer Hütte und Elnor holte aus einem Schrank zwei Übungssäbel aus Holz. „Wir fangen mit diesen an. Wenn Ihr die Grundfertigkeiten beherrscht, können wir zu schwereren Übungswaffen aus Stahl wechseln. Folgt mir, Herr.“

Sie verließ die Hütte durch einen Hintereingang, der Dargon bisher noch nicht aufgefallen war und betrat einen kleinen Hof, der rund vier auf vier Meter maß. Dargon konnte ein Holzregal mit Gewichten aus Metall und einen Baumstamm erkennen, der mit Tüchern umwickelt und bis auf Kopfhöhe entastet worden war. Offensichtlich diente er als Übungsobjekt.

„Ihr benötigt einen stabilen Stand, Herr. Steht schulterbreit, zieht den linken Fuß etwas zurück und haltet den Säbel in der rechten Hand. Ich werde Euch jetzt angreifen, um zu sehen, wie weit Eure Fähigkeiten entwickelt sind.“

Dargon stellte sich wie angewiesen hin, hob den Säbel etwas in die Höhe und nickte. Im nächsten Augenblick sprang Elnor auf ihn zu und führte einen seitlichen Hieb aus. Es gelang Dargon mit einiger Mühe, den Säbel zu parieren, aber der nächste Schlag traf ihn schmerzhaft an der Hüfte. Er stöhnte und kniff die Augen zusammen, dann stellte er sich wieder in Position.

Elnor lächelte gehässig. „Vielleicht wäre es besser, Ihr würdet Euren Zauber anwenden und Euch schützen, Herr. Es könnte sonst ziemlich schmerzhaft werden.“

Dargon schüttelte den Kopf. „Ich lerne schneller, wenn es schmerzt.“

„Wie Ihr wollt, Herr.“ Elnor zuckte mit den Schultern, wirbelte die Klinge ums Handgelenk und schickte Dargon mit einem krachenden Hieb gegen den
Kopf zu Boden. Er hatte die Attacke nicht einmal richtig kommen sehen. Nun sank er auf die Knie, sah Sterne vor den Augen und spürte warmes Blut an seiner Haut entlanglaufen. Er rappelte sich mühsam auf, Schmerzen stachen in seinen Schädel wie glühende Messer. Er konnte seinen Puls in den Schläfen fühlen und nahm die Waffe hoch.

Elnors Augen blitzten kalt. Sie täuschte auf Bauchhöhe an und zog die Klinge gegen Dargons Knie. Es knirschte, als sie traf und Dargon brach schreiend zusammen. Mit verkniffenen Lippen wirkte er Magie, heilte seine gebrochene Kniescheibe, die Platzwunde am Kopf und sah Elnor an. Ihre Augen verrieten Wut, ihre Emotionen kochten über. Dargon stand auf und wurde sofort von Schlägen eingedeckt. Er verlor vollkommen die Übersicht, Schmerzen flammten an verschiedenen Stellen seines Körpers auf und Elnor hieb so lange auf ihn ein, bis er wieder am Boden lag. Dargon heilte sich, kam stöhnend nach oben und wurde wieder attackiert.

Nachdem er ein halbes Dutzendmal zu Boden gegangen war, stand Elnor keuchend und verschwitzt vor ihm. „Bleibt endlich liegen!“ Ihre Stimme war mehr ein Knurren als klar gesprochene Worte und Dargon stand schwerfällig auf.

Mit einem wütenden Aufschrei wirbelte Elnor herum, trat ihm mit dem Fuß in den Bauch und setzte mit der Klinge nach. Sie zischte knapp über Dargons Kopf durch die Luft, denn er war wieder auf Knie gegangen. Übelkeit überfiel ihn und er übergab sich. Er würgte, sein Magen krampfte, heiß schoss sein Inhalt über seine Lippen.

Dargon spuckte aus, wand sich unter Krämpfen und spuckte Galle, bis sein Körper nichts mehr hergeben konnte. Er spuckte ein letztes Mal aus, wischte sich über die Lippen und sah Elnor an.

Die Wut war aus den Augen der hochimpulsiven Frau gewichen. Tränen strömten über ihre Wangen. Sie hielt krampfhaft ihren Säbel fest und starrte Dargon verzweifelt an. Dann presste sie mühsam ein „Verzeiht!“ hervor, wirbelte herum und lief in ihre Hütte. Dargon stemmte sich auf sein Schwert, um nach oben zu kommen. Jede Faser seines Körpers schmerzte. Er hatte Buße für den Tod von Elnors Schwester getan und sich als Prügelknabe hergegeben. Er hoffte, dass sie nun all ihren Zorn und Hass an ihm abgearbeitet hatte. Er humpelte in das Haus, hob unterwegs ihre Waffe auf und räumte die beiden Holzsäbel in das Regal.

Im Haus ließ er sich stöhnend auf das Bett fallen und schloss die Augen.

Es dauerte nicht lange, bis er hörte, wie sich die Türe öffnete. Er sah Elnor die Hütte betreten. Ihre Haare und ihre Haut waren nass, offensichtlich musste es einen Bach oder eine Quelle in der Nähe geben, wo sie sich gereinigt hatte. Sie sah ihn traurig an. „Herr, bitte heilt Euch doch."

Dargon schüttelte den Kopf und sah sie stumm an.

Elnor ging langsam zu ihm hinüber und setzte sich auf den Rand des Bettes. Möglichst weit weg von ihm. „Es tut mir leid", flüsterte sie. „Ich habe meine ganze Wut und meinen ganzen Hass an Euch ausgelassen."

„Es ist gut", flüsterte Dargon.

„Nichts ist gut. Es war nicht der Hass gegen Euch, sondern der Hass gegen mich. Ich hasse mich, weil ich nicht auf meine Schwester gehört habe und sie deshalb den Tod gefunden hat. Ich hasse mich, weil ich mich nicht beherrschen kann und …" Elnor brach in Tränen aus.

Dargon setzte sich auf, rutschte zu ihr hinüber und nahm sie sanft in seine Arme. Sie legte den Kopf auf seine Schultern und schluchzte. Heiße Tränen liefen an seiner Haut herab und es dauerte lange, bis sie sich einigermaßen beruhigt hatte.

Sie richtete sich auf, wischte sich die Tränen aus den Augen und verschwand wortlos aus der Hütte. Wenige Augenblicke später kam sie mit einem Holzeimer zurück, holte aus einem Schrank ein Tuch, tunkte es ins Wasser und fing an, Dargons Wunden auszuwaschen.

„Zieht Euch aus Herr, damit ich alle Eure Wunden versorgen kann."

„Nein, das ist nicht nötig, Elnor."

Sie sah ihn an. Ihre Augen blickten ernst drein. „Zieht Euch aus oder heilt Euch selbst. Auf jeden Fall müssen die Wunden behandelt werden. Auf die eine oder andere Weise. Ihr könnt es Euch aussuchen."

Dargon sah sie kurz an, dann zog er sich sein Hemd über den Kopf. Das kühle Wasser tat gut und Elnor versorgte ihn sanft und vorsichtig. Das Wasser im Eimer färbte sich blutig und als sie fertig war, bedankte er sich bei ihr.

„Ich danke Euch, Herr.“ Sie stand auf und brachte den Eimer weg. „Ich werde das Essen zubereiten, damit Ihr Euch stärken könnt, Herr.“

„Ich heiße Dargon.“

„Ich weiß, Herr“, antwortete sie im Hinausgehen und Dargon lächelte.

Nachdem sie gegessen hatten, fielen sie müde ins Bett. Wieder drehte Elnor Dargon die Rückseite zu, doch dieses Mal versteifte sie sich nicht, als er seinen Arm um sie legte. Mehr tat er jedoch nicht. Sie waren beide so müde, dass sie rasch einschliefen.

Gegen Mitternacht erwachte Dargon, weil Elnor sich aufrichtete. Vor der Hütte waren abermals das Heulen und Schaben wie in der letzten Nacht zu hören. „Was tust du?“, fragte er leise, doch Elnor reagierte nicht auf ihn. Sie stieg aus dem Bett und ging mit seltsam stockenden Schritten auf die Türe zu. „Elnor?“ Dargon richtete sich ebenfalls auf und bevor er schlaftrunken realisieren konnte, was geschah, hatte das Mädchen die Hütte durchquert und die Türe geöffnet. Sie stand im Türrahmen, den Blick seltsam abwesend nach draußen gerichtet und mit einem Mal war es totenstill. Dargon atmete scharf aus, sprang aus dem Bett und stürzte auf Elnor zu. Seine Fingerspitzen berührten gerade erst ihre Schultern, als sie von einem nebelartigen Wesen mit menschlichen Konturen brutal nach außen gerissen wurde. Sie schrie panisch auf und Dargon stürzte hinterher.

Außen erwartete ihn ein bizarres Bild. Fünf dieser Nebelwesen standen im Halbkreis vor seiner Hütte, ein sechstes hielt Elnor in den Armen, hatte sich über sie gebeugt und schien sie zu küssen. Die Arme des Mädchens zuckten und ihre Haut begann, sich blass zu verfärben. Instinktiv wusste Dargon, dass dieses Wesen ihr die Lebensenergie aussaugte, denn es schien an Konsistenz zu gewinnen, während Elnor immer blasser wurde. Der Magier schrie wütend auf und schleuderte mit einer schnellen Handbewegung einen Feuerball auf den Geist. Die Flammen schlugen zischend in den gasförmigen Leib, der Geist brüllte in einem derart hohen Ton schmerzerfüllt auf, dass Dargon sich die Ohren zuhalten musste. Das Wesen verging kreischend, stolpernd und panisch um sich schlagend in den Flammen und seine Brüder gingen sofort zum Angriff über.

Sie sprangen brüllend auf Dargon zu, versuchten, ihn mit ihren klauenartigen Nebelhänden zu greifen und rissen ihre Münder auf. Spitzige Schneidezähne blitzten in fratzenartigen Gesichtern, schnappten nach ihm und Dargon warf sich zur Seite. Nur knapp entging er den Klauen, streckte eines der Wesen mit einem weiteren Feuerball nieder und sprang wieder auf die Füße. Er feuerte weitere Geschosse ab, doch die Geister wichen ihnen aus und stürmten wieder auf ihn zu. Panik bemächtigte sich des jungen Magiers. Zwei der Geister hatte er erledigt, Elnor lag wie tot auf dem Boden und von den Amarati ließ sich niemand blicken. Zu groß war die Furcht vor den Geistern und Dargon verstand sehr gut, warum dies so war. Wie Schemen glitten die Wesen nun vor ihm hin und her, beinahe zu schnell für das menschliche Auge. Sie hatten ihn eingekreist und Dargon wirbelte herum, um nicht hinterrücks angefallen zu werden. Immer schneller flogen die Geister um ihn herum, stießen ihr nervenzerfetzendes Heulen aus und zogen den Kreis immer enger. Dargon feuerte verzweifelt aus beiden Händen nach rechts und links. Ein Geschoss ging fehl, das andere erwischte eines der

Wesen, katapultierte es nach hinten gegen die Wand seiner Hütte, wo es brennend und schreiend verging. Die anderen stürzten sich nun gemeinsam auf ihn, Dargon spürte eine Eiseskälte, die ihn wie ein nasser Mantel umhüllte und ihn zu ersticken drohte. Er schrie, versuchte sich zu wehren, doch die Geister umklammerten ihn, als wären sie ein einziges Wesen und dann tauchte mit einem Mal eine wutverzerrte Fratze ganz nah vor seinem Gesicht auf. Rotglühende Augen starrten ihn hasserfüllt an, schwarze Lippen öffneten sich und entblößten neben hauerartigen, spitzen Zähnen eine schwarze nass glänzende Zunge. Mit schreckgeweiteten Augen starrte Dargon auf die Zunge, die sich ihm mit schlängelnden Bewegungen näherte und er presste die Lippen fest aufeinander. Er wusste, würde diese Zunge in seinen Mund dringen, würde das Wesen sämtliche Lebensenergie aus ihm heraussaugen, wie es bei Elnor geschehen war. Er schloss verzweifelt die Augen, sein Herz hämmerte wie wild und dann berührte die Zunge seine Lippen. Sie war kalt, totes Fleisch, drängend und stank wie die Pest. Dargon überkam ein Brechreiz, er presste die Lippen zusammen und verzweifelte schier an der teuflischen Liebkosung des Wesens. Dann brach sein Widerstand, die Zunge drang zwischen seine Lippen und augenblicklich spürte Dargon einen Sog, der ihn in eine unendliche Verdammnis zu ziehen schien. Er wurde schwächer, von Sekunde zu Sekunde schwächer und realisierte, dass er dieser Macht nichts entgegenzusetzen hatte. Die pure Verzweiflung angesichts dieser übermächtigen Gegner trieb ihn in seiner Panik zu einem letzten Aufbäumen. Er brüllte panisch, konzentrierte all seine Kraft und dann schrien die Wesen schmerzerfüllt auf. Der nebelartige Kokon, den sie um ihn gesponnen hatten, zerfaserte in brennende Schlieren. Die Wesen flogen davon wie knisternde Flammenzungen, schossen in die Höhe und vergingen explosionsartig. Dargon stand mit geballten Fäusten vor seiner Hütte, er brannte lichterloh am ganzen Leib.

Sein gesamter Körper war eine einzige Flamme, ein helles Licht in der Dunkelheit. Er spürte, wie die Kraft langsam wieder in seinen ausgelaugten Körper zurückkehrte, er registrierte, dass er sich am Rande des Todes befunden hatte. Sein Ableben war nur einen Wimpernschlag entfernt gewesen und er war ihm nur mit äußerster Mühe und viel Glück entgangen. Langsam bildeten sich die Flammen zurück und versiegten schlussendlich, bis ihn wieder Dunkelheit umgab. Das Licht der Sterne und des Mondes schien auf Elnors Körper. Noch immer lag sie wie tot da.

Dargon stolperte zu ihr hinüber, fiel neben ihr zu Boden und sah ihr ins Gesicht. Es war erschreckend blass, die Lippen hatten eine graue Farbe angenommen. Er berührte sie und spürte nur noch einen schwachen, flackernden Lebensfunken in ihr. Er kroch ganz nahe an sie heran, presste seine Lippen auf ihre und ließ seine Energie in den Leib der Frau fließen. Sein Herz hämmerte wie wild, seine Muskeln erschlafften, er hörte jemanden „Hör auf, du Narr!" brüllen und dann versank er in einer kalten, undurchdringlichen Dunkelheit.

15. Kapitel: Aufbruch

Als Dargon erwachte und die Augen öffnete, fühlte er sich ausgeruht und erfrischt. Nichts erinnerte ihn an den Kampf der gestrigen Nacht oder seine äußerst schmerzhafte Trainingseinheit und als sich das Verschwommene aus seinem Blick auflöste, sah er in drei lächelnde Gesichter. Bemat und Elnor standen vor seinem Bett. Und Malachi!

Dargon sprang auf und umarmte den Magier. „Meister, Ihr seid da!"

Malachi riss erstaunt die Augen auf, sah Bemat, die ihn anlächelte, verwirrt an und klopfte Dargon nach einer weiteren Sekunde des Zögerns auf die Schultern. „Natürlich bin ich da, mein Sohn. Ich kann doch nicht zulassen, dass du dich mit dieser beeindruckenden Schönheit so verausgabst, dass du die Anstrengung nicht zu überleben drohst."

Dargon löste sich aus der Umarmung und sah Malachi betreten an. „Ihr wart es, der gerufen hatte."

„Und dir nebenbei das Leben gerettet hat", ergänzte Bemat.

„Du verdammter Narr hättest fast dein Leben gegeben, um das Mädchen zu retten." Malachi sah Elnor streng an. „Nichts für ungut, aber das wäre ein gewaltiges Opfer gewesen!"

Elnor nickte stumm, sah Dargon mit strahlenden Augen an und errötete.

„Dabei sollte sie ja sein Leben schützen." Bemat grinste Malachi an. „Sie ist seine Sklavin."

Malachi machte ein erstauntes Gesicht und zog die rechte Augenbraue nach oben. Es dauerte einige Augenblicke, bis er sich wieder an seinen Schüler wandte. „Wie auch immer, dass du die Geister besiegen konntest, spricht für ein gewisses Talent. Dieses Talent gilt es zu entwickeln und gegen die Schrecken hinter der Mauer einzusetzen. Die Amarati werden sich unter Bemats Führung den Königlichen Garden anschließen und dann werden wir die Flammenmauer durchqueren und das graue Volk vernichten, bevor es stark genug ist, in unsere Lande einzufallen."

„So ist es", bestätigte Bemat. „Wir brechen morgen Früh auf. Dargon, der Heilzauber deines Meisters dürfte dir genügend Stärke gegeben haben, dass du den Herausforderungen gewachsen sein wirst." Sie zwinkerte. „Es wäre schön, wenn Elnor dich als wieder aufgenommene Kriegerin begleiten könnte."

Dargon schloss die Augen und schnaufte, während Elnor beschämt zu Boden sah. Als er die Augen wieder öffnete, sah er Malachi und Bemat durch die Türe verschwinden.

„Musste das sein? Ich meine, musste sie unbedingt seine Sklavin werden? Du weißt doch am besten, was das bedeutet, oder?" Malachi sah Bemat tadelnd an.

Die Anführerin zuckte mit den Schultern. „So steht es geschrieben, so musste es sich erfüllen."

„Du weißt, welchen Druck du auf die jungen Leute ausübst, oder?"

„Natürlich." Bemat sah Malachi herausfordernd an. „Und du weißt am besten, dass es ihnen nicht schadet, oder?"

Malachi brummelte etwas Unverständliches in seinen Bart, als er Bemat folgte.

Elnor setzte sich zu Dargon auf das Bett und sah ihn an. Zum ersten Mal waren keine negativen Emotionen in den Augen der jungen Frau zu erkennen. Im Gegenteil, sie lächelte ihn scheu an und ihre Augen strahlten. „Ich habe dir Unrecht getan. Von Anfang an. Du hast dein Leben für mich gegeben und ich möchte dir danken und dich um

Verzeihung bitten.“ Sie nahm mit einer vorsichtigen Bewegung seine Hand. Ihre Berührung fühlte sich warm und weich an.

Dargon räusperte sich. „Da gibt es nichts zu bedanken oder verzeihen.“

„Doch und du weißt das nur allzu gut“, widersprach Elnor. „Ich habe nun eine Bitte an dich und ich will ehrlich zu dir sein. Mein Leben gehört dir, ich schätze dich als einen mutigen, ehrlichen Menschen, doch ich liebe dich nicht. Nicht so, wie eine Frau einen Mann lieben sollte. Du bist nun durch deine Taten ein Freund, vielleicht sogar ein Bruder für mich geworden.“

Dargon nickte stumm. Irgendwie tat es ihm weh, sie so reden zu hören.

„Und trotzdem bitte ich dich, deinen Leib mit meinem zu vereinen. Ich will als Kriegerin, nicht als Sklavin ohne Ehre in diese Schlacht gehen. Auch wenn ich dir nach wie vor unterstehen und mein Leben für deines geben würde, ermöglicht mir doch nur die Vereinigung, meinen Stand als Kriegerin wieder einzunehmen. Würdest du mir diese Bitte erfüllen?“ Sie sah ihn mit einer Mischung aus Erwartung und Angst vor einer Zurückweisung an. Der Druck ihrer Hand war deutlich stärker geworden.

Dargon lief es heiß und kalt den Rücken herunter. Noch nie war er einer Frau so nahegekommen, noch nie hatten ihn seine eigenen Gefühle so verwirrt. Sein Herz schlug ihm bis zum Hals, in ihm tobte das vollständige Chaos. Er sah Elnor an, sagte nichts und zog sie ganz vorsichtig zu sich heran.

Zwei verschwitzte, heftig atmende Leiber trennten sich voneinander. Er rollte sich von ihr herunter und blieb neben ihr liegen. Beide schwitzten stark, beide sahen lächelnd zur Decke der Hütte.

„Du hast nichts verlernt, Malachi“, flüsterte Bemat.

Der Magier drehte sich auf die Seite und ließ seine Augen über den bebenden Leib der Anführerin gleiten. „Und du bist verführerisch wie eh und je.“ Dann legte er sich auf sie und küsste ihre vollen, weichen Lippen wieder und wieder.

„Vorwärts, Amarati!“ Bemats Ruf gellte durch das Dorf, ihre Kriegerinnen waren in Fünferreihen vor ihr angetreten. „Auf dass sich unsere Kräfte mit denen der Königlichen vereinen! Auf dass wir siegreich aus der Schlacht zurückkehren und die Atar vernichtet werden! Es ist das erste Mal, dass wir mit den Königlichen zusammen kämpfen, denn der Gesandte weilt unter uns. Er wird uns in unser Schicksal führen und, so die Götter wollen, uns den Sieg bringen!“

Die Kriegerinnen hoben die rechte Faust in die Höhe und schrien siegesgewiss ihrer Führerin zu. Neben Bemat standen Elnor und Malachi, Dargon hatte seinen Hengst am Zügel dabei. Das Tier war gesattelt, die Bogenmacherin war am Vorabend mit ihrer Arbeit fertig geworden.

„Mir nach!“ Bemat wandte sich ab und ihre Kriegerinnen folgten ihr im Gleichschritt. Malachi und Dargon folgten ihr, Elnor lief zwischen den beiden Männern.

„Du bist also wieder in den Kreis der Kriegerinnen aufgenommen worden?“, brummte Malachi.

Elnor nickte lächelnd und Dargon grinste dümmlich.

„Dann ist ja alles gut. Ich hoffe, ihr beiden habt nicht zu sehr gelitten. Aber lassen wir das. Ich werde dich auf dem Weg zur Grenze weiter unterrichten, mein Sohn. Deine Fertigkeiten bedürfen noch eines gewissen Feinschliffs, vor allem musst du lernen, dich nicht zu sehr zu verausgaben. Das kann schnell mit deiner Bewusstlosigkeit oder dem Tode enden und das wollen wir verhindern. Du!“, er sah Elnor an, „wirst auf ihn achtgeben, damit er diese Grenzen nicht überschreitet, verstanden?“

„Was soll ich tun, um es zu verhindern, Herr?“, wollte Elnor wissen.

„Schlag ihm auf den Hinterkopf, gib ihm eine Ohrfeige, küss ihn, ramme ihm den Knauf deines Säbels in den Magen, wenn es sein muss. Hauptsache du reißt ihn aus seiner Trance und hinderst ihn am Weitermachen. Wenn seine Lippen blass und seine Haut grau werden, wenn er seine Augen verdreht, dass nur noch das Weiße zu sehen ist, dann schreite ein!“

Elnor grinste Dargon an und der verdrehte die Augen.

„Ernsthaft, im Notfall kannst du ihn auch mit Lebensenergie versorgen. Wie das geht, wisst ihr ja. Du musst nur aufpassen, dass du dem Mädchen nicht alles Leben aussaugst, mein Sohn. Denn dann würde sie sterben. Verstanden?“

Dargon nickte und dann marschierten sie bis zum Mittag stumm nebeneinander her.

Beim Essen separierte sich Malachi mit Dargon von den Amarati. Sie zündeten ein Feuer an und brieten ein Stück Fleisch am Stock.

„Du weißt, was passiert, wenn sie dir einen Sohn gebiert, oder?“, fragte Malachi kauend.

„Sie werden ihn töten. So sagen es die Geheimen Legenden jedenfalls“, antwortete Dargon.

„Deshalb sind es ja auch Legenden, mein Sohn. Diese Frauen sind keine Bestien. Sie bringen die Knaben in Städte oder zu einsamen Höfen und überlassen sie dort dem Schicksal. Das kann gutgehen, muss es aber nicht. Du hast sie bestiegen und ihr die Rückkehr zu den Kriegerinnen ermöglicht. Ich würde mir gut überlegen, ob ich sie noch weiter besteigen und das Risiko eingehen würde, dass dir ein Sohn weggenommen wird.“

Dargon nickte nachdenklich und aß schweigend weiter.

Sie marschierten bis in die Nacht hinein durch eine steppenähnliche Landschaft und stellten dann die Zelte auf, die sie mit sich führten. Es handelte sich um kleine, primitive Unterschlupfe, die zu schmalen, leichten Bündeln verpackt werden konnten. Sie behinderten, auf den Rücken geschnallt, nicht beim Marschieren und boten einen erstaunlich guten Wetterschutz, wenn es regnen sollte.

Dargon legte sich in sein Zelt und es dauerte nicht lange, da raschelte es am Eingang und Elnor kroch zu ihm hinein. Sie küssten sich lange und zärtlich, dann seufzte Dargon. „Was ist?“, fragte Elnor.

„Was, wenn du schwanger wirst und einen Sohn gebierst?“

Ich habe nicht vor, schwanger zu werden, ich will nur Spaß.“ Elnor küsste ihn. „Meine fruchtbare Zeit ist noch nicht gekommen, sorge dich nicht. Und wer weiß, ob wir den Krieg überleben. Lass uns die Gelegenheit nutzen, so lange wir können.“

Sie küsste ihn wieder, zunächst sanft, dann leidenschaftlich und Dargons Bedenken schmolzen wie Schnee in der Sonne dahin.

Am nächsten Morgen stand Dargon als einer der Ersten auf und ging zu seinem Hengst hinüber, der zwischen den Zelten graste. Kidron begrüßte ihn mit einem freudigen Schnauben und trabte zu ihm hinüber. Dargon streichelte ihm über den Kopf und legte behutsam den Sattel auf, den er mitgebracht hatte. Der Hengst ließ sich auch gefallen, das Zaumzeug über seinen Kopf zu streifen und sah Dargon erwartungsvoll an. Der Magier atmete tief ein und aus, fasste sich ein Herz, krallte sich an der Mähne fest und schwang sich auf den Rücken des Pferdes. Er richtete sich im Sattel gerade und wunderte sich, dass das Tier regungslos verharrte. Dann entsann er sich der Berichte, die er über das

Reiten in dem alten Buch Elnors gelesen hatte und drückte vorsichtig die Wade an den Bauch des Hengstes.

Kidron ging langsam nach vorne und Dargon atmete erschrocken aus. Das Pferd lief behutsam zwischen den Zelten hindurch, hinaus in die Steppe und nach einigen Minuten hatte der Junge seinen Sitz gefunden und konnte sich mühelos ausbalancieren. Er fasste die Zügel fest, presste beide Beine zusammen und Kidron ging in den Trab. Dargon konnte sich vier oder fünf Sprünge halten, dann verlor er das Gleichgewicht und landete unsanft auf dem Boden. Kidron stand vor ihm, neigte den Kopf und sah ihn fragend an. Dargon spuckte den Staub, den er geschluckt hatte, aus, sprang auf und versuchte es erneut. Es bedurfte dreier Stürze und einiger Zeit, dann konnte er sich auch im Trab halten. Sein Herz pochte, als er den Schenkel nach hinten nahm und das Reittier in den Galopp springen ließ. Sanft, aber doch kraftvoll sprang der Hengst ein und galoppierte langsam über die Ebene. Dargon hantierte mit den Zügeln und Schenkeldruck, um ihn zu steuern und bald hatte er den Bogen halbwegs heraus. „Schneller!“, rief er und Kidron galoppiert so schnell er konnte. Der Magier wurde durch die Wucht nach hinten gerissen, zog die Zügel vor Schreck an und Kidron rammte die Vorderhufe in den Grund und kam sofort zum Stehen. Dargon flog in hohem Bogen über den Kopf des Pferdes, konnte sich im Fallen drehen und seine Muskeln magisch verstärken, sodass er auf den Füßen aufkam und in einer hockenden Position vor dem Hengst verharrte. Er stand langsam auf, registrierte, dass er den Sturz völlig unbeschadet überstanden hatte und sprang wieder auf den Rücken des Tieres. Dieses Mal war er vorbereitet und bald jagten die beiden wie eine Einheit in vollem Galopp über die Ebene.

Als sie verschwitzt und schwer atmend ins Lager zurückkehrten, waren die Amarati gerade dabei aufzubrechen. Malachi und Elnor sahen Pferd und Reiter respektvoll an, Bemat lächelte wissend. Dargon streckte die Hand aus, zog Elnor hinter sich auf das Pferd und galoppierte langsam mit ihr die Reihen der Amarati entlang. Die Frauen jubelten ihnen zu und als sie an die Spitze des Trosses zurückgekehrt waren, sprangen die beiden von Kidrons Rücken und gingen neben Bemat und Malachi her.

„Es freut mich sehr, dass ihr euch versteht.“ Bemat sah von Dargon zu Elnor, ihr Blick war durchdringend. „Doch vergesst nie, dass ihr Herr und Sklavin seid. Ihr seid nicht füreinander bestimmt, nicht wie Mann und Frau. Die Geheimen Legenden haben ein anderes Schicksal für euch vorgesehen, also hütet euch davor, euch von vermeintlichen Gefühlen leiten zu lassen. Elnor, du bist lediglich das Gefäß, das seine Frucht austragen wird. Nicht mehr und nicht weniger. Habt ihr das verstanden?“

„Natürlich, Herrin“, bestätigte Elnor leichtfertig mit einem Lächeln.

Dargon nickte stumm und ärgerte sich. Er wusste nicht, was er für Elnor empfand, dafür war es noch viel zu früh. Aber er wollte sich seine Gefühle nicht von irgendjemandem vorschreiben lassen, und sei es von der Anführerin der Amarati. Außerdem wollte er ganz gewiss keinen Nachwuchs mit der Kriegerin zeugen. Er sah Malachi an und der schüttelte unmerklich den Kopf.

Am Abend eines anstrengenden Marschtages saß er wieder mit Malachi am Feuer. „Denke nicht zu viel über die Geheimen Legenden nach, mein Sohn“, schmatzte der Magier und kaute an einem Knochen. „Es gibt viele Überlieferungen und noch mehr Interpretationen. Jeder legt die alten Schriften so aus, wie er es gerne hätte.“

„Aber es ist doch von einem Magier und einem Pferd die Rede, oder?“

„Ja, auch von einer Frau aus einem anderen Volk, einem Kind und dem Fall des Helden. Aber die Legenden wurden geschrieben, lange bevor es die Amarati gab. Wer sagt denn, dass sie dieses andere Volk sein müssen? Wer weiß, was uns hinter der Grenze erwartet.“

„Dass ich mir eine Atar auserwähle, glaube ich kaum“, scherzte Dargon.

„Vielleicht eher eine Gorgoi, wer weiß?“

Der Junge verzog das Gesicht. „Die Gorgoi sind weiß wie Leichen, den Tieren näher als den Menschen. Das kann ich mir nicht vorstellen.“

Malachi zuckte mit den Schultern. „Hast du schon einmal einen Gorgoi gesehen?“

„Nein.“

„Dann warte ab und verlasse dich auf dein Herz und deine Augen. Vielleicht sind sie ganz anders, als wir denken. Und hüte dich vor Elnor. Sie wird ihre Befehle von Bemat erhalten haben und sie wird sie erfüllen. Ohne mit der Wimper zu zucken, glaube es mir. Denke immer daran, was es bedeuten würde, wenn sie mit deinem Sohn schwanger geht. Du würdest ihn verlieren, ihn niemals wiederfinden und sie würde dir dein Herz brechen.“

Dargon wies Elnor trotzdem nicht ab, als sie spät in der Nacht in sein Zelt kroch. Es fühlte sich nach allem an, nur nicht nach der Ausführung eines Befehls.

Am nächsten Vormittag trafen sie auf die Königlichen. Den Amarati zahlenmäßig weit überlegen hatten sie in Gefechtsformation Aufstellung genommen und verharrten am Horizont, während sich ein einzelner

Krieger von ihnen absetzte. Auch Bemat und Malachi trennten sich von ihren Truppen und gingen dem Feind entgegen. Dargon ritt hinter ihnen her und Elnor wich nicht von seiner Seite.

„Malachi, ich grüße Euch!“ Rondars Stimme hallte ihnen entgegen.

„Seid gegrüßt, Feldherr. Wie ich sehe, habt Ihr in kürzester Zeit eine beeindruckende Armee aufstellen können.“ Die beiden Männer sahen sich an. Ihre Blicke konnten die Distanz voreinander nicht verhehlen, drückten aber auch gegenseitigen Respekt aus.

„Weitere Truppen werden ausgehoben, Waffen werden geschmiedet, bald werden wir mehr als doppelt so stark sein.“

Dargon konnte sehen, wie es in Bemats Gesicht arbeitete. Die Königlichen waren den Amarati jetzt schon haushoch überlegen und das geschmiedete Bündnis war mehr als filigran. Geschmiedet in der Not gegen einen kaum greifbaren Feind drohte es schnell zerbrechen zu können, wenn alte Ängste voreinander geschürt werden sollten. Die Amarati standen seit jeher außerhalb der königlichen Gesetze und begaben sich nun in die Arme der Feinde. Sie würden vernichtet werden wie ein Schneeball in der Hölle, sollte es zu einer Konfrontation zwischen den ungleichen Partnern kommen. Oder aber sie wuchsen in der Not gegen einen gemeinsamen Feind zusammen. Nur die Götter mochten wissen, was die Zukunft bringen sollte.

Rondar sah Bemat an und rang sich ein Lächeln ab; es wirkte gequält. „Wie vereinbart werden wir eine gemeinsame Strategie entwickeln, uns abstimmen und jeder von uns beiden Herr über seine eigenen Truppen bleiben. Sollte einer von uns beiden fallen, übernimmt der andere den Oberbefehl, so lautet das Wort des Königs. Er hat geschworen, es zu halten, werdet Ihr Euch ebenfalls an diese Abmachung halten, Bemat, Führerin der Amarati?“

„Ich schwöre es bei den Göttern!“ Bemats Stimme klang laut, fest und klar zu ihren eigenen und den fremden Truppen hinüber.

„So sei es! Alle Unterführer mögen nun diesen Schwur ebenfalls leisten, sodass das ganze Heer zum Wohle unseres Landes vereint werden möge!“ Rondar drehte sich herausfordernd zu seinen Leuten um. Bemat bewegte sich keinen Millimeter.

Sofort war ein vielstimmiges Murmeln aus den beiden Heeren zu hören, als die Unterbefehlshaber den Schwur leisteten.

„Willkommen an den Feuern unseres Lagers. Gerne teilen wir Speis und Trank mit euch. Ich habe meine Männer angewiesen, Euren Weibern nicht zu nahe zu treten, Bemat.“ Rondar deutete eine Verbeugung an.

„Habt Dank, Heerführer. Ich habe meine Frauen ebenfalls angewiesen, Eure Männer nicht zu bedrängen. Wir werden sehen, wer als Erstes die Grenzen unserer Befehle zu dehnen versucht“, schmunzelte Bemat und Rondar sah sie mit großen Augen an.

„Wir sind leichter bewaffnet und flinker als Eure Leute“, setzte Bemat nach. „Ich schlage vor, dass wir die Vorhut führen und die Flanken decken.“

„Einverstanden. Euer Vorschlag zeugt von Sachverstand. Ich werde mich mit Euch an die Spitze begeben, ebenso Wargil, mein erster Offizier. So können wir während des Marsches unsere Erkenntnisse austauschen und uns eine Strategie zurechtlegen.“

„Sehr gerne!“ Bemat drehte sich herum und rief: „Formiert euch!“ Sofort begann eine Gruppe von gut drei Dutzend Frauen in Marschrichtung loszulaufen und auszuschwärmen. Sie würden als Späher die Gegend erkunden. Ein Drittel der Verbleibenden bildete Viererreihen und nahm die Anführer in die Mitte. Der Rest verteilte sich gleichmäßig links und rechts der Königlichen und stellte sich mit einigem Abstand in Zweierreihen entlang ihrer Flanken auf.

Rondar nickte respektvoll. Offensichtlich hatte Bemat ihre Frauen im Griff und ihren Vorschlag zur Einteilung der Marschformation bereits an sie befohlen, bevor er zugestimmt hatte. Sie war schlau, das imponierte ihm.

Das Heer setzte sich in Bewegung und ein riesiger, massiger Krieger mit dichtem schwarzem Bart gesellte sich zu ihnen und stellte sich als Wargil vor. Wie alle Königlichen trug er Sandalen aus Leder, eine mit Metallplatten versetzte Hose, ein blitzendes Kettenhemd über einem blauen Wams und als Bewaffnung dienten ihm Schwert, Kurzspeer und Schild. Ein runder Helm mit Nasenschutz krönte sein Haupt, sein Blick war grimmig und entschlossen.

„Welche Erkenntnisse haben wir über den Feind? Tatsächliche und sagenhafte?", eröffnete Rondar das Gespräch.

„Zunächst zur Situation", antwortete Malachi. „Die Feuermauer hat sich geöffnet und ein Pferd trat hervor. Den lebenden Beweis seht ihr hier neben uns." Tatsächlich führte Dargon das Pferd am Zügel und Elnor flankierte es. „Was die Mauer geöffnet hat, können wir nicht mit Bestimmtheit sagen und wir wissen nicht, ob sie sich wieder öffnen wird", log Malachi. Er wusste sehr genau, dass sein Schüler die Öffnung unbewusst herbeigeführt hatte und dass er seither noch stärker geworden war. Er würde die Flammen problemlos wieder teilen können. „Wir vermuten, dass es mit dem Pferd zu tun hat." Eine weitere Lüge und Bemat mühte sich, ein Lächeln zu unterdrücken. „Hinter der Feuermauer befindet sich eine weite Graslandschaft, die in einiger Entfernung von einer Bergkette begrenzt wird. Die Atar sind auf dieser Ebene aufmarschiert, es müssen Tausende sein. Sie sind schlecht gewappnet und gerüstet, aber den Geheimen Legenden nach sind diese Abkömmlinge der Gorgoi und der Götterboten schneller, stärker und zäher als wir. Unsere zahlenmäßige Unterlegenheit und die physiologischen Nachteile müssen wir durch unsere Bewaffnung und durch eine intelligente Strategie ausgleichen, sonst werden wir untergehen."

„Den Geheimen Legenden zufolge fürchten die Atar Feuer und Eis. Sie können deshalb die Mauer aus Flammen nicht überwinden, die unsere Grenzen schützt“, erklärte Bemat.

„Ich habe meine Bogenschützen angewiesen, ihre Pfeile in Öl zu tränken. Wir werden ihnen also Feuer entgegensenden, wenn dies ein gutes Mittel ist, die Atar zu vernichten. Weiterhin haben wir Schleuderer in unseren Reihen, die kleine, mit Öl gefüllte und einem Docht versehene Gefäße schleudern können. Prallen diese Gefäße auf den Boden und zerbrechen, breiten sich Flammen aus. Ich schlage vor, diese Schleuderer an vorderster Front aufzustellen und mit einem Schildwall aus einer Doppelreihe Schwertkämpfer zu versehen. So können sie ihre Gefäße weit genug schleudern und dem Feind erheblichen Schaden zufügen“, erklärte Rondar.

Malachi nickte. „Ich habe in alten Büchern einen Zauber gefunden, mit dem sich Stahl in Flammen versetzen lässt. Ich könnte ihn auf die Schilde und Schwerter der vordersten Linie wirken. Das Feuer wird kalt bleiben, sodass sich das Metall nicht erhitzen wird. Den Feind jedoch wird es verzehren.“

„Sehr gut“, brummte Rondar. „Was wissen wir über das Terrain?“

„Ich habe nur flaches Land gesehen“, erklärte Malachi und kratzte sich am Kinn. „Wenn sich die Flammen öffnen, wird sich uns die gegenwärtige Situation offenbaren und auch wirklich erst dann. Wenn wir Pech haben, stehen wir in unmittelbarer Nähe zu einem aufmarschierten Feind, der Kampfposition angenommen hat.“

„Der Feind wird keinen Fuß auf unser Land setzen!“, grollte Rondar. „Wir stürmen durch die Bresche und schlagen ihn, bevor er die Feuermauer durchschreiten kann.“

„Wenn uns der Feind wirklich zahlenmäßig überlegen ist, werden wir kaum wie ein Keil in seine Reihen dringen können. Eure Schleuderer und Bogenschützen wären wirkungslos“, gab Bemat zu bedenken.

„Lasst mich an vorderster Stelle stehen, wenn der Wall sich öffnet", schlug Dargon vor. Er wünschte, seine Stimme würde heroischer und nicht so kläglich klingen und räusperte sich. „Ich kann hineinreiten, Feuermagie wirken und den Feind überraschen. Mit meinem Hengst bin ich schnell genug, um umzukehren und Bericht zu erstatten."

„Das ist zu gefährlich!" Bemat schüttelte den Kopf. „Der Gesandte darf nicht beim ersten Kontakt fallen. Die Geheimen Legenden sagen ganz klar, dass er weit in das Land des Feindes eindringen muss, um seine Bestimmung zu finden. Sie schweigen sich zwar aus, was diese Bestimmung sein soll, aber wir werden dich nicht im allerersten Moment opfern!"

„Ich werde ihn begleiten. Meine Feuermagie ist mächtig genug, um die Atar so lange aufzuhalten, dass er notfalls fliehen kann", merkte Malachi an.

„Ist sie das?", fragte Bemat leise und sah ihn unsicher an.

Malachi nickte und Rondar sagte laut: „So sei es! Ihr werdet als Kundschafter vordringen. Sollten die Atar durch die Bresche stürmen, werden wir sie mit einer Halbmondformation empfangen und sie nahe der Bresche einkesseln. Dann mögen sie zugrunde gehen."

Der Rest des Tages verging in einem stummen Marsch. Dargon hatte ein mulmiges Gefühl und die anderen hingen ihren Gedanken nach. Wahrscheinlich tüftelten sie Strategien aus, von denen er ohnehin nichts verstand. Der Magier betete zu den Göttern, dass sein Feuer stark genug und sein Pferd schnell sein möge, um das Kommende zu überstehen.

Abends schlug Malachi entgegen seiner Angewohnheit sein Zelt ganz am Rand des Lagers auf und winkte Dargon zu sich heran. Als sie sich gestärkt hatten, warf Malachi einen Blick nach links und rechts und sah Dargon fest in die Augen. „Mein Sohn", raunte er leise, „Höre, was ich dir zu sagen habe: Das Pferd hatte nichts mit der Öffnung des

Flammenwalls zu tun, ebenso wenig wie die Atar. Es kam von dir, deine Macht strömte aus und du warst derjenige, der die Bresche schlug und das Leben des Hengstes rettete!“

„Aber…“; wollte Dargon verwirrt anmerken, wurde aber sofort von Malachi unterbrochen.

„Kein Aber! Du bist der Auserwählte, du alleine kannst die Flammen zurückdrängen, glaube mir. Wenn wir an der Grenze angekommen sind, setze deine Kräfte bewusst ein, öffne nur ein kleines Loch in Kopfhöhe, durch das du spähen kannst und sondiere die Lage. Vielleicht kannst du sogar deine Flammen durch die Feuermauer senden, wenn sich der Gegner direkt dahinter befindet, aber wir werden auf gar keinen Fall in den sicheren Tod stürmen, auch wenn Rondar das so gefallen würde. Dosiere deine Kräfte, glaube an dich, gehe besonnen vor!“

Dargon nickte stumm und versank in Gedanken brütend. Er hatte Angst. Angst vor dem, was ihn hinter der Mauer erwartete. Angst vor dem Tod. Angst um all die Menschen um ihn herum. Er war ein Junge, der noch keine zwanzig Sommer gesehen hatte, warum taten ihm die Götter das an? Warum bürdeten sie ihm dieses Schicksal auf? Erst in den letzten Tagen, inmitten der Krieger, hatte er realisiert, was mit ihm geschah. Er seufzte tief.

Malachi legte ihm freundschaftlich die Hand auf die Schulter. „Ich bin bei dir, mein Sohn.“

„Ich wünschte, ich wäre Euer Sohn“, murmelte Dargon und sah seinen Meister traurig an.

Nun zog auch Trauer in die Augen des Magiers ein, er senkte betrübt den Kopf. „Ich kann keine Kinder zeugen. Wahrlich, ich habe es versucht. Doch hätte ich einen Sohn zeugen können, er hätte wie du werden sollen, Dargon!“

Der Junge fiel dem Magier in den Arm und krallte sich in seine Kleidung. Malachi klopfte ihm sanft auf die Schulter, er spürte wie

Dargon zitterte. Warme Tränen nässten seine Kleidung und der Junge brauchte einige Minuten, bis er sich wieder im Griff hatte. Er löste sich und murmelte. „Ich danke Euch, Meister. Ich danke Euch von ganzem Herzen.“

„Das brauchst du nicht. Und nenne mich Malachi, mein Sohn.“

Am nächsten Morgen wurde ein gutes Dutzend Königlicher bestraft. Sie hatten sich mit Amarati vergnügt und waren erwischt worden. Doch da die Frauen keine Anklage erhoben und sich im Gegenteil schützend für die Männer einsetzten, erhielten sie jeweils nur drei symbolische Peitschenhiebe auf den Rücken. Am nächsten Morgen waren es bereits drei Dutzend Männer, darunter die zwölf Täter vom Vortag. Und am dritten Tag verzichtete Rondar auf die Bestrafung, da er vierhundert Mann hätte auspeitschen lassen müssen und die Amarati Stein und Bein schworen, dass die Männer nicht gegen ihren Willen gehandelt hätten. Rondar verfügte fünfzig Peitschenhiebe, falls wegen einer Amarati Streit zwischen zwei oder mehreren Männern entstehen sollte und fünfundzwanzig Peitschenhiebe, falls zwischen den Frauen Streit um einen oder mehrere Männer entstehen sollte.

Bemat bestand auf dieselbe Bestrafung für die Frauen und Rondar gab augenrollend nach. Grummelnd begab er sich auf den Marsch und fluchte über zwei Stunden fortwährend vor sich hin. Eine solche

Disziplinlosigkeit hatte er noch nie erlebt, aber er hätte einem Großteil der Truppen die Haut vom Leib ziehen müssen, um die Verfehlungen zu beenden. Und er konnte auf keinen einzigen Mann und keine einzige Frau verzichten.

Gegen Abend lagerten sie nicht weit von der Flammenwand entfernt. Ihr Schein war bereits so hell, dass er die Nacht zum Tag machte und Rondar ließ einen Graben um das Lager ausheben, Späher aussenden und Dreifachposten beziehen, um gegen einen etwaigen Angriff gewappnet zu sein. Die Soldaten schlugen ihre Zelte so auf, dass sie blitzschnell in Gefechtsformation antreten konnten. Gassen zogen sich schnurgerade durch das Lager.

Dargon konnte nicht schlafen, obwohl Elnor längst sanft in seinen Armen schlummerte. Zu viele Gedanken kreisten in seinem Kopf und hielten ihn wach.

Als Rondar am frühen Morgen mobilmachen ließ, war Dargon nahe an einer Panikattacke. Er schloss die Augen, wandte einen Zauber an, den Malachi ihm im Laufe der letzten Tage gelehrt hatte und konzentrierte sich auf seinen Herzschlag, bis er ruhiger wurde. Dann hörte er seinen Namen, stieg auf seinen Hengst und ritt los.

Das versammelte Heer war in Gefechtsformation vor der Flammenwand aufgestellt worden. Malachi hatte einen Zauber gewirkt, damit die Soldaten der mörderischen Hitze trotzen konnten. Trotzdem schwitzten alle und atmeten schwer. Sie bildeten eine Gasse, durch die Dargon ritt, Elnor saß hinter ihm auf dem Pferderücken. Vor der Flammenwand stand Malachi und erwartete ihn. Dargon parierte Kidron bis zum Stillstand durch und konzentrierte sich. Der Hengst schlug nervös mit den Vorderhufen und seinem Schweif, aber er blieb stehen.

Malachi lächelte Dargon ermutigend an und der Junge nickte. Er schloss die Augen, atmete tief ein und aus, dann starrte er auf die Flammen.

Sekundenlang geschah nichts, dann bildete sich ein walnussgroßes Loch in der Mauer und Dargon konnte durch den Flammentunnel hindurch eine saftige Graslandschaft sehen. Er dehnte die Öffnung in Gedanken und das Loch wuchs auf die Größe seines Kopfes an. Er hörte nicht, dass die Krieger erstaunt murmelten und er sah nicht Rondars überraschten Gesichtsausdruck. Der Junge ließ einen schmalen Schlitz entstehen, etwa einen halben Meter hoch und zehn Meter breit. Es geschah spielend und kostete ihn kaum Mühe.

„Er ist der Gesandte", murmelte Bemat und lächelte.

„Die Ebene ist verlassen!", verkündete Dargon erleichtert.

„Geh hindurch und öffne die Wand so breit du kannst", befahl Rondar mit rauer Stimme und Dargon nickte nach einem Blick zu Malachi. Der Magier stellte sich neben ihn und Dargon teilte die Flammenwand mit einer einfachen Handbewegung von unten nach oben. Ein Spalt entstand, gerade so breit, dass er und Malachi hindurchgelangen konnten.

Vorsichtig gingen sie durch den Flammentunnel, Schritt für Schritt. Es fühlte sich paradoxerweise kühl an, obwohl das Feuer direkt neben ihnen züngelte.

Dargon atmete tief durch und ging so lange, bis er aus der Wand heraustreten konnte. Erleichterung überfiel ihn. Er hatte es geschafft und weit und breit war kein Feind zu sehen.

„Hervorragend, mein Sohn!", lobte Malachi und Dargon öffnete die Wand auf einer Breite von einhundert Metern. Nun spürte er eine gewisse Anstrengung und die Krieger marschierten schnell und mit unsicheren Blicken hindurch. Sie strömten an ihm vorbei, nahmen Abwehrformation ein, bis alle die Wand passiert hatten und dann sank Dargon in sich zusammen. Das Feuer schoss züngelnd und fauchend zusammen, der Durchgang war von einer Sekunde auf die andere versperrt.

„Späher, ausrücken!“ Auf Bemats Befehl liefen sofort einige Amarati nach vorne und verteilten sich in verschiedene Richtungen.

„Kompakte Marschformation, vorwärts!“, brüllte Rondar und während sich seine Krieger schnell und diszipliniert aufstellten, ließ Bemat die Flanken sichern.

„Vorwärts, Marsch!“ und der Tross setzte sich in Bewegung.

16. Kapitel: Feindkontakt

Sie waren einige Kilometer in das Land des Feindes eingedrungen und es dunkelte schon, als die Späherinnen von allen Seiten im Laufschritt auf das Heer zueilten. Völlig außer Atem, mit hochroten Gesichtern machten sie Meldung.

„Im Norden, einen Tagesmarsch von hier, hat eine Streitmacht ihr Lager dort am Fuße der Berge aufgeschlagen. Sie haben weder Gräben ausgehoben noch Palisaden eingeschlagen. Ich konnte mich dem Lager nähern, das Terrain ist eben und ich schätze die Zahl des Feindes doppelt so hoch ein wie unsere eigene. Sie sind mit Schwertern und Keulen bewaffnet, tragen keine Rüstungen und es sind seltsame Wesen mit grauer Haut und schwarzen Augen. Sie mögen so etwas ähnliches wie Menschen sein, aber ihr Geruch ist unerträglich. Der Odem des Todes liegt über dem Lager, als würden sie alle verwesen."

Bemat nickte ernst und eine zweite Amarati erstattet Bericht. „Ähnliches im Osten, nur dass das Lager deutlich kleiner ist. Die Krieger zählen nicht die Hälfte unseres Heeres."

„So auch im Westen", bestätigte eine dritte Späherin knapp.

„Rührt euch", brummte Bemat. Die drei Frauen ließen sich ins Gras sinken und atmeten schwer. Sie waren völlig erschöpft und am Rande ihrer Kräfte.

„Sechs Dutzend Späherinnen, ausschwärmen!", befahl Bemat und sofort lösten sich Frauen aus der Truppe und liefen los. „Auch wenn sie uns nicht zu erwarten scheinen, müssen wir die Lage näher sondieren. Das Terrain gereicht uns zum Nachteil, sie werden uns von weitem sehen", wandte sich Bemat an Rondar.

Der nickte. „Wir sollten sie nachts mit Fernwaffen angreifen, vielleicht gelingt es uns, sie in einen Hinterhalt zu locken. Tagsüber in offener Feldschlacht dürften uns schmerzliche Verluste erwarten."

„Lasst uns rasten und unser weiteres Vorgehen überdenken", schlug Bemat vor und Rondar willigte ein.

Als Dargon und Malachi später vor dem Feuer saßen, Elnor befand sich neben ihnen, seufzte der Junge schwer.

„Jetzt wird es ernst", murmelte Malachi und blickte ihn an. „Mach dir keine Sorgen, mein Sohn, ich werde stets an deiner Seite kämpfen, das schwöre ich dir."

„Danke. Ich habe trotzdem Angst."

„Und das ist gut so. Angst schützt vor unüberlegtem Heldentum. Außerdem hast du sie dabei. Elnor hat bestimmt keine Angst", lächelte Malachi.

Elnor grinste. „Amarati kennen diesen Begriff nicht."

„Du wirst trotzdem keine Dummheiten machen, verstanden?" Malachi drohte spielerisch mit dem Finger und Elnor lächelte vielsagend.

In den frühen Morgenstunden wurden Dargon und Elnor von Bemat geweckt. Es dämmerte bereits und die Anführerin kam leise in ihr Zelt und berührte sie vorsichtig an den Schienbeinen. Als sie sich der

Aufmerksamkeit der beiden versichert hatte, flüsterte sie: „Ich habe heute Nacht eine Vision gehabt, ihr müsst aufbrechen. Umreitet das Gebirge im Westen, dringt zwei Tagesmärsche nach Norden vor und ihr werdet eure Bestimmung finden“, flüsterte sie. „Geht schnell und leise. Jetzt sofort!“

„Malachi?“, fragte Dargon.

„Er weiß Bescheid und hat zugestimmt“, flüsterte Bemat beruhigend. „Jetzt geht!“

Wenige Minuten später hatte Dargon seinen Hengst gesattelt und aus dem Lager geführt. Die Amarati-Wachen wussten Bescheid und ließen ihn problemlos passieren. Er bestieg sein Ross, zog Elnor hinter sich auf den Rücken des Tieres und blickte wehmütig in das Lager zurück. Nun waren sie auf sich alleine gestellt und Dargon ahnte noch nicht einmal ansatzweise, gegen welche scharfkantigen Klippen ihn der Sturm des Schicksals schleudern würde. Er gab dem Pferd die Schenkel und trabte in die Morgendämmerung hinein.

„Du hast mich belogen!“ Malachi schäumte, als Bemat ihm die Nachricht von Dargons Abreise überbrachte. Er lief vor seinem Zelt aufgeregt auf und ab, die Hände hinter dem Rücken verschränkt. „Noch viel schlimmer, du hast ihn belogen! Ich hätte ihn niemals gehen lassen, er ist wie ein Sohn für mich!“

„Für falsche Gefühle ist keine Zeit“, fuhr Bemat ihm in die Parade. „Wenn er sein Ziel nicht erreicht, wird alles zu Ende gehen und das Letzte, was er dabei benötigt, ist die Atar-Armee auf seinen Fersen!“

„Er ist noch lange nicht so weit, er hatte noch so viel zu lernen!“, knurrte Malachi.

„Sieh der Wahrheit ins Gesicht, er ist längst mächtiger als du. Du kannst ihm nichts Wesentliches mehr beibringen und das weißt du ganz genau!“

Die beiden starrten sich einige Sekunden wutschnaubend an.

„Das wirst du Rondar erklären und glaube nicht, dass ich mich schützend vor dich stellen werde!“, drohte der Magier mit vor Zorn weit aufgerissenen Augen.

„Natürlich nicht.“ Bemat sah Malachi düster an.

„Das ist ein Treuebruch! Ihr habt unseren wichtigsten Krieger gehen lassen, ohne mich vorher zu informieren!“ Rondar konnte seinen Zorn nur mühsam unterdrücken und blitzte Bemat eisig an. Malachi stand hinter ihr und hielt sich zurück.

„Es war unabdingbar“, entgegnete Bemat mit ruhiger Stimme und sah den Heerführer mit festem Blick an.

„Mag sein, aber Ihr hättet mich informieren müssen. Vorher!“

„Dazu war keine Zeit. Außerdem hättet Ihr euch nie einverstanden erklärt, das wisst Ihr so gut wie ich.“

Malachi kam nicht umhin zu bewundern, wie die Anführerin der Amarati dem Heermeister der Königlichen die Stirn bot.

Rondar knurrte, überlegte und zischte dann: „Wir werden das Heer vor dem Abmarsch informieren, dass ich – ICH – den Jungen auf eine Mission gesandt habe, verstanden?“ Bemat nickte stumm. Rondar kam auf sie zu, bis sein Gesicht keine Handbreit mehr entfernt von ihrem war. „Beim nächsten Mal ziehe ich dir die Haut vom Leib! Verstanden, Weib?“

Bemat nickte. Ein spöttisches Lächeln umspielte ihre Lippen, als sie zu ihren Truppen zurückkehrte.

„Ihr werdet mir erhalten bleiben, Magier. Schwört mir das auf der Stelle!“

„Ich schwöre es Euch“, brummte Malachi düster. Er wusste, dass sein Platz nicht bei Dargon war, sonst hätte Bemat auch ihn mit dem Jungen weggeschickt. Dann drehte er auf dem Absatz herum und ging zu seinem Zelt, um es abzubauen.

Die Nachricht von Dargons Gehen hatte für einigen Tumult im Lager gesorgt, den Rondar schnell unterband und die Truppen losmarschieren ließ. Auf Bemats Anraten legten sie nur eine mittlere Geschwindigkeit vor, um den Angriff etwas hinauszuzögern und den Feind länger an diesem Ort zu binden. So würden sie Dargon mehr Zeit verschaffen.

Als sie ihr Lager aufgeschlagen und sich in ihre Zelte verkrochen hatten, kam Bemat zu Malachi. „Auf ein letztes Mal“, seufzte sie und schmiegte sich an ihn.

„Auf ein letztes Mal.“ Malachi schloss seine Arme um sie.

Sie marschierten den halben Tag, bis sie Nachricht von den Späherinnen erhielten, dass das Hauptlager der Atar nahezu in Sichtweite gekommen war. Drohend erhoben sich die nebelumhüllten Bergwipfel vor ihnen in den Himmel und Rondar ließ das Lager aufschlagen. Seine Krieger sollten sich ausruhen und auf die kommende Nacht vorbereiten.

Als der Mond am Himmel stand, rückte Wargil mit seinen Bogenschützen vor, bis sie in Reichweite des Lagers waren. Feuer beschienen die Stadt aus Zelten, nur wenige Wachen hoben sich schemenhaft in der Ferne ab.

„Anlegen!“, raunte Wargil und die Bogenschützen nahmen Pfeile aus den Köchern, legten sie auf die Sehnen und spannten die Bögen. Sie hatten sich in vier langen Reihen frontal zum Lager des Feindes aufgestellt. Die Bogen knarrten, dann rief Wargil: „Feuer!“ und Hunderte Geschosse bohrten sich sirrend in den Himmel.

„Warte!“, raunte der Befehlshaber und sah Malachi an, der neben ihm stand. „Warte!“ weitere Sekunden vergingen, in denen sich die Krieger schussbereit machten. „Feuer!“ rief Wargil und Malachi hob die Hände in den Himmel. Plötzlich glühten die Pfeile der ersten Salve hell lodernd auf. Sie befanden sich bereits über dem Lager und schossen wie ein Teppich aus Flammen auf die Zelte hinunter. Binnen weniger Augenblicke verwandelte sich das Heerlager in ein flammendes Inferno. Feuer schoss in den Himmel, Schreie waren zu hören und dann machte sich schon die dritte Salve auf den Weg und die zweite wurde durch Malachis Zauber entzündet. Für den Gegner musste es so aussehen, als würde der Angriff direkt aus dem Himmel über ihm erfolgen. Panik brach aus, Gestalten rannten durcheinander, teils brennend, viele stolpernd. Die Flammen griffen um sich, zerstörten wie in blinder Wut alles um sich herum und es erhob sich Salve um Salve in den Himmel.

Ein tödlicher Regen ging auf die Atar hinab und es dauerte viele Minuten, bis Wargil einen Stoßtrupp erkennen konnte, der sich von den Zelten löste und in ihre Richtung strebte. Er wusste nicht, wie der Gegner ihre Position entdeckt hatte, aber das war auch egal. Es handelte sich vielmehr um eine ungeordnete Flucht aus dem Zelt und immer mehr, erschreckend viele Atar rannten brüllend in ihre Richtung.

„Feuer frei!“ Wargil hielt die rechte Faust in die Höhe.

Die Krieger hatten jeweils fünf Pfeile vor sich in die Erde gesteckt und Malachi entzündete sie alle dicht über dem Boden, damit sie nicht vor der Verwendung abbrannten. Die Krieger verschossen ihre Pfeile nun selbständig und dann hallte Wargils Ruf durch ihre Reihen: „Rückzug!“

Die Krieger machten auf dem Fuße kehrt und zogen sich geordnet zurück. Das Wutgeheul der Atar verfolgte sie, kam näher, immer näher und dann brach von links und rechts die Hölle los.

Hunderte brennender Kugeln flogen durch die Luft, trafen die Reihen der Atar und explodierten. Sie rissen sie gnadenlos in den Tod und versperrten ihnen den Weg zurück zu ihrem lichterloh in der Nacht brennenden Lager.

Rondar hatte sich mit den Schleuderern links und rechts des Terrains postiert und nahm die Atar unter Beschuss. Verwirrt ließen sie von der Verfolgung der Bogenschützen ab, die nun stoppten, sich umdrehten und den Feind ins Kreuzfeuer nahmen. Ein schreckliches Gemetzel nahm seinen Lauf, in dem die eingekesselten Atar nahezu vollständig aufgerieben wurden.

Rondar ließ seine Truppen nicht in die Nähe des Feindes kommen und befahl den Rückzug, als die Atar begannen, sich den Kriegern zu nähern. Das Heer floh und die Atar hatten offensichtlich wenig Gefallen daran, die Verfolgung aufzunehmen. Ihr wütendes Brüllen erfüllte die Nacht, doch es hatte bei den Menschen keine Verluste gegeben. Lediglich einige Krieger plagten sich mit Brandwunden oder verstauchten Gliedern, aber keiner war ernsthaft verletzt worden oder zu Tode gekommen.

Als sie ins Lager zurückkehrten, war bereits ein Verteidigungsgraben ausgehoben worden und eine Viererkette Wachen hielt Ausschau nach dem Feind, verstärkt von fünfzig Spähern, die in die Dunkelheit ausgesandt worden waren.

„Dieser Schlag ist uns gelungen“, murmelte Malachi, als er mit Rondar, Wargil und Bemat das Lager betrat.

„Ja, aber der große Krieg steht uns noch bevor. Morgen werden wir dem Feind ins Auge blicken, so viel steht fest. Und das wird eine blutige Angelegenheit werden, diesmal auch für uns“, prophezeite Rondar.

„Ich werde versuchen, mit den Göttern Zwiesprache zu halten“, verkündete Bemat und drehte ab, ohne die Männer anzusehen.

Rondar zog die rechte Augenbraue nach oben, verkniff sich aber jeglichen Kommentar. Die Männer trennten sich und begaben sich zu ihren Zelten, um wenigstens noch ein paar Stunden Schlaf zu erhalten, bevor die Rache der Atar sie ereilen würde.

Am nächsten Morgen wurden sie früh von Hornstößen geweckt, die einen Angriff ankündeten. Alle hatten in voller Rüstung geschlafen und beeilten sich, die ihnen zugewiesenen Positionen einzunehmen.

Die Bogenschützen stellten sich direkt am Graben als Nachhut auf. Vor ihnen standen Schwert- und Lanzenkämpfer, dann folgten die Schleuderer und die vorderste Reihe wurde durch Krieger mit mächtigen Schilden gedeckt, die die gesamte Truppenformation bis hin zu dem ausgehobenen Graben in ihrem Rücken umfassten. Sie standen dicht an dicht, hatten die Aufgabe, die heranstürmenden Feinde mit ihren Schilden aufzuhalten und den Schleuderern die Möglichkeit zu geben, ihre tödlichen Waffen tief in die Reihen der Feinde zu senden.

Die Amarati strömten seitlich hinaus und deckten die Flanken, eine gemischte Reservetruppe zog sich an das Ende des Lagers zurück.

Inmitten des Lagers war ein Turm aus Holzpfählen aufgebaut worden, auf dem Rondar und Malachi über ihre Truppen auf die Ebene hinaussehen konnten. Bemat und Wargil befanden sich an vorderster Front.

„Da hinten kommen sie. Sie rennen einfach auf uns zu, es besteht keine Schlachtformation und ihre Reihen sind alles andere als geschlossen“, bemerkte Malachi.

„Schlecht für unsere Bogenschützen. Viele Pfeile werden fehlgehen“, stellte Rondar fest. „Ich werde zunächst die vorderen Reihen unter Beschuss nehmen lassen, vielleicht drängt sie das etwas zusammen.“ Er wartete noch einige Augenblicke, dann gab er den Befehl zum Beschuss. Hunderte Pfeile erhoben sich in die Luft wie eine schwarze Wolke des Todes und verdunkelten die aufgehende Sonne. Dann senkten sie sich nieder und schlugen mit brachialer Gewalt in die vorderen Reihen der Feinde. Wie Rondar es vorausgesehen hatte, traf nur jeder zweite Pfeil, aber der gewünschte Effekt traf ein. Der Vorwärtsdrang des Feindes wurde eingedämmt und die Abstände zwischen den Atar nahmen ab. Rondar befahl eine dritte, vierte und fünfte Salve in die vorderen Reihen, dann gab er den Beschuss frei.

„Es sind viele, verdammt viele“, knurrte er.

„Vielleicht doch zu viele für uns“, stellte Malachi nüchtern fest.

„Ihr habt recht, alter Weggefährte. Heute werden wir möglicherweise gemeinsam sterben.“ Rondar wandte sich Malachi zu und reichte ihm die Hand. Zum ersten Mal seit Menschengedenken. „Es ist mir eine Ehre!“

„Es ist mir eine Ehre“, erwiderte Malachi und ergriff die Hand. Dann sprang er vom Turm, eilte durch die Reihen des Heeres, passierte die Frontlinie und lief brüllend auf die Atar zu.

Sie hatten sich in der Nacht beratschlagt. Malachi musste eingestehen, dass sie ohne Dargon keine Möglichkeit hatten, sich hinter die Feuerwand zurückzuziehen, da Malachi nicht in der Lage war, eine Bresche im Feuer entstehen zu lassen. Rondar hatte zwar mit den Zähnen geknirscht, aber da er einen militärischen Erfolg als durchaus möglich einschätzte, hielt sich sein Zorn in Grenzen und Malachi entging einem Strafgericht. Das ließ den Heerführer in der Achtung des Magiers gewaltig steigen und Rondar schätzte die Offenheit Malachis. Die beiden Männer waren mit sich im Reinen und hatten beschlossen, sich nicht zurückzuziehen, sondern den Feind zu stellen und anzugreifen. Bemat stimmte mit ihnen überein und war zuversichtlich. Sie hatte in einer Vision in der Nacht den Sieg der Menschen über dieses Heer der Atar vorhergesehen. Blutig, verlustreich, voller Glorie. Sie ging lächelnd und siegesgewiss in den Kampf, wie es wohl nur eine Amarati konnte.

Rondar sah, wie der Abstand der anrückenden Frontlinie immer geringer wurde. Malachi hatte sie erreicht und sprang im letzten Augenblick in die Höhe. Er schien über die Köpfe der Feinde hinweg zu schweben und landete zwischen ihnen auf Knien und Händen. Er brüllte laut auf und erzeugte eine feurige Druckwelle, die sich in Bruchteilen von Sekunden kreisförmig um ihn ausbreitete und die Atar bei Kontakt zu Asche zerfallen ließ. Sie starben so schnell, dass sie nicht einmal mehr schreien konnten. Rondar nickte respektvoll. Von seiner erhöhten

Position konnte er sehen, wie Malachi in einem Umkreis von rund zehn Metern alle Feinde um sich vernichtet hatte.

Der Magier erhob sich schnell, denn seine Attacke hatte den Vordrang der Atar nicht aufhalten können. Pfeile flogen über seinen Kopf hinweg und trafen die auf ihn zuströmenden Feinde. Rondar bellte einen Befehl und hunderte brennender Kugeln zischten aus den Reihen der Schleuderer in die Reihen der Feinde und rissen Löcher in die nun dichter gedrängten Atar. Malachi streckte beide Handflächen nach vorne, erzeugte Flammenstrahlen, die wie Schlangen züngelten und wirbelte um die eigene Achse. Wie Peitschenschnüre aus Feuer durchschnitten sie die Leiber der grauhäutigen Wesen und rissen sie in der Mitte auseinander. Malachi verschaffte sich etwas Raum, ging auf die Knie und stieß beide Fäuste in den Boden. Plötzlich schossen überall um ihn herum Flammensäulen aus der Erde in die Höhe und bildeten einen undurchdringlichen Wall um ihn herum. Die Atar, die nicht mehr ausweichen konnten, weil sie von ihren Hintermännern in die Flammen gedrängt wurden, vergingen als lebende Fackeln innerhalb weniger Sekunden. Die Säulen hielten Stand, nährten sich von der Kraft der Erde und boten Malachi eine sichere Stellung inmitten der Feinde. Er stand schwer atmend da, schweißbedeckt und erschöpft und beobachtete den Verlauf der Schlacht. Die Atar waren auf den Schildwall der Königlichen geprallt und aufgehalten worden. Die Männer hatten die Schilde in den Boden gerammt, stemmten sich mit aller Kraft gegen die Wucht des Aufpralls und hinter ihnen stießen ihre Kameraden mit Lanzen auf die Gegner ein.

Malachi atmete tief aus und ein, kniff die Augen zusammen und konzentrierte sich. Die Waffen und Schilde der Menschen fingen Feuer und ihre Wirksamkeit erhöhte sich immens. Sobald die Atar mit den Flammen in Berührung kamen, fraß sich das Feuer in ihre Körper und verwandelte sie in blind um sich schlagende Fackeln, die schnell vergingen und zusammenbrachen.

Die Amarati stießen immer wieder in die Flanken der Gegner, zogen sich zurück und hinterließen brennende Leichen.

Rondar knurrte zufrieden. Der Schildwall hielt, die Bogenschützen dezimierten den Gegner mit ihren brennenden Geschossen und die Schleuderer brannten Löcher in ihre Reihen. Die Amarati sorgten mit blitzartigen Angriffen für Verwirrung und die Reserve harrte noch unangetastet in der Deckung. Malachi hatte sich scheinbar wieder erholt und schleuderte Kugelblitze, die von Gegner zu Gegner sprangen und Dutzende von ihnen fällten. Der Befehlshaber war sehr zufrieden. Die eigenen Verluste waren hoch, aber noch im Rahmen des Erträglichen. Immer wenn ein Krieger der Schildwache fiel, rückte ein anderer nach. Bisher hatten die Atar noch keinen Keil in die Abwehrkette treiben und einbrechen können. Lediglich drei Geschosse der Schleuderer waren in den eigenen Reihen explodiert, was mehr Tote einbrachte, als durch die Atar hervorgerufen worden waren. Die Flammen wurden schnell erstickt und man war sich des Risikos der Eigenschäden bewusst. Dafür sorgten die Schleuderer für riesige Verluste bei den Feinden und das war es wert.

Das Heer der Atar schmolz merklich zusammen, trotz der Verstärkung aus Westen und Osten, die nun eingetroffen war und durch die Amarati vollständig gebunden wurde. Rondar grunzte beeindruckt. Die Frauen kämpften wie Furien, brachen blitzartig in die Reihen der Gegner ein, töteten erbarmungslos und zogen sich fluchtartig zurück. Dadurch zogen sie die Reihen der Gegner auseinander, umzingelten, wenn möglich, kleinere Gruppen und metzelten sie nieder, nur um wieder wie eine Schlange blitzartig zuzuschlagen. Rondar schüttelte den Kopf. Diese gewandt, flexibel und äußerst clever agierenden Einheiten hätten seine eigenen Truppen in schwere Bedrängnis gebracht. Er lächelte. Lächelte und lernte für die Zukunft.

Bemat kämpfte an vorderster Reihe, Schulter an Schulter mit ihren Kriegerinnen. Sie fällte einen Gegner, indem sie ihm den Kopf vom Hals trennte, als sie wie ein Blitz aus heiterem Himmel eine Vision erhielt. Sie taumelte ächzend zurück und wurde sofort von ihren Kriegerinnen abgeschirmt und von der Front getrennt. Sie ließ ihren Säbel fallen, sank auf die Knie und presste ihre Finger gegen die Schläfen. Einige Augenblicke verharrte sie in dieser Position, dann rappelte sie sich auf und sah eine Amarati an. Die Kriegerin nickte und übernahm den Oberbefehl. Bemat lief schwer atmend auf die Truppen der Menschen zu, zwei Amarati folgten ihr sofort.

Malachi sah, dass Bemat ihre Position verließ und auch Rondar bemerkte es. Er zog die rechte Augenbraue nach oben und beobachtete, wie sie an einer kaum frequentierten Stelle des Schildwalls durchgelassen wurde und durch die Gassen in der Formation auf ihn zulief. Rondar streckte die Hand aus und hob die schwer atmende Frau zu sich hinauf. „Er muss gehen. Malachi muss sofort aufbrechen!“ Rondar knurrte, übersah das Schlachtfeld und nickte. Der Magier hatte für schwere Schäden in den Reihen der Gegner gesorgt und einen großen Anteil daran gehabt, die Schlacht zu ihren Gunsten zu wenden. Die Atar waren vernichtet, sie wussten es nur noch nicht. Er konnte also das Risiko eingehen, den Magier gehen zu lassen und die Schlacht selbst zu Ende zu schlagen. „Einverstanden!“, knurrte er und winkte Malachi zu.

Der Magier sah den Befehl, wirbelte herum und die Feuerlanzen um ihn herum flogen in abartiger Geschwindigkeit durch die Truppen der Atar und walzten sie in Grund und Boden. Malachi rannte einem der Geschosse hinterher, das direkt auf den Schildwall zurollte, sich einen Meter vor der Frontlinie in die Höhe erhob, über den Magier zurückflog und sich einige Meter in die Gegenrichtung bewegte, bevor es erlosch. Der Schildwall öffnete sich, Malachi drang hindurch und rannte zu Bemat und Rondar.

„Du musst gehen, er braucht dich! Folge Dargon, sofort!“, stieß Bemat mit wildem Blick hervor.

„Ich habe Rondar geschworen…“, wandte Malachi verzweifelt ein, doch der Heerführer unterbrach ihn barsch: „Geh!“

„Er ist dein Sohn!“, schrie Bemat verzweifelt und der Magier sah sie erstaunt mit offenem Mund an. Dann verzog sich sein Gesicht zu einer Maske des Zorns. Wortlos drehte er sich herum und eilte zwischen den Reihen der Schleuderer davon.

„Gibt es noch etwas Essenzielles, das Ihr mir verschwiegen habt, Weib?“ grollte er mit strengem Blick.

Bemat schlug die Augen nieder. „Er ist auch mein Sohn.“ Ihre Stimme zitterte.

„Bei den Göttern!“ Rondar sah in gespielter Verzweiflung in den Himmel. „Kämpft nun an meiner Seite. Wir haben uns lange genug gegen diese Brut verteidigt, jetzt werden wir ihnen zeigen, was es bedeutet, wenn die Königlichen losschlagen!“ Er sprang hinab und eilte mit gezogenem Schwert zur Frontlinie. Bemat lächelte, sie wusste, was in ihm vorging. Er war ein Krieger durch und durch. Er wollte seinen Stahl in die Eingeweide des Feindes versenken, wollte vorwärtsstürmen und dem allem ein Ende bereiten, auch wenn es ein paar mehr seiner Krieger das Leben kosten würde. Er wollte Blut vergießen.

Sie hätte nicht anders gehandelt.

Die Flanken des Schildwalls zogen sich nach innen zurück, die Mitte der Front stürmte nach vorne, sodass sich eine Keilformation ergab. Sie schnitt wie eine Speerspitze in die Reihen der Feinde und die Amarati zogen sich an die Enden des Keils zurück und sorgten dafür, dass kein Feind seitlich einbrechen konnte. Gleichzeitig zog die Reserve nach und deckte den Truppen den Rücken.

Die Atar fielen wie die Fliegen und als die Sonne unterging, waren alle des Grauen Volkes erschlagen. Die Ebene ersoff in ihrem Blut, ihr Gestank betäubte die Sinne der Menschen. Rondar stand schwer atmend und blutbesudelt inmitten der Leichen. Er stützte sich auf sein Schwert und sah Bemat stolz an. Sie stand vor ihm, eine Göttin des Krieges, und lächelte. „Ein überragender Sieg, Heerführer."

Rondar nickte. „Und nun? Folgen wir Malachi?"

„Nein, Heerführer." Bemat schüttelte den Kopf und ihr Blick wurde wehmütig. „Wir haben ein anderes Ziel und werden ihm nicht mehr begegnen. Nicht in dieser Welt. Lasst Eure Krieger sammeln und eine Stunde von hier am Fuße der Berge das Nachtlager aufschlagen, auf dass wir dem Grauen der Schlacht entrinnen mögen."

Rondar nickte und gab den Befehl.

Nachdem die Verletzten versorgt und die Toten in Brand gesteckt worden waren, marschierte ein Heer in die Einsamkeit der Nacht hinein.

Ein einsamer Wanderer durchstreifte ebenfalls die Nacht auf der Suche nach seinem Sohn.

Eine Wanderin schlug sich mutterseelenalleine durch die Wildnis, um das Schlimmste zu verhindern.

Zwei junge Menschen flogen auf dem Rücken eines Pferdes über die Ebene, einem fernen Ziel entgegen.

Andere erwachten und realisierten, was mit ihnen geschehen war.

Ein Prinz stand zusammen mit einem grimmigen Magier an der Reling eines Schiffes.

Sie alle konnten nicht ahnen, dass sich ihre Wege alsbald kreuzen würden. Wie Figuren auf dem Spielbrett des Schicksals waren sie in Stellung gebracht worden und harrten der Züge, die nun folgen sollten. So lange, bis sich ihre Bestimmung erfüllen würde.

Mochten die Götter gnädig mit ihnen verfahren!

Ende des Buches.

Danke, dass Sie dieses Buch gelesen haben! Es würde mich sehr freuen, wenn Sie eine kurze Rezension bei Amazon verfassen könnten. Selbst wenige Worte sind sehr wertvoll für mich!

Wenn Sie gerne Horror-Bücher lesen, werden Sie an der furios **geschriebenen „Von Göttern und Dämonen“**- und meiner **„Soulseeker“-**Reihe bestimmt Gefallen finden, auch diese habe ich als eBook bei Amazon veröffentlicht.

Nachwort, Haftungsausschluss und Copyright

Alle Namen, Personen und Handlungen sind frei erfunden. Etwaige Parallelen zu lebenden Personen sind unbeabsichtigt, eine Haftung meinerseits wird deshalb ausgeschlossen.

Ich bin unter meiner Email horvath.s@online.de für Sie zu erreichen und freue mich über konstruktive Kritik und Ihre Meinung zu diesem Buch. Neuigkeiten erfahren Sie auf Facebook unter http://de-de.facebook.com/pages/S-Horvath/530085873700964 und unter meiner Homepage www.s-horvath.de

Impressum: Cover & Text by S. Horvath, horvath.s@online.de**, Verlag: S. Groß, Bärleshof 5, 71540 Murrhardt**

Printed by Amazon Italia Logistica S.r.l.
Torrazza Piemonte (TO), Italy

70102161R00177